S. M. LaViolette schreibt auch unter dem Pseudonym Minerva Spencer. Sie ist die mehrfach preisgekrönte Autorin von historischen Liebesromanen der Regency-Zeit, darunter auch die hochgelobte *Die verlorenen Herzen*-Serie. Sie wurde in Saskatoon, Saskatchewan, geboren und lebte in Kanada, den USA, Europa, Afrika und Mexiko, bevor sie nach New Mexico zog, wo sie heute mit ihrem Mann und Dutzenden von Tieren lebt. Zuvor war sie Geschichtsprofessorin am College, Strafverfolgerin, Barkeeperin und Besitzerin eines Bed and Breakfast.

UNBERECHEN-BARE
Herzen

MINERVA SPENCER

schreibt als S.M. LAVIOLETTE

Deutsche Erstausgabe August 2021

© 2021 dp Verlag, ein Imprint der dp DIGITAL PUBLISHERS
GmbH

Made in Stuttgart with ♥
Alle Rechte vorbehalten

UNBERECHENBARE HERZEN

ISBN 978-3-96817-929-2
E-Book-ISBN 978-3-96817-421-1

Copyright © 2019 by Shantal M. LaViolette
Titel des englischen Originals: A Figure of Love

Covergestaltung: ARTC.ore Design
Umschlaggestaltung: ARTC.ore Design
Unter Verwendung von Abbildungen von
shutterstock.com: © Veronika Surovtseva, © Matt Gibson,
© Konmac
periodimages.com: © Maria Chronis, VJ Dunraven Productions,
PeriodImages.com
Korrektorat: Dorothee Scheuch

Satz: dp DIGITAL PUBLISHERS GmbH
Druck und Bindung: Books on Demand GmbH, Norderstedt

KAPITEL EINS

Kent, England

1817

Gareth Lockheart blickte etwas ratlos auf die schnüffelnden braunen und weißen Fellknäuel herab. »Brauche ich wirklich so viele?«, fragte er den Ehrenwerten Sandford Featherstone.

Beim Klang seiner Stimme bewegten sich die Welpen und wimmerten, und die Hundemutter – oder Hündin, wie man sie vermutlich nannte – warf ihm einen vorwurfsvollen Blick zu, weil er ihre schlafende Brut geweckt hatte. Oder Herde. Oder wie auch immer man eine Menge Welpen nannte; Welpen mit einem edleren Stammbaum, als Gareth Lockheart ihn sein Eigen nennen konnte.

Featherstones Kopf wippte vor Begeisterung auf und ab, was Gareth anstrengend fand. »O ja, so viele und mehr, wenn Sie jagen wollen.«

Ach ja, die Jagd. Die angebliche Notwendigkeit zu jagen hatte er ganz vergessen. Gareth runzelte die Stirn bei dieser Aussicht, machte sich aber nicht die Mühe, mit dem pedantischen, feingliedrigen Aristokraten zu diskutieren. Schließlich war das genau die Art von Information, für die er Featherstone bezahlte: wie man sich als Adliger benimmt; wie man ein Haus baut und einrichtet, das aussieht, als hätten seit Jahrhunderten feine Pinkel darin gelebt.

Gareth musste einen Augenblick innehalten, um sich selbst daran zu erinnern, *warum* er das alles unternahm.

Ach ja, er erinnerte sich: Er nahm all dieses Brimborium, die nervtötenden Diskussionen und ausufernden Ausgaben in Kauf, weil sein Geschäftspartner, Declan McElroy, behauptete, dass sie eine zivilisierte Fassade präsentieren mussten, wenn sie jemals beim Adel ankommen wollten und dass Gareth so erfolgreicher Geschäfte machen könnte. Wahrscheinlich hatte er recht, obwohl ihm nicht klar war, warum er Declans Urteil über irgendetwas vertrauen sollte, das mit England zusammenhing. Schließlich verachtete Declan die Engländer, und es bereitete ihm großes Vergnügen, sich irischer zu geben als die Iren, obwohl er nie einen Fuß auf die grüne Insel gesetzt hatte.

»Und wegen dieser Jagdpferde, Mr Lockheart ...«

Als Featherstone sprach, sah Gareth von den schlummernden Welpen auf; eine kratzige Stimme mit kurzen Konsonanten und einem herablassenden Tonfall. Der kleinere Mann beobachtete ihn genau; sein Ausdruck war besorgt und ... *noch irgendetwas.*

Gareth war vielleicht nicht besonders gut darin, Leute einzuschätzen, doch er wusste genau, was Adlige in ihm sahen: einen Emporkömmling mit mehr Vermögen und Einfluss als ein solcher Straßenköter verdiente. Er fand eine solche Einstellung weder beleidigend noch amüsant; sie interessierte ihn bloß nicht.

Es war eine Tatsache, dass die dicken Mauern der Aristokratie von wohlhabenden Händlerfürsten wie Gareth durchbrochen worden waren; die Macht des

Hochadels rann durch diesen Riss wie Wasser durch das Speigatt eines Schiffs.

Doch es war ein langsamer Wandel, und der uralte englische Landadel hatte noch immer einen Einfluss auf die Regierung, der in keinem Verhältnis zu seiner Zahl oder seinem Vermögen stand.

Die Rechnung, die sich daraus ergab, war einfach: Die Adligen waren auf Männer wie Gareth ebenso angewiesen wie er auf sie.

Featherstone trat unter Gareth' ruhendem Blick von einem Fuß auf den anderen. »Mein Cousin hat ein sehr angesehenes Gestüt in Yorkshire und ...« Die Worte sprudelten aus seinem Mund und erfüllten die stickige Luft im Stall wie ein Schwarm Mücken. Worte, Worte und noch mehr Worte.

Gareth bekam langsam wieder dieses Gefühl, zerplatzen zu müssen, das ihn immer befiel, wenn er zu lang in Featherstones Gegenwart verbrachte oder in der Gegenwart anderer, die seine Zeit mit trivialen Dingen verschwendeten, über die sie bereits gesprochen hatten.

Er unterdrückte das unangenehme Gefühl, was geistige Gelenkigkeit erforderte und ihn viel Mühe kostete.

Zunächst lenkte Gareth seine Aufmerksamkeit weg von der aktuellen Situation. Dann beschäftigte er sich mit der Goldbachschen Vermutung, einem bis dato ungelösten mathematischen Problem aus dem Jahr 1742. Über ein solches Rätsel nachzudenken, beruhigte ihn immer.

Jede gerade Zahl, die größer als zwei ist, ist Summe zweier Primzahlen.

»Mr Lockheart?«

Gareth zwang sich, seinen Blick wieder auf Featherstones schmales, ängstliches Gesicht zu konzentrieren und sich zu erinnern, wovon er geplappert hatte. Von Pferden. Er hatte über Pferde geredet.

Gareth runzelte die Stirn. »Ich habe Ihnen doch schon gesagt, Sie sollen die Tiere kaufen, die Sie für angemessen erachten, Featherstone. Derlei Entscheidungen habe ich Ihnen anvertraut, damit Ich damit nicht behelligt werde.« *Und doch behelligen Sie mich*, hätte er gern hinzugefügt, ließ es aber lieber.

Stattdessen machte er auf dem Stiefelabsatz kehrt und ging zum Ausgang. Er hatte gehofft, der andere Mann würde zurückbleiben, doch er konnte hören, wie er sich hinter ihm bemühte, mit ihm Schritt zu halten.

»Aber Mr Lockheart, Sie wollen nicht einmal über Ihre eigenen Reitpferde sprechen?«

»Nein.« Ihre Schritte hallten durch die geräumigen, noch leerstehenden Ställe wie Pistolenschüsse.

Gareth wechselte absichtlich das Thema. »Wann wird Hiram Beech ankommen?«

»Mr Beech wird hier am späten Nachmittag eintreffen.«

Gareth verbiss sich die Wut, die er empfand, wenn er an Beech dachte. Er hatte Amon Henry Wilds für die Gestaltung von Rushton Park gewinnen wollen, doch der berühmte Architekt hatte es abgelehnt, einen Auftrag so weit entfernt von seinem geliebten Brighton anzunehmen. Nicht einmal, als er ihm das Dreifache seiner üblichen Bezahlung angeboten hatte, war es Gareth gelungen, ihn fortzulocken. Gareth hatte die Erfahrung gemacht, dass ein Mann, der keinen Preis hatte, selten zu finden war, und er hatte entdeckt, dass es ihm nicht gefiel.

Also hatte er sich an Stelle von Wilds für Beech entschieden, der ihm als Architekt sehr empfohlen worden war und der ein Faible für den Indo-Sarazenischen Stil hatte; und der, so hatte man Gareth gesagt, war gerade absolut en vogue.

Es war ihm völlig gleich, in welchem Stil der Landsitz erbaut wurde, er wollte nur, dass er von einem der Besten gebaut wurde.

Welchen Sinn hätte das Ganze sonst?

Um ehrlich zu sein, hatte Gareth rasch das Interesse an dem sich ausbreitenden Ziegelhaufen verloren, nachdem die Bauphase beendet war. Er hatte keinen Sinn für Design, Dekor oder Innenausstattung und hatte nur Spaß an den technischen Aspekten des Projekts gehabt.

Oh, er war so weit zufrieden mit dem Haus, glaubte er jedenfalls. Nicht, dass er viel Zeit dort verbracht hätte. Er hoffte, dass all der Wirbel und das Chaos im Frühjahr beendet sein würden, wenn das Gebäude endlich fertig würde. Jetzt allerdings hatte man ihm gesagt, er benötige eine Art Lustgarten oder eine antike Ruine oder so einen Firlefanz. Und offenbar war Beech genau der Richtige, um so etwas zu entwerfen und zu bauen, da er bereits mit dem Anwesen vertraut war, und es erschien Gareth die am wenigsten lästige und zeitraubende Option, ihn einzustellen.

Sie erreichten die Stufen vor dem Haupteingang – zwanzig gab es davon, aus dem feinsten italienischen Marmor, abgebaut und importiert vom Kontinent, nun, da der Krieg vorüber war – und Gareth blieb stehen und wandte sich Featherstone zu. Er konnte es nicht abwarten, ihn loszuwerden.

»Ich habe noch viel zu tun und werde in die Bibliothek gehen. Ich denke, Sie können sich allein um alles kümmern, was Beech betrifft.«

Selbst für Gareth' ungeübte Ohren klangen seine Worte reichlich kurz angebunden und unhöflich. »Ich werde Sie dann nicht weiter von Ihrer Arbeit abhalten«, fügte er hinzu, um der unfreundlichen Aufforderung die Schärfe zu nehmen.

Featherstone nickte und rieb seine Hände in der zwanghaften Waschgeste, die Gareth lästig und geschmacklos fand. Dieser Mann war eine unangenehme Mischung aus herablassend und geschmeidig, aber Beech hatte ihn empfohlen. »Mr Beech kommt in Begleitung von ...«

Gareth hob die Hand. »Ja, das sagten Sie bereits. Er wird einen Steinmetz oder Bildhauer oder Gärtner oder so etwas mitbringen. Ich werde vor dem Abendessen mit beiden oder allen von ihnen sprechen.«

Gareth warf die Worte über seine Schulter. Er konnte nicht abwarten, zurück an die Arbeit zu kommen.

Mit großen Schritten durchquerte er die Eingangshalle und wandte sich nach rechts, um durch die portraitlose Portraitgalerie zum Wohntrakt des Hauses zu gelangen. Er verbrachte den Großteil seiner Zeit auf Rushton Park in der Bibliothek, die aus drei riesigen miteinander verbundenen Räumen bestand. Sie erschien Gareth übertrieben groß, aber der Entwurf ahmte offenbar eine antike Bibliothek aus einem Ort nach, von dem Gareth noch nie gehört hatte. Er hatte lediglich von Beech verlangt, dass sie hell und geräumig genug sein sollte für seinen Schreibtisch, seine gesammelten Journale und einen bequemen Stuhl. Und als Featherstone begonnen hatte, das Haus mit Möbeln und allerlei anderem Zeug auszustatten, hatte er sich lediglich ausgebeten, dass die Bibliothek nicht mit ablenkendem Nippes vollgestopft würde.

Zwei Diener standen vor der Flügeltür bereit und warteten nur auf seine Ankunft. Gareth ignorierte das unangenehme Gefühl, das eine solche Dekadenz bei ihm auslöste; schließlich hatte er das gewollt, einen Landsitz, der ebenso überdimensioniert und überbesetzt war wie die Residenzen der königlichen Herzoge. Eigentlich hatte Gareth sogar mehr Diener und ein größeres Haus.

Seit er vor zwei Tagen aus London hergekommen war, ließ er sich täglich zweimal von Boten seine Korrespondenz bringen. Der Stapel Briefe war bereits fast zehn Zentimeter hoch. Dort würden Geschäftsberichte auf ihn warten, aber der Großteil des Stapels würde die neue Töpferei betreffen, die er in London bauen ließ, sein bisher ehrgeizigstes Projekt.

Gareth hatte sich erst zur Hälfte durch den Stapel gearbeitet, als ein Räuspern ihn aufsehen ließ. Sein Butler, Jessup, wartete in der Tür.

»Ich hatte darum gebeten, nicht gestört zu werden.«

Der hochgewachsene, gertenschlanke Mann nickte leicht, aber seine Miene blieb unbewegt wie eine geschnitzte Totemmaske. Er war, das wusste Gareth, absolut unerschütterlich. Gareth hatte ihn dem Duke of Remington abspenstig gemacht, wo Jessups Vorfahren seit zweihundert Jahren als Butler gearbeitet hatten.

Remington konnte nicht mit dem Gehalt mithalten, das Gareth ihm zahlte.

»Da ist eine Besucherin, Mr Lockheart. Mrs Serena Lombard.«

Gareth schüttelte den Kopf. »Eine solche Person kenne und erwarte ich nicht.«

»Sie ist hier im Auftrag von Mr Beech, Sir. Wegen der Gärten.«

»Aha, ich verstehe.« Auch wenn das nicht der Wahrheit entsprach. Er räusperte sich. »Sie sagen, Beech hat eine Gärtnerin engagiert?«

»Richtig, Sir. Mrs Lombard ist eine Frau. Und Gärtnerin«, bestätigte Jessup.

Manchmal – nur gelegentlich – fragte sich Gareth, ob sein Butler sich über ihn lustig machte. Er schüttelte den Gedanken ab. Was wusste er schon von Gärtnern? Es konnten genauso gut alles Frauen sein. Nun, wer auch immer sie war und was auch immer sie tat, Gareth würde es zu gegebener Zeit herausfinden.

Er warf Jessup einen ungeduldigen Blick zu. »Featherstone soll sich darum kümmern, Jessup.«

»Mr Featherstone ist ins Dorf gefahren, Sir.«

Gareth starrte ihn an.

Jessup nickte, als ob er etwas gesagt hätte. »Ich werde sie in den Salon führen und ihr Tee anbieten.«

»Ja, sehr gut. Setzen Sie sie in ein Zimmer mit Tee.« Es gab Gott weiß genug Räume in diesem Haus – dreiundsiebzig – einer davon würde doch wohl angemessen sein, um unerwarteten weiblichen Besuch zufriedenzustellen.

Gareth wandte seinen Blick und seine Aufmerksamkeit wieder den ordentlichen Zahlenkolonnen vor ihm zu.

»Sehr wohl, Sir.«

Er hörte den Butler kaum, denn sein Verstand beschäftigte sich längst wieder mit seinen Zahlen und hatte die Frau bereits vergessen.

***

Serena betrachtete wohlwollend das großzügig bestückte Teetablett und nahm sich drei verschiedene Sorten Keks und das hübscheste Törtchen, das sie je gesehen hatte. Derlei Delikatessen waren in diesen Tagen selten. Selbst wenn sie das Elternhaus ihres verstorbenen Mannes besuchte, den Duke und die Duchess of Remington, war das Angebot recht dürftig; der mächtige Duke hatte seit Kriegsende gelitten und sich gezwungen gesehen, sich auf seine sechs Häuser zurückzuziehen.

Serena sah sich in dem riesigen Salon um, der pompöseste, in dem sie je gesessen hatte, und genoss ihre Köstlichkeiten. Der Butler kehrte zurück, nachdem sie etwa eine Viertelstunde allein dort gesessen hatte.

»Haben Sie alles, was Sie benötigen, Mrs Lombard?« Das kurze Zögern vor ihrem Namen war kaum wahrnehmbar, aber sie hatte es dennoch bemerkt.

Serena legte den Kopf schräg und lächelte ihm zu. »Was denn? Sind wir denn keine Freunde mehr, Jessup? Wie geht es Ihnen? Ich bin dieses Jahr noch nicht auf Keeting gewesen, aber ich war zu Weihnachten dort. Seine Gnaden erinnert sich gern an Sie, wissen Sie?« Keeting Hall war der Landsitz des Dukes of Remington.

Die Haut über den hohen, scharfgeschnittenen Wangenknochen des Butlers hatte einen leichten rosigen Schimmer angenommen. »Und ich denke noch oft an Seine und Ihre Gnaden und auch an die übrige Familie.« Er sah aus, als wollte er noch mehr sagen, doch er zögerte.

»Seine Gnaden macht Ihnen aus Ihrem Weggang keinen Vorwurf, Jessup«, sagte sie.

Nun, das war ein wenig geflunkert. Ihre Schwiegereltern waren am Boden zerstört gewesen, weil er nach so langen Jahren in der Familie den Dienst quittiert hatte. Aber Mr Lockheart, der angeblich zu den zehn reichsten Männern in Britannien zählte, hatte ein Gehalt angeboten, das zu hoch gewesen war, als dass Robert Jessup es hätte ausschlagen können.

Jessups Lippen zuckten, und man hätte es beinahe für ein Lächeln durchgehen lassen können. »Sie sind zu liebenswürdig, Madam.«

»Und wie gefällt es Ihnen hier?« Serena schaute sich in dem riesigen Raum um, der mit seiner kühnen Farbgebung in Fuchsia, Gold und Grün, den opulenten Vorhängen aus Seide und Samt und den Möbeln im ägyptischen Stil an ein Serail erinnerte.

»Ich finde, meine Position passt ausgezeichnet zu mir, Mrs Lombard.«

Wieder hörte sie das Zögern vor ihrem Namen. Sie wusste, dass Jessup genau wie die Familie ihres verstorbenen Mannes bedauerte, dass sie sich weigerte, ihren Ehrentitel zu benutzen. Serena ließ sie alle gern in dem Glauben, dass ihr Widerstand gegen aristokratische Titel ihrer französisch-republikanischen Erziehung geschuldet war, anstatt ihnen den wahren Grund zu nennen; denn diese Wahrheit durften sie nie erfahren.

Sie merkte, dass der Butler auf ihre Antwort wartete. »Es freut mich, zu hören, dass Sie hier glücklich sind, Jessup.« Und das war die Wahrheit. Es war zu schade, dass er sein langjähriges Zuhause hatte verlassen müssen, aber – wie sie nur zu gut wusste – verdiente jeder eine Chance auf ein besseres Leben.

Serena stellte Tasse und Untertasse zurück auf das riesige Teetablett.

»Mr. Beech hat mich gebeten, mit ihm an den neuen Gärten für Rushton Park zu arbeiten.« Jessup wusste, womit Serena ihr Geld verdiente. Er hatte für die Familie Lombard gearbeitet, als sie vor fast zehn Jahren zuerst nach England gekommen war. Er war dabei gewesen, als Serena – nachdem sie ihr erstes Jahr unter der Obhut des Herzogs und der Herzogin verbracht hatte, die sehr freundlich zu der ausländischen Witwe ihres jüngsten Sohnes waren – ihre neuen Verwandten schockiert hatte, indem sie nach London gezogen war und dort eine Stelle als Lehrerin für Kunst und Bildhauerei an einer Mädchenschule angetreten hatte.

Wieder einmal hatte die Familie ihres Mannes ihr verrücktes französisches Erbe dafür verantwortlich gemacht, aber zum Glück nicht versucht, sie davon abzuhalten, ihren kleinen Sohn aus dem Komfort von Keeting Hall herauszunehmen und zusammen in ein Stadthaus mit zwei weiteren Lehrerinnen zu ziehen. Es war eine schwierige Entscheidung gewesen, aber sie bereute sie nicht.

»Wenn Sie gestatten, Madam, ich habe Ihre Arbeit gesehen, und sie ist sehr schön.«

Der Jessup von damals hätte nie unaufgefordert seine Meinung geäußert. Vielleicht hatte die Arbeit in einem Whig-Haushalt ihn egalitärer gemacht.

»Danke, Jessup.« Sie stand auf und strich sich den Rock ihres dunkelgrünen Reisekostüms glatt. »Ich bin erfrischt und begierig darauf, Rushton Park zu sehen. Wäre es möglich, einen Spaziergang über das Gelände zu machen?«

»Natürlich, Madam.«

Serena öffnete die Verschlusslasche der großen Ledertasche, ohne die man sie selten sah, und nahm ihren Skizzenblock heraus.

Sie lächelte ihm zu. »Ich bin bereit.«

Als er ging, um ihr die Tür zu öffnen, studierte Serena seine vertraute schmale Gestalt und die schwarz gekleideten Schultern und beschloss, dass sie sich mehr als erwartet über das Wiedersehen mit einem alten Bekannten und Diener der Familie freute. Natürlich hatte sie gewusst, dass Jessup für den zurückgezogen lebenden Gareth Lockheart arbeitete, aber der Mann hatte Häuser in London, Edinburgh und Bristol. Hätte sie mehr als nur kurz darüber nachgedacht, hätte sie angenommen, dass Lockheart den unvergleichlichen Butler in seinem Londoner Haus eingesetzt hätte, wo er Gerüchten zufolge die meiste Zeit verbrachte.

Jessup führte sie eine Treppe hinunter, die breit genug war, dass sieben Soldaten in Reih und Glied nebeneinander hätten hinuntergehen können, und blieb unten angekommen stehen.

»Würden Sie gern durch die Orangerie hinausgehen, Madam?«

»Ja, bitte. Von der Auffahrt aus habe ich sie nicht gesehen, aber auf Beechs Zeichnungen.«

Das Haus glich einem elisabethanischen »E«, aber mit vielen Abwandlungen, und einige davon waren eher … unkonventionell.

»Wie lange sind Sie schon hier, Jessup?«

»Ich bin vor zwei Tagen mit Mr Lockheart hergekommen, Madam. Ich war in seinem Stadthaus in London, habe ihn aber hierher begleitet, um mich um einige unerledigte Aufgaben im Haushalt zu kümmern.«

Serena hatte noch nie ein vergleichbares Haus gesehen. Es bestand aus einem corps de logis, der sich aus einem zentralen Gebäude mit zwei Seitenflügeln zusammensetzte, die drei Stockwerke hoch waren und drei Seiten eines Hofs – oder cour d'honneur – umschlossen.

Entweder Lockheart oder Beech hatten offenbar ein Faible für Zwiebeltürmchen, denn davon gab es ganze fünf Stück. Die blendend weiße Fassade war mit einer Vielzahl von Spitzbögen, minarettartigen Türmchen und leeren Sockeln verziert, die noch auf Statuen warteten. Der Mischmasch aus orientalischen und Indo-sarazenischen Elementen war dem Royal Pavillion so ähnlich, dass sie das Gefühl hatte, sie wäre falsch abgebogen und in Brighton gelandet. Dem Interieur fehlte die Chinoiserie, soweit sie gesehen hatte. Tatsächlich folgte das Dekor weit weniger einem eindeutigen Stil als das Äußere und wirkte eher wie der halbherzige Kompromiss eines Entscheidungsgremiums.

Die Halle war lichtdurchflutet, und vor ihr befand sich eine Wand aus Bleiglas.

»Meine Güte, wie schön«, sagte Serena, als Jessup eine der massiven Doppeltüren zu dem leeren Wintergarten öffnete, in dem nicht einmal ein Stock, eine Pflanze, ein Blatt oder auch nur ein Krümel Erde zu finden waren. »Wann wurde er fertiggestellt?« Sie drehte sich im Kreis und starrte auf die spektakulären Glaswände und das Vordach.

»Im letzten Frühjahr, Ma'am.«

Serena fühlte sich gleich an die Orangerie auf Keeting Hall erinnert, die vielleicht ein Viertel so groß war wie diese und so voller Pflanzen, dass sie wie ein Dschungel anmutete. Sie mochte alt und zu voll sein, das Glas stumpf und voller Risse, aber sie war lebendig. Das konnte man von diesem leeren Glaskasten nicht behaupten. Beech hatte die Orangerie nicht erwähnt, aber Serena konnte den leichten Anflug von Erregung nicht unterdrücken, der sie ereilte, als sie daran dachte einen solch schönen Raum mit Leben zu füllen.

Jessup öffnete einen Flügel der Glastür, und sie traten hinaus in die kühle Frühlingssonne. Sie wandte sich zu ihm um. »Ich werde einfach die nähere Umgebung erkunden, bis Mr Beech eintrifft.«

Der Butler hob die Augenbrauen.

»Was ist denn, Jessup?«

»Wir erwarten Mr Beech nicht vor dem späten Nachmittag, Ma'am.«

Serena runzelte die Stirn. »Er sagte mir, es sei ein Treffen am Mittag geplant. Ich habe für vier Uhr eine Mietkutsche bestellt, die mich abholt.«

»Mr Beech wird um fünf Uhr anreisen und über Nacht bleiben.«

Serena wollte vor Verärgerung aufjaulen, aber sie konnte es wohl kaum Jessup anlasten. »Ich fürchte, Mr Beech hat es unterlassen, mich über die korrekte Zeit und Dauer des geplanten Treffens zu informieren.« Sie seufzte und sah sich um, ohne wirklich hinzusehen. Ihre Gedanken drehten sich. Die teure Reise hierher und zurück hatte natürlich Mr Lockheart bezahlt. Darum musste sie sich also keine Gedanken machen. Allerdings hatte sie keine Kleidung zum Wechseln mitgebracht oder was sie sonst noch für eine Übernachtung benötigt hätte. Außerdem hatte sie Lady Winifred, ihrer Freundin und Mitbewohnerin nicht gesagt, dass sie über Nacht fortbleiben würde. Und natürlich würde Oliver erwarten, sie morgen früh zu sehen.

Sie sah auf, sah Jessups unbewegten Ausdruck und zuckte mit den Schultern. »Nun, Jessup, das ist ein ziemliches Durcheinander. Ich war auf eine Übernachtung nicht eingestellt und habe niemandem gesagt, dass ich länger ausbleiben würde.« Sie biss sich besorgt auf die Unterlippe. »Sie kennen die Abläufe hier, was raten Sie mir?«

Sein Ausdruck blieb unverändert, aber seine dunklen Augen verrieten, dass ihm ihre ruhige Reaktion gefiel.

»Mr Lockheart ist ein Gentleman, der nicht lange an einem Ort bleibt, Ma'am. Er wird Rushton Park bereits morgen verlassen und für einige Tage nach London zurückkehren, aber danach wird er in den Norden aufbrechen, soviel ich weiß. Es könnte eine Weile dauern, bevor er wieder für ein mögliches Treffen nach Rushton Park kommt.«

Das war seine Art zu sagen, dass sie bleiben sollte. »Verstehe.«

Jessups Mund öffnete sich ein wenig, doch dann schloss er ihn wieder.

»Was denken Sie? Halten Sie nichts zurück.«

»Müssen Sie zwingend noch heute Abend zurück in London sein?«

»Nein, aber mein Sohn und unsere Mitbewohnerin werden sich Sorgen machen, wenn ich heute Abend nicht zurück bin.«

»Könnten Sie sich vorstellen zu bleiben, wenn ich Sie mit allem Nötigen für eine Übernachtung versorgte und eine Nachricht an Ihre Freundin und Master Oliver schicken ließe?«

Es war nicht ideal, aber sie wusste, dass ihr dieser Auftrag viel Geld einbringen würde.

»Vielen Dank, Jessup, das wäre ganz fabelhaft.«

»Wenn Sie mich dann entschuldigen mögen, ich werde mich sofort darum kümmern. Ich überlasse Sie dann Ihrem Spaziergang und bin in etwa einer halben Stunde zurück.«

***

Gareth hatte die großen Rollen mit Plänen für die neue Töpferei auf dem riesigen aufgebockten Holztisch ausgebreitet, den er genau für diesen Zweck hatte anfertigen lassen. Er studierte sie mit einer Lupe, wobei er jedes kleine Detail der gigantischen Brennöfen in Augenschein nahm.

Er war so darin vertieft, dass er vor Schreck beinahe aus der Haut gefahren wäre, als sich hinter ihm jemand räusperte. Er ignorierte seinen rasenden Herzschlag und seufzte. »Ja, Jessup, was ist nun schon wieder?«

»Es tut mir schrecklich leid, Sie zu stören, Sir, aber es scheint, als hätte es ein kleines Missverständnis gegeben.«

KAPITEL ZWEI

Serena bestaunte den riesigen mit Büchern gefüllten Raum. Eigentlich waren es drei miteinander verbundene Räume. Solch eine Bibliothek hatte sie noch nie gesehen. Natürlich war das gesamte Anwesen einzigartig, angefangen bei der üppig bewachsenen Landschaft um das Haus herum, bis hin zu der enormen Suite, die man ihr für ihren kurzen Aufenthalt zugewiesen hatte. Die Zimmer waren doppelt so groß als alle, an die sie sich aus Keeting Hall erinnern konnte.

Jessup hatte sie wie eine Königin behandelt und einen Eilboten nach London und einen anderen bis nach Ayelford geschickt – der nächsten Stadt, in der es ein Bekleidungsgeschäft gab – um für sie ein Nachthemd und einen Morgenrock zu besorgen. Diese Dinge und eine Auswahl weiterer Toilettenartikel, Kämme und Bürsten erwarteten sie in ihren großzügig ausgestatteten Gemächern. Serena würde ihre Kleidung am Abend zum Dinner tragen müssen und auch morgen noch, wenn sie abreiste, aber Jessup informierte sie, dass er Mr Lockheart darauf hingewiesen hatte und das Dinner am heutigen Abend informell gestaltet würde.

Insgesamt konnte sie nicht unzufrieden darüber sein, einen Abend in einem solchen Haus verbringen zu können. Allein die Bibliothek war die Umstände wert. Die Bücherregale begannen nur wenige Zentimeter über dem Fußboden und reichten bis zur Decke, die ihrer Schätzung nach etwa vier bis fünf Meter hoch war. Die Bibliotheksleiter war bedrohlich hoch, und sie konnte sich vorstellen, dass sie Leib und Leben riskieren würde, um hinaufzusteigen und ein Buch zu holen.

Sie betrachtete gerade eine besonders exquisite sechsbändige Sammlung illustrierter französischer Gedichte, als sich die Tür hinter ihr öffnete. Als sie sich umdrehte, entdeckte sie Sandy Featherstone, einen Vetter zweiten Grades ihres verstorbenen Mannes.

»Hallo, Serena. Beech sagte mir, du hättest dich einverstanden erklärt, herzukommen.« Er kam ihr mit ausgestreckten Armen entgegen, und Serena ließ sich widerwillig von ihm umarmen. Er war ein unangenehmer Mensch, den sie nur seiner Verbindung zur Familie wegen tolerierte.

Serena machte einen Schritt nach hinten, als offensichtlich wurde, dass er sie nicht freiwillig loslassen würde. Er beäugte sie auf eine Weise, bei der sich ihr Kiefer verkrampfte, während seine Hände mit den kurzen Fingern stetig ihre gewohnte Waschbewegung machten.

»Hallo, Sandy.« Serena rang sich ein Lächeln ab. »Wie mir scheint muss ich mich also bei dir für all das hier bedanken.« Sie machte eine ausladende Geste, die auf die gesamte Umgebung deutete.

Er grinste, was ein etwas erschreckender Anblick war, denn er schien doppelt so viele Zähne zu haben wie ein normaler Mensch. »Das war gar nichts, meine Liebe – lediglich eine Gefälligkeit unter Verwandten. Außerdem habe ich Beech geraten, dich wegzuschnappen, bevor dein Honorar exorbitant wird.« Er schmunzelte, sichtbar amüsiert über den Gedanken, dass so etwas geschehen könnte.

Serenas Lächeln wurde noch verkniffener. »Nun, was auch immer dich dazu bewogen hat, ich weiß es zu schätzen. Ich habe gerade eine Reihe kleinerer Aufträge erledigt und hatte noch nichts Neues in Aussicht.«

»Wozu hat man Cousins, meine Liebe?« Er deutete auf eine Reihe Karaffen, die auf einem Granitblock standen, der von massiven goldenen Löwentatzen getragen wurde. »Hättest du gern etwas zu trinken vor dem Abendessen, Serena?« Seine Hand zitterte leicht, was verriet, dass *er* ganz sicher etwas zu trinken brauchte.

»Ein Gläschen Sherry, wenn du eins hast.«

»Mr Lockheart hat alles.« Er lächelte verschmitzt, und wandte sich dann ihren Getränken zu. »Oh, und ich fürchte, es gibt enttäuschende Neuigkeiten«, sagte Sandy, während er mit den Gläsern hantierte. »Wie es scheint, ist Beech in London aufgehalten worden.«

Serena klappte das Buch zu, das sie gerade aus dem Regal genommen hatte, und stellte es zurück. Natürlich war er das. Das war genau, was an diesem Tag noch gefehlt hatte.

Sandy kam mit den Getränken auf sie zu. »Keine Sorge, er hat die Pläne geschickt, und wir können sie nach dem Abendessen durchgehen.«

Das munterte Serena etwas auf. Es war sogar besser, als Beech hier zu haben, da sie festgestellt hatte, dass der erfolgreiche Architekt ein wenig zu gern über sich selbst und seine Leistungen sprach. Die beiden Male, die sie ihn getroffen hatte, war er erst nach einer halben Stunde auf den Punkt gekommen.

Serena saß auf einem vergoldeten Sofa, dessen Polsterstoff einen recht gewagten Hellgrünton hatte, und Sandy nahm den Stuhl neben ihr, ein Stück im gotischen Stil mit Drachen als Armlehnen.

»Also, was hast du so getrieben, seit wir uns das letzte Mal – Grundgütiger!« Er betrachtete die aufwändig gestaltete Kassettendecke, als ob er dort ablesen könnte, was er wissen wollte. »Wie lange ist es her? Fünf Jahre?«

»So lang schon?« Doch sie wusste, dass er recht hatte. Sandy hatte etwas getan, um den Duke zu verärgern, und war seither an Weihnachten nicht mehr zu den berühmten jährlichen Hauspartys des Dukes und der Duchess geladen gewesen.

Sie nahm einen Schluck des ausgezeichneten Sherrys und stellte das Glas auf dem Beistelltischchen ab, das anscheinend die Form einer Sphinx hatte.

»Ja, Oliver hat noch dieses Holzpferdchen hinter sich hergezogen, wenn ich mich recht erinnere. Es waren Schulferien, und du hattest frei.«

Er lächelte süffisant, offensichtlich amüsierte ihn die Art, wie sie ihren Lebensunterhalt bestritt.

Es erstaunte Serena, dass er sich überhaupt an den Namen ihres Sohnes erinnerte. »Die Stefani Academy wurde im vergangenen Jahr geschlossen.«

»Das ist mir auch zu Ohren gekommen.« Seine spitze Nase zitterte, was sie an eine Ratte erinnerte. »Ich hörte auch, dass die Leiterin ziemlich fragwürdig war und sich plötzlich davongemacht hat, als hätte sie einen Skandal zu verbergen?«

Ein starkes Gefühl der Abneigung gegen Sandy und seine Darstellung ihrer Freundin Portia Stefani flammte in ihr auf.

Die besagte Schule war ihr eine Oase der Freundschaft und Sicherheit gewesen, und sie vermisste sie schrecklich. Sie beschloss, das Thema zu wechseln, bevor sie noch etwas sagte, das sie bereuen würde.

»Seither habe ich eine Reihe Aufträge erhalten. Insbesondere ein Projekt für die Mannerings.«

»Davon habe ich ebenfalls gehört – ein reichlich protziges Stück in der Krypta ihrer privaten Kapelle.«

Es erstaunte sie immer wieder, dass Sandy anscheinend alles wusste, was in den Kreisen des *bon ton* vor sich ging, auch wenn er selbst sich stets nur an ihrem äußersten Rand bewegte.

»Und du, Sandy? Wie hast du die Zeit verbracht?«

Abgesehen von Alkohol und Glücksspiel, hätte sie hinzufügen mögen.

»Mit dem, was du hier siehst.« Er wedelte mit der Hand in der Luft, in der anderen das bereits halbleere Glas. Sandy war dem Alkohol schon immer etwas zu sehr zugeneigt gewesen.

»Was genau ist deine Aufgabe bei Mr Lockheart?«

»Dies und das. Ich bin, wenn man so will, so etwas wie ein sehr gut bezahlter Sekretär, auch wenn er mich nicht mit Geschäftsangelegenheiten betraut.« Ein abfälliges Lächeln lag auf seinen Lippen. »Man könnte sagen, ich übernehme die Aufgaben seiner Ehefrau, bis er sich eine kaufen kann.«

»Oh! Er ist also auf dem Markt?«

Bei seinem Lächeln fühlte sie sich schmutzig. »Das klingt, als seist du interessiert, liebe Cousine.«

»Vielen Dank, ich bin mit meinem Leben so zufrieden, wie es ist, Sandy.«

Seine hochgezogenen Brauen verrieten, was er von dieser Behauptung hielt.

»Ich habe große Teile seines Dienstpersonals ausgewählt, all seine Immobilien ausgestattet, von seinem Londoner Stadthaus einmal abgesehen, und berate ihn beim Kauf von Kunstwerken. Derzeit bin ich mit der Pferdewirtschaft beschäftigt, die bis zum Herbst betriebsbereit sein soll.«

Plötzlich wurde Serena der Grund für die scheußliche Einrichtung klar. »Geht Mr Lockheart auf die Jagd?« Sie hatte nicht viel über ihn gehört, außer dass er reich und ein wenig seltsam sein sollte.

»Nein.«

Die Tür wurde geöffnet, bevor Sandy weitere Ausführungen machen konnte, und ihr Gastgeber betrat den Raum. Serena war überrascht. Er war nicht nur jünger als sie erwartet hatte, er war auch sehr elegant gekleidet und überaus attraktiv. Sie musste feststellen, dass sie den gängigen Klischeevorstellungen erlegen war und einen bulligen Kaufmann oder einen protzigen neureichen Städter erwartet hatte.

Er überquerte die ausgedehnte Teppichfläche, und Sandy sprang auf die Füße, um sie einander vorzustellen.

»Mr Lockheart, darf ich Ihnen Mrs Lombard vorstellen.«

Der groß gewachsene, gut proportionierte Adonis nahm ihre Hand und beugte sich flüchtig darüber.

»Es freut mich, Sie kennenzulernen, Madam.« Seine Augen waren schiefergrau und undurchdringlich. So etwas hatte Serena noch nicht gesehen, er betrachtete sie, ohne dass sein Blick auch nur einen Hauch

Interesse oder überhaupt eine Gefühlsregung verriet. Seine Lippen waren sündhaft voll und wohlgeformt, lächelten aber nicht.

Schätzungsweise überragte er sie um etwa einen Kopf, sein dunkelblondes Haar trug er etwas länger. Wie Sandy war er informell gekleidet, um sie wegen ihrer mangelnden Abendgarderobe nicht in Verlegenheit zu bringen. Er trug eine flaschengrüne Jacke zu einer sattbraunen Weste und dazu braune Pantalons, die in kaffeefarbenen, auf Hochglanz polierten Reitstiefeln steckten. Seine schneeweiße Krawatte war schlicht, aber elegant gebunden; an der Weste trug er eine einfache goldene Uhr ohne Uhrkette. Seine Kleidung war offensichtlich von einem Meister seiner Zunft hergestellt worden und war perfekt auf ihn zugeschnitten.

»Vielen Dank für Ihre Einladung nach Rushton Park, Mr Lockheart.«

Er nickte kurz und blickte auf die Uhr, seine sinnlichen Lippen verzogen sich leicht nach unten.

»Es sind noch siebzehn Minuten bis zum Dinner.« Er sah auf, und sein Blick wanderte von Serenas nahezu unberührtem Sherry zu Sandys leerem Glas. »Was trinken Sie, Featherstone? Ich schenke Ihnen nach.«

»Ah, vielen Dank, Sir. Brandy.«

Ohne ein weiteres Wort nahm er das Glas und ging zum Sideboard.

Sandy lächelte sie an und zuckte leicht mit den Schultern. Ihr zukünftiger Arbeitgeber war also ein überaus attraktiver Mann, allerdings war er schroff, und es mangelte an guten Umgangsformen. Nun, sie hatte ja bereits gehört, er sei anders.

»Ich denke, Jessup hat Sie bereits darüber in Kenntnis gesetzt, dass Mr Beech nicht zum Dinner zugegen sein wird«, sagte Sandy, und sein Zwinkern verriet, wie unangenehm ihm Schweigen war.

»Ein Bote brachte seine Pläne. Wir werden einfach ohne ihn beginnen«, sagte Lockheart. »Nach dem Dinner werden wir uns anschauen, was er entworfen hat.« Seine Stimme war ebenso ausdruckslos wie sein Gesicht. Weder Verärgerung noch Bedauern oder Wut darüber, dass Beech nicht kommen würde. Er kam wieder zu ihnen, gab Sandy seinen Drink – einen doppelten, wenn Serena es richtig gesehen hatte – und nahm auf dem Stuhl gegenüber Serena Platz.

Der recht verstörende Blick seiner kühlen grauen Augen ruhte auf Serena, und er nahm einen Schluck aus seinem Glas. Wie seine gesamte Gestalt waren auch seine Hände schlank, elegant und schmucklos.

Serena hatte den typischen Geschäftsmann erwartet, einen bulligen und aufgeblasenen Mann älteren Semesters. Lockheart jedoch sah nicht nur aus wie ein Gentleman, er sprach auch wie einer. Auch wenn sein Akzent nicht unbedingt aristokratisch war, drückte er sich gewählt und präzise aus, jedenfalls nicht wie jemand, der angeblich aus einem eher fragwürdigen Teil Londons stammte. Hinter diesem Mann verbarg sich mehr, als auf den ersten Blick erkennbar war.

»Ich hörte, Sie hätten heute Nachmittag bereits das Anwesen inspiziert, Mrs Lombard.«

»Inspiziert wäre übertrieben, aber ich bin bis zum Fluss gegangen und dann an dem kleinen Waldstück entlang.«

»Hat der Spaziergang Sie zu Ideen inspiriert?«

Serena schmunzelte. »Ich habe immer Ideen.« Sie lächelte ihn an, aber er blinzelte nur ungerührt. Er hatte also keinen Humor. Sie versuchte es erneut. »Soweit ich es verstanden habe, wollte Mr Beech einen allgemeinen Entwurf schicken, und ich soll mich um die Details und die Bildhauerarbeiten kümmern.«

»Das ist wahr. Ich habe Mr Beech angestellt, um einen Plan zu entwerfen. Haben Sie denn bereits selbst Gärten entworfen und gestaltet?«

»Das habe ich«, gab sie zu, und die Frage überraschte sie. »Allerdings nie ein großes Projekt wie dieses.«

»Was würden Sie denn tun, wenn Sie zu entscheiden hätten?«

Das war allerdings tatsächlich eine gute Frage, die ihr bisher noch kein Klient gestellt hatte. Viele hatten ihre eigenen Ideen und Vorstellungen, und meistens waren die nicht besonders gut.

»Ich würde direkt neben der Orangerie einen formalen Garten anlegen. Darüber hinaus, würde ich die Dinge so lassen, wie sie sind. Ich denke, das Gelände auf der Südseite ähnelt dem in Badminton House und wäre mit seinem sanften Gefälle ideal für einen See, wie die von Brown angelegten. Das wäre zu bewerkstelligen, wenn man das Flüsschen geschickt aufstaut. Derzeit gibt es eine alte hölzerne Brücke über den Fluss. Ich würde sie durch etwas Interessanteres ersetzen.« Sie lächelte. »Natürlich würde ich Stein vorschlagen. Wenn Sie einen Pavillon oder etwas Ähnliches wünschen, gibt es dafür einen schönen Platz auf einer Erhöhung am anderen Ende des Anwesens, und wenn Sie einen See anlegen, ergäbe das mit ein paar neu gepflanzten Bäumen eine hübsche Szenerie. Auf der

Ostseite wäre ein Rosengarten mit einem Spazierweg zum Wald perfekt. Sie haben die zwei Innenhöfe, die zur Einfahrt hinauszeigen. Die könnte man mit etwas Grün, einem Brunnen, weiteren Rosen und versteckten Sitzgelegenheiten gestalten. Natürlich habe ich mir nur die unmittelbare Umgebung angesehen. Mit einem Pferd könnte ich mir schneller ein umfassenderes Bild vom Anwesen machen.« Sie hielt inne. »Allerdings sind das nur meine ersten Eindrücke, die lediglich widerspiegeln, was ich tun würde, wenn es mein Anwesen wäre.« Serena nahm einen Schluck Sherry, wobei sie ihren Gastgeber nicht aus den Augen ließ. Er hatte während ihrer gesamten Rede nicht eine Miene verzogen. Er war kein unkomplizierter Gesprächspartner; nichts an seiner Mimik oder Körpersprache wirkte ermutigend. Es folgte ein langes, unangenehmes Schweigen, in dem er dasaß und offenbar über ihre Worte nachdachte. Schließlich nickte er.

»Das klingt perfekt.« Er wandte sich Sandy zu, der wieder sein Glas an die Lippen gehoben hatte. »Können Sie alles behalten, was Mrs Lombard gerade sagte, Mr Featherstone?«

Sandy schluckte seinen Brandy hinunter, hustete und stellte das Glas ab. Sein Blick glitt zu Serena hinüber, und dann direkt zurück zu seinem Arbeitgeber. »Falls nicht, bin ich sicher, dass Mrs Lombard mir die Details erklären kann.«

Mr Lockheart wandte sich wieder an sie. »Dabei waren einige Ideen, die mir gefallen, Ma'am. Wären Sie in der Lage, solche Pläne ohne weitere Beratung mit Mr Beech auszuführen?«

Serena hob erschrocken die Augenbrauen. »Möchten Sie etwa, dass *ich* Ihre Gärten und den Park für Sie gestalte, Mr Lockheart?«

»Ja.«

»Aber haben Sie nicht eine Abmachung mit Mr Beech?« Serena wollte vermeiden, dass es hieß, sie schnappe anderen die Aufträge weg.

Er sah sie noch immer mit seinem verstörend unbewegten Blick an. »Ich habe Mr Beech noch nicht angestellt, sondern ihn um ein Angebot gebeten. Er würde selbstverständlich für die bisher geleistete Arbeit bezahlt. Hält Sie außer Mr Beech noch etwas davon ab, meinen Auftrag anzunehmen?«

»Ich habe keine Erfahrung mit einem so großen Unterfangen.«

Wieder schwieg er.

Außerdem bin ich eine Frau, oder ist Ihnen das egal? Oder haben Sie es nicht bemerkt? Großer Gott! Ein gesamtes herrschaftliches Anwesen gestalten? Das wäre einfach ...

»Denken Sie, dass Sie umsetzen könnten, was Sie eben beschrieben haben, Ma'am?«

Serena fühlte eine elektrisierende Vorfreude bei dem Gedanken, dafür bezahlt zu werden, auf Kosten eines anderen mit derart interessanten Konzepten experimentieren zu können.

Dieses kreative Unterfangen überstieg ihre kühnsten Träume – und gab ihr Gelegenheit, ihre Talente unter Beweis zu stellen. Auf diese Weise konnte sie einen Garten entwerfen, der ihre Werke zur Schau stellte, nicht umgekehrt.

Sie hob den Blick und sah in sein unbewegtes Gesicht. »Ja, Mr Lockheart, ich denke, das könnte ich.«

***

Gareth konnte sein Glück kaum fassen. Er konnte sich darum drücken, sich mit diesem nervtötenden Beech zu befassen und stattdessen nur mit dieser Frau verhandeln. Zugegeben, sie war ein wenig *eigenartig*, dachte er und löffelte seine Suppe. Sie sah nicht eigenartig aus, im Gegenteil, sie war attraktiv, wenn man einmal von ihrer wilden Haarpracht absah, die sich offenbar schwer bändigen ließ, und von diesem abgetragenen, wenig schmeichelhaften grünen Kleid.

Aber es war weniger ihre äußere Erscheinung als ihre gesamte ... nun ja, Person. Sie gehörte zu dieser Art Menschen, die ihm immer ein Rätsel bleiben würden: fröhlich, nahezu immer ein Lächeln auf den Lippen und leicht zu amüsieren, aber trotz des Humors und der Leichtigkeit doch nicht unintelligent.

Außerdem war da noch die Tatsache, dass sie eine Frau war, die nicht nur mit Pflanzen, sondern auch mit Stein arbeitete. Gareth kannte keine andere Frau, die so etwas tat. Natürlich kannte er auch sonst keine Bildhauer. Jedoch hatte er durch seine Arbeit mit einer ganzen Reihe Steinmetze zu tun gehabt, und darunter gab es keine Frauen.

Sie schien keine Schwierigkeiten damit zu haben, ihre Erwartungen veränderten Bedingungen anzupassen. Seiner Erfahrung nach waren Frauen selten so kühn, so furchtlos und unabhängig und auch selten geistig so beweglich. Andererseits musste er zugeben, dass er in seinen dreieinhalb Lebensjahrzehnten auch nicht besonders viel Erfahrung mit Frauen hatte sammeln können.

Schließlich, und das war etwas, das ihm erst im Verlauf dieses Abendessens auffiel, war sie auch ziemlich … eigensinnig. Gerade in diesem Augenblick stritt sie sich so energisch mit seinem Möchtegern-Sekretär herum wie ein beliebiger Mann im Pub, dazu noch über ein Thema, das auch als Männerdomäne galt: Pferde.

Featherstone war ziemlich aufgebracht und wegen irgendetwas, das sie gesagt hatte, puterrot angelaufen. »Du kannst kaum behaupten, eine Expertin auf diesem Gebiet zu sein, Serena, auch wenn du deine Meinung so bereitwillig kundtust. Nun, hier ist meine Meinung: Leeland deckt die besten Stuten in ganz Yorkshire.«

Mrs Lombard schnaubte höchst undamenhaft und nahm noch einen Löffel Suppe, bevor sie sich herabließ, ihm zu antworten. »Zweifelsohne. Aber wir sprechen über seine Pferde, nicht über den Mann selbst.«

Gareth erstarrte, den Löffel wenige Zentimeter über seiner Suppe. Hatte sie wirklich gesagt, was er gerade gehört hatte? Er sah zu ihr hinüber. Auf seinen erstaunten Blick reagierte sie mit einem kaum sichtbaren Lächeln, dann aß sie weiter.

Selbst Featherstone musste lachen, auf eine Weise, die ebenso laut und unangenehm war wie seine Stimme. »Du hast dich wirklich nicht verändert, Serena. Du hast noch immer keinerlei Kontrolle darüber, was aus deinem Mund kommt.«

Sie zuckte mit den Schultern, offenbar ließ sie sich von seinem Versuch, sie zu beleidigen, nicht beeindrucken.

Gareth ließ den Blick zwischen seinen beiden Gästen hin und her wandern. Erst jetzt fiel ihm auf, was er schon längst hätte bemerken müssen, wenn er auf derlei Dinge achtgeben würde. Er ließ den Löffel sinken. »Sie beide kennen sich?«

»Ja, Mrs Lombard ist meine Cousine.« Featherstone schlürfte etwas Wein, und ein Diener trat vor, um ihm nachzuschenken. Gareth hatte noch nie bemerkt, wie viel dieser Mann trank.

»Mein Ehemann war sein Cousin zweiten Grades«, verbesserte sie ihn mit ihrem Akzent und der tiefen Stimme. Dann nahm sie die Serviette und betupfte sich die Lippen, auf denen ein ironisches Lächeln lag.

»Dann sind Sie nicht der Meinung, dass die Pferde des Cousins von Mr Featherstone gut sind, Mrs Lombard?«

Sie wandte sich von Featherstone ab, der sie nun offen feindselig anstarrte. »Mr Featherstone hat recht, Mr Lockheart. Ich bin keine Expertin, was Pferde angeht. Ich sollte nicht so über Leeland Bowles sprechen. Ich habe ihn seit einigen Jahren nicht gesehen und habe sein Gestüt in Yorkshire nie besucht.«

»Wo würden Sie denn Ihre Pferde kaufen?«

Offensichtlich unangenehm berührt, warf die Frau Featherstone einen Blick zu.

Gareth betrachtete sein Mädchen für alles und bemerkte eine untypische Anspannung in dessen Blick. Die Feindseligkeit war nicht zu übersehen.

Ein Verdacht beschlich Gareth, aber er schob ihn vorerst beiseite. Er sah seinen rotgesichtigen Sekretär an, dann die Frau und wechselte bewusst das Thema.

»Sagen Sie, Mrs Lombard, wie sind Sie überhaupt zur Bildhauerei gekommen neben ihrer Tätigkeit als Landschaftsgärtnerin?«

Selbst Gareth, dessen Fähigkeit, die Mimik anderer Leute zu deuten, arg zu wünschen übrig ließ, konnte ihre Erleichterung erkennen.

»Ich wurde in Frankreich in Bildhauerei ausgebildet. Mein Vater, Peter Veryan, war Engländer. Er ging vor dem Krieg nach Frankreich, um dort bei einem berühmten französischen Bildhauer zu lernen: Jean Favel. Meine Mutter war Henriette Favel, dessen Tochter.

Sie starb bei meiner Geburt, und so wuchs ich in einem eher unkonventionellen Haushalt auf – bei zwei Künstlern, die fanden, es könnte mir nicht schaden, mich in ihrem Handwerk zu unterweisen.«

»Und die Landschaftsgärtnerei? Haben Sie das auch in Frankreich gelernt?«

Sie lachte. »Nein, ich fürchte weder mein Vater noch mein Großvater wussten viel über Pflanzen oder Gärten. Ich entdeckte dieses Interesse, als ich bei meinen Schwiegereltern lebte. Sie planten Umgestaltungen, und zu dem Zeitpunkt wohnte ich bei ihnen. Sie wollten eine Skulptur von mir, und ich durfte auch die Szenerie drumherum entwerfen. Ich arbeitete mit dem Mann zusammen, den sie eingestellt hatten, der fand, ich hätte ein Talent für diese Arbeit.

Als ich nach London zog, kümmerte ich mich um den vernachlässigten Garten des Hauses, in dem ich noch immer lebe.« Sie zuckte mit den Schultern und lächelte, und aus unerfindlichen Gründen zog sich dabei sein Magen zusammen. »Zunächst half ich einer Freundin, und dann sahen deren Freunde meine Arbeit. Mit der

Zeit suchten mich immer mehr Leute auf, um sich ihre Gärten von mir gestalten zu lassen. Ich denke, Sie wissen, wie das geht.«

Das wusste Gareth nicht. Niemand hatte ihn je gebeten, einen Garten zu gestalten. Aber er glaubte zu wissen, was sie sagen wollte. Sie hatte sich ihre aktuelle Position langsam erarbeitet. Das war nicht leicht, und womöglich für eine Frau noch einmal doppelt so schwer.

Featherstone hörte auf zu schmollen und riss die Kontrolle über die Unterhaltung an sich. Zur Abwechslung war Gareth einmal froh über das sinnlose Geplapper dieses redseligen Kerls. Er war vollkommen zufrieden damit, die Frau zu betrachten und über ihre Geschichte nachzudenken.

KAPITEL DREI

Es war ein anstrengender, aber höchst interessanter Abend für Serena gewesen. Die drei hatten sich nach dem Dinner in die Bibliothek zurückgezogen, wobei Lockheart offenbar nicht bewusst gewesen war, wie unschicklich es war, den Port nach dem Essen zu überspringen.

Serena hatte sich die Pläne angesehen, die Beech geschickt hatte, und dabei festgestellt, dass dies noch jemand war, der Lockhearts Vertrauensseligkeit auszunutzen versuchte.

Sie hatte noch nie jemanden wie diesen wohlhabenden jungen Kaufmannsprinzen getroffen. Er schien absolut nicht an Menschen interessiert zu sein, keinen Humor zu besitzen, und stets vollkommen auf das fokussiert zu sein, was gerade anlag. Viel mehr noch hatte sie die gesamte Zeit über das untrügliche Gefühl, dass er ihr immer nur einen Teil seiner Aufmerksamkeit schenkte. Sie vermutete, dass ein größerer Teil seines Verstandes immer auf irgendeiner anderen, womöglich höheren, Ebene beschäftigt war.

Tatsächlich wirkte er wie ein Künstler inmitten eines kreativen Rausches. Serena kannte diesen Gesichtsausdruck von einigen ihrer Künstlerfreunde, außerdem kannte auch sie dieses euphorische Gefühl, wenn man von der Muse geküsst wurde.

Obwohl Lockheart äußerlich keine Anzeichen künstlerischer Besessenheit zeigte wie etwa äußerliche Verwahrlosung, Verwirrtheit, Vergesslichkeit oder Reizbarkeit, hatte er den abwesenden Blick einer

Person, deren Verstand mit etwas anderem beschäftigt war.

Nach dem Dinner jedoch war dieser Blick schnell scharf und analytisch geworden, als sie Beechs übergroßen Plan des Anwesens studierten.

Lockheart hatte sich dabei sogar als faszinierender Mitverschwörer in Sachen Landschaftsgestaltungsplan entpuppt, obwohl ihn das Ergebnis an sich eigentlich nicht zu interessieren schien. Nein, ihn hatte die Mathematik dahinter interessiert, die Konstruktion.

Fragen des Wasserdurchflusses und -volumens hatten ihn dabei offenbar besonders gefesselt. Sie hatten die meiste Zeit damit verbracht, die geeignetste Stelle für den Damm und den künstlichen See zu finden.

Sie hatten mindestens zwei Stunden ohne aufzusehen über Beechs Plänen gebrütet, um festzustellen, dass Sandy in seinem Sessel beim Feuer eingeschlafen war.

Lockhearts seidiges braunes Haar war in Furchen gelegt wie ein frisch gepflügtes Feld. Er strich abermals mit den Fingern durch seine zerzauste Frisur, und sah sich mit unaufmerksamem Blick aus seinen grauen Augen im Raum um, betrachtete nacheinander Sandy, das Feuer und seine Uhr.

»Mir war nicht klar, dass es bereits so spät ist. Ich glaube, es war sehr unhöflich von mir, Ihnen nicht wenigstens Tee anzubieten.«

Serena störte es nicht. »Vielleicht sollten wir uns jetzt welchen bringen lassen und mit den Plänen weitermachen?«

Er nickte kurz und ging zu der Flügeltür hinüber. Seine Stimme war nur ein leises Murmeln, als er mit einem der Diener sprach, die vor der Tür warteten. Sein Haushalt verfügte über eine Dienerschaft wie die eines Dukes, eigentlich war er sogar besser ausgestattet als ein Duke.

Serenas Schwiegervater hatte sich schon seit einigen Jahren nicht mehr den Luxus geleistet, Diener vor der Tür seines Arbeitszimmers zu postieren.

Als er zurückkehrte, sah sich Serena gerade die beiliegende Skizze eines Tempels an. »Sie werden uns den Tee im Dokumentenraum servieren.« Er deutete auf einen Teil der Bibliothek, den sie noch nicht gesehen hatte. »Ich würde Mr Featherstone nur ungern stören.«

Serena schmunzelte, stellte dann aber fest, dass Mr Lockheart nicht lachte. Stattdessen betrachtete er sie mit einem verwunderten Ausdruck, als ob er sich fragte, warum *sie* lachte.

»Ich glaube, selbst Artilleriebeschuss würde Mr Featherstone nicht wecken.«

»Aha!«, sagte er, als habe er eine plötzliche Erleuchtung gehabt.

»Essen Sie für gewöhnlich auch zusammen zu Abend?«

»Nicht, wenn es sich vermeiden lässt.«

Serena verkniff sich ein Lächeln, als sie ihm zu einem Raum folgte, in dem eine Menge Schränke mit Glastüren standen. Er war schrecklich ehrlich und direkt. Sie konnte sich nicht vorstellen, welchen Schaden er in einem Londoner Salon voller Debütantinnen anrichten könnte, wenn Sandy die Wahrheit gesagt hatte und er auf der Suche nach einer Frau war.

Allerdings vergaß Serena Mr Lockhearts seltsame Art, sobald sie den Dokumentenraum betrat.

»Grundgütiger!« Ihre Stimme war nur noch ein ehrfürchtiges Flüstern. Dutzende Vitrinen füllten den Raum aus, und riesige Kandelaber hingen an langen Ketten darüber, um ihren Inhalt zu beleuchten. Der Raum war taghell. Sie näherten sich der größten Vitrine, die auf einem Podest in der Mitte des Raumes stand. In dem abgeschrägten Glaskasten befand sich ein recht antik aussehendes ledergebundenes Notizbuch.

Die Sprache, in der es verfasst war, identifizierte Serena als Latein, auch wenn sie es nicht lesen konnte. Die Zeichnungen allerdings, die Zeichnungen allein sprachen Bände!

Serena wandte sich Lockheart zu, der sie mit unbeteiligtem Blick ansah und die Hände hinter dem Rücken verschränkt hatte.

»Ist das etwa …?«

Der Blick seiner kühlen, glanzlos grauen Augen flog von ihrem erstaunten Gesicht zu dem Buch und zurück. »Es gehörte Leonardo da Vinci. Es ist eines seiner vielen Notizbücher.«

Serena fiel es schwer, zu atmen, so als ob sie versuchte, heißen Dampf zu inhalieren.

»Guter Gott!«

Er blinzelte.

»Sie haben Leonardos Notizbuch – in Ihrem Haus.«

»Das sagte ich doch.«

»Aber … wie?«

»Ich habe es erworben.«

»Wer hat es Ihnen verkauft? Warum würde irgendjemand so verrückt sein, so etwas zu verkaufen? Warum würde sich jemand von solch einem Schatz trennen?«

»Für Geld, Mrs Lombard.« Er sprach dies mit einer Überzeugung aus, die ihr eine Gänsehaut bescherte. Die Bemerkung machte sie allerdings auch wütend.

»Sie sagen das, als ob Sie mit Geld alles kaufen könnten, Mr Lockheart.«

»Alles hat seinen Preis.«

»Das sagte ich doch.«

»Nein. Sie sagten, dass ich glaube, Geld könne alles kaufen. Das glaube ich nicht. Einige Dinge benötigen eine andere Währung, aber alles hat seinen Preis und alles kann erkauft werden.« Der Ausdruck seiner Augen war kühl, hart und wissend wie der eines Henkers. »Was ist Ihr Preis, Mrs Lombard?«

»Mein Preis?«

»Ja. Ich möchte Sie anstellen, meine Gärten anzulegen und die gesamte Ausführung der Gestaltung zu überwachen.«

Serena hatte geglaubt, dass sie nichts mehr hätte überraschen können, nachdem sie Leonardos Notizbuch hier vorgefunden hatte. »Ich dachte, Sie wollten nur, dass ich den Entwurf mache.«

»Aber dann müsste ich eine weitere Person anstellen, die diesen Entwurf umsetzt. Und dabei würde sicherlich einiges von dem, was Sie kreiert haben, verändert. Es wird Missverständnisse geben und Fehler.« Er schüttelte den Kopf und verzog angewidert den anziehenden

Mund. »Nein, das klingt alles sehr ... chaotisch, sehr unaufgeräumt.«

Serena fand seine Wortwahl seltsam.

»Deswegen«, fuhr er fort, »würde ich Sie gern für den gesamten Prozess anstellen. Ebenso für alle Bildhauer- und Maurerarbeiten, die Sie für nötig halten.«

Ein leises, atemloses Lachen entschlüpfte ihrem vor Staunen aufgerissenen Mund. »Haben Sie eine Vorstellung davon, wie lange das dauern würde?«

»Ich habe keine Eile.«

Die Tür wurde geöffnet, und ein Dienstmädchen mit einem gewaltigen Teetablett trat ein.

»Stellen Sie das Tablett bitte dort auf den Tisch, der dem Kamin am nächsten steht, Mary.« Lockheart wandte sich an Serena. »Würden Sie mir die Ehre erweisen, Ma'am?«

»Sehr gern.« Wie in Trance näherte sie sich dem Tablett. Ihre Gedanken wirbelten wild durcheinander.

Das gewohnte Ritual beruhigte Serena, und ihre Hände bereiteten den Tee zu und drapierten das Gebäck auf den Tellern, ohne dass sie dafür ihren Verstand anstrengen musste. Erst als der Tee fertig war, sah sie wieder auf. Lockheart beobachtete sie mit dem durchdringenden, stumpfen Blick, den sie inzwischen als typisch für ihn kennengelernt hatte. Er schien überhaupt keine Gefühlsregungen zu besitzen.

»Wie nehmen Sie Ihren Tee?«

»Stark und mit Milch.«

Sie schenkte sich selbst eine Tasse ein und ließ den Tee noch etwas länger ziehen, bevor sie auch ihm eingoss. Er kam zu ihr herüber und nahm Tasse und Teller. »Vielen Dank, Ma'am.«

Serena beobachtete ihn heimlich dabei, wie er sich setzte. Er war überaus attraktiv. Seine Beine in den engen braunen Pantalons waren lang und muskulös und seine Schultern für seine schlanke Gestalt erstaunlich breit. Er trug keinerlei Schmuck, nicht einmal einen Siegelring, und seine Kleidung war beinahe übertrieben elegant. Anders als sein extravagantes Haus entsprach seine Kleidung und Ausstattung offenbar eher seinem eigenen Geschmack. Auch wenn er diese Kathedrale des Luxus und der Dekadenz hatte erbauen lassen, so schien er doch niemand zu sein, der persönlich viel Interesse oder Freude an den Insignien des Wohlstands hatte. Wenn es ihm allerdings nicht um Geld ging oder das, was man dafür kaufen konnte, warum arbeitete er dann so hart?

»Sie sagten, das Projekt würde viel Zeit in Anspruch nehmen. Könnten Sie da etwas genauer sein, Mrs Lombard?«

Sie nahm einen Schluck Tee und dachte über die Frage nach. »Ich müsste mich in Ruhe hinsetzen und darüber nachdenken, aber ich schätze, das Gelände selbst könnte in weniger als einem Jahr fertiggestellt werden, inklusive Reisen nach London und zurück und auch mit ...«

»Wenn Sie den Auftrag annehmen, würde ich wünschen, dass Sie hier vor Ort bleiben. Ich wohne nicht durchgängig hier, und glaube, dass ein Projekt dieser Größenordnung dauerhafte Beaufsichtigung braucht.«

Mit einem Klirren stellte sie Teetasse und Untertasse ab. »Sie meinen, ich soll hier *wohnen*?«

»Würde das für Sie ein Problem darstellen? Ich würde nur gelegentlich herkommen und den Fortschritt begutachten.«

Er runzelte die Stirn, als ob ihm gerade ein unangenehmer Gedanke gekommen wäre. »Sie erwähnten Schwiegereltern. Ich nehme an, Ihrem Ehemann wäre es nicht recht, wenn Sie so lange von ihm getrennt wären.«

»Ich bin Witwe, Mr Lockheart.«

Sein Blick flackerte kurz, doch sein Ausdruck blieb unbewegt. Anders als alle anderen drückte er ihr nicht sein Bedauern aus.

»Sie könnten also für die Dauer des Auftrags ohne allzu große Verwerfungen hierherziehen.«

»Ich habe ein Kind.«

Er legte den Kopf schräg. »Ein Kind?«

»Ja, einen Sohn.«

»Ist er in der Schule?«

»Er ist in einem Haushalt voller Lehrer großgeworden. Aber nun ist er zehn, und ich bin unentschlossen, ob ich ihn aufs Internat schicken oder einen Hauslehrer anstellen soll.« Noch so ein Thema, über das zwischen Serena und ihren Schwiegereltern Uneinigkeit herrschte. Der Duke und die Duchess fanden, dass alle männlichen Nachkommen der Familie nach Eton sollten.

»Sie könnten Ihn doch herbringen. Soweit ich gehört habe, soll Landluft doch gut für Kinder sein.«

»Ist das so?«, neckte sie und knabberte an ihrem Keks, um ihr Lachen zu verstecken.

Die Frage ließ ihn stutzen, und seine glatte Stirn legte sich in Falten. »Ich glaube, ich habe es irgendwo gelesen, allerdings weiß ich nicht mehr, wo.« Er sah sie mit seinem kühlen Blick an. »Hätten Sie darüber gern eine Bestätigung, bevor Sie ...«

Serena konnte nicht mehr an sich halten und lachte.

Er zog die Augenbrauen hoch, was seine attraktiven Züge überheblich und beinahe majestätisch wirken ließ.

»Sie glauben mir nicht?«

Sie schüttelte noch immer lächelnd den Kopf. »Doch, Mr Lockheart, ich glaube ebenfalls, dass das Landleben gut für Kinder ist.« Sie zögerte. »Haben sie als Junge selbst Zeit auf dem Land verbracht?«

Er sah von seinem Teller auf, der, wie sie feststellte, weitgehend unberührt war. »Ich bin in einem Waisenhaus in London aufgewachsen. Ich habe noch nie irgendwo anders gelebt als in der Stadt.«

Sie hatte eine Reihe Gerüchte über seine Vergangenheit gehört, hatte aber nicht mit einer so direkten Aussage gerechnet. Ihrer Erfahrung nach hielten Leute mit den negativen Aspekten ihres Lebens eher hinter dem Berg. Zumindest sprachen sie nicht so bereitwillig darüber. Serena wusste nichts zu entgegnen. Ein Waisenhaus? Wie mochte das sein? Dutzende Fragen fielen ihr ein, aber es stand ihr nicht zu, irgendeine davon zu stellen.

»Bis jetzt haben Sie nicht auf dem Land gelebt, meinen Sie.«

Er blickte sie fragend an, und sie machte eine ausholende Geste. »Nun, jetzt leben Sie doch auf dem Land.«

»Ach so. Nein, das ist nicht wahr. Ich habe insgesamt keinen Monat hier verbracht, seit der Bau abgeschlossen ist, und ich plane auch nicht, dauerhaft hier zu leben.«

Sie schüttelte den Kopf. »Weniger als ein Monat? Warum haben Sie es bauen lassen?«

Als er sie nun ansah, hatte sie das Gefühl, dass er sie zum ersten Mal *wirklich* ansah. »Warum ich dieses Haus gebaut habe?«

Sie nickte wieder.

»Weil man einen Landsitz haben muss, um mit dem Adel Geschäfte zu machen.«

Noch *nie* hatte sie gehört, dass jemand so etwas derart direkt aussprach. Sie hätte viel darum gegeben, ihn dasselbe zum Duke oder der Duchess sagen zu hören.

»Das ist also der einzige Grund für all das hier?« Sie wedelte erneut mit der Hand. »Dieses gigantische Haus, das Anwesen, das Sie gestalten wollen, die Skulpturen, mit denen Sie es schmücken möchten?«

Er zog seine glatten Brauen dieses Mal nur halb hoch. »Ja.«

Er schien daran nichts Eigenartiges finden zu können, Hunderttausende Pfund für etwas auszugeben, das letztlich nur ein Mittel zum Zweck war.

»Gefällt Ihnen Ihr Haus?«

Er verzog leicht das Gesicht.

Aha! Endlich eine Reaktion.

»Ich fürchte, Sie missverstehen mich, Mrs Lombard. Es geht nicht darum, ob es mir gefällt oder nicht. Es zählt nur, ob es sich als effektiv erweist.«

Serena beschloss, dass sie mehr Tee benötigte, um diese Unterhaltung fortsetzen zu können. »Noch Tee?«

***

Gareth lehnte ihr Angebot mit einem Kopfschütteln ab und betrachtete sie aufmerksam, als sie ihre eigene Tasse wieder vollschenkte. Sein Eindruck von ihr hatte sich im Laufe des Abends leicht verändert.

Auch wenn er noch immer der Meinung war, dass ihr Haar ordentlich gebändigt und gepflegt gehört hätte, war er zu dem Schluss gekommen, dass etwas an ihr das Auge fesselte. Zumindest fesselte es seines oft genug. Gareth vermied die Gesellschaft von Damen, da er für gewöhnlich keine Ahnung hatte, was sie dachten, und daher dazu neigte, sie entweder zu beleidigen oder zu enttäuschen, wenn sie feststellten, dass er kläglich versagte, was Konversation oder flirtives Geplänkel anging. Mrs Lombard schien das nichts auszumachen. Tatsächlich war es nicht viel anders, als unterhielte er sich mit Declan, seinem einzigen wirklichen Freund. Nicht dass Declan besonders einfach im Umgang oder besonders direkt gewesen wäre. Aber da war auch dieses leichte Lächeln, das sowohl Mrs Lombard als auch Declan beinahe gewohnheitsmäßig auf den Lippen lag. Gareth war sich nicht sicher, ob sie sich nicht vielleicht über ihn amüsierten, aber zumindest behielten sie ihre Beobachtungen für sich. Jedenfalls tat Mrs Lombard das. Declan schalt ihn oft für dieses oder jenes.

Was ihm aber an beiden gefiel, war die Tatsache, dass sie ihn nicht mit uninteressanten oder gefühlsduseligen Details und gekünstelten Manieren belästigten. Sie hatten beide eine saubere, logische Herangehensweise, die er erfrischend fand.

»Was meinen Sie in diesem Zusammenhang mit effektiv, Mr Lockheart?«

Da. Noch ein Beispiel dafür, wie wunderbar direkt diese Frau war. Gareth konnte nicht umhin, sich zu beglückwünschen, dass er ein solches Juwel auf den ersten Blick erkannt und ihr eine Anstellung angeboten hatte. Er zweifelte nicht daran, dass sie das Angebot annehmen würde, obwohl sie es noch nicht getan hatte. Und sie würde es auch zu seinen Bedingungen tun. Wie jeder hatte auch sie ihren Preis, auch wenn sie sich dessen nicht bewusst war.

»Ich freue mich, dass Sie das fragen. Sie sind eine Frau, die für ihren Unterhalt arbeitet, Mrs Lombard. Vielleicht sind Sie sich der Gewohnheiten der Oberschicht nicht bewusst?«

Sie lächelte und nickte, anstatt ihre Unterhaltung durcheinanderzubringen. »Ich war mir dessen selbst nicht bewusst, müssen Sie wissen. Aber dann fiel mir auf, dass ich an einem gewissen Punkt nicht weiterkam, was geschäftliche Verhandlungen anging. Diese Grenze war für mich unsichtbar, und als jemand, der Schwierigkeiten hat, Nuancen zu erfassen, gebe ich zu, dass ich das Problem nicht erkannte. Erst mein Geschäftspartner Declan McElroy erklärte es mir.«

»Ich verstehe. Und Mr McElroy sagt das als Vertreter der Klasse, in die Sie, ähm, einzudringen versuchen?«

Gareth starrte sie an. »Was? Declan? Nein. Er ist Ire und hat für den Landadel in Großbritannien und Irland nicht besonders viel übrig. Allerdings hat er viel Zeit in der Nähe solcher Leute verbracht und riet mir, Land zu kaufen, ein angemessenes Haus bauen zu lassen und mir eine Ehefrau aus adligen Kreisen zu suchen, wenn ich diese unsichtbare Grenze zu überwinden wünschte.«

»Das klingt nach einem soliden Plan.«

Gareth gefiel diese Frau immer besser. Er hatte fast damit gerechnet, irgendeinen albernen Einwurf wegen seiner kaltherzigen Entscheidung zu hören zu bekommen.

»Sie haben ein beeindruckendes Haus gebaut, und bald wird die Umgebung dem Haus schmeicheln. Nun müssen Sie nur noch Ihre Braut finden. Sagen Sie, Mr Lockheart, wenn ich diesen Auftrag annehme, wird die zukünftige Mrs Lockheart dann hier bei mir wohnen?«

Aha. Das war eine gute Frage. Gareth nahm einen Keks, ein krümelig aussehendes Ding mit kleinen Nussstückchen, dann legte er ihn jedoch wieder zurück. »Nein, ich habe meinen Vorstoß in die Welt der Brautwerbung noch nicht begonnen. Ich hatte vor, das zu tun, wenn Rushton Park fertiggestellt wäre und ich meiner Frau etwas zu bieten hätte.«

»Oh, Mr Lockheart, das klingt ja nahezu romantisch.«

Gareth blinzelte. »Wirklich?«

Sie schmunzelte über seine überraschte Reaktion und stellte ihre leere Tasse ab.

»Ach so, ich verstehe. Sie scherzen. Ich fürchte, ein Sinn für Humor geht mir ab, Mrs Lombard, zumindest behauptet das mein Freund McElroy.«

»Wenn das so ist, dann hat es Ihnen zumindest nicht geschadet.«

Gareth konnte nicht anders, als sich über dieses indirekte Lob zu freuen. »Das ist eine interessante Feststellung, Mrs Lombard. Ich denke, das sollte ich Mr McElroy bei Gelegenheit sagen, wenn er wieder darüber klagt.« Sie lachte, und er erlaubte sich ebenfalls ein kurzes Lächeln, auch wenn er nicht fand, dass seine Bemerkung besonders witzig gewesen wäre. Dennoch, es kam selten vor, dass er länger mit einer Frau sprach und noch seltener, dass er eine zum Lachen brachte.

Er räusperte sich. »Nun, vielleicht dürfte ich zum ursprünglichen Thema unserer Unterhaltung zurückkommen.«

***

Serena konnte sich nicht erinnern, je in ihrem Leben so gut geschlafen zu haben. Sie konnte nur vermuten, dass es die Matratze war, die offenbar aus einem Material bestand, das sich wie Wolken aus Seide anfühlte. Sie lag in ihrem himmlischen Bett, starrte den gekräuselten blauen Betthimmel an, und dachte noch einmal über die Ereignisse des vergangenen Abends nach.

Nachdem ihr etwas zu spät klargeworden war, dass Sandys Pläne beinhalteten, Gareth Lockheart zu beschwindeln, hatte sie sich mit Kommentaren zurückgehalten, die nicht unmittelbar mit den Gärten oder Bildhauerarbeiten zusammenhingen.

Wer hätte ahnen können, dass Lockheart – seinem Ruf als geschickter und erfolgreicher Geschäftsmann zum Trotz – ein unbedarftes Lämmchen war, was die Dinge betraf, die der Aristokratie am meisten am Herzen lagen: Anwesen, Herrenhäuser und Pferde.

Serena schüttelte den Kopf, ihr Magen verkrampfte sich schuldbewusst. Sandy musste wirklich tief gesunken sein, ein so unehrliches und skrupelloses Verhalten an den Tag zu legen. Jagdpferde von ihrem Cousin Leeland zu kaufen – Landy, wie sie ihn spöttisch nannten – war erbärmlich. Landys »Gestüt« in

Yorkshire war einmal ein florierender Besitz gewesen, bevor er es vor zehn Jahren geerbt und ruiniert hatte. Serena hatte von Landys neuestem Skandal gehört, einer Liaison mit der Tochter eines seiner Pächter, aus der ein Kind hervorgegangen war, für das Landy nicht aufkam. Er hatte kein Geld, also besaß er auch gewiss keine reinrassigen Zuchtpferde.

Sie nahm an, dass er und Sandy einige abgewrackte Klepper auftreiben und Mr Lockheart für ein Vielfaches ihres Wertes verkaufen würden.

Sie sah sich in ihrem Zimmer um, das so mit Möbeln und Tand vollgestopft war, dass sie nur annehmen konnte, dass Sandy ähnlich verfahren war, als er Rushton Park eingerichtet und dabei in seine eigene Tasche gewirtschaftet hatte. Offenbar war es leicht, Mr Lockheart übers Ohr zu hauen, und es gab eine Menge Leute, die das auszunutzen wussten, einige davon waren mit ihr verwandt.

»Verflucht«, murmelte sie, schob das schwere Bettzeug aus Seide und Samt beiseite und verließ mit großem Widerwillen ihr gemütliches Nest.

Sie läutete nach heißem Wasser und betrachtete das Ergebnis der Besprechung des gestrigen Abends. Sie hatte beschlossen, sich eine Woche Zeit zu nehmen, um über Lockhearts Vorschlag nachzudenken, dass sie das Projekt sowohl planen als auch umsetzen sollte. Er hatte sie schon davon in Kenntnis gesetzt, dass sie vollkommen freie Hand hätte, was alle ästhetischen Überlegungen anging. Sie wäre auf die Weise nicht nur in der Lage, ein Paradestück zu kreieren und so viele Werke, wie sie für nötig hielte, sondern sie könnte auch Aufträge an andere Bildhauer und Künstler vergeben.

Die Tür wurde geöffnet, und ein Dienstmädchen erschien mit einem dampfenden Krug.

»Guten Morgen, Ma'am.«

»Guten Morgen. Bin ich die Letzte, die aufsteht?« Serena goss Wasser in die Waschschüssel.

»Mr Lockheart ist bereits beim Frühstück, Ma'am, aber Mr Featherstone ist noch nicht heruntergekommen.«

Serena würde ins Frühstückszimmer gehen und sich um ihre Rückreise kümmern.

»Mr Jessup hat mich heute Morgen gebeten, hineinzuschlüpfen und Ihr Kleid mitzunehmen, Ma'am. Ich habe es mit dem Schwamm gereinigt und geplättet. Es sieht jetzt wieder frisch aus.«

Serena lächelte. »Das ist sehr freundlich, danke. Mr Jessup denkt einfach an alles.«

»Allerdings, Ma'am. Das Frühstückszimmer ist im ersten Stock im privaten Trakt. Soll ich einen Diener schicken, der Sie hinführt, wenn Sie so weit sind?«

»Das ist nicht nötig, vielen Dank.«

Mit der ihr eigenen Effizienz wusch sich Serena, kämmte die Haare und zog sich an, sodass sie eine halbe Stunde später bereits auf dem Weg ins Frühstückszimmer war.

Mr Lockheart erhob sich, als sie den herrlichen, sonnigen Raum betrat. Er trug an diesem Morgen hellbraune Pantalons, Reitstiefel und eine marineblaue Jacke, die seine grauen Augen bläulicher erscheinen ließ, und seine Kleidung betonte seine hoch gewachsene, gut proportionierte Gestalt. Im hellen Morgenlicht sah er unverschämt gut aus, sein braunes Haar und die blasse Haut bildeten einen Kontrast zu seiner frischen, weißen Krawatte. Neben seinem halb geleerten Teller lagen aufgeschlagen mehrere dicke Bücher. Es freute sie, dass er die beeindruckende Bibliothek nicht nur als Schaustück besaß.

»Oh, Mrs Lombard. Sind Sie eine Frühaufsteherin?«

»Für gewöhnlich stehe ich früher auf als heute, aber das Bett in meinem Zimmer ist das bequemste, in dem ich je gelegen habe.«

»Das freut mich zu hören. Die Matratze wurde in einer kleinen Manufaktur in der Nähe von Manchester gefertigt.«

»Eine Kanne Tee, bitte«, sagte Serena zu dem Diener, und ihr Blick schweifte über die für nur zwei Personen äußerst großzügige Auswahl an Speisen.

»Bitte, greifen Sie zu, Mrs Lombard.«

»Vielen Dank. Lassen Sie Ihr Essen nicht kalt werden, Mr Lockheart, es wird eine Weile dauern, bis ich mich entscheiden kann.«

Er nahm wieder Platz. »Jessup schwört, dass es in den besten Haushalten üblich ist, sich selbst zu bedienen, aber nur beim Frühstück.«

Serena musste über den naiven Kommentar lachen, und nahm die Auswahl an Wurst, Eierspeisen und Gebäck in Augenschein, die auf dem riesigen Sideboard ausgebreitet war. So etwas hatte sie schon lange nicht mehr gesehen, nicht seit ihrer Kindheit bei Monsieur Favel, für den Essen eine Religion gewesen war. Serena und Lady Winifred aßen für gewöhnlich ein schlichtes Frühstück bestehend aus Haferbrei, und der Koch des Dukes und der Duchess hätte es nicht mit Lockhearts Küchenmeister aufnehmen können. Als Kind war Frühstück ihre liebste Mahlzeit gewesen, und sie hätte sich dafür schämen sollen, wie voll sie sich den Teller lud, aber das tat sie nicht.

Sie nahm ihm gegenüber Platz und butterte eines der warmen Croissants – ein seltener Leckerbissen. »Ist Ihr Koch Franzose, Mr Lockheart?«

Er sah von seinem Essen auf, das er offenbar nach unterschiedlichen Lebensmittelgruppen sortiert aß, eine Gewohnheit, die er mit ihrem Sohn gemeinsam hatte.

»Ja, Jessup sagte so etwas. Er ist neu auf Rushton Park. Mögen Sie seine Küche?«

Da er die Frage gestellt hatte, als Serena gerade den Mund voll zartem, buttrigem, luftig leichtem Blätterteig hatte, konnte sie nur nicken und hoffen, dass sie dabei nicht vor Verzückung schielte. Sie beschloss, als Nächstes eine der vier Marmeladen zu kosten, die auf dem Tisch aufgereiht waren.

»Haben Sie sich zu unserem Gespräch schon Gedanken gemacht, Mrs Lombard?« Serena sah von ihrem Festmahl auf und hob die Hand. »Ich weiß, es ist nicht schicklich, Geschäftliches beim Frühstück zu besprechen, aber ich fürchte, ich werde später abreisen. Ich werde einige Wochen fort sein und hatte gehofft, meinen Mann in London mit den nötigen Instruktionen ausstatten zu können, bevor ich aufbreche.«

Serena aß etwas von dem Rührei, das mit Sahne und Schinkenstückchen gemacht war und hätte weinen mögen. Ein solches Frühstück genügte beinahe, um sie für sein Angebot zu gewinnen. Sie schluckte und wischte sich den Mund mit der kunstvoll bestickten Serviette. Die Tür wurde geöffnet, und der Diener brachte ihren Tee.

»Könnte ich bitte eine Woche Bedenkzeit haben, in der ich ein umfassendes Angebot erstelle?«

»Das klingt angemessen. Wann glauben Sie, dass Sie beginnen würden, falls Sie den Auftrag annehmen?«

»Ich würde mit meinem Sohn vor Ende des Monats herkommen.« Das hieß, ihr blieben drei Wochen, um die nötigen Vorkehrungen zu treffen.

Lockheart nickte. »Ich werde morgen in acht Tagen in Leeds sein. Wenn Sie Fragen haben, können Sie sich an meinen Geschäftsführer in London wenden, und er wird sie an mich weiterleiten.«

»Ausgezeichnet. Ganz gleich, wie meine Entscheidung ausfällt, werden Sie vor Ende nächster Woche von mir hören.« Serena betrachtete die Bücher neben ihm. »Was haben Sie gerade gelesen, als ich Sie gestört habe?«

Ein merkliches Zucken seiner Mimik zeigte, dass er sich erst auf den abrupten Themenwechsel einstellen musste. Es war ihr schon in ihrer Unterhaltung am vorigen Abend aufgefallen. Er war immer vollständig auf eine Sache konzentriert.

Er drehte das geöffnete Buch zu ihr und schob es über den Tisch.

Serena blickte auf zwei Seiten mit absolut unverständlichen mathematischen Gleichungen. Es waren Symbole und Formeln, von deren Existenz sie noch nicht einmal geahnt hatte. Sie sah auf.

»Was ist das?«

»Das sind mathematische Probleme, die vierteljährlich in einem Journal veröffentlicht werden. Ich lasse sie in Bücher binden und beschäftige mich damit, wenn ich Zeit habe. Dieses ist von 1812.«

Serena schüttelte den Kopf, und sie wandte den Blick von seinem Gesicht zu den Zahlen. Beide erschienen ihr gleichermaßen schwer zu enträtseln. »Sie ... lesen diese Journale?«

»Ja.«

Sie deutete auf die Seiten und schob das Buch zurück zu ihm. »Erklären Sie mir, was Ihnen die Seiten sagen?«

»Sagen?«

»Ja, welche Informationen lesen Sie aus diesen Ziffern und Symbolen ab?«

Er nahm das Buch, drehte es richtig herum und schaute auf die Seite. Während er den rätselhaften Inhalt in Augenschein nahm, bewegten sich seine Augen unter den gesenkten Lidern rasch hin und her.

Als er schließlich wieder aufsah, war sein Gesichtsausdruck angespannt, seine Augen wirkten dunkler. Diesen Ausdruck hatte Serenas Vater immer gehabt, wenn er ein neues Projekt begonnen oder das perfekte Stück Marmor gefunden hatte.

Es war kontrollierte kreative Leidenschaft und die erste echte Empfindung, die er nach außen zeigte.

»Sie bringen Ordnung in scheinbar zufällige Ereignisse. Das hier«, er tippte auf die Seite, wandte aber den Blick nicht von ihrem ab, »erklärt *alles*, wenn es Ihnen gelingt, es zu enträtseln.« Seine Stimme war leise, aber seine grauen Augen glühten. Das war also ein Thema, das ihn aus der Reserve lockte. Nicht Geld, nicht Besitz und auch nicht die Brautschau: nein, Zahlen.

Er betrachtete seine Hand, die auf dem Tisch ruhte und seine Serviette so fest gepackt hielt, dass seine Fingerknöchel weiß hervortraten. Er verzog das Gesicht, warf die zerknautschte Serviette auf seinen leeren Teller und stand auf. »Es tut mir leid, dass ich Sie so abrupt verlassen muss, aber ich habe in Kürze einen Termin. Ich habe Jessup beauftragt, für Ihre Rückreise nach London meine Kutsche einspannen zu lassen. Sie können aufbrechen, wann Sie möchten.

Darin werden Sie Beechs Entwürfe und alle weiteren Informationen finden, die ich über das Anwesen habe. Ich wünsche Ihnen eine angenehme und sichere Reise und freue mich, von Ihnen zu hören.« Er verbeugte sich und war verschwunden. Es war, als wäre ein Wirbelwind durch den Raum gefegt. Er schätzte wohl kein gemütliches Frühstück.

Serena zog das geöffnete Buch zu sich heran und blätterte beim Essen durch die Seiten. Sie hoffte, etwas zu finden, das ihr helfen würde, den Mann zu verstehen, der gerade gegangen war.

***

Gareth verließ Rushton Park in seinem offenen Zweispänner, kurz nachdem Mrs Lombard in seiner sechsspännigen Reisekutsche aufgebrochen war. Er hatte Mr Featherstone vor seiner Abfahrt nicht mehr gesehen und beschlossen, dass er wohl noch im Bett sein musste, obwohl es bereits nach Mittag war. Er hielt unterwegs zweimal an und erreichte die Stadt erst nach acht Uhr.

Er badete, zog sich um und aß zu Abend, wobei er die neueste Korrespondenz durchging. Nach dem Essen schickte er nach Partridge, seinem Geschäftsführer in London, obwohl es schon nach zehn am Abend war.

Gareth kannte keine Skrupel bei so etwas; er zahlte dem Mann ein Vielfaches von dem, was andere Verwalter verdienten, und nahm ihn nur selten in Anspruch.

Er übersprang Port oder Whiskey und ließ sich Tee in sein Arbeitszimmer bringen, wo er zwei neue Angebote studierte, die Declan ihm geschickt hatte. Eines war eine schwächelnde Werft in Liverpool, deren Anteile, Verträge und Aussichten Gareth als unrentabel einschätzte, das andere jedoch betraf einen Kanalbauplan, der feststeckte, bevor ein Durchbruch gelungen war, und der neue Investoren suchte.

Partridge erschien, als Gareth gerade eine Nachricht an Declan geschrieben hatte, um mehr Information über das Kanalprojekt anzufragen.

»Guten Abend, Mr Lockheart.«

Gareth nickte dem älteren Mann mit den spindeldürren Beinen zu und deutete auf den Stuhl ihm gegenüber. Partridge war alt genug, um die neue Mode abzulehnen, und seine Kleidung war selbst für jemanden wie Gareth, der sich nicht dafür interessierte, klar erkennbar mindestens fünfzig Jahre aus der Mode. Sein Frack mit den langen Schößen war aus braunem Brokat mit Goldfäden, und die Schnallen seiner schwarzen Schuhe waren groß wie Teetassen.

»Würden Sie gern etwas essen oder trinken, Mr Partridge?«

»Nein, vielen Dank, Sir.« Er räusperte sich, ein Zeichen, dass er zum Geschäftlichen kommen wollte. Gareth mochte den älteren Herrn und seine sachliche Art, die so gut zu seiner eigenen passte; einer Art, die viele für eigenartig, unfreundlich oder unterkühlt hielten.

»Ich hätte gern, dass Sie Mr Featherstone und seinem Cousin Leeland Bowles auf den Zahn fühlen. Besonders Bowles' Gestüt in Yorkshire sollten Sie unter die Lupe nehmen.« Gareth machte eine Pause und wischte sich eine Haarsträhne aus der Stirn, wobei er sich eine mentale Notiz machte, dass es Zeit war, sich die Haare schneiden zu lassen. »Ich hätte mich über ihn erkundigen sollen, bevor ich ihn einstellte, aber er wurde mir wärmstens von Jonathan Graves empfohlen, der seine Dienste in Anspruch genommen hatte, um sein Anwesen in Surrey einzurichten.«

Letzteres hatte er mehr zu sich selbst gesagt als zu seinem Angestellten. Er hatte sich unklug verhalten, und offenbar den Preis dafür bezahlt. Der Mann war nicht nur in irgendwelche Täuschungsmanöver verwickelt, sondern hatte praktisch aufgehört, für Gareth zu arbeiten. Bis auf die Jagdhunde, die er besorgt hatte, natürlich. Dennoch wollte er erst Gewissheit haben, bevor er irgendetwas gegen Featherstone unternehmen würde.

»Sehr gut, Sir. Ich werde Mr Steele beauftragen.«

Steele war ein Mann, der für die Bow Street Runners arbeitete, allerdings in Eigenregie. Er war wie sein Name, hart und undurchdringlich, ein monströs großer Mann, dessen langsame, plumpe Art in keiner Weise seiner geistigen Agilität gerecht wurde.

»Sagen Sie ihm, es eilt. Ich werde am Donnerstag nach Yorkshire aufbrechen und würde die Sache bis dahin gern erledigt wissen.« Er hakte die Sache Sandford Featherstone im Geiste ab. »Nun, haben Sie die Pläne für die neue Brauerei in Leeds, die ich in Auftrag gegeben habe?«

Gareth und Partridge arbeiteten eine erstaunliche Menge geschäftlicher Angelegenheiten durch, die sich in weniger als einer Woche angesammelt hatten, und als Gareth aufsah, stellte er fest, dass es bereits zwei Uhr morgens war.

»Für heute wäre das alles, Partridge. Ich benötige Sie morgen nicht, aber kommen Sie übermorgen wieder her.«

Partridge ordnete den neuen Stapel Papiere, die er mitnehmen wollte und verstaute sie vorsichtig in seiner enormen ledernen Aktentasche. »Ich werde Steele bitten, sich mit Ihnen in Verbindung zu setzen, sobald er etwas herausgefunden hat. Gute Nacht, Sir.«

Gareth nickte, warf einen Blick auf die Papiere auf seinem Schreibtisch und sah erst wieder auf, als der andere Mann gegangen war. Er hasste Abschiede und fühlte sich dabei immer unwohl. Er fand es weniger anstrengend, Leute einfach zu ignorieren, wenn es Zeit wurde, dass sie gingen. Auch wenn er es war, der sich verabschiedete, ging er für gewöhnlich, ohne ein großes Gewese darum zu machen. Declan hingegen machte aus jedem Willkommen und Abschied eine Staatsaffäre, und fand, es wäre nicht nur sein Recht, sondern auch seine Pflicht, Gareth für sein eigenartiges Benehmen zu rügen.

»Es ist verdammt befremdlich, im einen Moment mit dir zu sprechen und im nächsten Augenblick festzustellen, dass ich Selbstgespräche führe«, hatte er bei mehr als einer Gelegenheit angemerkt. Da Declans Mundwerk selten stillstand, wäre es allerdings schwergefallen, einen Moment abzupassen, in dem er gerade *nicht* redete.

Gareth hielt es für angemessen, den geselligen und redseligen Iren zu ignorieren, wenn er ihn wegen seiner mangelnden gesellschaftlichen Umgangsformen ins Gebet nahm. Laut denen, die so etwas verfolgten – Declan zum Beispiel – war Gareth einer der zehn wohlhabendsten Männer im Land.

Und als solcher musste er sich keine Gedanken darum machen, wie seine seltsamen Gewohnheiten wohl bei anderen ankamen. Es war in Ordnung, dass er sich nicht richtig einfügen konnte und wollte.

Diese Erkenntnis hätte beruhigend sein sollen. Stattdessen hinterließ sie bei ihm eine nagende Sehnsucht: die Sehnsucht, nicht immer der Außenseiter zu sein.

Gareth stand von seinem Schreibtisch auf und ging zum Sideboard, wo er sich ein Glas Whiskey einschenkte. Er nahm den Drink mit zum Fenster und sah hinaus auf den Platz, der still dalag. Dieses Haus war sein liebstes, auch wenn es mit Abstand das kleinste war. Er hatte es vollständig möbliert erworben, mit allen Kunstwerken und der Dienerschaft, von einem Mann, der in dem einen oder anderen Spielsalon zu viel riskiert hatte. Im Prinzip war er im Leben eines anderen Mannes eingezogen. Declan hatte gemeint, irgendwas müsse mit ihm nicht stimmen, dass er sich umgeben von dem Zeug eines anderen so wohl fühlte.

Gareth nippte an seinem Drink, während er über den Vorwurf seines Freundes nachdachte, und die feurige Flüssigkeit war wie ein beruhigender Balsam auf einer offenen, schmerzenden Wunde. Er bemerkte, dass er die Hand zur Faust geballt hatte, öffnete sie und streckte die verkrampften Finger ein paar Mal, bevor er den Unterarm an den Fensterrahmen legte. Seufzend lehnte er sich dagegen. Er sollte über so etwas nicht nachdenken, schon gar nicht jetzt.

Es war spät, und er hatte oft festgestellt, dass die Zeit zwischen drei Uhr morgens und Sonnenaufgang die schlimmste Zeit des Tages war. Dann war die schützende Logik der Zahlen und der Mathematik am schwächsten, und Gefühle stiegen an die Oberfläche. Der Verdacht gegen Featherstone half da natürlich auch nicht. Vielmehr entzog er ihm die Kraft und ließ ihn an der Sinnhaftigkeit von all dem zweifeln; diesem Anhäufen von Reichtümern und Besitz und dem Drang, sie vor denen zu schützen, die ein Stück davon abhaben wollten. Er fühlte sich dabei wie eine Ratte, die einen großen Käselaib verteidigt.

Dabei fiel ihm das Stichwort *Anwesen* ein, und unwillkürlich musste er an diese Frau – Mrs Lombard – denken. Würde sie die Stelle annehmen? Wollte er das wirklich? Er hatte sie für die vorteilhafteste Lösung für ein Problem gehalten, das zu viel seiner Zeit vereinnahmte, aber etwas in ihrem Blick gab ihm Rätsel auf. Sie war nicht unehrlich. Vielmehr war sie vermutlich etwas *zu* ehrlich.

***

Zwei Tage später stand Sandford Featherstone vor Gareth' Schreibtisch in seinem Londoner Arbeitszimmer. Seine Augenlider sahen schlaff und strapaziert aus wie bei einem vollkommen ausgebrannten Mann. Seine Haut hatte einen ungesunden gelben Schimmer, und seine Hand zitterte, als er sie auf der Armlehne ablegte und sich schwerfällig in den Stuhl vor dem Schreibtisch fallen ließ.

Es nagte an Gareth, dass er diese Anzeichen des Verfalls nicht bemerkt hatte. Das hatte man davon, wenn man so ein unaufmerksamer Trottel war. Er konnte sich vorstellen, was Declan dazu sagen würde, der würde ihm eine schöne Standpauke halten.

Featherstones Blick huschte von Gareth zu den ordentlich aufgestapelten Dokumenten, die er für seine Reise in den Norden vorbereitete. »Sie brechen heute nach Yorkshire auf?«

»Morgen früh.« Gareth wandte sich den zwei Männern zu, die damit beschäftigt waren, Kisten mit den Bestandsbüchern und Papieren zu packen, die Declan ihn gebeten hatte, mitzubringen. »Würden Sie bitte in einer halben Stunde wiederkommen?«

Die Männer nickten, erhoben sich und gingen ohne ein weiteres Wort, wobei sie leise die Tür schlossen, denn offenbar waren sie mit Gareth' Eigenheiten vertraut.

Gareth nahm den zweiseitigen Bericht zur Hand, den Mr Steele zusammengestellt hatte, reichte ihn Featherstone und beobachtete seinen Gesichtsausdruck beim Lesen. Hektische rote Flecken erschienen auf seinem Gesicht. Schuldgefühle und überraschenderweise auch Wut rangen in seinem schmalen Gesicht miteinander. Er verzog beim Lesen den Mund, bis sein Gesicht einer verärgerten Trockenpflaume glich. Er machte sich nicht die Mühe, auch die zweite Seite zu lesen.

Mit blitzenden, blutunterlaufenen Augen sah er auf. »Sie hat Sie also auf mich angesetzt, was?«

Damit hatte Gareth nicht gerechnet, und er brauchte eine Weile, bis er verstand, wen er mit »sie« gemeint hatte. Ach, er dachte, dass diese Lombard ihn hatte auffliegen lassen. Gareth fragte sich einen Augenblick lang, ob sie von den Betrügereien dieses Kerls gewusst hatte, und entschied dann, dass es keine Rolle spielte. Er hielt es auch nicht für nötig, ihm zu widersprechen oder zu erklären, warum er beschlossen hatte, Mr Featherstones Hintergrund und kriminelle Machenschaften durchleuchten zu lassen.

Gareth trommelte mit den Fingern auf dem Schreibtisch. Das Stakkato war beruhigend: *eins, zwei, drei, vier.* Er mochte derart emotional aufgeladene Zusammenkünfte nicht, und konnte erkennen, dass der andere vorhatte, die Tortur in die Länge zu ziehen und die Situation so unangenehm wie möglich zu machen.

»Was Sie getan haben, ist strafbar, Sir. Sie haben Glück, dass die Summe für mich zu geringfügig ist, um mich damit weiter zu befassen. Ich habe entschieden, dass ich Sie nicht vor den Magistrat bringen werde.« *Eins, zwei, drei, vier, eins, zwei, drei, vier.* »Ich habe eine Nachricht nach Rushton Park geschickt, und Ihre Sachen sind bereits auf dem Weg nach London.« Er hörte auf zu trommeln, um einen Scheck über den aufgeräumten Schreibtisch zu schieben. »Hier ist Ihr Honorar für das letzte Quartal.« *Eins, zwei, drei, vier, eins zwei, drei, vier.* »Sie werden das Geld und Ihre Sachen aus Ihren Räumlichkeiten hier vor Ort nehmen, die bereits gepackt sind und im Foyer auf Sie warten, und dann werden Sie umgehend mein Haus verlassen.« *Eins, zwei, drei, vier, eins zwei, drei, vier.*

Featherstones Brust hob und senkte sich in schneller Folge, aber er bewegte sich nicht. Sein Blick flatterte nervös von dem Scheck zu Gareth und wieder zurück. Einen Augenblick dachte Gareth, dass er gehen würde, ohne weitere Schwierigkeiten zu machen, und er hörte für einen Moment auf zu trommeln.

Doch dann sprang Featherstone auf, schneller, als Gareth es für einen Mann in seinem heruntergekommenen Zustand für möglich gehalten hätte. Er schleuderte Steeles Bericht auf den Schreibtisch und beugte sich darüber, das Gesicht zu einer hässlichen Fratze verzogen. Gareth konnte seinen säuerlichen Atem und die Ausdünstungen seines Körpers riechen und war angewidert.

»Sie ignoranter Emporkömmling, Sie überehrgeiziger Snob, Sie ... Sie«

Ein Spucketröpfchen flog aus seinem Mund und landete auf Gareth' sauberem, glatten Schreibtisch. Keiner von ihnen erfuhr, ob Featherstone noch eine weitere Beleidung einfallen würde. Gareth' linke Hand, seine dominante, schoss hervor und packte den Mann bei der zerknitterten Krawatte. Gleichzeitig stand er auf und zog den sich wehrenden Featherstone über den Schreibtisch.

Gareth drehte seine Faust, was die Krawatte wie einen Druckverband enger schnürte, bis der andere Mann würgte und verzweifelt nach Gareth schlug, doch ohne Erfolg.

»Sie werden jetzt den Scheck nehmen und unverzüglich gehen. Ich werde Ihnen Ihre Sachen bringen lassen. Wenn Sie auch nur ein weiteres Wort sagen, sehe ich mich genötigt, zu handeln. Sie dürfen nicken, wenn Sie verstanden haben und zustimmen.«

Featherstone nickte, zumindest, soweit er es konnte. Seine Zehen berührten kaum noch den Boden, und sein Hals steckte in einem schraubzwingenartigen Griff.

Gareth ließ ihn los, und er sackte fast in die Knie, stützte sich aber noch auf der Schreibtischkante ab. Gareth beobachtete ihn genau, um sicherzugehen, dass er keine Dummheiten machen würde. Es widerstrebte ihm, den anderen Mann anzufassen, aber er würde ihn mit wesentlich mehr Härte anpacken, wenn er sein Wort nicht hielte.

Featherstone jedoch griff eilig nach dem Scheck und stemmte sich hoch. Er ging mit unsicherem Schritt zur Tür und wandte sich noch einmal um, die Hand bereits am Türknauf. Seine Kiefer mahlten, und er heftete den Blick auf Gareth. Einen Augenblick glaubte Gareth, er müsste seine Drohung wahrmachen und ihn aufmischen. Aber Featherstone lächelte nur spöttisch, riss die Tür so heftig auf, dass sie gegen die Wand schlug und torkelte hinaus.

Gareth sah ihm nach, bis er in Richtung Treppe um die Ecke gebogen war, dann sah er auf die Uhr: Es war ein Uhr dreiundzwanzig, er hatte noch sieben Minuten, bis die Männer wegen der Bücher zurückkehren würden. Er nahm wieder Platz und stützte die linke Hand auf die glatte hölzerne Schreibtischplatte.

Methodisch begann er, die Ereignisse der vergangenen dreiundzwanzig Minuten aus seinen Gedanken zu löschen. *Eins, zwei, drei, vier, eins zwei, drei, vier, eins, zwei, drei, vier.*

KAPITEL VIER

Am Abend ihrer Rückkehr nach London saß Serena mit ihrer Mitbewohnerin und engsten Freundin Lady Winifred Sedgwick und Lord Miles Ingram in dem gemütlichen Salon in der Albermarle Street, wo sie einen Kriegsrat einberufen hatte, wie Miles so etwas zu nennen pflegte.

»Wir werden das im Detail besprechen und die Zielvorstellungen sowie mögliche Strategien bewerten«, erklärte Miles mit einem Grinsen, das den ernsten Ton Lügen strafte. Er war so schön, dass selbst Mr Lockheart neben ihm schlicht gewirkt hätte. Seine goldenen Locken, schläfrigen blauen Augen und edlen Gesichtszüge ließen ihn wie einen verspielten Gott wirken, der herabgestiegen war, um sich unter den Sterblichen zu verlustieren.

Winifred, oder Freddie, deren kühles Winterblond im Kontrast zu Miles' strahlend warmem Blond stand, schüttelte den Kopf. »Wir planen hier doch keine Militärstrategie, Miles. Serena überlegt nur, ob sie die Stelle annehmen soll oder nicht.«

»Eine Anstellung bei einem der reichsten Männer in Großbritannien. Und noch entscheidender: bei einem Junggesellen, der auf der Suche nach einer Frau ist.«

»Serena wird den Kerl nicht heiraten, sie denkt nur darüber nach, als Landschaftsgärtnerin für ihn zu arbeiten.« Freddie warf dem wunderschönen, aber verarmten Lord einen liebevoll leidenden Blick zu, als sie mit ihm schimpfte.

Die beiden gingen mit der lockeren Leichtigkeit eines lang verheirateten Paares miteinander um. Nicht zum ersten Mal fragte sich Serena, ob ihre beiden Freunde wohl mehr füreinander empfanden als bloße Freundschaft. Allerdings hatte sie nie Anzeichen für eine Liebschaft zwischen den beiden entdecken können.

Serena wandte sich an Freddie, die von beiden die Ernsthaftere und Klügere war. »Komm schon, Freddie. Du weißt alles über jeden, was weißt du über Lockheart?«

Freddie verdiente ihr Geld damit, die Töchter reicher Industrieller in die Gesellschaft einzuführen, eine Tätigkeit, die sie hasste, für die sie aber absolut perfekt war. Ihr Stammbaum ließ sich bis zu William dem Eroberer zurückverfolgen, und sie war mit jedem Adelshaus in Großbritannien verwandt. Irgendwie gelang es ihr, ihren Ruf als eine gesellschaftliche Lichtgestalt zu erhalten, obwohl sie in einer Mädchenschule unterrichtet hatte und Geld von reichen Städtern nahm.

»Wie Miles bereits erwähnte, ist er sehr reich. Anders als andere Industriegrößen hat er sich nicht auf ein Gebiet spezialisiert. Stattdessen scheint es, dass er sich mehr auf Zahlen versteht als auf Maschinen oder Herstellungsprozesse.«

Serena erinnerte sich an das Buch mit den Gleichungen und Symbolen und konnte sich gut vorstellen, dass das der Wahrheit entsprach.

»Ich bin ihm noch nicht begegnet oder habe ihn in Gesellschaft gesehen, aber es heißt, er ist ziemlich ansehnlich und erstaunlich eloquent, nicht wie die üblichen Männer, die sich aus Orten wie St. Giles hochgekämpft haben.«

»Richtig, ich konnte keinerlei regionalen Akzent oder eine besondere Betonung hören.«

Miles grinste. »Und? Ist er *ziemlich ansehnlich*?«

Serena spitzte die Lippen und sah ihn streng an, ein Ausdruck, den sie normalerweise für besonders aufsässige Schüler reserviert hatte. Aber ihre glühenden, roten Wangen untergruben die Wirkung.

Miles schlug sich auf den Schenkel und johlte auf eine Weise, die wenig an einen Lord denken ließ.

Freddie schnaubte angewidert. »Also wirklich, Miles.«

»Was denn? Du bist doch eine Heiratsvermittlerin, Fred, du hast doch sicher nichts gegen die Möglichkeit einzuwenden, dass eine Zweckehe auch Anziehung oder Liebe einschließt?«

Freddies volle Lippen wurden zu einem schmalen, pinken Strich. »Du weißt, wie sehr ich dieses vulgäre Wort hasse, Miles.«

»Liebe?«

Serena lachte über Freddies vernichtenden Blick. »He, seid lieb zueinander, ihr beiden. Zumindest so lange, bis ich entschieden habe, was ich tun soll.«

Miles zuckte mit den Schultern und streckte seine langen, muskulösen Beine aus. Ausgebleichte Pantalons und abgestoßene Reitstiefel schadeten seiner perfekten Erscheinung in keiner Weise. »Ich finde, es gibt da nicht viel zu diskutieren. Ein reicher, attraktiver Mann hat dir eine Möglichkeit eröffnet, die du dir zugegebenermaßen gewünscht hast, und höchstwahrscheinlich für eine Bezahlung, die du dir nicht ausmalen kannst. Worüber musst du da noch nachdenken?«

»Du vergisst Oliver, Miles. Sie wird ihn entwurzeln und in ein neues Zuhause bringen müssen.«

»Ja, ein neues Zuhause in einem luxuriösen Anwesen auf dem Lande. Der Besitzer des besagten Hauses hat angedeutet, dass er es quasi Serena und ihrem Sohn allein überlassen wird.« Er täuschte einen schockierten Gesichtsausdruck vor, »Wie schrecklich! Kaum auszuhalten.«

Freddie warf Serena einen resignierten Blick zu. »Er ist ein Mann, Vernunft ist da nicht zu erwarten.«

»Ach Quatsch, Freddie. Ich sage nur, was vollkommen offensichtlich ist.«

Serena seufzte. »Ich wünschte, die anderen wären hier.« Mit den anderen waren ihre Freunde aus der *Ivo Stefani Akademie der Musik und Künste für Junge Damen* gemeint, der Schule, in der sie sich alle kennengelernt hatten.

»Wenn sie hier wären, würden sie sich ziemlich schnell auf meine Seite schlagen«, versicherte Miles.

»Bestimmt nicht Lorelei«, widersprach Freddie.

Miles und Serena sahen einander an.

»Gut«, stimmte Miles zu. »Lorelei nicht.«

Lorelei hatte an der Akademie Literatur und Poesie unterrichtet und war ein selbsternannter Blaustrumpf und eine ausgesprochene Gegnerin der Ehe, die sie in *jedem* Falle als ein Gefängnis für Frauen betrachtete.

»Aber Portia und Honoria wären sicherlich meiner Meinung«, beharrte Miles.

»Und wie kommst du darauf?«, fragte Freddie.

»Nun, keiner von beiden ist gerade hier, oder? Sie haben beide Stellen angenommen, die sie weit aus

London und ihrem Leben hier weggeführt haben. Sieh doch nur, wie gut sich das für Portia entwickelt hat.«

Serena dachte über Miles' Worte nach. Portia, der das Institut gehört hatte, in der sie sich alle kennengelernt hatten, hatte die Schule schließen müssen und war mit hohen Schulden zurückgeblieben. Sie hatte verzweifelt Geld gebraucht, also hatte sie sich eine lukrative Stelle in Cornwall erschlichen, obwohl Freddy, Miles, Honoria und Serena ihr alle von diesem waghalsigen Plan abgeraten hatten. Doch für sie hatte die Sache ein beinahe märchenhaftes Ende genommen: Sie hatte ihren gutaussehenden Arbeitgeber geheiratet und erwartete ihr erstes Kind.

Was Honoria anging, der das Haus gehörte, in dem sie sich augenblicklich befanden, so war sie seit Monaten kaum zu Hause gewesen, weil sie Gemäldeaufträge angenommen hatte, die sie durch das ganze Land führten.

So gesehen hatte Miles recht: Ihre beiden Freunde waren aus dem Komfort des Gewohnten herausgetreten, um ihren Lebensunterhalt zu verdienen und sich einen Namen zu machen oder dabei das große Glück zu finden.

»Und was Annis betrifft«, sagte Miles, als Serena ihm die Antwort schuldig blieb, »wissen wir doch alle, was sie sagen würde.«

Serena schmunzelte. »Gut, ich gebe zu, Annis würde dir ohne Zögern zustimmen.«

Annis, die Sprachlehrerin der Akademie, war eine sensible Träumerin, die glaubte, selbst Spinnen und Insekten würden sich verlieben; sie würde wahrscheinlich denken, dass ein Industrieller auf Brautschau die ideale Voraussetzung für Romantik war.

»Nun, wenn du *mich* fragst, was du tun sollst«, sagte Miles, obwohl niemand ihn gefragt hatte. »Ich würde ihm ein Angebot mit einem gigantischen Honorar schicken. Ich würde genug verlangen, dass Oliver und du sich für lange Zeit keine Gedanken mehr über Geld machen müsst.« Etwas Finsteres war an die Stelle des schelmischen Glanzes in Miles' Augen getreten.

Wie Serena und Freddie musste Miles für seinen Unterhalt arbeiten. Er war der jüngere Sohn eines Earls und seine Familie so verarmt, dass sie es sich nicht leisten konnten, ihn finanziell zu unterstützen, nachdem Miles vor drei Jahren die Armee verlassen hatte.

Serena wusste nicht, warum Miles als Tanzlehrer arbeitete, anstatt irgendeinen Regierungsposten oder etwas ähnliches, einem Mann seines Standes angemessenes, anzunehmen. Sie fand aber, dass sie kein Recht hatte, ihn danach zu fragen. Schließlich gab es auch in ihrer Vergangenheit genügend Dinge, die sie mit niemandem teilen wollte, nicht einmal mit ihren engsten Freunden.

»Was ist mit deiner Bildhauerei?«, fragte Freddie und riss sie aus den Gedanken. »Ich weiß, dass dir die Vorstellung gefällt, einen Garten zu gestalten, aber deine wahre Leidenschaft ist deine Kunst, oder nicht?«

Serena dachte über die Frage ihrer Freundin nach. Stimmte das? Ja, sie liebte es, wenn ein Werk nach ihrer inneren Vision Gestalt annahm. Jedoch wusste Serena tief im Innern, dass sie niemals eine große Künstlerin werden würde. Sie konnte Menschen mit ihrer Arbeit erfreuen, aber sie würde nie bewundert und von Generationen von Bildhauern nachgeahmt werden.

Sie bemerkte, dass die anderen beiden auf eine Antwort warteten.

»Er hat nagelneue Stallungen, und darin gibt es einen riesigen Stall mit Türen, die sich zu beiden Seiten hin öffnen und ein wundervolles Licht schaffen. Er sagte, ich dürfte ihn als Atelier nutzen, während ich dort wohne.« Sie schaute ihre Freunde der Reihe nach an. »Am Anfang wäre ich viel damit beschäftigt, die verschiedenen Teile des Geländes zu gestalten, aber wenn die Bauvorhaben erst einmal auf den Weg gebracht sind, werde ich genügend Zeit haben, um zu arbeiten.«

Miles nickte. »Und er möchte zusätzlich zu den Gärtnerarbeiten auch Skulpturen in Auftrag geben.« Es war keine Frage gewesen. »Also Scherz beiseite, was den Mann angeht, ich sehe keinen Grund, so eine Gelegenheit abzulehnen, Serena. Warum solltest du das tun? Du hättest über Jahre sichere Aufträge, selbst wenn die Gärten fertiggestellt sind.«

»Ich weiß. Er sagte, ich kann die Arbeiten entweder selbst anfertigen oder Künstler aussuchen, deren Arbeit mir gefällt. Es ist für mich eine gute Gelegenheit, in der Londoner Bildhauerszene Allianzen zu schmieden, die ich bitter nötig habe.«

Sie alle wussten, wovon sie sprach – mit so einem Mäzen im Rücken würde sie Zutritt zu den Zirkeln der Bildhauer erlangen, der ihr als Frau und Ausländerin bisher verwehrt gewesen waren.

Serena sah Freddie an, die ihren Stickrahmen zur Hand genommen hatte und ihre Nadel einfädelte. Freddie war nicht gern untätig, und ihre makellose

Stickerei war ein weiterer Einkommenszweig – allerdings sollte niemand wissen, dass sie ihre Arbeiten verkaufte.

»Ist es dumm von mir, dass ich zögere, Freddie?«

»Es ist nie dumm, eine Sache gründlich aus allen Blickwinkeln zu betrachten. So ungern ich es zugebe, ich muss Miles zustimmen.« Sie sah von ihrer Handarbeit auf, und ein ernster Ausdruck lag in ihren hellbraunen Augen. »Ich glaube, diese Gelegenheit kannst du dir nicht entgehen lassen. Du wirst Oliver zwar aus seiner gewohnten Umgebung herausreißen, aber doch mit gutem Grund. Außerdem glaube ich, es wäre wundervoll für euch beide, auf dem Land zu leben. Ich werde ihn – und dich – vermissen, aber es wäre wie ein schöner Urlaub, einmal aus dem Lärm und dem Dreck hier in London herauszukommen.« Sie zögerte, bevor sie weitersprach. »Und du sagst, Mr Lockheart wird nicht viel Zeit dort verbringen?«

»Er macht sich nichts aus dem Landleben und verbringt viel Zeit damit, durch Großbritannien zu reisen und sich an allen möglichen Orten mit seinem Geschäftspartner zu treffen, um Investitionen zu prüfen. Nein, ich denke, ich werde ihn nicht oft zu Gesicht bekommen.«

»Es ist nämlich so, Mr Lockheart hat sich mit mir in Verbindung gesetzt«, sagte Freddie.

»Hat er?«, platzten Miles und Serena zur selben Zeit heraus.

Freddie nickte, sah aber nicht von ihrer Arbeit auf. »Ich hatte gerade mit dem Wandsworth-Mädchen zu tun und hatte danach einen anderen Termin. Ich sagte ihm, ich hätte keine Zeit, aber ich habe ihm einen Brief geschickt, wann ich Zeit hätte. Er hat nicht geantwortet.«

Miles zog die Augenbrauen hoch. »Wann war das, Freddie?«

»Kurz nach der Schließung der Schule.«

»Wir haben dich überhaupt nicht zu Ende erzählen lassen, was du über ihn weißt«, bohrte Miles nach.

»Ich habe euch alles erzählt, was ich weiß. Er ist offenbar vor fünfzehn Jahren wie aus dem Nichts aufgetaucht. Außer, dass er aus London stammt, ist nicht viel über ihn bekannt. Er gehört einigen Clubs an, aber lässt sich dort so gut wie nie blicken. Sein Freund Declan McElroy ist weit geselliger und ist anscheinend sein einziger Kontakt in der Gesellschaft.«

Freddie warf ihnen einen schiefen Blick zu. »Ich nehme an, er hat mir geschrieben, weil er hoffte, ich könnte ihm eine Braut liefern, so wie er auch alles andere bestellt. Da ich nichts weiter über irgendwelche gesellschaftlichen Aktivitäten seinerseits gehört habe, kann ich nur annehmen, dass er die Sache abgehakt hat.«

Serena fragte sich, ob es von Bedeutung war, dass er ihr von dem Waisenhaus erzählt hatte, verwarf den Gedanken aber wieder. Vermutlich war über ihn so wenig bekannt, weil er einfach nicht viel redete und nicht, weil er seine Vergangenheit bewusst zu verschleiern versuchte. Schließlich hatte er ihr bereitwillig über seine Herkunft erzählt, und sie kannten sich nicht näher. Vielmehr war er jemand, der sich offenbar nicht viel aus Smalltalk machte. Sie konnte sich glücklich schätzen, dass sie ihn dazu verleitet hatte, so viel preiszugeben.

Miles beugte sich vor, seine Miene verriet einen plötzlichen Eifer. »Soweit ich es verstanden habe, nutzt er mathematische Formeln, um Investitionen einzuschätzen.«

»Das kann ich nicht bestätigen, aber es würde mich nicht überraschen. Er liest zum Vergnügen mathematische Zeitschriften, das habe ich gesehen. Sie waren ziemlich ... unverständlich. Er ist ein sehr kluger Kopf, dessen höchste Priorität es ist, die weltlichen Dinge und das Alltägliche anderen zu überlassen.« Sie wandte sich an Freddie. »Wusstest du, dass er den Remingtons den Butler weggeschnappt hat?«

Freddie schmunzelte. »Ja, das war ein ziemlicher Skandal, nicht wahr? Der unschätzbare Jessup. Und du hast ihn dort gesehen?«

»Er schien sehr zufrieden. Lockheart hat auch Sandy Featherstone eingestellt. Den habe ich auch gesehen.«

Freddie sah abrupt auf, und Miles runzelte die Stirn. Miles ergriff das Wort. »Was macht *der* dort?«

»Er behauptet, er beriete Mr Lockheart darin, wie man den Landadligen gibt, aber ich glaube, er mauschelt irgendetwas mit seinem Cousin Landy. Ich fürchte, sie wollen Mr Lockheart über den Tisch ziehen.«

Miles schüttelte den Kopf. »Das Duo Infernale: Sandy und Landy Featherstone. Landy war in Eton im Jahrgang unter mir. Er war auch damals schon ein Wiesel. Es überrascht mich, dass ein so scharfsinniger Mann wie Lockheart auf so einen offensichtlichen Betrug hereinfällt.«

»Ich glaube, Mr Lockheart befasst sich nicht gern mit Nebensächlichem. Meine Vermutung ist, dass ihm

Sandy von irgendjemandem empfohlen wurde – so wie er mich auf Beechs Empfehlung hin engagiert hat – und damit war die Sache für ihn erledigt. Unglücklicherweise hat Sandy die Gelegenheit und das ihm entgegengebrachte Vertrauen und den Handlungsspielraum ausgenutzt, um Landy mit ins Boot zu holen.« Serena hatte mindestens genauso intensiv darüber nachgedacht, was Sandy im Schilde führte, wie darüber, ob sie diese ungewöhnliche Arbeitsstelle bei einem so ungewöhnlichen Arbeitgeber antreten sollte.

»Wirst du Lockheart warnen?«, fragte Miles.

»Ich werde erst mit Sandy sprechen und ihn warnen, die Gaunereien zu unterlassen, die er mit Landy plant. Wenn er es nicht tut, werde ich Lockheart darüber ins Bild setzen, sobald ich die Arbeit antrete.«

Bei diesen Worten sah Freddie auf, und Miles grinste. »Die Sache ist also entschieden.«

Sie lächelte ihre beiden Freunde an. »Ja, ich habe mich entschieden.«

***

Nachdem sie ihre Entscheidung getroffen hatte, brauchte Serena drei Tage, um das Angebot auszuarbeiten. Sie würde noch einen detaillierteren Plan für ihn machen, sobald sie sich in Rushton Park eingerichtet hätte, aber fürs Erste wollte sie nur ihr Wort halten und ihm innerhalb einer Woche Antwort geben.

Sie hätte die Pläne und das Angebot auch einfach per Kurier an Mr Lockhearts Sekretär schicken können, aber sie war neugierig, wie sein Londoner Wohnsitz wohl aussehen mochte, der offenbar teilweise als

Geschäftssitz diente. Es war zu weit, um zu Fuß zu gehen, also nahm sie für die Strecke von der Albermarle Street zum Russell Square einen Hackney Coach.

Mr Lockheart wohnte in einem der neueren Gebäude, die auf dem ehemaligen Londoner Grundstück des Dukes of Bedford gebaut worden waren.

Die Wohnhäuser waren recht elegant, und der Russell Square war von Humphry Repton gestaltet worden, einem Mann, den viele für den würdigsten Nachfolger von Capability Brown hielten. Serena hatte Repton vor einigen Jahren besucht, als sie begonnen hatte, sich für Landschaftsgärtnerei zu interessieren.

Er war so großzügig gewesen, ihr einige seiner berühmten »roten Bücher« zu zeigen, die ausführlichen illustrierten Pläne, die er für die meisten seiner Aufträge anfertigte.

Eine Haushälterin empfing Serena und nahm ihr recht ungeordnetes »rotes Buch« und ihr Angebot entgegen.

»Ich werde dies Mr Partridge übergeben, Ma'am, und er wird Sie sehen wollen. Wären Sie so freundlich, einen Augenblick im Wohnzimmer zu warten?«

Serena lehnte den angebotenen Tee ab, und die Frau führte sie in einen Raum im zweiten Stock mit einem angenehmen Ausblick über den Platz, und ging hinaus. Die Einrichtung hatte keinerlei Ähnlichkeit zu der in Rushton Park, sondern war einfach, geschmackvoll, beinahe übertrieben schlicht. Wie auf dem Landsitz, gab es auch hier keine Bilder an den Wänden, keinen Nippes auf den wenigen glatt polierten Tischchen, und auf dem hübschen Kaminsims gab es auch nur ein einziges Dekorationsobjekt: eine ungewöhnliche Uhr, deren Uhrwerk sichtbar war.

Serena nahm sie genauer unter die Lupe und dachte daran, welche Freude Oliver daran gehabt hätte – er hatte ohne Erlaubnis die Uhr im Schulzimmer auseinandergenommen, aber er war klug genug gewesen, sie richtig wieder zusammenzusetzen. Sie wurde aus ihren Gedanken gerissen, als ein winziger Mann eintrat.

Er verbeugte sich graziös. »Es ist mir eine große Ehre, Sie kennenzulernen, Mrs Lombard. Ich bin Richard Partridge.« Auch als er sich aufrichtete, reichte er ihr gerade bis an die Nase, und seine Kleidung war mindestens ein halbes Jahrhundert aus der Mode.

»Es tut mir leid, dass ich unangekündigt vorbeischaue, aber Mr Lockheart deutete an, dass er so bald wie möglich fortfahren möchte.«

Partridge gluckste, und nahm auf dem kleineren der beiden Sessel ihr gegenüber Platz. »Ja, Geduld ist nicht seine Stärke. Er hat mir in der Angelegenheit strenge Anweisungen gegeben. Ich habe mir Ihr Angebot nur kurz angesehen, bevor ich herkam, um Sie wissen zu lassen, dass es annehmbar ist.«

Serena blinzelte. »Aber ... möchte Mr Lockheart es sich überhaupt nicht selbst ansehen?«

»O nein. Er war sehr detailliert in seinen Anweisungen. Ich sollte jedes Angebot annehmen, das Sie mir unterbreiten.«

Serena war erstaunt. Die Summe, die sie verlangt hatte, war unanständig – dazu hatte Miles sie gedrängt. Er hatte ihr dazu geraten, eine unverschämte Summe zu Grunde zu legen und diese noch einmal zu verdoppeln. Als Serena versucht hatte, ihn zu bremsen, war er zur Abwechslung einmal sehr ernst geworden.

»Verkaufe deine Arbeit nicht unter Wert, Serena. Er verlangt von dir, dass du dich und deinen Sohn aus eurer gewohnten Umgebung herausreißt und dass du das gesamte, gigantische Projekt leitest. Selbst Humphry Repton macht so etwas nicht allein. Dieser Auftrag wird für eine ganze Weile deine Lebenszeit beanspruchen. Eigentlich solltest du die Summe verdreifachen, schließlich ist er angeblich unter den fünf reichsten Männern im ganzen Land.«

Also hatte Serena, ihrem schlechten Gewissen zum Trotz, die ursprünglich angesetzte Summe verdreifacht. Und Lockheart hatte nicht einmal einen Blick darauf geworfen, bevor er das Angebot annahm. Ihr wurde bewusst, dass Mr Partridge noch immer wartete.

Sie lächelte ein wenig verschämt. »Es tut mir leid. Ich war nur ein wenig ... überrascht.«

»Eine Entschuldigung ist nicht nötig. Ich verstehe das vollkommen. So habe ich auch reagiert, als ich begann, für ihn zu arbeiten.«

Partridge nahm einen gefalteten, rechteckigen Bogen Papier aus der Jackentasche. »Mr Lockheart wies mich an, Ihnen für das erste Quartal einen Vorschuss zu zahlen, ich habe Ihnen eben einen Wechsel ausgestellt.«

Serena warf einen Blick auf die Summe auf dem Wechsel und schluckte. Jetzt wurde es real.

»Mr Lockheart stellt Ihnen auch seine Kutsche und das Dienstpersonal dieses Hauses zur Verfügung, falls Sie Hilfe beim Packen oder beim Umzug benötigen.«

Überwältigt nickte sie. »Vielen Dank, das ist sehr freundlich.«

»Ich stehe Ihnen ebenfalls zur Verfügung, Mrs Lombard. Bitte wenden Sie sich mit Rechnungen und Wünschen gern an mich, und ich werde mich umgehend darum kümmern.«

Sie erhob sich, und er ging zur Tür, um sie für sie zu öffnen. »Mrs Hazelton deutete an, Sie seien mit dem Hackney gekommen, Ma'am. Ich war so frei, Mr Lockhearts Stadtkutsche für Sie einspannen zu lassen.«

Serena fand sich kurz darauf in einer weiteren von Lockhearts luxuriösen Kutschen wieder, in der Hand einen Scheck über eine Summe, die sie in ihrem ganzen Leben noch nie besessen hatte. Ihre Gedanken wirbelten wild durcheinander.

***

Nur Mrs Brinkley, ihre Haushälterin, war zu Hause, als Serena eintraf. »Mylady ist mit Ihrem neuesten Schützling einkaufen, und Oliver und Madam sind hinaus in den Park gegangen.«

Serena nickte, ein wenig enttäuscht, dass niemand da war, mit dem sie ihre Neuigkeiten hätte teilen können.

Nun, sie konnte genauso gut anfangen, zu packen.

»Ich werde draußen in der Remise sein, Mrs Brinkley.«

Serena zog sich ältere Arbeitskleidung an, bevor sie sich in die angrenzenden Stallungen begab. Da sie weder eine Kutsche noch Pferde besaßen, benutzte sie die leeren Räume als Atelier.

Es gab derzeit keine unfertigen Werke, aber sie hinterließ sehr zu ihrem eigenen Verdruss stets ein kreatives Chaos, also brauchte sie eine ganze Weile, um

Ordnung zu schaffen und die Werkzeuge zu finden, die sie mit nach Rushton Park nehmen wollte.

Sie hatte gerade den letzten Meißel in die ramponierte hölzerne Werkzeugkiste gelegt, als eine Stimme hinter ihr sie auffahren ließ.

»Du packst wohl für eine Reise, was?«

Serena wandte sich um und sah Sandy an einer der Flügeltüren lehnen. Sie konnte im Gegenlicht seinen Gesichtsausdruck nicht erkennen.

»Sandy!« Sie hob die Hand und legte sie über ihr wild pochendes Herz. »Du hast mich erschreckt.«

Er kam mit unsicherem Gang auf sie zu. Als sie endlich sein Gesicht sehen konnte, schnappte sie nach Luft. Ein Auge war blau, seine Lippe geschwollen, und sein Kiefer wies einige violette Blutergüsse auf.

Sie machte einen Schritt auf ihn zu. »Was ist geschehen?«

Sein scheußliches Gesicht verzog sich zu einem hämischen Lächeln, was es noch mehr entstellte. »*Du* bist geschehen, liebe Cousine.«

Sie zuckte zurück. »Wovon redest du?«

»Du weißt ganz genau, wovon ich rede.« Er ging auf sie zu. Seine bedrohliche Haltung machte ihr Angst. Serena wich um einige Schritte zurück, doch er blieb nicht stehen. »Du hast ihm etwas gesagt, nicht wahr?«

Sie schüttelte den Kopf und stolperte über irgendetwas auf dem vollgestellten Boden. Sie griff nach dem zersplitterten Holzpfosten einer Pferdebox, um nicht zu stürzen. »Wenn du von Mr Lockheart sprichst, liegst du falsch. Ich habe kein Wort gesagt.«

»Du lügst!« Seine Stimme war ein durchdringendes, hohes Kreischen.

Serena hielt inne und weigerte sich, noch weiter zurückzuweichen. Er blieb direkt vor ihr stehen, wobei er aufschauen musste, um ihr in die Augen sehen zu können. Abscheu, Furcht und Zorn wühlten in ihrem Innern, als sich sein Körper gegen ihren presste, aber sie wich nicht zurück.

»Nur ein Idiot hätte deine Mauscheleien mit Landy nicht durchschaut.« Sie ließ die Geringschätzung, die sie für ihn empfand, in ihrem Ausdruck erkennen. »Euer Verhalten war widerwärtig. Lockheart bezahlt euch lächerlich großzügig, aber das war für euch ja nicht genug, ihr müsst ihn noch übers Ohr hauen.«

»Und wer bist du, dass du dich aufs hohe Ross setzt? Du mit deinem Cousin und den Geheimnissen, die ihr habt.«

Angst ließ sie erstarren. »Ich weiß nicht, wovon du sprichst«, log sie und klang plötzlich heiser.

»Du lügst. Wenn Bardot dein Cousin ist, dann bin ich deine Großmutter. Er ist dein Geliebter oder Komplize oder beides, und ihr beide führt etwas im Schilde.« Er grinste, wobei er eine blutige Zahnlücke entblößte. »Ich werde es herausfinden, und ich werde dir den scheinheiligen Ausdruck aus deinem Gesicht wischen.«

Ein Schatten erschien in der geöffneten Tür, und Featherstone wandte sich um.

»Featherstone, was für eine Überraschung, Sie hier zu sehen«, sagte eine amüsiert klingende, zivilisierte Stimme und Miles' groß gewachsene, kräftige Gestalt erschien im Durchgang.

Serena hatte weiche Knie vor Erleichterung.

Sandy lächelte höhnisch, trat aber zurück. »Wenn das nicht Viscount Ingram ist.« Er sprach den Höflichkeitstitel, den Miles nie verwendete, in einem Tonfall aus, der vor Abscheu tropfte, und lachte grässlich auf. »Sie sind wohl für ein nachmittägliches Schäferstündchen mit der Witwe hier, was?«

Miles blieb einige Schritte entfernt stehen. Sein Blick wanderte kurz zu Serena, um zu sehen, ob sie in Ordnung war, bevor er sich dem anderen wieder zuwandte. Er trug das gewohnte charmante Lächeln in seinem schönen Gesicht, aber Serena kannte ihn gut genug, um zu wissen, dass ihn Sandys derbe Andeutung erzürnte.

»Sieht aus, als wären Sie vom Pferd gefallen und auf der Visage gelandet, Featherstone.« Seine Lippen zuckten. »Oder vielleicht haben Sie der falschen Person respektlose, unhöfliche Fragen gestellt?« Der Blick seiner himmelblauen Augen wirkte starr, als wären sie aus Glas.

Featherstone schluckte angesichts der unterschwelligen Drohung und wandte sich wieder Serena zu. »Ich entschuldige mich für meine respektlose Bemerkung, Serena.«

Sie nickte. »Du solltest gehen, Sandy.« Serena konnte ihren Blick nicht von Miles abwenden, dessen Lächeln nicht über die Bedrohung hinwegtäuschen konnte, die er ausstrahlte wie Hitzewellen.

Sandy humpelte ohne ein weiteres Wort aus der Remise.

Serena seufzte tief. »Ich freue mich immer, dich zu sehen, Miles, aber heute umso mehr.«

Sein lässiger, amüsierter Blick war zurück, eine Maske die er so schnell aufsetzen und wieder abnehmen konnte, dass sie den Wandel kaum bemerkt hatte.

»Ich hoffe, du warst diejenige, die das mit seinem Gesicht veranstaltet hat.«

Serena lachte schwach auf.

Miles nahm ihren Arm. »Komm, mein Herz. Ich bin gekommen, um etwas Tee und ein paar der leckeren Zitronenplätzchen zu schnorren, die Mrs Brinkley extra für mich backt. Ich hatte ja keine Ahnung, dass ich hier erst noch die Ratten vertreiben muss. Ich habe schrecklichen Durst.«

Sie lachte, und sie gingen hinein, aber Sandys Drohungen, was Bardot anging, hallten in ihrem Innern nach. Für heute war er wieder abgezogen, aber das bedeutete nicht, dass sie ihn ganz los war.

KAPITEL FÜNF

Oliver schlief im Sitz ihr gegenüber, sein brauner Lockenkopf ruhte in Nounous Schoß. Die alte Französin hatte den Kopf gegen das Polster gelehnt. Ihr Mund stand offen, und sie schnarchte.

Auch wenn Oliver eigentlich schon zu groß für ein Kindermädchen war, hatte Serena die alte Frau behalten, weil sie nirgends sonst hätte unterkommen können. Außerdem fungierte sie als Anstandsdame für Serena, um die Leute zufriedenzustellen, die auf so etwas achteten.

Es hatte gute eineinhalb Stunden gedauert, bis ihr Sohn aufgehört hatte, auf dem gut gefederten, weichen Ledersitz herumzuhopsen und sie mit Fragen zu bombardieren.

Auch nach drei Wochen hatte er sich noch nicht an den Gedanken eines neuen Zuhauses gewöhnt.

Er hatte fast die gesamten zehn Jahre seines Lebens in dem Haus in der Abermarle Street verbracht, ganz gleich wie sehr der Duke und die Duchess versucht hatten, Serena zu überzeugen, in eines ihrer Häuser einzuziehen oder wenigstens zu erlauben, dass ihr Enkel bei ihnen aufwuchs. Aber Oliver war ihr Kind. Entgegen der Vorstellung ihrer Verwandten wuchs er nicht im Elend auf, sondern geliebt und behütet in einem vollkommen stabilen Zuhause, wenn es auch etwas anders sein mochte als das der meisten Kinder seiner gesellschaftlichen Klasse. Er verbrachte jedes Jahr den Spätsommer und Weihnachten bei seinen Großeltern und seiner Familie auf Keeting Hall. Aber das übrige Jahr wohnte er bei seiner Mutter. Er wurde viel zu schnell groß, und sie hatte ihn zu gern um sich, als dass sie den Wünschen ihrer Familie nachgegeben hätte, ihn auf irgendeines dieser barbarischen englischen Internate zu schicken, wo die anderen Jungen ihn wegen seiner pöbelhaften Mutter hänseln und quälen würden, einer Frau, die tatsächlich für ihren Lebensunterhalt *arbeitete*. Nein, es war besser, wenn er bei ihr blieb, bis sie eine gemeinsame Entscheidung treffen würden, wie er sein Leben verbringen wollte.

Serena öffnete das Skizzenbuch, das sie immer bei sich trug. Es enthielt sowohl die Skizzen, die sie für Rushton Park angefertigt hatte, als auch eigenartigerweise eine, die sie von seinem exzentrischen Eigentümer gemacht hatte. Sie stellte Gareth Lockheart dar, wie er an jenem Morgen beim Frühstück ausgesehen hatte, als er ihr den Reiz der Zahlen und Symbole dargelegt hatte. Auf ihrer Skizze war sein Haar etwas wilder, seine Krawatte gelöst und seine Jacke lose und flatterte, als befände er sich in einem Sturm. Sie musste lächeln, als sie die Zeichnung betrachtete und schüttelte den Kopf. Oh, sie war so einfach zu durchschauen. Sie fühlte sich von seinem hübschen Gesicht und seiner attraktiven Figur angezogen, und seine unterkühlte, reservierte Art faszinierte sie. In rationaleren Augenblicken wusste sie, dass ein so kalter Fisch sich nur von Zahlen in Wallungen bringen ließ. Doch nachts, wenn sie allein war und sich an die Stunden erinnerte, die sie gemeinsam über den Plänen gebrütet und Schönes für das Gelände und das Haus erschaffen hatten, stellte sie sich vor, sie wäre der

Schlüssel, der sein Schloss knacken könnte. Wie eine Prinzessin, die einen zu Eis gefrorenen Prinzen mit ihrem Kuss erlöste.

Sie schloss das Buch und ihre Augen und lehnte den Kopf zurück an das weiche Polster. Sie hätte nicht geglaubt, dass noch so viel Romantik in ihr verborgen lag, nachdem sie so lange Zeit allein gewesen war. Wann hatte sie das letzte Mal einen Mann wirklich als einen Mann gesehen? Das Gesicht ihres Freundes Miles flackerte in ihrer Erinnerung auf. Zwar konnte Serena kaum den Blick abwenden, wenn ihr attraktiver Freund sich im Raum befand, aber das galt für fast jede Frau. Doch ihre anfängliche Schwärmerei für den wunderschönen Mann hatte sich bald in warme, geschwisterliche Zuneigung verwandelt. Es war gut, dass Miles nicht der Typ Mann war, der Serenas romantisches Interesse zu wecken vermochte. Oh, er hatte eine Menge dunkler Geheimnisse, aber im Großen und Ganzen war er gesellig und fröhlich. Aus unerfindlichen Gründen, vielleicht auch einfach aus Trotz, hatte sich Serena immer zu schüchternen, undurchschaubaren oder verletzten Männern hingezogen gefühlt. Freddie schob es auf ihren starken Mutterinstinkt.

»Du bist eine von diesen Frauen, die viele Kinder haben sollte, Serena«, hatte Freddie oft gesagt, vor allem, wenn Serena bereitwillig nach Ausreden und Argumenten zur Verteidigung einer Schülerin suchte, die weder das Talent noch die Motivation besaß, eine Aufgabe zu vollenden.

Es war etwas Wahres daran, aber Gareth Lockheart war kein Kind, und sie wurde nicht dafür bezahlt, ihn zu retten oder zu beschützen.

***

Es dämmerte bereits, als die Kutsche die lange Auffahrt hinaufrollte, die nach Rushton Park führte.

Oliver war kurz zuvor aufgewacht, und sie hatten zusammen aus dem Fenster gesehen. Das Herrenhaus hatte ihn mächtig beeindruckt.

»Il n'est pas si vieux que la maison du grand-père?«

»Richtig, das Haus ist viel neuer als das deines Großvaters.«

Serena sah von Nounou zu ihrem Sohn. »Ich denke, es wäre besser, wenn wir Englisch miteinander sprechen, wenn wir hier sind, Oliver. Mit Nounou kannst du weiter Französisch sprechen, wenn ihr unter vier Augen seid. Es wäre allerdings unhöflich eine Sprache zu sprechen, die die anderen nicht verstehen.«

»Hurra!«, rief er, als wäre es eine Belohnung, Englisch sprechen zu dürfen. Nounou, eine griesgrämige alte Frau, die mit einer geflüchteten Familie hergekommen war, die sie nicht mehr hatte bezahlen können, hatte keine Geduld für die Sprache des Landes, das ihr Asyl gewährte. Sie schnaubte und rollte die Augen, entschlossen, sich über Serenas Anweisung hinwegzusetzen und weiterzumachen, wie es ihr beliebte.

Die Kutsche ratterte sanft über das Kopfsteinpflaster. Serena sah auf und stellte fest, dass sie angekommen waren. Es überraschte sie, eine lange Reihe Diener zu entdecken, die sie erwarteten. Sie kniff die Augen zusammen und erkannte im Halbdunkel, dass Jessup die Reihe anführte.

»Was tut *er* hier?«, fragte Nounou, und ihr Blick fixierte den Butler, als die Kutsche zum Stehen kam.

»Auf Englisch, Nounou. Er arbeitet jetzt für Mr Lockheart.« Sie lächelte ihre halsstarrige, eigensinnige Bedienstete wissend an. »Ich bin sicher, es wird Sie freuen, ihm wieder zu begegnen.« Sie konnte nicht anders, als Nounou ein wenig aufzuziehen. Sie und Jessup hatten sich von Anfang an ständig in den Haaren gelegen, als sie sich vor Jahren auf Keeting Hall zum ersten Mal begegnet waren. Serena fand, sie benahmen sich wie ein Liebespaar. Nun, jetzt würden sie Monate unter einem Dach verbringen müssen, und sie hätte abends etwas Unterhaltung.

»Nimm deine Sachen, Oliver«, sagte Serena, als die Kutsche sich bewegte, was darauf schließen ließ, dass der Kutscher ausgestiegen war.

Die Kutsche war dasselbe riesige, luxuriöse Gefährt, in dem sie Mr Lockheart drei Wochen zuvor zurück nach London geschickt hatte.

Serena machte sich Sorgen, dass sie sich nun an den Luxus eines solchen Transportmittels gewöhnt hatte.

Jessup stand an der Tür und wartete. »Willkommen zurück, Mrs Lombard und Master Oliver, ich habe Sie ja nicht mehr gesehen, seit Sie nur ein–« Er hielt inne, und sein Ausdruck versteinerte. »Aha. Ich sehe, Sie sind noch in England, Madame Petit.«

»Und Sie auch, *Monsieur Jessup*.« Nounous Haltung war majestätisch, und sie erlaubte dem attraktiven Diener, ihr beim Aussteigen zu helfen.

Die beiden älteren Dienstboten beobachteten einander wie Katzen mit zuckenden Schwänzen, bevor Jessup sich der Reihe wartender Personen zuwandte und begann, sie vorzustellen.

Er führte sie an den aufgereihten Dienstboten vorbei, und Serena begrüßte sie alle, wobei sie sich sicher war, dass sei die Hälfte der Namen bereits wieder vergessen hatte. Dann wandte er sich ihr zu. »Ich war so frei, das Schulzimmer herrichten zu lassen und habe zwei Zimmer für Sie eingerichtet. Würden Sie gern einen Blick darauf werfen, bevor ich Sie zu Ihren Räumlichkeiten geleite, Ma'am?«

Serena sah auf Oliver hinab. Seine Augen waren schwer, ganz gleich wie aufgeregt er war. »Ja, ich würde mich gern um seine Unterbringung kümmern und danach vielleicht ein leichtes Abendessen mit ihm im Schulzimmer einnehmen.«

Obwohl Serena während ihres letzten Besuchs nicht im Schulzimmer gewesen war, war es nicht schwer zu erraten, wo es sich befand. Wie der Rest des Hauses, waren auch diese Räumlichkeiten eingerichtet und dekoriert. Anders als der Rest des Hauses, hatte es allerdings jemand mit Verstand und einem guten Urteilsvermögen getan. Die Möbel waren von guter Qualität und sahen robust aus. Olivers Zimmer und das Schulzimmer hatten große Fenster, die die Räume erhellen würden.

»Und hier wird Madame Petit wohnen.« Jessup öffnete eine Tür, die von Olivers kleinem Ankleidezimmer abging.

Serena und Nounou blieben im Türrahmen stehen. Das Zimmer war klein, aber gemütlich und luxuriös in Rosé, Gold und Schokoladenbraun dekoriert. Der Betthimmel war mit einer hübschen Gartenszene bestickt, und die gesamte Suite übertraf bei Weitem alles, was ein Kindermädchen oder eine Gouvernante hätte erwarten können.

Nounou war ungewöhnlich still, also redete Serena an ihrer Stelle. »Nein, was für ein entzückendes Zimmer, Jessup.«

Seine schweren Lider waren halb gesenkt und ließen nicht erkennen, wohin er blickte, aber Serena hätte schwören können, dass er seine französische Nemesis beobachtete.

Serena ließ Nounou und Oliver allein, damit sie sich einrichten konnten und folgte Jessup zurück zu einer Suite, die nicht weit von der entfernt lag, die sie zuvor bewohnt hatte. Ihr Gepäck wartete dort bereits, und ein junges Mädchen hatte schon mit dem Auspacken begonnen.

»Susan wird sich um Ihre persönlichen Bedürfnisse kümmern, während Sie hier sind, Mrs Lombard.«

Serena konnte an dem winzigen Zucken seiner Lippen erkennen, dass er bemerkt hatte, dass sie keine Zofe mitgebracht hatte, ein Zustand, den er keinesfalls dulden konnte.

»Vielen Dank, Jessup. Hallo Susan.«

Das Mädchen errötete und knickste eilig.

»Würden Sie gern vor dem Essen baden, Madam?«

»Ich werde mich nur umziehen und etwas frisch machen. Ich glaube nicht, dass Oliver noch lange wach sein wird, also werde ich lieber nach dem Abendessen baden.«

Jessup verbeugte sich und ging.

***

Später am Abend wurde Serena bewusst, dass sie viel zu aufgeregt und angespannt war, um zu schlafen.

Nachdem Sie Oliver ins Bett gebracht und ihm eine Geschichte vorgelesen hatte, entschied sie sich, die Umgebung zu erkunden. Auch wenn das Haus von außen etwas fantastisch anmutete, so war die Konstruktion doch logisch aufgebaut: eine mittlere Sektion mit dem Haupteingangsportal, ein Wirtschaftsflügel mit Küchen, Waschküche und den Dienstbotenquartieren und ein Flügel für die Familie.

Jeder Teil des Hauses, den sie bisher gesehen hatte, war makellos sauber und beinahe lächerlich gut ausgeleuchtet. Als sie Jessup über diese Masse von Kerzen befragt hatte, hatte er erklärt, dass es sich dabei um eine strikte Anweisung von Mr Lockheart handelte.

»Aber selbst in den Zimmern, die kaum benutzt werden, brennen die Kerzen.«

»So ist es, Madam. Und wenn er im Hause ist, sollen sie die ganze Nacht brennen. Er hat angedeutet, dass ich in seiner Abwesenheit die Kerzen löschen kann, wenn ich es für angemessen halte. Sein Haus in London ist immer so beleuchtet – falls er dort plötzlich auftaucht.« Er zögerte einen Augenblick, bevor er weitersprach. »Mr Lockheart ist ein umgänglicher Dienstherr, aber es gibt einige Dinge, da ist er streng. Er ist außerordentlich pingelig, was seine Person und seine Umgebung angeht. Ich habe mir angewöhnt alles immer genau dort zu lassen, wo er es hingelegt hat.«

Serena verstand den versteckten Hinweis. Sie konnte hier leben, sollte es aber nicht wie ihr Eigentum behandeln.

Als ob er ihre Gedanken gelesen hätte, fügte Jessup hinzu: »Er nimmt es nur so genau, wenn es seine eigenen Wohnräume und den Bereich in der Bibliothek betrifft, den er als Arbeitszimmer nutzt.«

Allerdings. Serena hatte seinen Schreibtisch und die Umgebung darum gesehen; er war eine Oase der Ruhe gewesen. Sein eigener Geschmack war also natürlich elegant. Serena dachte, das Haus wäre viel angemessener eingerichtet gewesen, wenn er seinem eigenen, geordneten und schlichten Stil vertraut hätte und nicht Sandys. Sie beschloss, die öffentlichen Räume zuerst anzusehen und dann die privaten.

Die Bibliothek hatte sie bereits gesehen, und sie würde sie in den kommenden Monaten noch viel genauer unter die Lupe nehmen. Ihr Herz schlug spürbar schneller, als sie an Leonardos Notizbuch und die anderen Schätze dachte, die es noch zu entdecken galt.

Außer der Bibliothek gab es noch drei Salons, auch wenn einer davon klein genug war, dass man ihn als Wohnzimmer hätte bezeichnen können. Serena entschied, dass dies der Raum war, in dem sie die Abende mit Oliver verbringen würde. Die dicken Teppiche und Kamine an beiden Seiten des Raumes sorgten dafür, dass es auch im Herbst und Winter noch gemütlich und warm war.

Es gab ein Musikzimmer mit einem Klavier, um das ihn ihre Freundin Portia sicher beneidet hätte, und Serena nahm sich vor, es in ihrem nächsten Brief an sie zu erwähnen.

Das Speise- und das Frühstückszimmer hatte sie bereits gesehen. Im hinteren Teil des Hauses gab es ein

Billardzimmer mit unberührter Einrichtung. Serena fand es schwer, sich Mr Lockheart bei so etwas Weltlichem wie Billard vorzustellen.

Im oberen Stockwerk gab es nur Schlafzimmer. Die ersten vier, die Serena sich ansah, sahen makellos und unberührt aus.

Die fünfte Tür führte zu einem Zimmer, das sich von all den anderen unterschied. Es hätte die Zelle eines Mönchs sein können. Sie schloss die Tür hinter sich und entzündete drei Kerzen in einem großen Wandhalter neben der Tür. Das Zimmer war vollkommen kahl, keine Kunst, keine Wandbehänge wie in ihrem Zimmer und sogar in Nounous.

Die einzigen Möbel waren ein Bett und zwei Nachttische. Das Bett war ein wuchtiges Himmelbett ohne Bespannung. Die vier Bettpfosten waren klobige Rechtecke ohne Verzierungen bis auf eingelassene Metallringe. Das Bettzeug war aus weißem Leinen. Der Boden war nicht mit Teppichen ausgelegt, und die Holzdielen waren so dunkel, dass sie fast schwarz erschienen.

Im Ankleidezimmer war die Kleidung mit solch einer Präzision geordnet, dass es wirkte, als hätte jemand mit einem Zollstock die Lücken und Abstände ausgemessen. Schuhe und gefaltete Kleidungsstücke waren ebenso exakt platziert. Das Zimmer schien eine vollständige Garderobe zu enthalten, und Serena stellte fest, dass er es wohl so in all seinen Häusern hielt, und so nicht viel zu packen hatte, es sei denn, er musste unterwegs in einem Hotel oder Inn übernachten.

Alle Kleidungsstücke waren makellos und sahen neu aus. Vier Paar Stulpenstiefel, zwei Paar Reitstiefel, alle glänzend poliert und ohne jeden Flecken oder auch nur ein Körnchen Staub darauf.

Sie berührte die luxuriöse Seide eines dunkel messingfarbenen Morgenrocks, und konnte ihn sich gut darin vorstellen. Entweder er oder sein Kammerdiener hatten einen exzellenten Geschmack. Jede Weste und jede Jacke passte hervorragend farblich zu ihm und seinem Äußeren.

An das riesige Ankleidezimmer grenzte ein Badezimmer an, wie in ihrem Schlafzimmer, aber der Boden war aus schwarzem, weiß geäderten Marmor. Die Wanne aus einem stumpfen grauen Metall stand vor einem Kamin, dessen Sims zu den strengen, nüchternen Linien des übrigen Raumes passte. Die Wände waren alle mit demselben hellen, einfarbigen Seidenstoff bespannt wie der Rest des Zimmers, deren makellose Fläche nicht von irgendwelchen Kunstwerken zerstört wurde.

Es gab eine weitere Tür am anderen Ende des Hauptraums, hinter der Serena ein Wohnzimmer vermutete.

Als sie allerdings die Tür öffnete, fand sie dahinter den eigenartigsten Raum, den sie je gesehen hatte. Es gab dort keine Möbel, zumindest nichts, was sie als solche erkannt hätte. Stattdessen hingen Leder- und Leinwandsäcke in unterschiedlichen Höhen, es gab einige vertikale, runde Holzstreben, ungefähr im Durchmesser eines Treppengeländers, und der Fußboden war überall mit dicken Polstern ausgelegt. Serena näherte sich einem der Säcke. Dieser hing ungefähr auf der Höhe ihres Kopfes, war birnenförmig und aus Leder gefertigt. Als sie dagegen tippte, schwang er vor und zurück. Der andere Sack war weit größer und hatte ungefähr die Maße eines menschlichen Torsos.

Aha! Das war es also: ein Zimmer, um Faustkampf zu trainieren, ein brutaler und hässlicher Zeitvertreib, den Männer aller Alters- und Gesellschaftsklassen zu vergöttern schienen. Sie stieß gegen den großen Sack und er schwang wie ein Pendel hin und her. Er fühlte sich hart an, als ob er mit Sand gefüllt wäre.

Also hatte Mr Lockheart mindestens eine Freizeitbeschäftigung, außer obskure mathematische Texte zu lesen und Geld zu verdienen.

Ein solches Training erklärte auch seinen athletischen Körperbau.

Auf dem Weg zurück ins Schlafzimmer blieb sie stehen, um die Ausstattung seines Frisiertisches zu begutachten: eine Bürste und einen Kamm.

Zu beiden Seiten des Bettes standen schwere, gedrungene Nachttische, die vom Stil zu dem dunklen Bett passten. Beide hatten zwei Schubladen, und alle waren vollkommen leer. Nicht einmal ein Haar war dort zu finden.

Serena stand mitten im Zimmer und drehte sich langsam im Kreis. Das war zweifelsohne Mr Lockhearts Zimmer.

Sie hätte zumindest den Anflug eines schlechten Gewissens haben sollen, dass sie hier herumschnüffelte, aber was hatte sie schon gesehen? Nichts. Obwohl ihr die spartanische Einrichtung seiner Privaträume vermutlich mehr über ihn verriet als ein Blick in sein Tagebuch. Sie sagte sich, dass er schließlich so selten hier war, dass es unwahrscheinlich war, dass er viele Besitztümer hier hatte. Und doch ahnte sie, dass seine

Räume vermutlich in all seinen Wohnhäusern so aussahen. Er war ein Einzelgänger, jemand, der lieber mit
sich und seinen Gedanken allein war als in Gesellschaft. Er war, dachte sie, der verschlossenste Mensch,
den sie je kennengelernt hatte.

Es war gut, dass er nicht oft hier sein würde. So ein
Mann war genau die Art Rätsel, zu der sich Serena
hingezogen fühlte – ein Mann mit Geheimnissen.

KAPITEL SECHS

Serena war gedanklich noch mit dem Staudamm beschäftigt, als sie um die Ecke in den Stall einbog, und kollidierte dort beinahe mit einem Fremden zu Pferde. Es war ein ziemlich prächtiges Pferd, wie sie gleich feststellte, von dem Reiter einmal ganz abgesehen, der auf seine Weise ebenfalls ganz prächtig war.

»Ich bitte um Verzeihung, Ma'am!«, sagte der Mann, lenkte schnell sein Pferd zur Seite und tippte sich mit dem Griff seiner Gerte an den Hut, der keck auf seinen lebhaften, kastanienbraunen Locken saß.

Er musterte sie auf eine Weise, die ihr Gesicht zum Glühen brachte, und sein überraschter Ausdruck wich rasch einem Grinsen. »Sie müssen Mrs Lombard sein«, sagte er mit einem deutlichen irischen Einschlag.

Serena musste ebenfalls lächeln. »Und Sie müssen Mr McElroy sein.«

Er tat überrascht. »Wie sind Sie nur *darauf* gekommen, frage ich mich?«

Serena ignorierte seine Frage und lenkte ihr Arbeitspferd in den Stall. Der Ire ritt neben ihr her. »Sie haben da ein ziemlich beeindruckendes Tier, Mr McElroy.« Er sah nach unten, als ob er überrascht wäre, im Sattel zu sitzen. »Ist das so?«

Serena lachte und übergab, bevor sie abstieg, dem Stallknecht die Zügel. »Sie sind wohl pferdeverrückt?«

Er glitt aus dem Sattel und überließ sein Pferd ebenfalls dem Knecht.

Serena hob die Augenbrauen. »Ich dachte, Sie wollten gerade zu einem Ausritt aufbrechen.«

Er ging neben ihr her, wobei seine breiten, muskelbepackten Schultern ihre fast berührten. »Ich wollte zur Baustelle für den See reiten, aber ich war erpicht darauf, Sie zu sehen, Mrs Lombard, nicht einen Haufen verschwitzter Kerle, die Dreck schaufeln.«

»Mich? Warum sollten Sie … erpicht darauf sein, mich zu sehen?«

»Weil Lockheart seit fünf Wochen nicht aufhört von Ihnen zu reden.«

Serena blieb stehen und wandte sich ihm zu. Seine Augen glitzerten, als er in ihre sah.

»Das kann ich nur schwer glauben, Mr McElroy. Vielleicht wollen Sie mir eher etwas … Honig ums Maul schmieren?«

Er warf den Kopf in den Nacken und lachte. »Ach, jetzt haben Sie mich aber erwischt.«

Sie schüttelte den Kopf und setzte ihren Weg fort. »Sagen Sie mir, warum Sie wirklich den weiten Weg hierher gemacht haben, Mr McElroy.«

»Wir sind hergekommen, um Ihnen etwas anständiges Pferdefleisch zu bringen, weil Jessup sagte, Sie hätten ein Pferd gemietet, das reif für den Abdecker wäre.« Sein irischer Akzent hatte sich auf wundersame Weise verflüchtigt. »Lockheart selbst hat den alten Kestrel ausgesucht.« Er deutete mit dem Kinn Richtung Stall.

»Jessup hat sich falsch ausgedrückt. Ich bin recht zufrieden mit Honey. Ich fürchte, Sie haben sich umsonst herbemüht.«

Er griff ihr vor, um die Tür zum Wintergarten für sie zu öffnen. Dieser Eingang war der nächstgelegene, wenn man vom Stall kam.

»Oh, wir sind gekommen, um uns eine Brauerei südlich von hier anzuschauen.«

Serena blieb bei der Flügeltür zur Eingangshalle stehen.

»Wir?«

Mr McElroy beugte sich unnötig nah zu ihr, um den Türgriff zu erreichen. »Ja, ich und Gareth.« Er öffnete die Tür, und da war er, der fragliche Mann. Er hockte auf dem Boden mitten auf einer der schwarzweißen Fliesen und betrachtete etwas mit ihrem Sohn.

***

Gareth hatte nur ein paar Pferde schicken wollen, aber Declan hatte ihn überzeugt, es sei seine Pflicht, nachzusehen, welche Fortschritte es in Rushton Park gab.

»Du willst doch nicht wieder so ein Debakel erleben wie mit Featherstone, Gare. Und das vermeidest du am besten, wenn du hin und wieder kontrollierst.«

Gareth hatte den Kopf geschüttelt. »Du willst dir bloß diese Bildhauerin ansehen, Declan. Mein Park interessiert dich doch nicht die Bohne.«

Der Ire hatte gelacht und es nicht abgestritten.

»Wir müssen uns Kennelworth’ Brauerei ansehen, und die liegt nicht allzu weit von Rushton.«

»Ja, allerdings nicht unbedingt auf direktem Wege.«

»Tu mir den Gefallen, Gare.«

Also hatte Gareth sich zu dieser unnötigen Reise überreden lassen. Er hatte es Declan überlassen, sich darum zu kümmern, was auch immer er mit den Pferden vorhatte, und war in die Bibliothek gegangen, wo er mitten in dem kleineren Lesezimmer auf einen Jungen gestoßen war, der auf dem Boden lag, umgeben von etlichen dicken Büchern und einer in ein halbes Dutzend Teile zerlegten Gerätschaft.

Er hatte mit abwesendem Blick zu Gareth aufgeschaut, während sein Verstand offensichtlich noch mit seiner Arbeit beschäftigt war. Natürlich wusste Gareth, wer das war: das Kind der Bildhauerin.

Er sah auch aus wie eine Miniaturausgabe seiner Mutter. Sein Teint war rosig, seine Wangen rund und sein goldbraunes Haar ein Wirrwarr ungebändigter Locken. Nur seine Augen hatten eine andere Farbe als die seiner Mutter, nicht grünbraun, sondern ein ruhiges Blaugrau.

»Wer sind Sie?«, fragte der Junge mit einiger Berechtigung, wie Gareth fand.

»Ich bin Gareth Lockheart.«

Dem Jungen blieb der Mund offenstehen, er sprang auf die Füße und verbeugte sich hastig. »Oh! Mr Lockheart. Es tut mir sehr leid, Sir. Mama hat mir nicht gesagt, dass Sie kommen. Ich bin Oliver Lombard.«

Gareth war für einen Augenblick perplex, wie der Knabe seinen Namen ausgesprochen hatte. Er hatte es französisch ausgesprochen. Natürlich erinnerte er sich an den Namen des Jungen. Er vergaß nie etwas, eine Fähigkeit, die manchmal hilfreich war und manchmal weniger.

Oliver Lombard trat von einem Fuß auf den anderen. »Es tut mir leid, Sir, aber Mama hat gesagt, ich dürfte die Bibliothek benutzen, wenn ich gut mit den Büchern umgehe und sie ordentlich zurückstelle. Ich brauche nur einen Augenblick, um sie ...«

»Du hast den Automaten auseinandergenommen?«, fragte Gareth, als sich die Nervosität und Schüchternheit des Jungen wie ein klebriges, kaum sichtbares Spinnennetz über ihn legte. Gesellschaft und ihre Einschränkungen machten Gareth unruhig, ebenso wie Leute, die sich für etwas entschuldigten, das weder schlecht noch falsch war. Gareth kümmerte es nicht, ob der Junge die Bibliothek benutzt hatte. Tatsächlich freute er sich sogar, dass es jemand tat.

Der Knabe schob sein wirres Haar aus der Stirn, und ein erstaunter Ausdruck erschien auf seinem Gesicht, als er die Ansammlung kleiner Metallteile betrachtete, die auf einem weißen Taschentuch ausgebreitet lagen.

»Es gibt ein Problem mit der Spannung der Feder, aber ich weiß nicht, wie ich es beheben kann. Ich habe sie wieder aufgewickelt, um sie fester zu machen, aber das scheint nicht zu funktionieren.«

Gareth ging in die Hocke und ließ den Blick über die verschiedenen Teile wandern, wobei er sie in Gedanken bereits an die jeweils richtige Stelle setzte. Er hatte ein Faible für Automaten und hatte selbst eine ganze Reihe Uhren und andere Mechanismen mit beweglichen Teilen auseinandergenommen.

Der Junge kniete sich neben ihn und deutete auf das Buch, in dem sich eine Zeichnung von einem Aufziehmechanismus für Uhren befand. Oliver Lombard war ein cleveres Kerlchen: er hatte offenbar Gareth' abgegriffene Wissenschaftsjournale gefunden und die Inhaltsverzeichnisse durchsucht, bis er etwas Passendes gefunden hatte.

Gareth wandte den Blick von der Feder in der schmutzigen Hand des Jungen der Zeichnung zu und nahm ein Metallplättchen aus dem Haufen Teile. »Ich glaube, es liegt an diesem kleinen Stäbchen. Hier«, er deutete auf die Zeichnung und dann auf das Teil in seiner Hand, »in dieser Kerbe ist noch ein Teil, aber es ist vollkommen verbogen. Es wird die Feder nicht halten.« Er sah den Jungen an. Der nickte, und in seinen meerblauen Augen dämmerte das Verstehen.

Gareth deutete auf seinen Schreibtisch. »Hol doch einmal den Brieföffner aus der obersten rechten Schublade, dann wollen wir sehen, ob wir es vorsichtig wieder in Form biegen können.«

Nachdem Gareth behutsam das verbogene Teil geglättet hatte, wandte er sich an den Jungen. »Weißt du, wie du es wieder zusammensetzen musst?«

Der Junge sah ihn beleidigt an. »Natürlich, Sir.«

Gareth sah schweigend dabei zu, als Oliver mit seinen schmutzigen, aber schmalen und agilen Fingern geschickt die winzigen Teile wieder zusammensetzte. Bei dem Spielzeug handelte es sich um eine Art großer Katze mit Rädchen, die durch eine geschickte Anordnung der vier Pfoten unter der unteren Platte verborgen waren. Der Aufziehschlüssel befand sich natürlich direkt unter dem Schwanz der Katze, eine skandalöse Anordnung, die einem jungen Mann sicherlich gefiel.

Als er das Spielzeug wieder richtig zusammengesetzt hatte, stand der Junge auf und ging, da er keine Notwendigkeit sah, sich weiteren Rat zu holen, hinaus, um das Spielzeug im Flur zu testen. Zwar gab es dort Teppich, aber es war nur ein Läufer, der rechts und links zwei perfekte Streifen schwarzweißer Fliesen freiließ, die ideal für Metallrädchen geeignet schienen.

Oliver nahm den Aufziehschlüssel in die Hand, dann zögerte er. Er sah Gareth an. »Würden Sie das gerne übernehmen, Sir? Schließlich haben Sie die Lösung für das Problem gefunden.«

»Ich übernehme dann das nächste Mal.«

Oliver lächelte erleichtert, und er drehte vorsichtig den Schlüssel. Dann bückte er sich, hielt das Spielzeug mit beiden Händen fest und wandte sich Gareth zu.

»Bereit?«

»Bereit.«

Die Metallkatze schoss den Flur entlang, wobei sie ein hohes mechanisches Sirren ausstieß und bis kurz vor den zweiten Eingang der Bibliothek schlitterte, bevor sie zum Stehen kam.

Der Junge sprang hoch und riss beide Arme empor. »Hurra! Hurra!«

Gareth lächelte. »Jetzt bin ich dran.«

Gareth hörte ein kleines Klicken, als er die Mechanik aufzog, als ob die Feder abgerutscht wäre. Er sah zu dem Jungen hinunter, der sichtlich ungeduldig wartete. »Ich denke, wir werden ein neues Stäbchen benötigen. Das Metall ist abgenutzt und offenbar nicht mehr stabil.« Er hörte mit dem Aufziehen auf und gab Oliver die Katze, der sie mit beiden Händen festhielt, damit sie nicht zu früh begann, die Räder zu drehen. »Du kannst loslassen, ich glaube, du wirst sie nicht viel öfter aufziehen können.«

»Wissen Sie, wie man so einen Pinn macht, Sir?«

»Für so feine Arbeiten habe ich nicht die nötige Ausrüstung, aber ich denke, ein Uhrmacher könnte etwas Passendes anfertigen.«

Die Feder war mittlerweile fast vollständig abgerutscht, als Mrs Lombard und Declan sie eine Viertelstunde später fanden.

Die Bildhauerin betrachtete ihren Sohn, der gerade dabei war auf allen Vieren zu der Katze zu krabbeln, und dann sah sie Gareth an, der ihm folgte, allerdings aufrecht.

»Was für eine erfreuliche Überraschung, Mr Lockheart.« Ihr Lächeln wirkte echt, soweit er so etwas beurteilen konnte. »Ich glaube, Sie werden mit dem Fortschritt zufrieden sein, den wir beim Staudamm gemacht haben.«

Ihr Reitkleid war dunkelgrün, und sie sah darin noch hübscher aus als in seiner Erinnerung. Ihr Haar hatte sich wieder einmal gelöst und hing locker um ihre rosigen Wangen, was ihr Gesicht weicher machte und sie jünger wirken ließ. Gareth sah Declan an, nur um festzustellen, dass der Ire ihn mit einem amüsierten Glitzern in den Augen beobachtete, das Gareth überhaupt nicht gefiel.

»Was hältst du von dem Projekt?«, fragte Gareth seinen Freund, als er merkte, dass sie auf irgendeine Reaktion von ihm zu warten schienen.

»So weit bin ich nicht gekommen. Im Stall traf ich auf Mrs Lombard und entschloss mich, sie hierher zu begleiten.«

Oliver kam mit dem Spielzeug zu seiner Mutter gelaufen. »Mr Lockheart hat es für mich repariert, Mama, aber es wird nicht lange halten. Er sagt, wir müssen es zum Uhrmacher bringen.«

Sie schob ihm das Haar aus der Stirn, wobei die Liebe in ihrem Blick selbst für Gareth klar erkennbar war.

Wie mochte es sich wohl anfühlen, der Empfänger so unverfälschter Zuneigung zu sein?

»Ich glaube, in der Stadt gibt es einen, Oliver. Wir nehmen es beim nächsten Besuch mit. Jetzt ist es Zeit für deinen Tee. Nounou wird schon auf dich warten.«

»Ja, Mama.« Er wandte sich zum Gehen, wirbelte dann aber noch einmal herum. Er lächelte Gareth zu und hielt das Spielzeug hoch. »Vielen Dank, Sir.«

Gareth nickte, und der Junge flitzte den Flur entlang davon.

Mrs Lombard begann, sich die Handschuhe auszuziehen. »Hätten die Herren gern etwas Tee?«

»Nein«, entgegnete Gareth.

»Ja«, sagte Declan gleichzeitig.

Die Mundwinkel der Frau zuckten. »Vielleicht sollten wir den Flur verlassen und die Angelegenheit im kleinen Salon besprechen, wo es bequemer ist?«

Declan warf Gareth ein einnehmendes Lächeln zu. »Das wäre wundervoll, nicht wahr, Gare?« Er bot Mrs Lombard den Arm, und sie gingen voraus zum kleinen Salon. Gareth gefiel der Ausdruck auf dem Gesicht des Freundes nicht.

Er gefiel ihm ganz und gar nicht.

***

Serena konnte sich kein ungleicheres Freundespaar vorstellen: McElroy konnte nicht den Mund halten, und Lockheart war beinahe stumm.

Außerdem war es eigenartig, sich im Haus eines fremden Mannes wie die Gastgeberin aufzuführen, aber es schien, als habe Lockheart wenig Interesse an seinen

Pflichten als Gastgeber oder wäre sich derer nicht bewusst.

Das Teetablett wurde gebracht, noch bevor sie sich setzen konnten, und Serena erkannte ganz klar Jessups unsichtbare Handschrift. Zweifelsohne hatte er den Tee schon vorbereitet, als er die Kutsche seines Dienstherrn auf die Einfahrt rollen sah.

Während Serena den Tee zubereitete, ging McElroy, ein Mann, der vor Energie nur so strotzte, im Zimmer auf und ab und bombardierte sie mit Fragen.

»Ich habe gesehen, dass direkt hinter dem mittleren Teil des Hauses etwas angelegt wird.«

»Ja, das werden die formellen Gärten.« Sie sah Lockheart an, der sie stumm mit seinem undurchschaubaren Blick betrachtete und sie verunsicherte. War ihr Haar durcheinander? Hatte sie Schmutz an der Nase? »Milch oder Zucker, Mr Lockheart?«

»Milch, bitte.« Er kam, um sich seine Tasse und Untertasse zu nehmen. »Kein Gebäck für mich, vielen Dank.«

»Gareth ist ein Asket, Mrs Lombard. Aber ich nehme Milch und Zucker im Tee und ein paar von diesen köstlich aussehenden Törtchen.« McElroy blieb vor ihr stehen und wartete, bis sie ihm Tasse und Teller reichte. Sein Lächeln machte Serena fast ebenso nervös wie der grüblerische Blick seines Freundes.

Serena schenkte sich selbst Tee ein und gab etwas Milch hinein, dann wählte sie eines der sahnegefüllten Törtchen, obwohl sie sich vorgenommen hatte, etwas zurückhaltender zu sein. Das gute Essen hier hatte seine Spuren hinterlassen, und ihre Kleider saßen alle ein wenig eng, obwohl sie ständig in Bewegung war.

Sie sah auf und stellte fest, dass beide Männer sie beobachteten. »Mr McElroy sagte, Sie sind in der Gegend, um sich eine Brauerei anzusehen?«, fragte sie ihren Arbeitgeber.

»So ist es. Möglicherweise werden wir dort investieren.«

»Kommt für Sie *jede* Art von Unternehmen in Frage?«

»Unsere Entscheidungen basieren auf einer Reihe von Faktoren, die alle zur Gesundheit eines Unternehmens beitragen.«

»Außerdem vergraben wir bei Vollmond eine Kartoffel auf der Westseite eines Gebäudes, bevor wir uns entscheiden«, fügte Mr McElroy hinzu.

Serena hatte den Mund voll Kuchen und hätte sich beinahe verschluckt.

Mr McElroy zwinkerte ihr zu.

Lockheart seufzte. »Ich bin gekommen, um zu sehen, wie die Arbeit vorangeht, und um ein paar Pferde vorbeizubringen.«

»Pferde?« Sie sah von einem Mann zum anderen. »Ich habe nur eines gesehen.«

Lockheart nippte an seinem Tee, bevor er antwortete. »Insgesamt haben wir sechs gebracht. Eines davon sollte passend sein für Ihren Sohn.«

»Sie haben ein Pferd für Oliver gebracht? Aber ...«

»Jessup sagte mir, dass Sie im Dorf zwei Pferde gemietet hätten. Er deutete an, dass«, er machte eine kurze Pause, »Ihr Sohn ein guter Reiter ist.«

Serena merkte, dass ihr Mund offen stand, und schloss ihn. Sie sah den Iren an, der es fertigbrachte, gleichzeitig Tee zu trinken und zu lächeln. Lockhearts Blick war so schwer zu lesen wie der Mond, und seine

Augen hatten in etwa dieselbe Farbe. Er hatte sich die Haare schneiden lassen, seit sie ihn das letzte Mal gesehen hatte, und sie hätte schwören können, dass sein Gesicht etwas dünner war, als ob er krank gewesen wäre oder nicht richtig gegessen hätte. Sie schüttelte den Kopf, um den Gedanken zu verscheuchen. *Die Pferde*, erinnerte sie sich selbst.

»Das ist *sehr* freundlich von Ihnen, Mr Lockheart. Ich versichere Ihnen, Sie müssten nicht ...«

Er wedelte mit der Hand, und so etwas wie Verärgerung zeigte sich auf seinem Gesicht. »Ich habe es getan, weil ich es so wollte. Sie müssen sich dafür nicht bedanken.«

Serena blinzelte, erschrocken über dem recht schroffen Tonfall.

Das folgende Schweigen dröhnte wie eine läutende Glocke.

McElroys leises Lachen durchbrach es. »Du tust es schon wieder, Gare.«

Zwei leuchtende rote Streifen erschienen wie Kratzer auf Lockhearts hohen, scharf geschnittenen Wangenknochen.

Er seufzte. »Verzeihung, Mrs Lombard. Ich wollte keinesfalls unhöflich sein.« Lockhearts wohlgeformte Lippen verzogen sich. »Ich fürchte, Sie werden feststellen, dass meine Manieren oft etwas ... mangelhaft sind.«

»Ziemlich unzivilisiert sogar«, fügte der Ire hinzu, schob sich ein ganzes Törtchen in den Mund und brachte es noch immer fertig, dabei zu lächeln.

Serena konnte den Blick, den Lockheart seinem Freund zuwarf, nicht deuten. Aber als er sich ihr wieder zuwandte, hatte er denselben rätselhaften Ausdruck.

»Ja, unzivilisiert ist vielleicht ein treffenderer Ausdruck. Zum Glück habe ich heute Mr McElroy in meiner Nähe, um für mich zu übersetzen.«

Der Ire nickte unverfroren. »Mr Lockheart hat gerade einen Scherz gemacht, Mrs Lombard. Sie dürfen jetzt lachen.«

Serena konnte nicht anders, sie musste tatsächlich lachen, und die Spannung wich aus dem Raum.

»Ich glaube, ich brauche noch so ein Törtchen, Ma'am.« McElroy hielt ihr den Teller hin, und Serena legte mit zwei Gabeln eines der köstlichen Gebäckstücke darauf.

Der Ire hob die Augenbrauen angesichts dieser Serviermethode, kommentierte sie allerdings nicht.

»Hätten Sie gern noch etwas Tee, Mr Lockheart?«

Anstelle einer Antwort brachte er ihr die Tasse. Sie füllte sie erneut, reichte sie ihm und lächelte ihn an. Sein beunruhigender Blick lag auf ihr, ernst und undurchschaubar, und seine attraktiven Züge waren ausdruckslos. Serena schluckte und fragte sich, ob er gemerkt hatte, wie unregelmäßig ihr Atem geworden war. Sie bildete sich ein, er wäre so laut wie eine Säge.

»Vielen Dank.«

»Soweit ich es verstehe, machen Sie das zum ersten Mal, Mrs Lombard?« McElroys Frage schien aus weiter Ferne zu kommen. Sie nahm an, sie bezog sich nicht auf die Teestunde mit zwei Herren, die in einem Waisenhaus großgeworden waren. »Sie meinen, einen Garten dieser Größe zu gestalten?«

Er nickte, und sein Lächeln war ermunternd, doch das Glitzern in seinen grünen Augen war beunruhigend. *Was für ein Duo!*

»Ja, das ist es. Bisher habe ich nur Gärten in der Stadt gestaltet. Und das auch nur nach recht detaillierten Vorstellungen der Besitzer.«

»Und Gareth hat Ihnen die Zügel überlassen, hörte ich.«

Serena hatte das Gefühl, dass mehr hinter dieser Bemerkung steckte, als auf den ersten Blick ersichtlich war, und nickte bloß.

»Wie finden Sie es bisher?«

»Ich gebe zu, ich war ein wenig nervös, bevor ich mit der Arbeit begonnen habe.« Sie warf ihrem Arbeitgeber einen Blick zu, um seine Reaktion zu sehen, doch seine Aufmerksamkeit galt ihrem Notizbuch, das aus der großen Tasche gerutscht und neben ihr auf das Sofa gefallen war.

Serena stellte Tasse und Untertasse ab. »Würden Sie gern die Skizzen sehen, die ich seit meiner Rückkehr angefertigt habe? Die richtigen Pläne sollten bis zum Ende der Woche hier eintreffen.«

Er stellte seinen Tee ab und setzte sich neben sie. Seine Nähe auf dem kleinen Sofa rief ihr ins Bewusstsein, wie groß er war. Er war schlank, aber drahtig. Serena dachte an den Raum neben seinem Schlafzimmer und stellte fest, dass er dort wohl oft trainierte. Sie schluckte bei dem Gedanken, öffnete das Skizzenbuch an der entsprechenden Stelle und reichte es ihm.

Lockheart hielt das Buch ganz sachte in seinen langen, vorsichtigen Fingern, als ob es etwas sehr Wertvolles wäre. McElroy stand nun hinter ihm, die Hand auf die Armlehne des Sofas gestützt, und schaute über die Schulter des Freundes.

»Wie Sie wissen, Mr Lockheart, habe ich einen Konstruktionszeichner beauftragt, mir zu helfen, sofern Sie mit meinen Originalentwürfen einverstanden sind.«

Die erste Zeichnung stellte dar, wie sie sich das Anwesen von oben vorstellte.

»Das ist interessant«, murmelte McElroy. »Wie haben Sie die richtige Perspektive hinbekommen?«

»Wir haben vier Tage damit verbracht, die einzelnen Abschnitte abzulaufen.« Sie sah zu Lockheart auf, aber seine Aufmerksamkeit war bei der Zeichnung. »Ich weiß, das erscheint übertrieben, aber ich dachte es wäre nötig, weil all das so neu für mich ist.«

Als sie merkte, dass es keine Reaktion gab, beugte sie sich herüber, um die Seite umzublättern. Sie konnte seine Wärme spüren, und er roch nach einem herrlichen Duftwasser, sauberer Wolle, warm und männlich.

»Hier ist mein Plan für den östlichen Hof.«

McElroy beugte sich näher herunter. »Was bedeuten diese Rechtecke?«

»Die vertikalen sind Plätze für Bildhauerarbeiten, diese drei hier«, sie deutete auf drei horizontale Rechtecke, »sind Bänke.«

Serena wartete noch immer darauf, dass ihr Arbeitgeber Fragen stellen oder ihre Ausführungen kommentieren würde, aber er schien zufrieden, das Reden seinem Freund zu überlassen.

***

Gareth wäre es gleich gewesen, ob die Frau entschied, verbogene Laternenpfähle als Skulpturen aufzustellen und überall Brombeeren und Disteln zu pflanzen; er wollte nur neben ihr sitzen und ihren Duft einatmen.

Und ihre Nähe genießen – die Hitze ihres Körpers so nah an seinem – eine Nähe, die er bisher nur bei einer Frau gesucht hatte.

Er nahm vage Decs Fragen und ihre Antworten wahr. Sein Freund war sicherlich neugierig, warum Gareth dieser Frau so nah kam. Er wusste, dass er Abstand zu anderen bevorzugte und es verabscheute, wenn Fremde ihn berührten, was für ihn so ziemlich jeden einschloss.

Sie roch nach dem Freien, mit einem Hauch einer Seife, wie Damen sie benutzten. Er konnte eine Spur Leder und Pferd unter dem feminineren Duft erschnuppern. Ihre Hände sahen aus, wie man es von einer Frau, die damit arbeitete, erwarten würde. Die Handrücken waren quadratisch und breiter als die zierliche Struktur ihres Gesichts hätte ahnen lassen, die Haut war ein wenig rissig, es gab sichtbare Schwielen an den Daumen, eine Schwiele vom Schreiben am Mittelfinger ihrer rechten Hand, die der an Gareth' linker Hand ähnelte. Es waren keine zierlichen, hübschen Hände, aber er fand sie faszinierend.

Das letzte Mal, als er einer Frau so nahe gekommen war, war mit Venetia gewesen, einer Frau, die ihr in nichts ähnelte.

»Und hier sehen Sie, wie der See sich der Kontur des sanften Hügels anpassen wird.« Gareth sah sich das Bild an, auf das sie sich bezog. Die Geometrie ihrer Zeichnung war das Erste, das ihm auffiel.

»Wo ist die Böschung, die Sie bauen?«

Er spürte, wie sie neben ihm zusammenzuckte.

»Sie ist hier«, mit dem Daumennagel fuhr sie eine Linie entlang.

»Aber hier können Sie sie besser erkennen.« Sie blätterte um. »Hier.«

Gareth sah sich die Ausrichtung der Böschung an und blätterte zurück, dann sah er sich die Böschung wieder an.

»Was ist?« Gareth hörte Angst in ihrer Stimme.

»Wenn der Steigungswinkel so ist wie Sie auf der Zeichnung angedeutet haben, müssen Sie Ihre Böschung vielleicht um fünfzehn Grad neigen, um die nötige Stabilität zu erreichen.« Er sah auf, und ihr Gesicht war nur wenige Zentimeter von seinem entfernt. Eine tiefe Kerbe hatte sich zwischen ihre grüngoldenen Augen gegraben. So aus der Nähe betrachtet, konnte er feine Fältchen um ihre Augen erkennen, möglicherweise vom Zusammenkneifen, und Falten zu beiden Seiten ihrer vollen, korallenroten Lippen. Ihr Teint war faszinierend. Er war entgegen der Mode goldbraun, und Sommersprossen zierten ihren geraden, schmalen Nasenrücken.

Ihre Lippen waren klein, aber schön geformt, und lächelten stets. Jetzt allerdings nicht. Denn sie bewegten sich, und Gareth hatte nicht aufgepasst. Stattdessen hatte er sich vorgestellt, diese Lippen mit seinen zu berühren und mit der Zunge dazwischen einzutauchen.

»Mr Lockheart?«

Er blinzelte. »Mrs Lombard?«

Sie lächelte verunsichert. »Würden Sie mich morgen zur Baustelle begleiten?« Sie warf einen Blick auf die Uhr, die auf der linken Seite ihres Mieders angeheftet war. »Jetzt ist es zu spät, aber vielleicht könnten wir morgen früh gehen, bevor sie dort mit der Arbeit beginnen. Dann könnten Sie selbst nachsehen.«

Gareth fand, dass er das sollte. Schließlich hatte er diesen Teil seines Anwesens noch nie gesehen.

»Wir können den Besuch der Brauerei noch einen Tag aufschieben, Gare.«

Bei Decs Einwurf sah Gareth auf. Der Ire lächelte nicht mehr, was beinahe beängstigend war. Er kannte Dec, seit sie Jungen waren, länger als sonst jemanden in seinem Leben, aber Declan war ein komplexer Mensch, und Gareth konnte noch immer nicht all seine Ausdrücke interpretieren.

Er wusste nur, dass er irgendetwas im Schilde führte.

Gareth war klar, dass er sich selbst die sprichwörtliche Grube gegraben hatte, und ihm jetzt nichts übrigblieb, als die Baustelle zu besuchen. »Ich werde Mr Fowler benachrichtigen und unsere Besichtigung der Brauerei verschieben.« Er wandte sich wieder der Frau zu, die sichtbar interessiert auf seine Antwort wartete. »Wir können das Gelände abschreiten und prüfen, ob die Böschung verlegt werden muss.« Er wusste bereits, dass es nötig war, aber er nahm an, es war politisch nicht geschickt, ihr ihren Fehler so direkt ins Gesicht zu reiben. Ihr Lächeln verriet ihm, dass er damit ausnahmsweise richtig lag.

Sie sahen sich die restlichen Zeichnungen ohne weitere Vorkommnisse an.

KAPITEL SIEBEN

Serena konnte sich – mit Ausnahme ihres ersten Dinners auf Rushton Park – an kein Abendessen erinnern, das eigenartiger gewesen wäre als das an diesem Abend. Das Essen war hervorragend, und sie wurde wie immer perfekt bedient, das war es nicht. Jedoch waren Lockheart und McElroy nicht unbedingt die erholsamsten Tischgenossen. Der Ire schien Vergnügen daran zu haben, zu sticheln und zu provozieren, und das nicht nur bei seinem Freund, sondern auch bei Serena, und sie hatte den Verdacht, dass er es vermutlich bei jedem tat, der das Unglück hatte, sich in seinem Dunstkreis zu bewegen. Er war ein scharfsinniger Mann, was er unter einem eher dünnen Firnis aus Charme verbarg, dem sie nicht einen Augenblick traute.

Mr Lockheart blieb ihr noch immer ein Rätsel. Obwohl er selten sprach, schien er eloquent zu sein und sich wohlzufühlen, wenn er es doch tat. Daher fragte sie sich, ob er einfach so gern in seinem eigenen Kopf steckte, dass er sonst die anderen Leute und ihre Gespräche einfach ignorierte.

Als der exquisite Dessertgang schließlich abgeräumt worden war, hatte Serena genug von McElroys Gestichel und Lockhearts stummen, bedächtigen Blicken.

»Ich werde die Gentlemen jetzt Ihrem Portwein überlassen. Ich fürchte, ich werde mich ungewöhnlich früh zurückziehen, es war ein langer Tag für mich.« Die beiden erhoben sich mit ihr.

»Gute Nacht, Mrs Lombard«, sagte McElroy mit einer Verbeugung. »Ich fürchte, ich bin ein Langschläfer, also werde ich es Gareth und Ihnen überlassen, Erdboden zu bewegen und Dämme zu planen.«

Lockheart ging zur Tür, obwohl ein Diener bereitstand, um sie für sie zu öffnen.

»Ist Ihnen sechs Uhr zu früh, Mr Lockheart? Um die Zeit frühstücke ich für gewöhnlich und begebe mich dann auf die Baustelle.« Sie hatte gehofft, ihn mit der frühen Stunde abzuschrecken, oder zumindest zu erreichen, dass er das Gesicht verzog, aber er nickte nur.

»Sechs Uhr, Madam.« Er verneigte sich und öffnete ihr die Tür. »Gute Nacht.«

Serena atmete erleichtert auf, als sich die Tür hinter ihr schloss. Sie hätte im Speisezimmer gern Mäuschen gespielt, denn es hätte sie besonders interessiert, wie die beiden Männer miteinander umgingen, wenn sie allein waren. Während des Dinners hatte McElroy einige Details aus ihrer gemeinsamen Geschichte preisgegeben. Die beiden Jungen waren im selben Waisenhaus gelandet. McElroy war etwas älter als sein Freund, obwohl er sich weit jünger und ungezwungener gab. Auf jeden Fall war sie froh, dass sie bis zum Morgen Ruhe vor ihm hatte. Sie wollte mit Mr Lockheart sprechen, ohne durch Zweideutigkeiten und ironische Bemerkungen waten zu müssen.

Sie ging hinauf zu Olivers Zimmer, das im dritten Stock des Familientrakts lag. Unter Nounous Tür drang ein Lichtschein hindurch, also klopfte sie leise.

»Entre!«

Die ältere Frau saß im Bett und las. Sie hob den Blick und ließ das Buch sinken, als sie sah, dass sie es war.

»Nun?«, fragte sie in ihrer Muttersprache. »Wie war das Dinner mit den beiden?« Sie verwendete ein Wort für »Männer«, das sich nur schwer ins Englische hätte übertragen lassen.

Serena lächelte. »Wie zu erwarten war. Sie werden noch mindestens einen weiteren Tag bleiben. Mr Lockheart glaubt, es gibt ein Problem mit dem Staudamm.«

Nounous trockenes Lächeln verriet, was sie darüber dachte.

»Schläft Oliver schon?«

Sie machte ein durch und durch gallisches Geräusch. »Dieser Junge! Er wird uns noch die Betten anzünden. Ich habe beschlossen, dass es sicherer ist, ihn einfach die ganze Nacht lesen zu lassen, wenn er möchte. Er wird unausgeschlafen und erschöpft sein, aber nur so wird er es lernen. Er ist da wie seine Mutter – ein absoluter Dickschädel.«

Serena lachte leise. »Es wird ihm nicht schaden, Nounou.« Sie erhob sich.

»Ich sehe nach, ob er noch wach ist. Und dann mache ich das Licht aus, damit Sie in Ruhe schlafen können, ohne Angst haben zu müssen, dass Sie verbrennen könnten.« Sie beugte sich vor und küsste sie auf die Wange. »Gute Nacht.«

Ihr Sohn war tatsächlich noch wach und las. Nicht ein Buch, sondern gleich zwei lagen auf seinem Schoß, in denen er beim Licht einer Kerze, die in dem Halter auf seinem Nachttisch stand, las.

»Mama.« Er lächelte sie vollkommen ungeniert an, obwohl es fast elf war und sie ihn beim Lesen erwischt hatte.

»Wenn du bei diesem Licht liest, wirst du dir die Augen verderben.« Sie schob eines der Bücher zur Seite und setzte sich auf sein Bett.

»Du treibst die arme Nounou in den Wahnsinn. Versprich mir, dass du von nun an um spätestens zehn das Licht löschst. Es ist gut, auch einmal ohne ein Buch vor der Nase nachzudenken. Dann habe ich meine kreativsten Einfälle.«

Er nickte und klappte die Bücher zu. »Schon gut, Mama. Ich werde es versuchen.« Er warf ihr einen listigen Blick zu. »Aber können wir das vielleicht besprechen, wenn ich es für eine Weile probiert habe?«

Serena lachte und zerzauste sein Haar. »Also gut, verhandeln wir. Wie lang?«

»Eine Woche?«

Sein erwartungsvoller Blick veranlasste sie dazu, den Kopf zu schütteln. »Einen Monat. Und dann sehen wir weiter.«

Er seufzte schwer, nickte aber.

»Gut«, sagte sie, beugte sich vor, gab ihm einen ziemlich lauten Kuss auf die Wange und musste über sein »Ach, Mama!« lachen.

Sie erhob sich und nahm die Kerze mit.

»Mama?«

»Hm?«

»Wie lange wird Mr Lockheart bleiben?« In seiner Stimme lag ein hoffnungsvoller Unterton, der sie stutzig machte.

»Magst du ihn?«

Sein heftiges Nicken ließ sein Haar fliegen und erinnerte sie daran, dass es dringend geschnitten werden musste.

»Er mag Automaten. Er hat selbst einen *gebaut*, Mama.«

»Hat er das?« Sie lächelte über den Enthusiasmus ihres Sohnes. Sie war enttäuscht gewesen, dass er kein Interesse an Bildhauerei zeigte, aber sie wäre zufrieden, wenn er seine Leidenschaft für ein anderes Gebiet entdeckt hätte.

»Er sagt, er baut mir vielleicht auch einen.« Er sah sie ein wenig verschüchtert an. »Ich mag ihn, Mama.«

»Ich auch«, sagte sie und löschte das Licht.

***

Zwei Stunden später war Serena noch immer wach. Sie hatte sich hin und her gewälzt und versucht, sich zum Schlafen zu zwingen, aber es hatte nicht funktioniert. Sie musste spazieren gehen, um nachzudenken. Sie zog ihren Morgenrock an und fand einen warmen Schal.

Es war Halbmond, und die Südseite des Hauses sah in seinem silbrigen Licht verwunschen aus. Pfosten aus Kiefernholz waren in den unordentlichen Rasen geschlagen worden, wo der formelle Garten entstehen sollte, und seine Form war mit Kordeln markiert worden. Auf dem struppigen Gras hatte sich bereits Tau gebildet, und nachdem sie den Garten zweimal abgeschritten war, waren ihre Knöchel nass. Ihre Gedanken waren allerdings unten beim Fluss. Sie war nervös, weil Mr Lockheart einen Fehler in ihren Plänen für den Staudamm gefunden hatte, und sie hoffte, dass es nicht zu teuer und zeitaufwändig werden würde, ihn auszubügeln, auch wenn sie es bezweifelte.

Sie biss sich auf die Unterlippe. Es war dumm von ihr gewesen, einen solchen Auftrag anzunehmen. Es reichte nicht, sich drei Wochen lang mit den Arbeiten von Capability Brown zu beschäftigen und sich Gärten anzusehen, um sich auf ein Projekt von solchen Ausmaßen vorzubereiten. Sie hatte sich von der guten Bezahlung – für sie ein unvorstellbarer Reichtum – locken lassen und hatte die Grenzen ihrer Expertise überschritten. Es war arrogant und dumm, sich zu weigern, wieder bei ihren Schwiegereltern einzuziehen. Unbewusst hatte sie ihre Schritte vom Hauptteil des Gebäudes nach Westen gelenkt. Sie konnte den Flügel umrunden und den Weg durch den Säulengang entlang der nordwestlichen Gebäudeseite nehmen. Als sie um die Ecke bog, sah sie in einem der Fenster im zweiten Stock Licht. Ihre eigenen Räume lagen hinter dem neunten bis vierzehnten Fenster, und diese hier waren ... sie zählte im Geiste ... Teil des letzten Gebäudeabschnitts, die Suite des Hausherrn. Sie war zu nah am Gebäude, um hineinzusehen, also ging sie zu einer kleinen Baumgruppe, von wo aus sie einen besseren Ausblick hatte. Das Licht kam aus Mr Lockhearts Zimmer, dem Trainingsraum mit dem gepolsterten Boden und den hängenden Säcken. Der Raum war hell erleuchtet, aber sie konnte außer dem kleineren birnenförmigen Sack nichts erkennen. Schatten huschten im Hintergrund herum, was bedeutete, dass jemand – vermutlich Lockheart – sich dort bewegte. Sie wollte sich gerade abwenden, als er ins Blickfeld kam. Serena schnappte hörbar nach Luft. Lockheart trug kein Hemd. Serena wandte den Blick ab und starrte im Dunkeln auf ihre verkrampften Hände.

Es gehörte sich nicht, was sie hier tat, denn man konnte es nur spionieren nennen. Sie drang in seine Privatsphäre ein. Wie würde es ihr gefallen, wenn er dasselbe täte?

Ihr Blick wanderte zum Fenster, als ob er von einem Ochsengespann gezogen würde.

Er schlug mit den Fäusten auf den Sack ein und wechselte dabei die Hände so schnell, dass die Bewegung verwischte. Selbst aus der Entfernung konnte sie erkennen, dass sein Oberkörper von der Anstrengung glänzte und die Muskeln so klar definiert waren, als wären sie in Metall graviert worden. Sein Körper, vor allem seine Muskulatur, war zu schlank, hart und ohne ein Gramm Fett.

Obwohl sie eine Frau war, hatten ihr Vater und Monsieur Favel dafür gesorgt, dass ihr Aktmodelle zum Skizzieren zur Verfügung standen, Männer und Frauen, die sie aufgrund ihres überlegenen Körperbaus gewählt hatten. Doch nie hatte sie einen so gut definierten Körper gesehen.

»Es ist, als ob Sie eine Ihrer Skulpturen zum Leben erwachen sehen, nicht wahr?«

Serena schrie und sprang mindestens einen halben Meter zur Seite, ihr Herz pochte wild gegen ihren Brustkorb, als ob es dringend hinaus wollte. Die Hand auf die Brust gelegt, wirbelte sie herum.

»Es tut mir leid, Mrs Lombard. Habe ich Sie erschreckt?« McElroy klang nicht, als ob es ihm besonders leidtat, er klang vielmehr amüsiert. »Ich muss zugeben, es überrascht mich, Sie um diese Zeit hier draußen anzutreffen. Besonders nach einem so anstrengenden Tag.«

Sie hörte nicht nur Amüsement in seiner Stimme, sondern auch Misstrauen. Was sollte sie sagen? Sie war dabei ertappt worden, wie sie einen halbnackten Mann angaffte.

Also griff sie nach der offensichtlichsten Entschuldigung. »Ich konnte nicht schlafen.«

Er kam näher. »Vielleicht kann ich Ihnen dabei helfen.«

Serena glaubte, sie müsste ihn falsch verstanden haben, aber sein arrogantes Lächeln und die halbgeschlossenen Lider verrieten ihr, dass sie sich täuschte.

Sie warf ihm einen eisigen Blick zu.

»Aha«, sagte er, und ein harter Zug trat auf sein Gesicht. Er wandte den Blick wieder zum Fenster, und sie folgte ihm nur zu gern. Sie beobachteten, wie Lockheart unablässig auf den Sack einschlug.

»Ist das eine Art Faustkampf-Training?«, fragte sie schließlich, entschlossen, ihren Fehltritt zu ignorieren.

Er nickte, wandte den Blick aber nicht vom Fenster ab. »Männer Ihres Standes amüsieren sich damit an Orten wie Jacksons Salon, aber das hier ist echt.«

Die Geringschätzung in seinen Worten missfiel ihr. »Was wissen Sie über meinen Stand, Mr McElroy?«

Dieses Mal wandte er sich ihr zu, und sein Lächeln war ebenso spöttisch wie seine Worte. »Nun kommen Sie schon, Mrs Lombard. Ihr Ehemann war der Sohn eines Dukes. Sie hätten kaum in höhere Kreise einheiraten können.«

Serena nahm an, dass es Arroganz gewesen war, die sie dazu verleitet hatte, anzunehmen, dass Männer, die dem reichen Bürgertum angehörten, nicht über ihren Familienhintergrund informiert wären.

McElroy schmunzelte, als ob sie den Gedanken laut ausgesprochen hätte. »Ja, ich habe es mir zur Gewohnheit gemacht, genau hinzusehen, mit wem Gareth Geschäfte macht, auch wenn er sich nicht darum kümmert.«

»Mr Lockheart weiß von meinen Verbindungen.«

»Verbindungen wie zum Beispiel die zu Ihren Cousins Leeland und Sandford Featherstone?«

Serena knirschte mit den Zähnen. »Angeheiratete Cousins.«

»Angeheiratet«, pflichtete er ihr bei.

»Ja, davon weiß er.« Serena fand seinen selbstgefälligen, wissenden Tonfall lästig. »Wenn *Sie* so viel Wert darauf legen, über seine Geschäftspartner im Bilde zu sein, warum haben Sie ihn dann nicht vor den Featherstones gewarnt?«

»Ich sagte, ich sehe genau hin. Ich nehme ihm nicht die Entscheidungen ab.« Er zuckte mit den Schultern. »Featherstone ist ein Kleinkrimineller. Er hat Gareth über den Tisch gezogen, aber er hat ihm auch Dienste erwiesen, die Gareth glaubte, zu benötigen. Ich fürchte, mein Freund hat diese fixe Idee, dass er den Adligen geben muss und die Männer hofieren, die die Gesetze machen, an die wir Normalsterbliche uns dann halten müssen.«

»Mr Lockheart sagte mir, dass Sie es waren, der ihn auf diese fixe Idee brachte, Mr McElroy.«

Er zog die Augenbrauen hoch und sah sie eher prüfend als anklagend an. »Hat er das? Es ist untypisch für Gareth, solche Dinge preiszugeben – oder sie überhaupt im Kopf zu haben, um darüber sprechen zu können. Offenbar hat er wohl Gefallen an Ihnen gefunden.«

»Und das halten Sie für unklug.«

»Ts, ts, Mrs Lombard – oder vielleicht sollte ich Sie eher Lady Lombard nennen – legen Sie mir nicht die Worte in den Mund.«

»Glauben Sie mir, Mr McElroy, ich möchte mit Ihrem Mund nichts zu tun haben. Was Ihre andere Bemerkung anbelangt, nein, Sie sollen mich nicht so nennen.« Sie konnte ihr Missfallen nicht länger zurückhalten. »Erstens wäre es falsch, denn Sie müssten mich mit Lady Robert Lombard ansprechen, und zweitens habe ich Ihnen gesagt, wie ich angesprochen werden möchte, und zwar als Mrs Lombard.«

»Sie müssen nicht gleich so hässlich zu mir sein, Mrs Lombard. Ich muss zugeben, dass ich nicht verstehe, warum Sie Ihr Licht, oder vielmehr Ihre guten Verbindungen, unter den Scheffel stellen wollen, besonders bei Gareth.«

»Ich kann Ihnen gar nicht sagen, wie beruhigend ich es finde, dass meine Gedanken sich offenbar Ihrem Verständnis entziehen, Mr McElroy.«

Er schmunzelte. »Dafür, dass Sie behaupten, Französin zu sein, können Sie sehr gut mit der englischen Sprache umgehen.«

»Mein Vater war Engländer, was Sie sicher wissen, wenn Sie doch so gründliche Nachforschungen anstellen.«

»Wieder liegen Sie richtig. Dennoch bin ich nach wie vor erstaunt über Ihre Einstellung zu Ihren erlauchten Kreisen. Ich habe noch niemanden Ihrer Klasse getroffen, der es nicht für nötig hielt, einem seine Abstammung ständig unter die Nase zu reiben. Ich bin sicher, Sie fragen sich, was Gareth darüber denkt. Lassen Sie uns ehrlich miteinander sein, ist das nicht die eigentliche Motivation dahinter, dass Sie sich auf dem Lande vergraben und im Dreck wühlen? Einen sehr, sehr reichen Mann zu heiraten, von dem Sie glauben, dass Sie ihn leicht manipulieren können?«

Serena schnaubte. »Sie sollten nicht von sich auf andere schließen, Mr McElroy. Bereitet es *Ihnen* Vergnügen, Ihren Freund zu manipulieren?« Sie ließ ihm keine Zeit zu antworten. »Ich weigere mich, Ihre Verleumdungen zu würdigen, indem ich mich Ihnen gegenüber rechtfertige, Mr McElroy. Ich sage nur so viel, dass Sie Ihren Freund wohl nicht so gut kennen, wie Sie glauben. Oder beeinträchtigen Ihre eigenen Ambitionen vielleicht Ihr Urteilsvermögen?«

Das amüsierte Glitzern verschwand aus seinen Augen. »Was zum Teufel wollen Sie damit sagen?«

»Ich meine, Sie haben viel Zeit mit Mr Lockheart verbracht, allerdings wohl nicht genug, um festzustellen, dass er absolut *kein* Interesse an vielen Dingen hat, die anderen wertvoll erscheinen. Die Gesellschaft und sein eigener Wohlstand sind ihm gleichermaßen zuwider. Möglicherweise sind es Ihre eigenen Bestrebungen, über die Sie so leidenschaftlich sprechen. Sie reden so hitzig darüber, dass ich nur annehmen kann, dass Sie in dieser Hinsicht noch eine private Rechnung offen haben.«

Überraschenderweise lachte er.

»Es freut mich, dass Sie mich amüsant finden«, log sie.

Er schüttelte den Kopf, wobei er noch immer lachte. »Danke, Mrs Lombard, Sie haben gewiss viel … Fantasie. Aber ich fürchte, *Sie* sind es, die *mich* missverstehen. Gareth ist nicht auf der Suche nach einer adligen Ehefrau, weil er gern ein bisschen Armschmuck hätte, der sein Geld verprasst, auf seine Abstammung herabblickt und sich nur so weit erniedrigt, sein Bett zu teilen, um ihm einen Erben zu schenken. Nein, meine liebe Witwe, er tut sich die Herablassung Ihresgleichen aus einem ganz anderen Grunde an. Sehen Sie, anders als ich ist Gareth nicht nur an Geld interessiert. Er möchte Einfluss bei den Mächtigen. Er möchte Veränderungen anstoßen – bessere Arbeitsbedingungen, kürzere Arbeitszeiten, Altersgrenzen, anständige Löhne. Kurz gesagt, er ist besorgt um das Wohlergehen der Arbeiter. Und um dieses Ziel zu erreichen, würde er sich auch an eine Ehefrau ketten, die ebenso an ihm und seinem Glück interessiert ist wie daran, zum Mond zu fliegen.«

Oben hinter dem beleuchteten Fenster machte Mr Lockheart eine Pause und brachte mit einer Hand den schwingenden Lederbeutel zum Stillstand. Er hielt ihn fest und ließ den Kopf auf den Unterarm sinken. Seine angestrengte Atmung war sogar aus der Entfernung zu erkennen.

»Vielleicht möchten Sie sich ein Beispiel an ihrem Freund nehmen und in präzisen Worten ausdrücken, auf was Sie genau hinauswollen, Mr McElroy«, sagte Serena und machte sich nicht die Mühe, ihn dabei anzusehen.

Mr McElroy stellte sich zwischen Serena und ihren Ausblick auf das Fenster, sein Ausdruck war hart, als wäre er in Granit gehauen, seine Augen funkelten gefährlich. »Gareth Lockheart ist der klügste Mann, den ich je kennengelernt habe. Aber in vielerlei Hinsicht ist er wie ein Kind. Weil er selbst nicht von Gier und Eifersucht oder Neid getrieben ist, rechnet er auch bei seinen Mitmenschen nicht mit diesen Gefühlen. Und er ist nicht nur die klügste Person, die ich kenne, sondern auch die ehrlichste, großzügigste und liebenswürdigste.« Er zeichnete mit dem Finger die Linie ihres Kiefers nach. »Ich, Mrs Lombard, bin wiederum ein ganz anderer Schlag.«

Serena zuckte zurück und machte einen Schritt nach hinten. »Was genau ...«

»Ich bin gut darin, Menschen zu lesen, und erkenne aus zwanzig Metern Entfernung, ob jemand lügt oder etwas zu verbergen hat. Sie, Mrs Serena Lombard, verbergen etwas. Ich kann es riechen, so wie andere Männer möglicherweise Ihr Parfum riechen können. Wenn ich feststelle, dass es dieser verfluchte Garten ist oder sonst irgendein Plan, den Sie mit Featherstone ausgeheckt haben, seien Sie gewarnt, Mrs Lombard. Sollte ich herausfinden, dass Sie meinen Freund manipulieren, schützen Sie auch Ihre hochherrschaftlichen Verbindungen nicht vor mir. Guten Abend, Ma'am.« Er wandte sich um und ging. Serena blieb zurück und fühlte sich, als ob er ihr ins Gesicht geschlagen hätte.

Was bildete er sich ein?

Sie wandte sich um, um ihn genau das zu fragen, doch er war schon in der Dunkelheit verschwunden. Serena ließ sich gegen den Stamm des nächsten Baumes sinken. Ihre Gedanken wirbelten durcheinander. Was *wusste* er? Wie konnte er *überhaupt* etwas wissen?

Selbst Sandy wusste nichts, auch wenn er mit seinem eigenen Talent für Lügen und Täuschung den Verdacht hatte, dass etwas nicht ganz stimmte.

Sollte sie abreisen? Doch wenn sie es tat, wo sollte das Geld für die nächste Rate herkommen? Und wenn sie es nicht tat, würde McElroy seine Drohung wahrmachen und sie in noch größere Schwierigkeiten stürzen? Sie wollte Mr Lockheart nicht schaden, aber es war schwer, sich daran zu erinnern, bei all den Schuldgefühlen und der Angst, die sie umgaben.

Wenn sie kurz daran gedacht hatte, Mr Lockheart zu heiraten und ihm die Verbindungen zum Adel zu verschaffen, die er so dringend wollte, war das wirklich so verwerflich? Sie musste zuerst an ihren Sohn denken. Um ihn zu schützen, würde sie alles tun. Wirklich alles.

Sie schaute auf zum Fenster, als ob sie dort eine Antwort ablesen könnte. Doch es lag nun im Dunkeln wie die übrigen Fenster.

KAPITEL ACHT

Mrs Lombard war vor ihm im Frühstückszimmer und aß, während ausgebreitet vor ihr auf dem Tisch eine Rolle Pläne lag.

»Guten Morgen, Mr Lockheart.« Sie deutete auf die Zeichnungen. »Ich werde heute die Pläne mitnehmen.«

»Sehr gut.« Gareth brauchte keine Pläne, um zu wissen, dass es ein Problem gab, aber er machte keine Einwände. Sie hatte noch mehr als die Hälfte ihres Tellers vor sich und schenkte sich eine Tasse Kaffee ein, also bestellte sich Gareth ebenfalls eine Kanne und machte sich daran, einen Teller zu füllen.

Er stellte fest, dass sie andere Reitkleidung trug – dieses Mal in einem ungewöhnlichen Orangerot mit einer Paspelierung in einem dunklen Goldton. Sowohl der Stil als auch der Schnitt wirkten etwas altmodisch. Gareth hatte angezogen, was sein Kammerdiener Chalmers ihm herausgelegt hatte, nachdem er von den heutigen Plänen unterrichtet worden war: lederne Kniebundhosen, ein dunkelbraunes Jackett mit Schwalbenschwanz und eine grüne Weste mit feinen braunen Streifen. Chalmers war dafür verantwortlich, seine Kleidung zu pflegen und auszuwählen, zwei Aufgaben, die Gareth überaus lästig und ermüdend fand.

Die einzigen Bedingungen waren, dass die Stoffe angenehm zu tragen sein mussten und der Schnitt ihn nicht übermäßig in seiner Bewegungsfreiheit einschränken durfte. Sein Gedächtnis, das in den meisten Dingen vollkommen war, schien eine selektive

Amnesie zu entwickeln, was Kleidung anging und welche Kleidungsstücke welchem Anlass angemessen waren.

Chalmers kleidete ihn nicht an oder rasierte ihn, aber der verdrießliche Kammerdiener schnitt ihm die Haare, was immer häufiger nötig zu sein schien.

Sie schaute von den Plänen auf, als er ihr gegenüber Platz nahm. »Mr McElroy hat es sich nicht anders überlegt und sich entschieden, uns zu begleiten?«

Gareth war damit beschäftigt, die Serviette zu öffnen und hielt mitten in der Bewegung inne. »Hat er Ihnen etwas davon gesagt, dass er sich umentschieden hätte?«

Ihre Wangen, die bereits etwas rosig schimmerten, nahmen einen dunkleren Rotton an. »Nein, ich hielt es nur für möglich.«

Gareth hatte sich auf den heutigen Tag vorbereitet, indem er eine Liste von Konversationsstrategien und einstudierter Antworten aufgestellt hatte. Solche Listen fand er hilfreich, wenn er längere Zeit in Gegenwart einer Person außer Declan oder den Dienstboten zu verbringen hatte. Letztere waren die einzigen Menschen, bei denen er sich nicht aus Anstand genötigt fühlte, sinnlose Kommentare abzugeben oder über Banalitäten zu schwatzen. Die heutige Liste zu erstellen, war ihm leichter gefallen als üblich, denn es schien, als hätte er eine echte Neugier auf Mrs Lombard und ihren Sohn entwickelt, was für ihn ungewöhnlich war.

Es war natürlich nicht so, dass er Menschen ganz allgemein nicht *mochte*, aber er hatte selten das Verlangen, sie näher kennenzulernen.

»Ihr Akzent ist wirklich kaum zu hören, Mrs Lombard.«

Sie schaute ihn so überrascht an, dass er sich fragte, ob er wieder mal einen Fauxpas begangen hatte. Waren Akzente ebenso wie Körperfunktionen etwa auch ein Tabuthema? Nein, sie schien nicht schockiert.
Vielmehr war sie wohl erstaunt, dass er so eine Frage hervorbrachte.

»Mein Vater hat mit mir Englisch gesprochen. Er wollte, dass ich seine Muttersprache sicher beherrsche.«

»Wie lange leben Sie schon in England?«

»Es sind bald zehn Jahre. Ich kam her, kurz bevor mein Sohn geboren wurde. Das war 1807.«

Ihre Antwort stieß eine neue Frage an, die nicht auf seiner Liste stand. »Beim letzten Mal, als Sie hier waren, erzählten Sie mir, dass Ihr Vater Sie zur Bildhauerin ausgebildet hat? Ist das in Frankreich nicht ungewöhnlich?«

»Doch, es ist ebenso ungewöhnlich wie hier.« Sie lächelte, und es war derselbe ehrliche, offene Blick, den sie ihrem Sohn geschenkt hatte. Gareth fand, dass dieser Ausdruck ihr hübsches Gesicht wunderschön machte. Er war bei Weitem nicht unempfänglich für weibliche Reize, aber er hatte ihnen noch nie so viel Aufmerksamkeit gewidmet. »Wie die meisten Männer hatte mein Vater sich einen Sohn gewünscht, aber meine Mutter starb bei meiner Geburt. Ich war ungefähr fünf, als er feststellte, dass ich Talent für das Modellieren mit Ton und das Zeichnen habe. Seitdem nahm er mich mit in sein Atelier. Zunächst habe ich nur zugesehen und mit Wachs oder Ton herumgespielt. Ich habe mein erstes Stück aus Terracotta geformt, und er war so zufrieden, dass er mir etwas feinen Marmor kaufte. Er war weicher als der Stein, den er für gewöhnlich verwendete, weil ich noch jung war und nicht die Kraft besaß, mit härterem Material zu arbeiten. Als ich vierzehn war, begann ich, ihm im Atelier in Monsieur Favels Chateau zu helfen. Er war ein sehr alter Bildhauer, der nicht mehr selbst arbeitete, sondern eine Reihe Assistenten und Steinmetze beschäftigte, um die Aufträge zu erledigen, die er noch immer erhielt.

Es war eine schöne, wenn auch unkonventionelle Kindheit.« Ihr Lächeln flackerte kurz. »Zumindest, bis der Krieg seinen Tribut forderte.« Sie zuckte mit den Schultern und schnitt sich ein Stück Schinken ab. »Ich bin also durch eine Laune der Natur zur Künstlerin geworden. Hätte mein Vater einen Sohn bekommen, wäre ich jetzt vermutlich höchstens mit einem Bildhauer verheiratet.«

Er beobachtete sie, wie sie die Gabel zum Mund führte, und wurde sich bewusst, dass er ein unerwartetes Verlangen danach verspürte, sie mit Hammer und Meißel arbeiten zu sehen. Ihre Hände waren nicht im konventionell femininen Sinne schön, aber sie waren wohlgeformt und geschickt.

»Und Sie, Mr Lockheart? Wie haben Sie gelernt«, sie wedelte mit der Hand, während sie nach dem richtigen Begriff zu suchen schien, »was auch immer sie tun?«

Wie sollte er das erklären? Er hatte es einmal versucht. Bei Dec. Aber bei dem fragenden Blick seines Freundes hatte er aufgegeben. Wollte sie wirklich eine Antwort? Oder war dies nur höfliche Konversation?

Als ob er den Gedanken laut ausgesprochen hätte, was er seines Wissens nicht getan hatte, antwortete sie.

»Ich frage, weil ich weiß, dass Sie sich mit Mathematik und ihren Anwendungen auskennen, und mein Sohn offenbar ein Interesse in diesem Bereich entwickelt hat.«

Aha, es interessierte sie also tatsächlich. »Möchte er nicht Bildhauer werden?«

Sie schmunzelte. »Nein, ich fürchte, sein Talent liegt anderswo. Er verabscheut jede Art von künstlerischer Darstellung und zeichnet nur gern, wenn es der Problemlösung dient, wie bei seinem Automaten.«

Gareth konnte es dem Jungen nachfühlen. Kunst bereitete ihm oft Unbehagen, wenn sie zu emotional war oder unerklärliche Umwege nahm und einen Mangel an Einheitlichkeit oder Logik aufwies. Aber Maschinen? Selbst so etwas Simples wie ein Spielzeug? In Dingen, die eine Funktion hatten, lag eine gewisse Poesie. Und Zahlen? Etwas an der Präzision und Schönheit der Mathematik ließ seine Seele jauchzen, wenn Menschen denn tatsächlich so etwas besaßen.

»Ich habe schon überall Muster gesehen, mathematische Muster, auch in den banalsten Dingen. Sie waren da, bevor ich sie verstehen konnte. Und als ich zum ersten Mal etwas über die schlichte Macht der Zahlen lernte, wusste ich, dass ich weitersuchen musste, bis ich es alles verstanden hätte.« Er machte eine Pause und dachte über seine albernen Worte nach. »Je mehr man lernt, desto mehr begreift man natürlich, dass es nicht gelingen kann.« Er konnte sich nicht erinnern, wann er das letzte Mal mit einer fremden Person so gesprochen hatte. Zum Glück schien Mrs Lombard seine Worte nicht seltsam zu finden.

»Deswegen haben Sie mit einem Blick ein Problem in dem Entwurf erkannt, nicht wahr?«

»Ja, gesetzt den Fall, die Zeichnung ist im richtigen Maßstab.«

Sie nickte, und ihr Blick wanderte wieder zu den Plänen.

»Haben Sie einen Hauslehrer für Ihren Sohn?« Das war eine weitere Frage, die nicht auf seiner Liste gewesen war.

»Noch nicht. Ich habe ihn selbst unterrichtet, aber ich bin bei vielen Themen an meinen Grenzen angekommen. Er ist in einem Alter, an dem ich ihn auf eine Schule schicken sollte, aber das ist nicht«, sie zögerte kurz, »möglich.«

Gareth fragte sich, was das Problem war. Geld? Eine zu starke emotionale Bindung? Natürlich fragte er nicht nach.

»Er wird zum Stall kommen, wenn er sein Frühstück im Schulzimmer beendet hat. Ich habe ihm gesagt, dass dies kein Ausflug ist, sondern eine Gelegenheit, etwas zu lernen. Ich denke, er wird die Berechnungen, die dem Bau des Staudamms zugrunde liegen, zu schätzen wissen. Außerdem«, sie lächelte, »war er überglücklich, als er hörte, dass dort ein Pferd auf ihn wartet.«

Gareth senkte den Blick auf seinen Teller, sein Magen zog sich zusammen. Er war froh, dem Jungen eine Freude gemacht zu haben. Seine ruhige, nachdenkliche Art hatte ihm gleich gefallen. Aber er wollte weder von Oliver noch von seiner Mutter überschwänglichen Dank.

Mit einem lauten Kratzen schob er den Stuhl zurück. »Wenn Sie mich entschuldigen wollen, ich habe noch etwas vergessen, um das ich mich kümmern wollte.« Er verneigte sich. »Ich treffe Sie dann bei der Baustelle.« Er wandte sich um, bevor sie etwas entgegnen konnte, nickte dem Diener zu, damit er die Tür für ihn öffnete und ihm die Flucht erleichterte. Er wusste, dass sein Verhalten unhöflich war, aber er wollte vermeiden, im Stall einer rührenden Szene ausgesetzt zu sein.

Allein der Gedanke an eine solche Situation bereitete ihm Unwohlsein. Er stellte fest, dass er nicht viel gegessen hatte und wusste, dass diese Tatsache dazu beitrug. Er neigte dazu, das Essen zu vergessen, wenn er in Gedanken war oder mit etwas Interessantem beschäftigt. Wie interessant, dass er in Gegenwart dieser Frau vergessen hatte, zu essen. Das war ihm bisher noch nicht passiert.

***

Serena hatte schon beinahe damit gerechnet, Mr Lockheart nicht am Staudamm anzutreffen, als sie ankamen. Sie fragte sich, ob sie etwas gesagt hatte, das ihn verschreckt hatte. Aber sie war in der letzten halben Stunde alles, was sie gesagt hatte, ein Dutzend Mal durchgegangen und hatte nichts finden können, zumindest nichts Unhöfliches oder Beleidigendes. Und sie wusste, dass er Oliver mochte, also konnte es auch nicht daran gelegen haben, dass er sie begleiten wollte. Nein, der Mann blieb einfach ein Rätsel.

Die Pferde, die er für Serena und ihren Sohn gebracht hatte, waren bei Weitem die besten, die sie je geritten hatten. Dank der Großzügigkeit seiner Großeltern hatte Oliver schon reiten gelernt, kaum dass er Hosen trug.

Serena war als Mädchen viel geritten, meistens ihr Pony und im Herrensitz. Auf einem Damensattel konnte sie zwar einigermaßen reiten, aber es bereitete ihr nicht viel Freude, außer dass sie so schneller von einem Ort zum anderen kam.

Und so waren Serena und Oliver auf ihren neuen Pferden aufgebrochen, im Gefolge die neun jungen Hunde, die sie bei ihrer Ankunft im Stall vorgefunden hatten. Der Stallmeister, Horrocks, hatte ihnen gesagt, dass Oliver sie gern trainieren könnte. Die Hunde waren inzwischen im Laufe von fünf Wochen von einem wilden Haufen zu halbwegs folgsamen Begleitern geworden, und sie war stolz auf ihren Sohn. Also hatte sie zugestimmt, als er heute Morgen fragte, ob er sie mitnehmen dürfte.

»Du darfst die Hunde heute mitnehmen, Oliver, aber ich möchte, dass du Ihnen etwas Auslauf gönnst, damit sie nicht so viel überschüssige Energie haben, wenn du mitkommst, um den Arbeitern zuzusehen.«

Ihr Sohn nickte, aber sie konnte sehen, dass er mit den Gedanken woanders war, vermutlich sah er sich bereits auf seiner neuen Stute über die Hügel jagen. Er hatte sie wegen ihrer ungewöhnlichen gesprenkelten Fellzeichnung *Starling*, also Star, getauft.

Ihr eigenes Pferd war eine hübsche Fuchsstute mit einem sanftmütigen Naturell und passte perfekt zu Serenas Fähigkeiten. Sie hatte Jessup zu danken, der sie und Oliver für seinen Bericht offenbar genau beobachtet hatte.

Die Stimme ihres Sohnes drang in ihre Gedanken. »Mama?« Oliver hatte sich im Sattel seitwärts gedreht und sah sie betrübt an.

Serena lachte. »Na, dann reite schon los. Aber sei vorsichtig.« Er war auf und davon, bevor sie zu Ende gesprochen hatte, und seine Hunde jagten wie ein lauter Kometenschweif hinter ihm her. Sie hatte vor einigen Jahren aufgehört, sich Sorgen zu machen, wenn er ritt, als sie erfahren hatte, dass er ohne erwachsene Aufsicht mit einer Schar Cousins und Cousinen durch die Landschaft galoppierte.

Sie brauchte mit dem Pferd nur wenige Minuten, um die Baustelle zu erreichen. Zunächst hatte sie gedacht, sie würde kein Pferd brauchen, doch nach zwei Wochen, in denen sie oft mehr als fünfmal am Tag hin und zurück gelaufen war, hatte sie festgestellt, dass es albern war und wenig effizient.

Sie sah Mr Lockhearts Pferd, bevor sie ihn sah, weil er seine Jacke ausgezogen hatte und unten in einem Graben stand, wo er mit einem Stock etwas in den Erdboden zeichnete, während eine Gruppe Männer um ihn herumstand und zusah.

Sie stieg ab und ließ ihr Pferd bei seinem zurück. Er sah auf, als sie sich näherte.

»Ich hoffe, es stört Sie nicht, Mrs Lombard, aber ich war so frei, den Männern zu zeigen, wie sie sich einen Teil der Arbeit ersparen und nur einen kleinen Abschnitt neu ausheben können.«

»Natürlich stört es mich nicht. Ich bin froh, dass Sie gekommen sind, bevor wir die gesamte Böschung angelegt haben.«

Der Vorarbeiter lachte leise. »Ja, so sehr wir die Arbeit lieben, etwas zweimal machen zu müssen, ist nicht schön.«

Lockheart wandte sich wie üblich plötzlich ab. Er interessierte sich nicht für Geplänkel. »Das einzige Problem, das ich bei dieser Vorgehensweise noch sehe, ist der Fels dort.«

»Aye, Sir. Deswegen haben wir die Böschung nach hier oben verlegt.« Er sah Serena an. »Der Gentleman, der mit Mrs Lombard das Gelände abgeschritten ist, sagte, es macht keinen Unterschied.«

Der Vorarbeiter, Mr Flowers, hatte recht. Bei ihrem ursprünglichen Entwurf war die Böschung ungefähr dort gewesen, wohin Mr Lockheart sie verlegen wollte. Sie war froh, dass Flowers, ein kräftiger Mann aus Kent, der mehr mit seinen Arbeitern zusammenarbeitete, als sie nur zu beaufsichtigen, ihren Arbeitgeber darauf hingewiesen hatte. Serena hatte sich in den Wochen seit Beginn der Arbeiten seinen Respekt verdient, sie verstanden sich und hatten ein gutes Arbeitsverhältnis. Jetzt stellte sie fest, dass sie sich auch seine Loyalität verdient hatte. Auch wenn es Lockheart nicht zu kümmern schien. Seine Gedanken waren offenbar bei dem Felsen stehengeblieben. »Haben Sie die nötigen Mittel, ihn zu bewegen?«, fragte er sie.

Sie schüttelte den Kopf. »Ich fürchte, ich habe die Sache nicht weiter verfolgt, weil es danach aussah, als wäre es nicht mehr nötig.« Sie legte den Kopf schief, als sie im Geiste Maß nahm und sich an den Vorarbeiter wandte.

»Haben Sie schon so einen Brocken bewegt?«

Flowers kratzte sich am Kopf und schüttelte ihn anschließend. »Nicht in der Größe. Ich denke, wir könnten ihn so weit ausgraben, dass wir ihn in den See rollen könnten.«

»Das wäre die einfachste Lösung, aber ...« Serena kaute auf ihrer Unterlippe.

Die zwei Männer warteten.

Serena schüttelte den Kopf. »Vergessen Sie es. Das wäre der einfachste Weg.«

»Was wollten Sie denn sagen, Mrs Lombard?« Lockheart klang eher neugierig als gleichgültig oder skeptisch, wie viele andere Männer.

»Er würde sich gut am Ufer machen. Es wäre schade, ihn zu überfluten.«

Er sah erst sie und dann den Felsen auf dem Hügel an. Wieder starrte er zu dem Felsen, aber Serena wusste, dass er ihn nicht mehr wirklich betrachtete. Irgendwie wusste sie, dass dies einer der Augenblicke war, in denen er die Zahlen und Symbole sah, von denen er gesprochen hatte.

»Ich habe gelesen, dass die großen Steine in der Ebene von Salisbury über viele Meilen weit hertransportiert wurden.« Es war, als spräche er mit dem Stein. Serena sah Flowers an, der ihren Blick erwiderte und kurz die Schultern hob.

Sie warteten.

Lockheart wandte sich zu Flowers. »Haben Sie verstanden, was ich über die Änderungen des Gefälles gesagt habe?«

»Ja, Sir.«

»Wie viele Tage würde das Graben dauern, wenn man den Bereich mit dem Felsen nicht mitrechnet?«

»Wenn das Wetter sich hält, sollten wir gegen Ende der Woche fertig sein.«

Lockheart nickte. »Bis dahin finde ich eine Lösung für den Stein.« Er schien über Serenas Schulter hinweg zu sehen. Als sie sich umdrehte, sah sie Oliver absteigen. Sie war froh, dass die Hunde ihm gehorchten.

Als sie sich wieder Lockheart zuwandte, sah sie, dass er noch immer mit gerunzelter Stirn in die Richtung starrte.

Serena wartete, bis die Männer sich entfernt hatten, bevor sie das Wort an ihn richtete. »Ich hoffe, es stört Sie nicht, Mr Lockheart. Die Hunde waren im Stall, als wir ankamen. Horrocks war der Meinung, Sie würden sich eine Meute zulegen, aber da es keinen Hundehüter gibt, fand er, Oliver könnte die Hunde erziehen.«

Oliver kam zu ihr herüber. »Guten Morgen, Mr Lockheart.«

Lockheart ließ den Blick von Oliver zu Serena und wieder zurück wandern. »Es freut mich, dass Sie sich um die Hunde gekümmert haben. Ich fürchte, ich habe keinen Hundeführer engagiert, also bin ich froh, dass sich jemand gefunden hat, der sie haben möchte. Ich nehme an, sie taugen jetzt nicht mehr zur Jagd?«

Serena nickte. »Horrocks schien dieser Ansicht zu sein. Aber Oliver hat sie zum Gehorsam erzogen.«

Er sah ihren Sohn an. »Tatsächlich?«

Oliver nickte. »Es sind gute Hunde, Sir. Aber Mama sagt, sie müssen im Stall bleiben. Sie haben eine Box, in der sie schlafen und sich aufhalten, wenn ich nicht bei ihnen draußen sein kann.«

Er zögerte. »Mama sagt, sie dürfen nicht im Haus leben.«

Diese Information schien Lockheart aufhorchen zu lassen, und Serena konnte sehen, dass der Mann nicht merkte, dass er sich gerade von einem Meister dieser Kunst manipulieren ließ. Er sah Serena an.

»Sie mögen es nicht, wenn Tiere im Haus leben, Mrs Lombard?«

»Das ist es nicht.«

Lockheart nahm seine Jacke von dem Griff eines Spatens, der in einem Haufen Erde steckte, und zog sie an. Seine perfekte Krawatte hatte sich gelockert, und seine wundervollen, teuren Stiefel waren mit Schlamm bedeckt.

»Was dann?«

Im Sonnenlicht konnte sie erkennen, dass seine Augen einen dunkelgrauen Ring um das hellere Grau der Iris hatten. Seine Wimpern waren dunkelbraun wie seine Haare und unverschämt lang.

»Es ist nicht mein Haus, Mr Lockheart.«

Er sah sie nur an.

»Ich würde mir nie die Freiheit herausnehmen, Haustiere ins Haus zu bringen«, erklärte sie.

»Ich hatte nie ein Haustier. Halten die meisten anderen sie im Haus?« Wie immer sagte er schon wieder Dinge, mit denen sie nicht gerechnet hätte.

»Nun ...«

»Mein Großvater, Seine Gnaden of Remington, hat über zwanzig Hunde. Sie wohnen alle in seinem Zimmer. Einige schlafen sogar auf seinem Bett«, sagte Oliver eifrig und vermied Serenas strengen Blick.

Lockheart schien das faszinierend zu finden. »Ist das so?«

»Aber das sind keine Jagdhunde, Oliver.«

»Diese auch nicht, Mama.«

Serena seufzte.

»Ich habe nichts gegen Hunde im Haus, Mrs Lombard, aber die Entscheidung liegt bei Ihnen.« Er fuhr beinahe ohne Unterbrechung fort. »Ich habe eine Idee, wie man den Stein entfernen und ihn an die Stelle bewegen könnte, wo Sie ihn gern haben möchten. Ich werde einige Tage brauchen, um die nötigen Materialien zusammenzutragen. Ich hoffe, es macht Ihnen nichts aus, wenn wir unseren Aufenthalt um ein paar weitere Tage verlängern?«

Serena wollte ihn gerade daran erinnern, dass es *sein* Haus war, als ihr Sohn ihr die Sache aus der Hand nahm.

»Sie wollen also bleiben, Mr Lockheart?«

Er sah Oliver mit seinem typischen abwesenden Blick an. »Bis ich den Felsen bewegt habe.«

»Zeigen Sie mir dann, wie man einen Automaten baut?«

Dieses Mal gelang es Serena, einzugreifen. »Mr Lockheart ist hier, um zu arbeiten, Oliver, nicht um zu spielen.« Sie sprach sanft, aber mit der Bestimmtheit, von der sie wusste, dass er sie brauchte, wenn er übermütig wurde. Weil Oliver mit so viel Liebe und Zuneigung überhäuft worden war, glaubte er, dass jeder Zeit mit ihm verbringen wollte. Serena ließ ihn für gewöhnlich in diesem tröstlichen Glauben. Schließlich würde das Leben noch schnell genug kommen und ihm sein Päckchen aufladen. Sie wollte, dass er so lange wie möglich nur Freude kannte.

»Wann bist du mit dem Lernen fertig?«, fragte Lockheart und stieg mit ihnen den Hügel hoch.

»Um drei Uhr. Außer am Sonntag. Das ist ein Ruhetag, außer, dass wir zur Kirche gehen müssen.«

»Komm jeden Tag um drei in die Bibliothek, und wir arbeiten daran.« Seine Mundwinkel zuckten. »Außer am Sonntag natürlich.«

»Hurra! Hurra!« Zum Glück war Oliver schon halb den Hügel hinaufgestiegen, als er zu rufen begann, denn die Hunde sprangen und tänzelten um ihn herum, und es war ihnen einerlei, was sie da feierten.

Sie lächelte ihrem Arbeitgeber zu. »Das war sehr freundlich von Ihnen, Mr Lockheart, aber Sie müssen ihn nicht verwöhnen.«

»Ich mache es gern.«

Bevor sie ihm danken konnte, hatte er eine Frage zur Position des Pavillons gestellt. Erst als sie zurückritten merkte sie, dass er ihren Dank wieder einmal abgebogen hatte.

KAPITEL NEUN

Gareth war wieder im Keller. Um ihn war absolute Finsternis; nicht einmal ein Fünkchen Licht. Der Boden war feucht, kalt und glitschig, und in der erstickenden Enge konnte er überlaut irgendetwas herumhuschen und herumkriechen hören. Er schrie, aber er wusste, dass niemand kommen würde; es kam nie jemand. Seine Stimme war weg, sein Hals schmerzte, und sein Mund füllte sich mit dem metallischen Geschmack von Blut. Etwas Schweres, Haariges streifte seinen nackten Knöchel, und nadelscharfe Zähne bohrten sich in seinen kleinen Zeh.

Er schrie.

Der heisere Schreckensschrei wirkte wie ein Katapult, das Gareth aus seinem Traum schleuderte und ihn hochfahren ließ. Er bekam nicht genug Luft; es fühlte sich an, als versuchte er, unter Wasser zu atmen. Er krallte die Finger neben sich in das Laken, und die Dunkelheit vor seinen Augen lichtete sich, wurde von der einzelnen Kerze vertrieben, die er stets brennen ließ, ganz gleich, wo er schlief.

Sie stand am anderen Ende des Zimmers hinter einer blauen Glasscheibe, aber sie spendete genug Licht, um die beängstigende Dunkelheit fernzuhalten, die ihn zu ertränken drohte.

Angst vor der Dunkelheit; er hatte Angst vor der Dunkelheit. Hämische Kinderstimmen waberten durch seine Erinnerung wie Wolkenfetzen, die sich vor den Mond schoben. Kinder suchten und fanden gerne

Schwächen und nutzten sie aus. Niemand wusste das besser als Gareth.

Langsam hörte sein Herz auf, wie wild gegen die Rippen zu schlagen, und sein Atem beruhigte sich. Die feinen irischen Laken waren schweißnass und hatten sich um seinen Oberkörper gewickelt, was darauf hindeutete, dass es ein langer Traum gewesen war. Er befreite seine Beine aus dem Knäuel und schwang sie über die Bettkante. Da er den größten Teil des Tages entweder in der Kutsche verbracht hatte oder damit, die Brauerei in Augenschein zu nehmen, die aufgrund der waghalsigen Börsenspekulationen ihres derzeitigen Besitzers kurz vor dem Ruin stand, war er ziemlich müde gewesen, als er zu Bett ging, doch jetzt fühlte er sich noch erschöpfter.

Er war zwar müde, aber er wusste genauso gut, dass er nach einem solchen Albtraum nicht wieder in den Schlaf finden würde; diese Träume plagten ihn mehrmals im Monat. Wie immer war er hungrig, denn er hatte den Traum als real erlebt und tatsächlich Tage im Dunkeln ohne Essen oder Wasser verbracht.

Er streifte den schweren silbernen Morgenmantel über, den Chalmers für ihn gekauft hatte, und steckte die immer kalten Füße in seine Pantoffeln aus Schaffell.

Er wollte in die Küche gehen und sehen, ob er etwas zu essen auftreiben konnte. In Rushton Park hatte er das noch nie getan, aber Jessup war mit seinen nächtlichen Gewohnheiten aus London vertraut und hielt deswegen sicher Pasteten, Brot oder Käse für ihn bereit.

Der Weg in die Küche war weit, gab ihm aber die Gelegenheit, sich das Haus ohne die Dutzenden Dienstboten anzusehen, die er beschäftigte, Menschen, die tagsüber ständig parat standen, um sicherzustellen, dass es ihm an nichts fehlte. Auch wenn Gareth effiziente Dienstboten zu schätzen wusste, fühlte er sich bisweilen wie ein Gast in seinem eigenen Hause.

Er durchquerte die Eingangshalle und bog in den Flur ein, an dem die Küche, die Waschküche, die Dienstbotenquartiere und alle übrigen Räume lagen, die zum Betrieb dieses riesigen Haushalts notwendig waren, und all das für gewöhnlich allein für ihn. Das brachte ihn auf die Frau und ihren Sohn.

Mrs Lombard und Oliver, erinnerte er sich selbst. Es war eine schlechte Angewohnheit, über Leute immer nur mit ihren Etiketten zu denken, anstatt sie beim Namen zu nennen: die Frau, der Brauer, der Architekt.

Allerdings erschien es ihm oft aufdringlich oder zu vertraulich, Gesichter mit Namen zu verbinden. Es war nur eine weitere seiner seltsamen Angewohnheiten, wie die Wandleuchter, die er die ganze Nacht hindurch brennen ließ, sodass er vermutlich mehr Geld für Kerzen ausgab als der königliche Haushalt im St. James's Palast. Natürlich hatte Gareth wahrscheinlich mehr Geld als der König und konnte seine Rechnungen im Gegensatz zu ihm bezahlen.

Überall brannten Kerzen, in jedem Winkel des Hauses. Selbst in jenen Teilen des Hauses, die er selten betrat, und in einigen, die er nie betreten würde. Ganz gewiss aber zählte dazu ein Teil: die Kellerräume. Das war zu verschmerzen, fand er.

Eine Kerze brannte in der geräumigen Küche, und Gareth entzündete zwei weitere, um die Schatten zu vertreiben, die am Rand des großen Raumes lauerten.

Im Nu hatte er einen Laib Brot gefunden, ein großes Rad von dem krümeligen weißen Käse, den er so gern aß, und einen kleinen Topf eingelegtes Rindfleisch. Er breitete sein Festmahl auf dem massiven hölzernen Tisch nahe der aufgeschichteten Glut im Kamin aus, dann ging er in den Kühlraum, um eine Flasche Ale zu holen.

Gareth aß und sah sich in der riesigen, modernen Küche um. Sie war nicht so gemütlich wie die enge, kombüsenartige Küche in seinem Londoner Stadthaus, aber Küchen im Allgemeinen hatten etwas, das er mochte; etwas, das ihm Geborgenheit schenkte. Vielleicht war es die Nähe zum Essen, und das Wissen, dass er essen konnte, so viel er wollte. Er musste nie wieder hungern. Und doch fühlte er sich eigenartig übersättigt, wenn er herkam, um zu essen, und musste sich zwingen, Nahrung zu sich zu nehmen. Declan wusste von Gareth' seltsamen Essgewohnheiten, hauptsächlich, weil er selbst einige besaß.

»Die Schweine haben dich für immer verkorkst, Gare. Du kannst nur Rache nehmen, indem du gut lebst.« Na ja, das war nicht ihre *einzige* Rache gewesen, aber Gareth wusste, was sein Freund damit sagen wollte.

Jahrelang hatte Declan sich Mühe gegeben, seinem Versprechen gerecht zu werden, aber Gareth gewann immer mehr den Eindruck, dass seine Ausschweifungen in letzter Zeit gezwungen und verzweifelt wirkten. Wie viel Alkohol, Köstlichkeiten, Wohlstand und Frauen konnte ein Mensch schon anhäufen? Gareth hatte festgestellt, dass sogar Declans Hunger in den letzten Jahren nachgelassen hatte. Sein Freund drängte ihn auch jetzt weniger, was eine große

Erleichterung für Gareth war. Jahrelang hatte der Ire ihm in den Ohren gelegen, er solle mehr saufen, spielen und herumhuren.

»Du musst *leben*, mein Freund! Auf jede nur erdenkliche Art und Weise leben. Wir wissen besser als die meisten anderen, dass einem innerhalb eines Wimpernschlags alles genommen werden kann.«

Aber Gareth hatte für Schnaps nichts übrig, Spielen war ihm schon vor langer Zeit verdorben worden, und Frauen? Nun, auch wenn man sie kaufte, zahlte man am Ende nur drauf. Bei Leuten war selten alles so, wie es schien, und das galt genauso oder sogar besonders für Prostituierte.

Natürlich besaß Gareth dieselben sexuellen Gelüste wie jeder normale Mann, zumindest glaubte er das, auch wenn Declans Verhalten auf diesem Gebiet ihn oft verwunderte. Er hatte gewiss kein Verlangen danach, sich an den Orgien zu beteiligen, die Dec vor einigen Jahren so geliebt hatte. Mit einer großen Zahl Frauen gleichzeitig Sex zu haben – oder auch nur mit einer kleinen Zahl – war das Letzte, was er wollte. Eine Frau nach der anderen war mehr als genug. Er verspürte auch nicht den Drang, eine Vielfalt von Frauen unterschiedlicher Statur auszuprobieren, wie es Declan oft vorgeschlagen hatte. Gareth hatte bisher nur mit einer Person Sex gehabt und fand nicht, dass es bedeutete, dass mit ihm etwas nicht in Ordnung war.

Er schnaubte und steckte sich ein Stück Rindfleisch in den Mund. Er *wusste*, dass so vieles mit ihm nicht in Ordnung war, aber Sex war keines seiner Probleme. *Frauen* allerdings ... das war etwas ...

»Mr Lockheart?«

Als er nach Luft schnappte, geriet das Stück Rindfleisch in die Luftröhre. Sein Hals wurde eng, und er versuchte, den Fremdkörper herauszuwürgen, ohne dass sein Gehirn bewusst daran beteiligt gewesen wäre. Seine Augen brannten, und ihm war, als ob sie aus ihren Höhlen springen müssten. Sein Kopf fühlte sich an, als wäre er auf die doppelte Größe angeschwollen.

Ein kurzer, heftiger Schlag auf seinen Rücken stieß seine Brust gegen die Tischkante, und der halbzerkaute Bissen flog über den Tisch und traf den Stuhl ihm gegenüber.

Erleichtert sog Gareth tief die Luft in die Lungen, atmete japsend und hustete.

»Es tut mir so schrecklich leid, dass ich Sie erschreckt habe. Versuchen Sie nicht zu sprechen«, fügte sie unnötigerweise hinzu. Er wäre ohnehin nicht in der Lage dazu gewesen. Der verschluckte Bissen war fort, aber sein Körper schien sichergehen zu wollen, und er hustete krampfhaft. Seine Augen, die immerhin nicht mehr drohten aus dem Kopf herauszuspringen, tränten heftig.

Es war entsetzlich peinlich. Zum Glück merkte er, dass sie sich entfernte, was zumindest etwas Druck und Belastung von ihm nahm. Er ließ sich auf die Unterarme sacken, die auf der Tischplatte ruhten, und konzentrierte sich darauf, tief und regelmäßig zu atmen.

Als er sich in der Lage fühlte, aufzusehen, ohne nach Luft zu schnappen, zu husten oder zu weinen, fand er ein Glas Wasser neben seinem Teller. Sie stand ihm mit schuldbewusst besorgter Miene gegenüber.

»Ist es besser?«

Er nickte. Zur Abwechslung hatte er die perfekte Ausrede für seine übliche Schweigsamkeit.

»Ich konnte nicht schlafen und kam herunter, um mir eine Kanne Tee zu machen. Das tue ich oft. Hätten Sie auch gern etwas Tee?«

Er schüttelte den Kopf. Sie lächelte verschämt und machte sich daran, den Tee aufzubrühen.

Gareth trank das Wasser und sein Bier und überlegte, ob er aufstehen und mehr holen sollte, als sie ein frisches Glas Wasser auf den Tisch stellte und die beiden leeren abräumte.

»Vielen Dank.« Die Worte waren nur ein heiseres Krächzen.

Weil er nicht wusste, was er sonst tun sollte, aß er das restliche Brot und das Fleisch auf seinem Teller. Als sie mit einem Teller Kekse und einigen der Kremtörtchen, die sie so zu mögen schien, an den Tisch kam, hatte er sich fast vollständig erholt.

»Törtchen?« Sie hielt ihm den Teller hin.

Ausnahmsweise nahm Gareth eines. Die kühle Sahne war angenehm in seinem kratzigen Hals.

Sie aßen in einträchtigem Schweigen. Als sie ihr Törtchen aufgegessen und einen Schluck Tee getrunken hatte, sah sie ihn an.

»Ich kann oft nicht schlafen. Ich glaube, Jessup weiß das und sorgt dafür, dass immer leckere Kleinigkeiten bereitstehen.«

»Jessup weiß alles.«

Sie lachte, obwohl Gareth keineswegs einen Scherz gemacht hatte, aber das geschah öfter. Der Butler galt als der beste weit und breit. Gareth hatte irgendeinen feinen Pinkel sagen hören, wie unvergleichlich er sei und wie bedauerlich es sei, dass es ihm nicht gelingen wolle, ihn Remington abspenstig zu machen. Also hatte Gareth ihn abspenstig gemacht.

»Wie fanden Sie die Brauerei?«

Nun, da er nicht mehr damit beschäftigt war, um Atem zu ringen, bemerkte er, dass sie einen Morgenmantel trug und ihre Lockenmähne unter eine dieser Hauben gesteckt hatte, die manche Frauen meinten, auch nachts tragen zu müssen. Gareth konnte es nicht ausstehen, im Bett irgendeine Kopfbedeckung zu tragen.

Sie zog die Augenbrauen hoch und sah ihn fragend an, was ihm verriet, dass sie anscheinend eine Reaktion von ihm erwartete.

»Man müsste eine Menge Geld und Arbeit hineinstecken.«

»Entspricht das Ihren Erwartungen?«

»Ich glaube, es passt recht gut zu dem, wonach wir suchen. Mr McElroy ist anderer Meinung.«

Sie stützte das Kinn in die Hand und runzelte die Stirn. »Und warum ist er das?«

»Er glaubt, dass das Gebäude nicht mehr zu retten ist.« Wörtlich hatte Dec gemeint, dass die alte Brauerei »in einem ziemlich beschissenen Zustand« sei, aber Gareth wusste, dass es sich nicht gehörte, vor einer Dame so zu sprechen.

»Wie werden Sie entscheiden?«

»Wir haben das Unternehmen gekauft.«

Sie hob ruckartig die Brauen. »Einfach so?«

»Einfach so.«

Gareth hätte ihr mehr erzählen können, zum Beispiel dass der Sohn des Eigentümers, ein Brauer von gutem

Ruf, dessen Zukunft die Spielsucht seines Vaters zerstört hatte, tatsächlich geweint hatte, als er erfahren hatte, dass sie planten, ihn und seine Angestellten zu behalten. Allerdings fand er es schwierig, sich auf das Thema der Brauerei zu konzentrieren, es entglitt ihm wie ein glatter Seidenstoff zwischen den Fingern. Für gewöhnlich konnte er sich so genau auf eine Sache konzentrieren, dass er taub und blind für alles andere um ihn herum wurde. Doch im Augenblick fesselte ihr Nachthemd seine Aufmerksamkeit. Es war bis zum Hals hochgeknöpft und aus einem dünnen weißen Stoff, der weich, leicht und vermutlich fast durchscheinend war. Der Morgenrock, den sie darüber trug, war nicht ganz so hochgeschlossen und war ein praktisches Teil aus einem Stoff, der aussah, als würde er auf der Haut kratzen. Gareth hatte eine Schwäche für edle, luxuriöse Stoffe; er interessierte sich mehr für die Zusammensetzung seiner Kleidung als für ihren Schnitt. Der Stoff ihres Morgenmantels verletzte seine zarten Empfindungen. Er sah weder bequem noch kostbar aus. Es juckte ihn in der Hand, die auf seinem Oberschenkel ruhte, sich vorzubeugen, den Stoff zwischen Daumen und Zeigefinger zu nehmen und zu prüfen. Ihre Stimme riss ihn zurück in die Gegenwart.

»Mr Lockheart? Fühlen Sie sich nicht wohl?« Sie beugte sich vor, was sowohl ihre Person als auch den scheußlichen Morgenmantel näher an ihn heranbrachte. Ein Hauch ihres Dufts streifte ihn: ihr sauberer Seifenduft mit einem Hauch frischem Gras, den er schon zuvor bemerkt hatte. Sie hatte offenbar gebadet, aber nicht die Haare gewaschen. Die leicht salzige Note von weiblichem Schweiß ließ einen Blitz seine

Wirbelsäule emporschießen und übermittelte seinem Gehirn eine unmissverständliche Botschaft: Er wollte sie.

Es war Zeit für ihn, zu verschwinden.

Gareth räusperte sich und wandte den Blick ab. »Haben Sie genug gegessen und getrunken?«

Angesichts seines kühlen Tonfalls lehnte sie sich ein wenig zurück, aber sie schenkte ihm ein Lächeln, das sein Verlangen weckte. »Mehr als genug, vielen Dank.« Sie erhob sich und machte sich daran, abzuräumen.

»Es ist spät, Mrs Lombard, darum kann sich das Personal morgen früh kümmern.«

Sie nickte. »Sie haben natürlich recht. Das Chaos wäre ihnen sicher lieber, als wenn ich in ihrer Ordnung herumpfusche.« Sie ging voraus und trug dabei die Kerze, die er mitgebracht hatte. Sie selbst war ohne unterwegs gewesen, da so viele in den Fluren brannten.

Er hielt sich etwas hinter ihr und konnte ihre Umrisse unter dem hässlichen Morgenmantel erkennen, der enger anlag als ihre Reitkleidung oder ihr Tageskleid. Um die Hüfte war sie rund und üppig, und es war nicht schwer, sich vorzustellen, wie sich das weiche Fleisch unter seinen Fingern anfühlen würde, wenn er sie packen und festhalten würde, während er in sie eindrang und sie bis zur gemeinsamen Ekstase reiten würde.

Er war hart und war es bereits die ganze Zeit über gewesen, seit er sich von seinem Hustenanfall erholt hatte. Seine Fantasie, die am heutigen Abend ihrem eigenen Willen folgte, ließ Bilder entstehen, wie er mit ihr schlief und sich ihre Augen verdunkelten, als er sie zum Höhepunkt brachte. Er stellte sich vor, wie er mit ihr die besondere Erfüllung erlebte, die nur daraus erwuchs, dass man seiner Partnerin Vergnügen bereitete, sie dazu brachte, zu schreien und sich zu winden, kurz bevor man selbst in ihr zum Höhepunkt kam.

Gareth biss die Zähne zusammen; sein Verlangen nach ihr kam alles andere als gelegen, aber er war ein Mann, der sich zu beherrschen wusste.

Jetzt, da er sich der Gefahr bewusst war, die sie für seine Konzentration darstellte, würde er dafür sorgen, dass Situationen wie diese – sie beide allein und leicht bekleidet – nicht mehr vorkommen würden.

Heute Abend würde er sie nur zu ihrer Tür geleiten, gehen, sich ausziehen und seine sexuelle Energie an den Boxsäcken auslassen.

Sie kamen zum Eingang der großen Halle, und er musste um sie herumgreifen, um die Tür zu öffnen. Sie streckte im selben Moment die Hand aus, und ihre Hände berührten sich.

»Oh!« Sie wollte zurückweichen und stellte fest, dass er ihre Hand festhielt. Sie blickte zu Boden, und Gareth tat es ihr gleich, vielleicht noch überraschter als sie selbst. Sein Körper handelte ohne seine Zustimmung, und er zog sie zu sich heran. Sie ließ es zu, ohne zu zögern, schaute zu ihm auf, ihre unbeengten Brüste drückten gegen seine Brust. Ausnahmsweise lächelte sie nicht, und ihre Lippen waren leicht geöffnet. Ihre Pupillen hatten sich geweitet; ein Zeichen des Verlangens. Gareth wusste, dass seine eigenen Augen genauso dunkel sein mussten. Er schob eine Hand unter die Kurve ihres Kiefers, seine Finger strichen über die unsagbar weiche Haut ihres schlanken Halses, und dann senkte er seine Lippen auf ihre.

***

Sein Körper war fest und warm, wie Stein, den die Sonne erwärmt hatte.

Serena wusste, dass sie hätte umkehren sollen, als sie ihn in der Küche vorgefunden hatte. Sie hätte gehen können, ohne dass er je gewusst hätte, dass sie dagewesen war. Tatsächlich hätte ihm das den schmerzhaften und peinlichen Erstickungsanfall erspart. Aber sein Rücken war ihr zugewandt gewesen, als sie eingetreten war, und der Anblick seines Körpers, der sich unter dem schweren Seidenstoff seines Morgenrocks abzeichnete, hatte sie aus dem Gleichgewicht gebracht. Der Stoff floss über seine definierte Rückseite wie flüssiges Silber und hatte sie mit einem pulsierenden Verlangen erfüllt, das ihr die Knie weich werden ließ. Sie hätte ihn zu gern berührt, ertastet, wie er sich anfühlte, die Wärme und seine Form gespürt.

Sein kühler, rätselhafter Blick hatte sie nicht auf das hier vorbereitet, auf feste, weiche, heiße Lippen und seine glatte, entschlossene und kunstfertige Zunge. Trotz der Kraft seines geschmeidigen Körpers hielt er sie ganz zart. Mit den Fingerspitzen strich er sanft über die Haut an ihrem Hals, während er sich enger an sie drängte. Dabei stieß seine Erektion gegen ihren Bauch.

Serena spürte seine ungezügelte Erregung und ließ sich mit einem Seufzer gegen seinen muskulösen Körper sinken. Es war sehr, sehr lange her, dass sie einen Geliebten gehabt hatte, und nie jemanden, der so schön und so rätselhaft gewesen wäre wie er.

Er umfasste mit der anderen Hand ihre Taille, und seine Finger kneteten und massierten ihren vom Korsett befreiten Körper, während er tiefer in ihren Mund eindrang und seine rhythmischen Bewegungen sie dazu brachten, ihm ihr Becken entgegenzustoßen. Es wäre so leicht gewesen, einfach diesen lang unterdrückten Empfindungen nachzugeben, die er ihrem Körper ohne Mühe entlockte. Sie beugte sich näher zu ihm, schob die Hand um seine gegürtete Taille und ließ sie oberhalb seines wunderbar festen Hinterns liegen.

Das ist ein Fehler, Serena. Du wirst danach nicht bleiben können. Die Stimme war schrill und lästig, und Serena ignorierte sie.

Er drängte sie langsam rückwärts, bis ihre Schultern die Wand berührten und rieb seine lange, harte Männlichkeit an ihr. Er stieß weiter gegen sie.

Wieder.

Wieder.

Wieder.

Das Gefühl seiner langen, festen Erektion erzeugte ein Pochen in ihrer Scham, und sie stellte sich vor, wie sein kräftiger, drängender Körper mit ihrem verschmolz und er mit seiner Kraft in sie eindrang. Sie konnte spüren, wie seine Willenskraft mit dem Verlangen rang, das in ihm tobte.

Ich kann ihn jetzt gleich haben. Die Muskeln in ihrem Innern spannten sich an und krampften sich zusammen, und bei seinem nächsten Stoß presste sie sich an ihn. Ihr Körper war bereit, ihn zu empfangen, ihre Schenkel feucht vor Lust.

Er ließ ein tiefes Grollen hören und knabberte an ihrer Unterlippe, sog sie in seinen Mund und zog so fest, dass es ihr lustvolle Schmerzen bereitete. Sein Knie schob sich zwischen ihre Schenkel, und sie öffnete sich ihm bereitwillig.

Du wirst das Haus verlassen müssen. Es wird in der Katastrophe enden, Serena. Nicht nur für dich, sondern vor allem für Oliver.

Das traurige Gesicht ihres Sohnes tauchte vor ihrem inneren Auge auf, und sie öffnete schlagartig die Augen; noch nie war ihre Leidenschaft so schnell erloschen.

Sie legte die Hände auf seine Oberarme, und der Teil von ihr, der ihn wollte, erfreute sich an dem Gefühl seiner harten, definierten Muskeln. Doch das Gesicht ihres Sohnes blieb in ihren Gedanken. Sie zog sich zurück, und sofort nahm er seine Lippen von ihren. Als sie aufschaute, bemerkte sie, dass er sie anstarrte. Seine Brust hob und senkte sich in schneller Folge, sein Herz pochte regelmäßig und schnell gegen ihre sensiblen Brüste mit den aufgerichteten Knospen.

»Mr Lockheart?« Sie klang genau wie nach seinem Hustenanfall.

Er ließ die Arme sinken, machte einen Schritt zurück und brachte etwas Abstand zwischen sie beide.

Sein Blick ließ ihren nicht los. »Es tut mir leid, Mrs Lombard.«

Sie schüttelte den Kopf und wusste nichts Sinnvolles zu sagen.

Er wandte sich ab, öffnete die Tür und wartete, bis sie hindurchgegangen war. Schweigend gingen sie zu den Schlafräumen der Familie, und der Weg schien hundert Jahre zu dauern.

Sie blieben vor ihrer Tür stehen, und er neigte den Kopf. »Gute Nacht, Mrs Lombard.«

»Gute Nacht, Mr Lockheart.« Er hatte sich jedoch bereits abgewandt, und der silberne Schimmer seines Morgenmantels verschwand den Flur entlang und um die Ecke.

Wieder in ihrem Zimmer, fragte sich Serena inzwischen, ob es alles nur ein Traum gewesen war. Doch in dem kleinen Spiegel neben der Tür konnte sie sehen, wie ihre Augen glitzerten und dass ihre Lippen gerötet und geschwollen waren, als ob sie gerade ausgiebig geküsst worden wären.

KAPITEL ZEHN

Serena ging fast drei Stunden später als gewöhnlich zum Frühstück hinunter. Zum Teil lag das daran, dass sie nicht vor Sonnenaufgang zurück in den Schlaf gefunden hatte. Darüber hinaus hoffte sie allerdings auch, eine Begegnung mit Mr Lockheart vermeiden zu können, was natürlich albern war, da sie ihn früher oder später treffen musste. Als sie eintrat, war das Frühstückszimmer jedoch leer, und Jessup überprüfte gerade den Inhalt der Rechauds.

»Guten Morgen, Jessup. Es tut mir leid, dass Sie warten mussten.« Sie wandte sich an Raymond, den Diener, bevor sie sich daran machte, sich den Teller zu füllen. »Ich hätte gern eine Kanne Kaffee, bitte.«

»Bisher ist nur Mr Lockheart aufgestanden, und er ist schon kurz nach Sonnenaufgang aufgebrochen.«

Sie wandte den Blick von der frischen Schüssel Eier, die Jessup gerade gebracht haben musste. »Ach?«

»Er wird nicht vor morgen zurück sein. Er sagte, ich solle Ihnen ausrichten, dass er einige Materialien für nächste Woche besorgen möchte.«

»Aha.« Serena fühlte die Erleichterung einer Gefangenen, die vorübergehend freigelassen worden war.

»Er informierte mich, dass Master Oliver seine Hunde mitnehmen kann, wohin er möchte, und hat darum gebeten, dass ich den besten Platz finde, um sie zu füttern.«

Serena verzog das Gesicht. »Oje, armer Jessup. Jetzt geht es Ihnen wieder wie im Haus des Dukes.«

Jessup gestattete sich ein winziges Lächeln. »Ich habe es ein wenig vermisst, Hunde um mich zu haben, wenn ich mir diese Bemerkung erlauben darf, Mrs Lombard.«

Serena lachte. »Sie lügen ganz vortrefflich, Jessup. Aber vielen Dank für Ihr Angebot. Ich werde Oliver später in die Küche schicken, und Sie können ihm dann Anweisungen geben.«

»Sehr wohl, Ma'am.«

Die Tür öffnete sich. Doch es war nicht der Diener mit dem Kaffee, sondern Mr McElroy, der eintrat. Serena musste sich ein Lächeln abringen. Sie war seit jener Nacht draußen vor Mr Lockhearts Fenster nicht mehr mit dem Iren allein gewesen.

»Guten Morgen, Mr McElroy.«

Er grinste und verneigte sich, als ob sie schon immer die allerbesten Freunde gewesen wären. Er war ein gefährlicher Mann, und Serena nahm sich noch fester vor, ihm und seinem Freund aus dem Wege zu gehen.

»Kaffee bitte, Jessup.«

Der Butler ging hinaus, und McElroy ließ sich in den Stuhl ihr gegenüber fallen.

»Sind Sie nicht hungrig?«, fragte sie.

Er schüttelte sich. »Erst Kaffee, dann etwas zu essen. Das ist die zivilisierte Reihenfolge.« Er warf einen Blick auf ihren Teller. »Wie ich sehe, haben Sie andere Ansichten?«

Sie wurde sich plötzlich ihres gesunden Appetits bewusst und errötete. »Ich fürchte, ich habe eine Schwäche für gutes Essen, und hier ist es ausgezeichnet.«

»Wir alle haben unsere Schwächen.« Sein Blick wanderte über ihren Oberkörper, und ihr Gesicht glühte noch mehr. Er war ein sehr attraktiver Mann, aber er hatte einen Hauch von Ausschweifungen an sich, was sein gutes Aussehen und seinen Charme schmälerte.

Von der Erinnerung an sein Verhalten an jenem Abend vor zwei Tagen einmal ganz abgesehen.

Der Diener brachte zunächst Serenas Kaffee, und sie schenkte ihnen beiden eine Tasse ein.

»Sie sind die Güte selbst, Madam.« Er hob die Tasse wie zu einem Toast.

»Wie ich hörte, sind Sie Besitzer einer Brauerei geworden, Mr McElroy.« Erst zu spät bemerkte sie ihren Fehler. Wann sollte sie davon erfahren haben als gestern Nacht? *Sehr spät* in der Nacht, denn die Männer waren erst lange nach dem Dinner von ihrer Reise zurückgekehrt.

Er hob die Augenbrauen und sah überrascht aus. »Haben Sie das?«

Er sah sich um, als ob Mr Lockheart sich irgendwo versteckte. »Ist Gareth gerade erst aufgebrochen?«

Die Tür wurde geöffnet, und der Kaffee, den der Ire bestellt hatte, wurde gebracht, gefolgt von Jessup, der einige Schüsseln brachte.

»Blutwurst, Sir.«

McElroy rieb sich die Hände. »Perfekt, gerade zur richtigen Zeit.« Er warf Serena einen bedeutungsvollen Blick zu, und sie wusste, dass er die Erleichterung in ihrem Ausdruck erkannt hatte. »Soll ich Ihnen auch etwas auffüllen?«

Serena schauderte. »Nein, vielen Dank. Ich fürchte, das ist ein Geschmack, an den ich mich nicht gewöhnt habe.«

»Blutwurst ist in Ihrer Heimat nicht beliebt?« Er lächelte, doch das Lächeln erreichte nicht seine Augen. Er wollte sicherlich wissen, was sie mitten in der Nacht mit seinem Freund zu tun hatte. Er wollte mehr über *sie* erfahren.

»Nicht in der Region Frankreichs, in der ich gelebt habe, Mr McElroy.«

»Aha.« Er füllte sich weiter den Teller, aber Serena wusste, dass er mit seinem Verhör gerade erst begonnen hatte. Sie aß, und hoffte, die Mahlzeit schnell zu beenden. Obwohl ihr der Appetit vergangen war, hätte sie eine Schwäche eingestanden, wenn sie das Essen liegengelassen hätte, und dem scharfsichtigen Iren wäre das sicherlich nicht entgangen.

Sie aßen schweigend, bis Serena schon das Gefühl hatte, sich getäuscht zu haben, doch dann schlug er erneut zu.

»Sagen Sie, Mrs Lombard, wie kommt eine halb französische Bildhauertochter dazu, den jüngsten Sohn des Dukes of Remington kennenzulernen? Das muss eine spannende Geschichte sein.«

Das unschuldige Gesicht, das er machte, hätte Serena beinahe zum Lachen gereizt. Sie machte sich keine Sorgen, sie hatte diese bestimmte Version ihrer Geschichte schon sehr viele Male erzählt.

»Mein Mann Robert war Teil des diplomatischen Corps und war mit Informationen für die britischen Alliierten betraut worden. Er traf auf eine kleine Gruppe Deserteure der *Grand Armee*, die ihr eigenes Lehensgut in der kleinen Stadt in der Nähe unseres Wohnortes errichtet hatten.«

Er nickte aufmunternd.

»Sie griffen ihn an, und er wurde verwundet, aber es gelang ihm, zwei von ihnen zu töten und zu fliehen. Im Wald verlor er das Bewusstsein, und ich fand ihn, nahm ihn mit auf das kleine Château und versteckte ihn dort.«

»Was für eine unglaublich romantische Geschichte!« Er lehnte sich zurück, betupfte die vollen, sinnlichen Lippen mit seiner Serviette und sah sie mit großen Augen an. »Sie haben sich offenbar in große Gefahr gebracht, und das im Angesicht Ihrer Landsleute.«

Auch nach all den Jahren machten seine Worte sie umgehend zornig. »Es waren nur marodierende Banden, die plünderten und vergewaltigten und die Bevölkerung terrorisierten. Unsere Region ist seit hundert Jahren Verhandlungsmasse für Nationen, die miteinander im Krieg liegen. Es war nicht ungewöhnlich in unserem kleinen Dorf, an einem Abend vier verschiedene Sprachen zu hören.«

»Sie müssen mir vergeben, Mrs Lombard. Wie so viele, die in England aufgewachsen sind, segle ich auf einem weiten Ozean des Unwissens, was den Rest der Welt angeht.«

Serena bezweifelte, dass diesem Mann etwas entging, weder in seiner eigenen Welt noch in der Welt drumherum. Seine unaufrichtige Reaktion war nur ein weiterer Teil seines Schauspiels. Er köchelte vor Wut, denn zweifelsohne war er oft zum Ziel des Spotts vieler Engländer geworden, die seine irischen Wurzeln noch mehr verachteten als ihre französischen.

»Ich hörte, Ihr Mann wurde getötet, als er Sie und Ihr Kind in Sicherheit brachte.«

Serena war nicht überrascht, dass er ihre Geschichte kannte, denn über die Details war vor fast neun Jahren überall viel gesprochen worden. Allerdings hatte sie den Verdacht, dass er die Information erst kürzlich eingeholt hatte.

»Ja. Der Mann, der uns über den Ärmelkanal bringen sollte, hat uns betrogen. Robert ließ sein Leben, damit ich und unser Kind überleben konnten.« Vielleicht drückte sein verschämter Blick aus, was er wirklich empfand, aber Serena hatte Zweifel.

Jedenfalls wurde ihr eine Fortsetzung des Verhörs durch Jessups Erscheinen erspart.

»Es tut mir leid, Mrs Lombard, aber der Gentleman mit den Büschen ist da.«

Serena versuchte, sich ihre Erleichterung nicht anmerken zu lassen, und schenkte McElroy ein kühles Lächeln, bevor sie den Stuhl zurückschob.

»Entschuldigen Sie mich bitte, Mr McElroy.«

Er verneigte sich, und Fältchen kräuselten sich um seine bohrenden grünen Augen. »Natürlich, selbstverständlich, Sie haben zu arbeiten. Das macht nichts, ich werde ja beim Abendessen noch Gelegenheit haben, Sie besser kennenzulernen.«

Genau das hatte Serena befürchtet.

***

Gareth hätte nicht den ganzen Weg nach London zurücklegen müssen, um die nötigen Besorgungen zu machen. Er hatte um seines Seelenfriedens willen fahren müssen. Selbst nachdem er eine Stunde auf die Boxsäcke eingedroschen hatte, hatte er den ablenkenden Einfluss, den diese Frau – Mrs Lombard –

auf seinen Körper und seinen Verstand hatte, nicht abschütteln können. Eine ähnliche Besessenheit war ihm nicht unbekannt, aber er hatte sie bisher nur bei mathematischen Rätseln oder neuen Projekten erlebt, nie bei einer Frau. Er hoffte, dass es sein Verlangen auslöschen würde, wenn er sich Erleichterung verschaffte, aber es war unbefriedigend gewesen.

So konnte er nicht funktionieren. Die neue Brauerei, das bevorstehende Kanalprojekt und ein halbes Dutzend anderer Angelegenheiten verlangten schließlich seine ungeteilte Aufmerksamkeit. Er musste Venetia einen Besuch abstatten. Sie würde diesen nagenden Hunger zu stillen wissen, der seinen sonst so scharfen Verstand vernebelte. Er war zunächst zu seinem Stadthaus gefahren, wo wie immer alles für ihn bereit war, da seine Dienstboten gut gedrillt waren und großzügig entlohnt wurden, sodass sie ihren Arbeitgeber zu jeder Tages- und Nachtzeit erwarteten. Er hatte sich um einige häusliche Angelegenheiten gekümmert und war dann zu einem Laden gegangen, von dem er wusste, dass er sich auf Automaten spezialisiert hatte. Nachdem er eine Stunde damit verbracht hatte, den neuen Brennofen in der Töpferei zu begutachten, die er in einem Teil der Stadt bauen ließ, der so gefährlich war, dass er das Grundstück für einen Apfel und ein Ei erworben hatte, war er nach Hause gefahren, hatte gebadet und seine Abendkleidung angezogen.

Er gab Instruktionen, sein Schlafgemach vorzubereiten, bestellte jedoch kein Abendessen. Er würde heute Abend mit Venetia speisen, wenn sie Zeit hatte. Wenn nicht, würde er anderswo allein speisen. Auf jeden Fall würde er in seinem Bett schlafen, keinesfalls im Weißen Haus, Venetias Etablissement.

Die Tür des unauffälligen weißen Gebäudes wurde geöffnet, bevor Gareth noch die oberste Stufe erreicht hatte. Ein Diener in edler grüner Samtlivree mit goldener Schnürung nahm ihn in Empfang.

»Guten Abend, Mr Lockheart.«

»Guten Abend. Ich bin hier, um Mrs Hensleigh zu sehen.«

Der Diener nahm Gareth' Hut, Handschuhe und Stock. »Ich werde sehen, ob Sie sie empfangen möchte. Würden Sie so lange hier im Salon warten?«

Gareth betrat den opulenten kleinen Raum, der direkt neben dem Foyer lag. Wie immer erstaunte ihn, dass das Bordell nicht anders aussah als die anderen Häuser, die er betreten hatte – ob nun das Zuhause eines wohlhabenden Kaufmanns oder eines stolzen, aber mittellosen Adligen.

Der antike Holzboden war auf Hochglanz poliert und mit Teppichen ausgelegt, die wie Juwelen strahlten. Zierliche Möbel waren um einen mit Marmor ausgekleideten Kamin gruppiert, der exakt so viel Wärme spendete, wie nötig war, um die feuchte Kühle des Gebäudes abzuhalten, ohne dass es erdrückend gewesen wäre. Gemälde idealisierter Landschaften hingen an den Wänden, die mit cremefarbenem Seidenstoff bespannt waren. Alles in allem hatte er sich bemüht, die Atmosphäre dieses Raumes auf seinem Landsitz nachzuahmen, dabei allerdings kläglich versagt.

Als die Tür geöffnet wurde, wandte er sich um.

»Welch ein unerwartetes Vergnügen, Gareth.« Venetia Hensleigh war eine der kleinsten Frauen, die er je gesehen hatte. Aus der Entfernung wirkte sie wie eine lebendige Puppe mit ihren blauen Augen und den Locken, die wie ein Goldstück schimmerten. Als sie ihm jedoch mit ausgestreckten Armen entgegenkam, reichte der Ausdruck in ihren Augen und die sinnliche Kurve ihrer herzförmigen Lippen aus, um einen Mann hart werden zu lassen. Zumindest war das zuvor so gewesen. Heute allerdings war er nicht erregt, sondern vielmehr erleichtert, sie zu sehen.

»Venetia, danke, dass du mich so kurzfristig empfängst.«

Er nahm ihre zierlichen Hände und drückte sie sanft, bevor er sich darüber beugte. Er hatte gelernt, ihre Berührung zu dulden und zu genießen, was für einen Mann, der menschlichen Kontakt mied wie andere wütende Hornissen oder tollwütige Hunde, nicht leicht gewesen war.

»Komm«, sagte sie und nahm seinen Arm, bevor er ihn ihr anbieten konnte. »Lass uns irgendwohin gehen, wo wir ungestört sind.«

Gareth wusste, dass er der einzige Mann war, den sie in ihr Allerheiligstes ließ, weil sie es ihm vor Jahren gesagt hatte, als er das erste Mal bei ihr gewesen war. Er war sich der Ehre, die sie ihm damit erwies, durchaus bewusst und wusste, dass viele ihrer Klienten Unsummen geboten hatten, um nur eine Nacht mit der notorisch zurückhaltenden Leiterin des exklusivsten Bordells in London zu verbringen.

Venetia führte ihn durch ihr privates Arbeitszimmer, wo sich hinter einer Holzverkleidung die Tür zu ihren Privatgemächern verbarg.

»Es ist eine Weile her, Gareth. Wo hast du dich herumgetrieben?«

»Ich hatte geschäftlich im Norden und auf dem neuen Anwesen in Kent zu tun.«

»Aha«, sagte sie und sah von unten zu ihm herauf. Ihr Kopf reichte nicht bis an seine Schulter. »Ich sollte dich wohl wissen lassen, dass Sandy Featherstone deinen Namen überall herumposaunt.«

Er sah sie überrascht an. »Er war hier?«

Sie lachte. »Grundgütiger, nein! Er hat keine zwei Schilling in der Tasche. Keller hat ihn in Beacons neuem Spielsalon gesehen. Ich nehme an, er hat alles verzockt und zu tief ins Glas geschaut.« Sie schüttelte den Kopf. »Wenn ich gewusst hätte, dass du ihn eingestellt hast, hätte ich dich gewarnt. Wer hat ihn empfohlen?«

»Beech.«

Sie stöhnte. »Der Mann ist ein wunderbarer Architekt, aber ansonsten ein mächtiger Trottel. Wenn du wegen deines Landsitzes Hilfe brauchst, kann ich gern jemanden empfehlen.«

Sie blieb stehen, und Gareth öffnete die Tür, die zu ihrer Bibliothek führte, die Vorbild für seine eigene in Rushton Park gewesen war.

Venetia Hensleigh besaß eine beachtliche Sammlung von Erstausgaben und hatte die Decke durchbrechen lassen, um eine Bibliothek zu schaffen, die es mit denen der adligen Häuser aufnehmen konnte.

Sie ließ seinen Arm los und ging zu dem Sideboard, auf dem eine Vielzahl Karaffen stand. »Würdest du gern einen neuen Whiskey probieren? Ich konnte nur ein einziges Fass ergattern.«

»Gern.«

Venetia war die einzige Frau, die er kannte, die rauchte und harten Alkohol trank. Sie galt als Kennerin auf beiden Gebieten. Sie brachte zwei Gläser und ging zu der rotbraunen Ledercouch, die einen Ehrenplatz vor dem gigantischen Kamin innehatte. Gareth hatte eine Vorliebe für dieses besondere Möbelstück, da sie einige recht erinnerungswürdige Abende darauf verbracht hatten. Heute allerdings ließ sein Anblick nicht das Blut in seine Lendengegend strömen und seinen Atem vor Vorfreude auf den Abend schneller werden.

»Setz dich«, sagte sie, lächelte ihn an und stieß ihn auf die Couch, nahm dann aber eigenartigerweise auf dem Stuhl daneben Platz, anstatt sich zu ihm zu setzen. »Du bist gekommen, um dich zu verabschieden.«

Ihr Verständnis hätte Gareth nicht verwundern sollen; Venetia hatte in ihm immer lesen können wie in einem beliebigen der Tausenden Bücher, die hier in den Regalen standen.

Sie erwärmte das Glas zwischen ihren Händen. »Erzähl mir von ihr.«

Erschreckenderweise stieg ihm die Hitze in die Wangen, als ob sie mit ihren kleinen, verflucht geschickten Händen sein Gesicht gerieben hätte.

Sie lachte leise, ein Lachen, das für eine Frau ihrer Körpergröße viel zu tief klang.

»Ich glaube nicht, dass ich je gesehen habe, wie du rot geworden bist, mein Freund, außer vor Anstrengung vielleicht.«

Gareth lächelte ihre Neckerei fort, eine Erinnerung an ihre vielen abenteuerlichen sexuellen Begegnungen.

»Aha, und du lächelst ausnahmsweise auch noch. Ich habe heute Abend wirklich Glück.«

Gareth nippte an seinem Drink und dachte über ihre Worte nach. Es stimmte, er lächelte selten. Immer wenn er es tat, packte ihn die Angst, als müsste er gleich bitter bereuen, dass er sich so etwas gestattete.

»Ich wusste bis eben nicht, dass ich herkam, um mich zu verabschieden, Venetia. Wie immer, bist du dir meiner Bedürfnisse und Wünsche schon vor mir bewusst.«

»Ich habe es schon eine Weile gespürt. Ich bin seit sieben Jahren deine Geliebte, Gareth.«

Er nickte. Es war eine lange Zeit, aber die erste Nacht war ihm noch so frisch im Gedächtnis, als wäre es gestern gewesen. Als er in ihre blauen Augen sah, spürte er ein sehnsüchtiges Ziehen – war es Bedauern? Trauer? Hinter ihren Augen verbarg sie ihr Inneres ebenso geschickt wie er. Sie waren Seelenverwandte, die einander Zuneigung, aber keine Liebe geben konnten.

»Sie heißt Serena Lombard.«

Wie üblich wusste Venetia alles. »Ach, die Bildhauerin.«

»Hast du ihre Arbeit gesehen?«

»Nicht nur das, ich habe etwas bei ihr in Auftrag gegeben, auch wenn sie nicht weiß, an wen die Arbeit ging.« Venetia deutete auf eine Skulptur, die vielleicht einen Meter hoch war. Er hatte sie schon zuvor bemerkt, aber nicht näher betrachtet. Nun stand er auf und ging hinüber.

Es war die Skulptur einer Frau. Der Stein war eher grobkörnig als glatt, die Augen mandelförmig und mit schweren Lidern; sie trug einen seltsamen Kopfputz mit einer Schlangenkrone.

»Das ist Seshat, die Schriftgelehrte der ägyptischen Götter.«

Gareth entdeckte ein stockartiges Gebilde in einer ihrer Hände. »Was hat sie da in der Hand?«

»Die Rippe eines Palmblatts. Man sagt, dass die alten Ägypter sie anstelle von Federkielen verwendeten.«

Er strich mit den Fingerknöcheln über die Schulter der Figur. »Ist das Kalkstein?«

»Ja.«

Die Statue war fremdartig und besaß eine eigenartige Kraft, die den Blick anzog. Es kostete ihn einige Mühe, seinen Blick abzuwenden und sich wieder zu setzen.

»Warum hast du sie engagiert?«

»Das fragst du noch? Eine weibliche Bildhauerin? Natürlich musste ich das unterstützen. Warum hast *du* sie eingestellt?«

Er zuckte mit den Schultern. »Featherstone oder Beech haben sie ausgesucht; ich weiß nicht, wer von beiden. Ich habe sie engagiert, um den Lustgarten in Rushton Park zu gestalten.«

»Ich weiß, dass sie gelegentlich kleinere Stadtgärten gestaltet hat, aber noch nie so etwas Großes wie einen Landsitz.«

»Sie hat sich zunächst geweigert, weil das Projekt zu groß sei. Aber dann hat irgendetwas ihre Meinung geändert.«

»Tatsächlich.«

Gareth runzelte die Stirn. »Warum sagst du das so?«

»Weißt du es wirklich nicht, Gareth?«

»Aus deinem wissenden Ausdruck kann ich nur schließen, dass du glaubst, ihre Entscheidung hätte irgendetwas mit mir zu tun.«

»Du klingst nicht überzeugt.«

»Sie ist die Schwiegertochter eines Dukes, und eine gestandene und attraktive Frau.« Sie legte den Kopf schief, und Gareth seufzte. »Ich merke, dass du vorhast, mich zu belehren, Venetia, und dich dabei der Sokratischen Methode zu bedienen. Warum sagst du mir nicht einfach, worauf du hinauswillst? Ich bin ein einfacher Mann.«

»Quatsch! Schäm dich, dass du versuchst, mich hereinzulegen, Gareth.«

Er zuckte mit den Schultern und nippte an seinem Getränk, zu sehr beunruhigt, um Spielchen mit ihr zu spielen. Spiele, in denen sie ohnehin wesentlich besser war.

»Sie ist eine außergewöhnlich lebhafte Frau, und ... überzeugend und liebevoll – zumindest im Umgang mit ihrem Sohn.« Er warf ihr einen betonten Blick zu. »Du weißt, wie ich bin. Du bist auch so. Ich kann ihr diese Dinge nicht bieten, und ich könnte auch kein guter Vater für ihren Sohn sein.«

»Du bist ein wohlhabender, einflussreicher und attraktiver Mann, Gareth. Außerdem bist du loyal und fürsorglich, so sehr du es auch abstreiten magst. Und diese Einschätzung kommt von einer Frau, die sich mit Männern auskennt. Vielleicht bin ich abgebrüht, aber ich halte nicht viel von romantischer Liebe. Liebe ist selbstsüchtig und stellt, anders als Leidenschaft, Erwartungen, die über den Moment hinausgehen. Ich weiß, du bist ein guter Freund, und Freundschaft ist meines Erachtens weit wertvoller als das, was du für Liebe hältst.«

Gareth wollte ihr glauben, aber es war nicht seine Art, eine Schlussfolgerung zu akzeptieren, ohne Beweise dafür zu haben. Venetia hatte allerdings auch darauf eine Antwort, als ob sie seine Gedanken gelesen hätte. Möglicherweise hatte sie das auch, dachte er, zumindest konnte sie ihn besser lesen als alle anderen, Declan eingeschlossen.

»Auch wenn du dieses Argument zurückweist, es gibt weitere, die ebenso überzeugend sind, wenn nicht sogar überzeugender. Soweit ich weiß, ist sie eine Witwe, die ihren Unterhalt und den ihres Sohnes allein bestreitet, ohne dabei die Hilfe der Familie ihres verstorbenen Mannes in Anspruch zu nehmen. Ist es denn so schwer, sich vorzustellen, dass sie gern einen Ehemann hätte, der ihre Bürde mit ihr teilt oder sie ihr ganz abnimmt? Sie würde dir die Verbindungen in die bessere Gesellschaft verschafften, nach denen du so lang gesucht hast, und du findest sie eindeutig attraktiv. Wo ist also das Problem?«

Gareth wusste es nicht. Dieselben logischen Argumente waren auch ihm bereits durch den Kopf gegangen, und doch fehlte bei der Gleichung etwas. Und das belastete ihn mehr als nur ein wenig.

»Ich weiß nicht«, sagte er schließlich und schüttelte den Kopf. Venetias Augen verengten sich, und sie nahm plötzlich einen deutlich wissenden Ausdruck an.

»Was denn?« Er beugte sich vor. »Was ist? Du weißt doch etwas. Ich sehe es dir an.«

Sie lächelte und schüttelte den Kopf.

»Venetia ...« Er ließ den Tonfall für sich sprechen, aber sie lachte nur.

»Das ist eine Seite von dir, die ich nie gesehen habe.«

»Welche Seite?« Sie begann, ihn zu verärgern.

Sie stellte ihr Glas auf dem Tisch neben ihrem Stuhl ab, richtete ihren kleinen, geschmeidigen Körper auf und kam zu ihm. Er schluckte bei dem Ausdruck auf ihrem Gesicht. Er war nicht wegen fleischlicher Gelüste hergekommen, aber diese Frau galt als eine der sexuell erfahrensten Frauen in London, und ihm wurde ganz plötzlich klar, dass er das Ende ihrer Verbindung bedauern würde, denn der heutige Abend würde tatsächlich das Ende markieren. Er würde nicht nur den Sex vermissen, sondern die Tatsache, dass sie ihn kannte. Er bedauerte einen Augenblick, dass er sie nicht halb so gut kannte, weil sie einen Schutzwall zwischen ihm und dem größten Teil ihres Lebens errichtet hatte und es nicht seine Art war, sich hineinzudrängen. Zumindest nicht bei ihr.

Sie legte ihre Hände auf seine Knie, und ihre weiße Haut wirkte auf seinen schwarzen Pantalons besonders blass.

»Ich werde dich vermissen, Gareth, mehr als ich für möglich gehalten hätte, als du an jenem Abend vor so langer Zeit zum ersten Mal herkamst.« Sie schob seine unnachgiebigen Schenkel weit auseinander und glitt dazwischen auf die Knie. Sein Atem wurde rau, und sein Blick fixierte ihre vollen Lippen, die sie mit ihrer vorwitzigen rosa Zunge benetzte. »Es war mir eine Ehre, dass du mir deine Jungfräulichkeit geschenkt hast, Gareth. Und auch du warst in gewisser Weise mein erster Mann. Gewiss nicht der erste Mann, dem ich mich hingegeben habe, aber der erste und einzige Liebhaber, den ich freiwillig gewählt habe.« Ihre Hände glitten an seinen Schenkeln aufwärts, sparten aber die harte Wölbung aus. Seine Lider flatterten, und es kostete ihn einige Anstrengung, nicht ihren Händen entgegenzustoßen.

Sein Körper wollte sie, auch wenn sein Verstand wusste, dass ihr geschickter Mund ihm nur vorübergehende Erleichterung würde verschaffen können.

»Ich weiß, du bist heute Abend nicht deswegen hergekommen, aber ich bin nicht gut darin, mich zu verabschieden, also werde ich Taten sprechen lassen.« Ihre Lider waren schwer, als ihre Hände seine angespannten Schenkel massierten und kneteten. »Schließ die Augen Gareth, und lass mich deine Sorgen für eine Weile von dir nehmen.«

Gareth legte seine Hände auf ihre, eine Geste, die ihren Bewegungen Einhalt gebot. »Vielleicht ist es an der Zeit, dass wir unsere Verbindung auf eine andere Ebene heben, Venetia.« Er tätschelte das Kissen neben ihm. »Ich brauche nicht mehr dasselbe von dir, aber ich schätze unsere Bekanntschaft mehr denn je. Bitte, setz dich zu mir und rede mit mir. Hilf mir, diese neue, verwirrende Entwicklung zu verstehen.«

Sie zögerte, aber Gareth wusste instinktiv, dass der Grund dafür nicht war, dass sie es nicht wollte, sondern dass eine solche Nähe ihr Angst machte.

Schließlich lächelte sie und nahm neben ihm Platz, ihre kleine Hand lag noch immer in seiner. »Was möchtest du wissen, Gareth?«

KAPITEL ELF

Irgendwann in der Nacht vor dem Ereignis, von dem man im Dorf als »Tag des Felsbrockens« sprach, begann es zu regnen. Kein sanfter Sommerregen, sondern ein sturzflutartiger Niederschlag, der kurz vor Sonnenaufgang begann und bis in die Nacht hinein andauerte.

Es regnete noch immer, als Serena kurz vor dem Morgengrauen erwachte und die schweren Samtvorhänge auseinanderzog, um hinauszusehen. Wie die meisten der großen Suiten im Familientrakt, hatte ihr Zimmer Fenster, die auf der Südseite des Hauses lagen. Die formalen Gärten, die gerade in der vergangenen Woche mit Büschen bepflanzt worden waren, standen unter Wasser, und die frisch umgegrabene Erde hatte sich in eine glatte Schlammschicht verwandelt, die langsam das sanfte Gefälle hinabrutschte.

Serena stieß leise einige französische Flüche aus und zog sich eilig an. Sie war unterwegs in den Dienstbotentrakt, als ihr auch schon Jessup begegnete, der mit einem halben Dutzend Knechte und anderen Bediensteten im Gespräch war.

»Guten Morgen, Mrs Lombard. Ich habe die Männer gerade angewiesen, die Wachsplanen auszulegen, die Sie haben liefern lassen.«

Serena lächelte. »Sie sind zu gut, Jessup. Genau deswegen hatte ich Sie gesucht.« Sie wandte sich an die versammelten Männer. »Die Pflanzungen sollten das unbeschadet überstehen, aber ich fürchte, unsere Gräben sind wahrscheinlich bereits weggespült worden. Bitte decken Sie ab, was Sie können.«

Die Männer verteilten sich, und sie wandte sich Jessup zu.

»Sie denken *wirklich* an alles, nicht wahr?«

Er senkte leicht die Lider, was zeigte, dass ihre Worte ihm gefielen. »Ich weiß, dass Sie vermutlich gern eine heiße Tasse Kaffee hätten.«

»Dafür würde ich töten. Bemühen Sie sich nicht, sie mir hochzubringen, ich werde sie in der Küche trinken.«

»Mr Lockheart ist im Frühstückszimmer, Ma'am.«

»Ist er?«, fragte sie unnötigerweise.

»Und ich muss zugeben, dass die Planen seine Idee waren.«

»Sie Schwindler, Jessup! Nun gut, ich werde ihm Gesellschaft leisten. Vielen Dank.« Sie hatte Lockheart nach seiner Rückkehr aus London natürlich gesehen, aber es war ihnen gelungen, sich nie unter vier Augen zu begegnen. Sie hatte es sich angewöhnt, etwas später zu frühstücken, und sie nahm an, er kam ihr entgegen, indem er etwas früher zum Abendessen erschien. Auf diese Weise hatten sie einander nur in der Gegenwart von entweder McElroy oder Oliver gesehen. Dort hatte sie Lockheart die drei Abende zuvor angetroffen, als sie Oliver im Schulzimmer aufsuchte, wo die beiden sich vergraben hatten.

»Mama!«, hatte Oliver gerufen. »Sieh dir an, was Mr Lockheart mir mitgebracht hat.« Auf dem Tisch waren eine Reihe Automaten ausgebreitet, mehr als einer davon in seine Einzelteile zerlegt. Oliver griff ihrer Frage vorweg.

»Mr Lockheart und ich nehmen sie auseinander, um sie zu studieren.«

Serena wagte einen Blick auf ihren Arbeitgeber, der sie mit dem kühlen Blick musterte, hinter dem sich, wie sie jetzt wusste, eine ganze Reihe Dinge verbergen konnten.

»Schau, Mama.« Oliver unterbrach das seltsame Stillleben, indem er ihre Hand nahm und sie zum Tisch zog. »Siehst du, dieses hier hat eine andere Art Feder, und bei diesem ...«

Eine Stunde hatte sie mit dieser verwirrenden Lehrstunde über die mechanische Funktionsweise von Spielzeugen verbracht. Seitdem hatte sie ihn jeden Abend gesehen, wenn er kam, um Olivers Fortschritte zu überprüfen.

Natürlich sah sie ihn beim Abendessen, wo McElroy die Konversation dominierte, und sicherstellte, dass Serena sich seiner unausgesetzten Beobachtung und Überprüfung ihres Hintergrundes stets bewusst blieb.

Außerdem kam Mr Lockheart jeden Tag hinaus auf die Baustelle, um nachzusehen und zu beobachten, aber er mischte sich selten ein. Einmal war er auch in die Pferdebox im Stall gekommen, die sie nutzte, hatte sich aber eilig entschuldigt, als er sah, dass sie arbeitete. Natürlich hatte sie an *dem* Tag nichts mehr zuwege gebracht.

Kurz vor dem Frühstückszimmer blieb sie stehen, um den Sitz ihrer in aller Eile frisierten Haare im großen Flurspiegel zu überprüfen. Strähnen hatten sich gelöst und ringelten sich durch die feuchte Luft, aber immerhin war es kein peinlicher Frisurunfall. Noch nicht. Sie zupfte das Schultertuch aus Spitze zurecht, das sie über ihrem alten grünen Tageskleid trug und glättete den Rock. Das musste reichen.

Mr Lockheart erhob sich, als sie eintrat. »Guten Morgen, Mrs Lombard.«

»Guten Morgen, Mr Lockheart.« Sie lächelte Raymond zu, der bereits in Erwartung ihrer Bestellung zur Tür ging. »Jessup bringt mir Kaffee, Raymond.«

Sie wandte sich wieder dem anderen Mann zu. »Bitte, lassen Sie sich nicht vom Essen abhalten.«

Unaufmerksam türmte Serena Essen auf ihren Teller, und stellte sich vor, wie sich sein Blick in ihren Rücken bohrte. Aber als sie sich umdrehte, las er in einer Zeitung, die neben seinem Teller lag.

Als sie Platz nahm, faltete er das Blatt und schob es beiseite.

»Vielen Dank, dass Sie so umsichtig waren und die Planen haben auslegen lassen.«

»Ich wünschte, das wäre mir gestern Abend eingefallen.«

Serena butterte ein warmes Brötchen. »Ich habe erst um drei oder vier Uhr gemerkt, dass es regnet.« Sie löffelte Marmelade auf ihr Brot, und wunderte sich, dass sie diese geistlose Unterhaltung zuwege brachte, obwohl sie die ganze Zeit über nur an seinen Körper denken konnte und daran, wie verlockend er sich angefühlt hatte. Sie schluckte, und es erschreckte sie, wie ihr das Wasser im Mund zusammengelaufen war. Als ob sie ein Raubtier im Dschungel wäre, das einen Leckerbissen entdeckt hatte. Ach, sie war widerlich.

»Es sieht nicht danach aus, als ob es bald aufhören würde«, sagte er und war sich dabei offenbar ihres inneren Kampfes nicht bewusst.

»Nein, der Himmel ist dunkel. Ich möchte meinen, dass es noch einige Tage so weitergeht, bevor es aufklart. Wir werden den Felsen wohl an einem anderen Tag versetzen müssen. Werden Sie so lange bleiben?« Sie konnte sich nicht entscheiden, welche Antwort sie sich wünschen sollte. Ihr Körper reagierte erfreut, wenn er in der Nähe war, aber ihr eigenwilliger Verstand war hin und hergerissen zwischen Jubel und Schrecken.

»Bei diesem Wetter können wir nicht reisen, jedenfalls lege ich keinen Wert darauf, es zu tun.« Er nickte Jessup zu, der mit einer frischen Kanne Kaffee hereingekommen war. »Es gibt genug, mit dem ich mich drinnen beschäftigen kann.«

Das galt auch für Serena. Sie war mit ihrer aktuellen Skulptur nicht besonders weit gekommen, weil die kurze Begegnung mit ihrem Arbeitgeber sie zu sehr abgelenkt hatte, um zu riskieren, weiter mit dem enorm teuren Marmor zu arbeiten. Stattdessen hatte sie die Entwürfe begutachtet, die sie für die anderen vier Skulpturen eingeholt hatte. Auch wenn sie gern alle Arbeiten beigesteuert hätte, wusste sie, dass es nicht nur unrealistisch und unklug gewesen wäre, denn Kunst verlangte nach Abwechslung, sondern darüber hinaus auch egoistisch. Sie hatte ihre Ideen an die *Royal Academy* und eine Reihe Bildhauer in ihrem Bekanntenkreis geschickt. Es war gut, den Wohlstand zu teilen.

»Werden Sie an Ihrer Skulptur arbeiten, Mrs Lombard?«

Dieses seltene Zeichen der Neugier von dem normalerweise uninteressierten Mann überraschte sie. »Vielleicht. Es kommt darauf an, ob die Muse mir hold ist.« Sie bemerkte, dass ihre Worte ihn neugierig gemacht hatten und erklärte: »Es ist besser, wenn ich nicht arbeite, wenn ich nicht sicher bin, dass ich dem Werk meine gesamte Aufmerksamkeit widmen kann. Ich brauche absolute Konzentration, sonst endet es nur in der Katastrophe und ich ruiniere viel teures Material.«

»Ich habe kürzlich eines Ihrer Werke gesehen.«

»Ach ja?«

»Ein ägyptisches Stück.«

»Sie haben Seshat gesehen?«

Er nickte.

Serena konnte es kaum glauben. »Es war ein anonymer Auftrag, für den ich im Voraus bezahlt wurde.« Sie lächelte schief. »Das ist in der Kunstwelt sehr ungewöhnlich.« Sie verbiss sich die Frage danach, wo er ihr Werk gesehen hatte.

»Ich fand die Skulptur ... faszinierend.«

Wieder hatte er sie positiv überrascht. Ihre Wangen glühten, als sie aufsah. Sein Lob machte sie verlegen. »Vielen Dank. Es war ein schwieriger Auftrag, weil ich nie wusste, was der Auftraggeber über das Stück dachte.« Sie wagte nicht, deutlicher zu werden.

»Ich denke, sie hätte nichts dagegen, wenn ich Ihnen sage, dass sie es sehr wertschätzt.«

Sie? Eifersucht und Freude rangen in ihr. War es eine Geliebte? Und warum war diese Person so um Anonymität bemüht gewesen? Warum hüllte sich bei diesem Mann einfach alles in Geheimnisse?

»Wenn es nicht zu ...«, er hielt inne, als ob er nach dem richtigen Wort suchte. Das Zögern war für ihn ungewöhnlich. »... aufdringlich ist, würde ich gern etwas über die Arbeitsweise einer Bildhauerin erfahren.«

Es hätte ihr Angst machen sollen, wie sehr sie seine Frage freute, stattdessen fühlte sie sich von seinem Interesse an ihrer Arbeit bestätigt.

»Mein Vater hat mich ausgebildet, wie sein Vater ihn ausgebildet hatte, eben wie die meisten Bildhauer. Man beginnt über Jahre mit Formen und Abgüssen und übernimmt dann die etwas weniger kritischen Teile der Arbeit eines Meisters.« Sie lächelte. »Ich fürchte, ich bin eher eine Handwerkerin als eine Künstlerin. Ich habe in meiner Arbeit nie den Funken der Genialität gesehen.« Sie zuckte mit den Schultern. »Aber es macht mir dennoch Freude.«

»Woran erkennt man den Funken der Genialität?«

»Tja, das ist die Frage. Ich könnte es nicht beschreiben, aber ich erkenne es, wenn jemand diesen Funken hat.« Sie dachte darüber nach, wie sie ausdrücken sollte, was sie sagen wollte. »Das Notizbuch, das sie in der Vitrine haben, das von Leonardo, erinnern Sie sich an die Zeichnungen im hinteren Teil des Buches?«

Sein Blick verschwamm, als ob er in seiner Erinnerung suchte. Dann klarte sein Blick auf, und er sagte: »Da gibt es einige von einem alten Mann und eine Skizze einer jungen Frau. Meinen Sie die?«

»Ja, genau. Mit wenigen Strichen gelingt es ihm, das Gewöhnliche zu etwas Erhabenem zu machen.«

Er schwieg und schob das Stück Schinken auf seinem Teller herum. Das war interessant. War er nervös? Sie hatte ihn bisher immer kühl und gelassen erlebt. Warum jetzt? Was könnte ...

»Und Ihre Skizzen machen das Gewöhnliche nicht zu etwas Erhabenem?«

»Es gibt einige sehr gute von Oliver als er klein war, aber im Großen und Ganzen habe ich mehr Ausdruckskraft, wenn ich mit Stein oder Ton arbeite. Anders als Leonardo bin ich allerdings kein Renaissancegenie und kann nicht spielend von einem Medium zum anderen wechseln.«

Er nickte, entgegnete aber nichts. Das war es dann also. Ein kurzer Anflug einer echten Unterhaltung mit einem Mann, der ihr viel mehr im Kopf herumspukte als gut für sie gewesen wäre.

***

Am Abend schien es, als habe es seit Tagen geregnet. Gareth verbrachte den Großteil des Nachmittags mit Oliver im Schulzimmer. Mrs Lombard kam nicht herein, und Gareth fragte sich, ob sie ihn absichtlich mied.

Oliver war ein sehr kluger Junge und hatte ein Talent für Naturwissenschaften und Mathematik, und Gareth war in seiner Gegenwart entspannter als bei sonst irgendjemandem außer bei Dec. Der Junge war kein Schnattermaul und verbrachte einen großen Teil seiner Zeit, indem er sich allein beschäftigte. Gareth glaubte, dass es nicht die Umstände waren, die ihn dazu zwangen, sondern dass er die Einsamkeit suchte. Er war wie Gareth möglicherweise gewesen wäre, wenn sein Leben anders verlaufen wäre.

Als Gareth sich für das Abendessen umzog, dachte er über die Frage nach, die ihm Dec früher an diesem Tag gestellt hatte.

»Wie lange möchtest du hier bleiben, alter Junge?« Der aufgeregte Ire hatte ihn Stunden nach dem

Frühstück aufgesucht, und Gareth hatte sich zum wiederholten Male gefragt, wie sein Freund seine Tage verbrachte. Er wusste, wie er die meisten Nächte verbrachte, denn er hatte erfahren, dass Declan im Dorf bereits Eroberungen gemacht hatte und mit seinem üblichen Enthusiasmus im örtlichen Inn zu Gast war.

Er hatte an den Büchern der Brauerei gearbeitet, als Dec ihn unterbrochen hatte. Er stellte die Feder in den Halter und lehnte sich in seinem Stuhl zurück. »Ich habe vor, zu bleiben, bis die Böschung fertiggestellt ist. Und du?«

Dec zuckte mit den Schultern, legte den Kopf in den Nacken und betrachtete die Decke. »Es wäre die Hölle, bei dem Wetter zu reisen.« Er machte eine vage Geste in Richtung Fenster, ohne den Blick zu senken. »Ich kann mich nicht einmal aufraffen, in die Stadt zu fahren.« Er senkte langsam den Kopf, und seine scharfsichtigen grünen Augen nahmen Gareth ins Visier. »Du hast den Jungen ins Herz geschlossen.«

»Das habe ich«, stimmte Gareth zu.

»Und seine Mutter?«

»Was ist mit seiner Mutter?«

Decs Mundwinkel zuckten, aber er sagte nichts.

Gareth spürte einen Anflug von Ärger angesichts seines wissenden Blicks. Warum dachten die Leute, die er am besten kannte – und zwar gleich beide –, er wäre ein kleines Kind oder ein Dorftrottel, wenn es um das andere Geschlecht ging?

Vielleicht, weil er das war.

»Heraus damit, Declan.«

Dec zuckte nur mit den Schultern und sah ihn mit großen Augen an. »Was denn?«

»Du magst sie nicht.«

»Das ist nicht wahr.«

»Du willst also mit mir über die Begrifflichkeiten diskutieren, obwohl du weißt, wie sehr mir das zuwider ist. Nun, meinetwegen, du *traust* ihr nicht.«

Wieder zuckte er mit den Schultern. »Ich traue niemandem. Außer dir.«

Gareth wusste das nur zu gut. Er glaubte, das Misstrauen seines Freundes stand ihm selbst im Wege. Aber möglicherweise war er selbst nicht misstrauisch genug. Es war müßig, über derlei Dinge nachzudenken, und letztlich unwichtig. Was könnten Leute ihm schon nehmen außer Geld? Und er konnte immer mehr davon verdienen, wie er in der Vergangenheit zur Genüge bewiesen hatte.

Gareth ordnete den ohnehin ordentlichen Stapel Geschäftspapiere, die neben dem aufgeschlagenen Buch lagen, dann sah er auf. »Ich werde bleiben, bis ich mich darum gekümmert habe, dass der Felsbrocken versetzt wird.«

Dec nickte bedächtig, in seinen Augen lag kein Lachen mehr.

»Nun gut. Ich werde bleiben, bis es wieder möglich ist, zu reisen, und dann werde ich mich um eine Angelegenheit in London kümmern.«

»Die Töpferei oder die Docks?«

»Etwas Neues«, sagte er mit einem geheimnisvollen Lächeln.

Gareth wusste, dass es keinen Sinn hatte, zu fragen, was er meinte, wenn er in einer dieser Stimmungen war. Er hätte sein Leben für Declan McElroy gegeben, aber das bedeutete nicht, dass er nicht angesichts seines launischen und unvorhersehbaren Verhaltens oft genug Lust gehabt hätte, ihn umzubringen.

***

Der letzte Teller war abgeräumt, und Serena erhob sich.

»Dann werde ich Sie Gentlemen Ihrem Port überlassen.«

»Vielleicht leisten Sie uns heute Abend beim Port Gesellschaft, Mrs Lombard?«

Serena sah den Iren mehr als erstaunt an. »Verzeihung?« Sie sah Lockheart an, aber er schien zufrieden damit, den Zuschauer zu geben.

McElroy schenkte ihr ein Lächeln, das dazu angetan war, Frauen zu entwaffnen. Bei ihr allerdings wirkte es nicht. »Es ist ein schrecklicher Abend, aber noch früh.« Sein Lächeln wurde breiter. »Nicht gerade ein Abend für Spaziergänge. Warum ziehen wir uns nicht irgendwohin zurück, wo es bequemer ist, und leisten einander Gesellschaft? Ist das nicht, was man auf dem Lande so macht?«

Er hatte sie bereits wissen lassen, dass er sie nicht mochte. Was hatte er nun vor?

Serena schenkte ihm ein Lächeln, das sie mit gespieltem Bedauern würzte. »Ich hoffe, Sie erwarten nicht, dass ich Klavier spiele oder singe. Ich fürchte, meine Talente liegen anderswo.«

Er lachte. »Mir schwebte etwas weniger Gediegenes vor. Spielen Sie Karten, Mrs Lombard?«

Mr Lockheart warf seinem Freund einen strengen Blick zu, den Letzterer ignorierte.

Was ging hier vor sich?

»Ich spiele Cribbage und Pikett. Meinen Sie so etwas?«

Er zog einen Mundwinkel in die Höhe. »Etwas in der Art.« Er wandte sich an Lockheart. »Was sagst du, Gare? Es ist eine Weile her, seit wir uns einen geistigen Wettstreit geleistet haben.«

Lockheart schwieg und bedachte seinen Freund mit einem langen und nicht sehr freundlichen Blick. Serena dachte, dass ein anderer Mann McElroy vermutlich stattdessen gesagt hätte, er solle zur Hölle gehen. Schließlich jedoch nickte er.

»Wie du willst.«

McElroy klatschte in die Hände und rieb sie begeistert gegeneinander. »Ausgezeichnet! Ich glaube, ich habe einen kleinen Tisch in der Bibliothek entdeckt, der für unseren Zweck ideal ist.«

Er nickte einem der Diener zu, die an der Wand entlang aufgereiht standen. »Bringen Sie uns den Port in die Bibliothek. Und einer von Ihnen soll ein Kartenspiel aus meinem Zimmer holen. Pierson wird Ihnen zeigen, wo Sie eines finden.« Er bot Serena den Arm, und sie legte die Hand auf seinen Ärmel, wobei sie Lockheart einen Blick zuwarf.

McElroy grinste seinen Freund an. »Sorry, alter Junge, du musst heute allein gehen.«

Die folgenden Stunden waren die seltsamsten ihres Lebens, eines Lebens, in dem sie an seltsamen Momenten keinen Mangel gehabt hatte. Zwischen den beiden Männern herrschte eine Anspannung, die sie zuvor nicht bemerkt hatte, und unangenehme Untertöne, die sie nicht ganz durchschaute, lagen in der Luft.

Sobald sie die Bibliothek betreten hatten, wurde ein Tisch näher an den Kamin gerückt, eine Stola für Serena geholt, und die Karten gebracht.

McElroy brach das Siegel des neuen Päckchens und begann sie auf eine Weise zu mischen, die verriet, dass er mit dem Glücksspiel vertraut war, ohne dass er ein Wort sagen musste.

»Was halten Sie davon, ein neues Spiel zu lernen, Mrs Lombard? Es heißt *vingt-et-un*.«

Mr Lockheart verschränkte die Arme vor der Brust, sagte aber nichts.

»Davon habe ich gehört.«

»Das dachte ich mir beinahe.« Sein Lächeln erinnerte sie an eine Schlange.

Serena wusste nicht, was sein aggressiv wissender Blick zu bedeuten hatte und konnte nicht anders als sich zu fragen, ob er sie leimen wollte. Sie hatte nicht darauf geachtet, wie viel er beim Essen getrunken hatte, aber sie hatte ihm auch überhaupt nicht viel Aufmerksamkeit geschenkt. Warum sollte sie, wenn Gareth Lockheart da war? Wie immer sah er aus wie eine Statue, doch sie hätte schwören können, dass er wütend war.

»Die Regeln sind ganz einfach. Man möchte *vingt-et-un* sammeln, aber nichts Höheres. Ich gebe Ihnen zwei Karten, und Sie können weitere verlangen. Das As hat einen besonderen Wert, denn es kann entweder als ein Punkt zählen oder als elf.« Seine Hände, die unablässig die Karten gemischt hatten, bewegten sich nicht mehr. Er sah sich um. »Aber Halt! Wir haben keinen Einsatz.«

»Nein.«

McElroy und Serena wandten sich beide zu Lockheart um.

»Was sagst du, Gare?«

»Ich sagte, kein Einsatz. Es wird kein Glücksspiel geben. Teil die Karten aus, Declan.«

Die Blicke der Männer trafen sich, und es war der Ire, der sich schließlich zuerst abwandte. Er lachte und zuckte mit den Schultern. Seine Hände nahmen ihre rhythmische Bewegung wieder auf. »Ich werde mich dem Willen unseres Gastgebers beugen, Mrs Lombard. Sie werden sich die Aufregung also nur vorstellen müssen, die Luft schwer vor Anspannung, wenn Männer – und Frauen! – ihr Vermögen verwetten, den Besitz ihrer Vorfahren, ihr nacktes Leben.« Nach diesen Worten knisterte nicht nur das Feuer.

»Nun«, sagte er wieder im normalen Tonfall und der üblichen Stimmlage. »Es gibt viele Varianten des Spiels, aber ich werde meine bevorzugte spielen. Die erste Karte lege ich verdeckt«, er teilte drei Karten aus, »und Sie sehen sie sich an. Aber halt! Passen Sie auf, dass niemand sonst sie sieht«, schalt er, als Serena ihre Karte nahm, eine Karo-Vier. »Und jetzt legen Sie sie wieder hin.«

Sie bemerkte, dass Lockheart noch immer die Arme verschränkt hatte und seine Karte nicht aufnahm. Sein Blick war fest auf seinen Freund gerichtet.

»An dieser Stelle«, fuhr McElroy fort, »würden Sie Ihren Einsatz machen, und ich als Kartengeber müsste mitgehen. Wenn Sie gut wären, könnten *Sie* später am Abend zur Bank werden. Hier ist Ihre zweite Karte.« Wieder teilte er drei Karten aus, dieses Mal aufgedeckt.

Serena bekam eine Sieben, sodass sie elf Punkte hatte, Lockheart bekam eine Zehn und McElroy eine Zwei.

»Möchten Sie eine weitere Karte, Mrs Lombard?«

»Ja bitte.«

Er gab ihr ein As. Sie runzelte sie Stirn: zweiundzwanzig oder zwölf.

»Noch eine?«

»Ja.«

Er gab ihr eine Zehn.

»O verflixt!«, rief sie und lachte.

»Zu schade, Mrs Lombard. Ich würde mir nun Ihre Münzen greifen und sie hier auf meinen Haufen schieben.« Er wandte sich an Lockheart. »Gareth?«

Eine Ader zuckte auf Lockhearts Schläfe, aber er löste schließlich die verschränkten Arme und sah sich die untere Karte an. Er schüttelte den Kopf.

»Aha.« McElroy grinste. »Was mag Mr Lockhearts versteckte Karte sein? Seine Zehn macht mich nervös. Ich muss das Schlimmste annehmen, Mrs Lombard. Nämlich, dass Mr Lockheart eine weitere Zehn hat. Das bedeutet, dass ich noch eine Karte ziehen muss.«

Er drehte seine verdeckte Karte um, bei der es sich um eine Zehn handelte, sodass er insgesamt zwölf Punkte hatte. Serena hätte nicht gedacht, dass er eine weitere Karte nehmen würde.

Seine nächste Karte war eine sechs. »Achtzehn.« Er sah erst Serena an, dann seinen Freund. »Was denken Sie, Mrs Lombard? Hat er eine verdeckte Zehn? Oder nur eine Fünf?«

»Eine Fünf? Dann hätte er doch sicherlich eine weitere Karte genommen.«

McElroy lächelte und ließ Lockheart nie aus den Augen. »Ist das so, Gareth?«

Lockheart seufzte, und McElroy lachte. »Ich möchte sehen.«

Lockheart deckte seine Karte auf.

»Zwanzig!« Serena klatschte in die Hände. Sie freute sich mehr über seinen Sieg, als angebracht gewesen wäre. Lockheart selbst schien gänzlich unbeeindruckt. Natürlich gab es keinen Einsatz, vielleicht war das der Grund für seine ausbleibende Reaktion.

McElroy nahm die Karten wieder auf und legte sie zu einem verdeckten Stapel. »Ich teile weiter aus, bis ich mit dem Talon durch bin, und dann sind *Sie* die Geberin, Mrs Lombard.«

Serena stellte bei der dritten oder vierten Runde fest, dass ihr das Spiel gefiel, auch wenn sie nur einmal gewonnen hatte.

Lockheart andererseits schien jedes Mal zu gewinnen, und zeigte ebenso wenig Begeisterung wie beim ersten Mal.

McElroy plauderte ununterbrochen, während er austeilte. Er war offenbar in der Lage, drei oder vier Dinge auf einmal zu tun.

»Ich habe gesehen, dass Sie im Stall einen großen Marmorblock haben, Mrs Lombard, aber Sie haben noch nicht angefangen, ihn zu behauen?«

»Sehr richtig. Ich bin noch dabei, Skizzen zu machen.«

Er schenkte ihr ein unverschämtes Lächeln, als er die erste Runde Karten austeilte. »Brauchen Sie vielleicht ein Modell, bevor Sie anfangen zu arbeiten?«

Sie warf Lockheart einen verstohlenen Blick zu und stellte fest, dass er endlich aufhorchte.

»Bieten Sie mir etwa Ihre Dienste an, Mr McElroy?«

»Natürlich hätte ich nichts dagegen, meine Zeit für die Kunst zu opfern.«

Sie legte den Kopf auf die Seite und betrachtete ihn mit übertriebener Sorgfalt. »Ja«, sagte sie nach einer langen Pause. »Ich glaube, Sie wären perfekt.«

Er legte sich in die Brust und warf seinem Freund einen nicht besonders unauffälligen triumphierenden Blick zu. »Ich nehme an, es wird ein klassisches Stück. Vielleicht Apollo? Oder eventuell Bacchus?«

Sie hob ihre untere Karte gerade so weit an, dass sie darunter sehen konnte: ein As. Dann schenkte sie ihm ein reizendes Lächeln. »Eigentlich wird es eine Darstellung der Judith, die Holofernes enthauptet.«

Der Ausdruck auf seinem Gesicht war unbezahlbar, aber nicht so unbezahlbar wie Mr Lockhearts Reaktion. Er warf den Kopf zurück und lachte. Der tiefe, volle Klang war absolut bezaubernd, besonders, weil er so enorm selten war. Er wirkte ... strahlend, wie ein viel jüngerer Mann. Und Serena konnte sich kaum von dem Anblick losreißen.

McElroy lächelte schief und nahm das Gelächter seines Freundes erstaunlich sportlich.

»Ich schätze, das habe ich verdient.«

Lockheart nickte und wischte sich über die Augen.

»Ja, das glaube ich auch, Dec.«

Zum ersten Mal lag so etwas wie Respekt in dem Blick, den der Ire Serena zuwarf.

***

Der einzige Grund für Gareth, Decs Verhalten zu tolerieren war, dass er sehen wollte, in welche Richtung er gehen würde.

Nein, das war eigentlich gelogen. Er war auch viel zu fasziniert von Mrs Lombard, um sie allein einem berüchtigten Schwerenöter zu überlassen. Gareth hatte die Erfahrung gemacht, dass Frauen dem großen, charmanten Iren nicht widerstehen konnten; der Gedanke, dass Mrs Lombard Declan nicht würde widerstehen können, gefiel ihm nicht.

Seit seiner Rückkehr aus London hatte er sie eigenartig verstärkt wahrgenommen, was ihm beinahe triebhaft erschien. Er wusste, dass Tiere einander auf diese Weise spürten, hatte aber eine solch erhöhte Sensibilität nie selbst erlebt. Es war gleichermaßen lästig wie belebend. Und es führte zu vielen Trainingsstunden in seinem privaten Boxring. Und gerade jetzt brachte sie ihn dazu, dass er gern ein paar Runden mit seinem Freund dort zugebracht hätte.

Declan wusste, wie sehr er Karten hasste, und er wusste sicherlich, wie sehr er es hasste, an die Rolle erinnert zu werden, die solche Spiele in seinem Leben gespielt hatten. Karten waren Schmerz, und sein Freund war für gewöhnlich nicht so grausam, ihm das ins Gesicht zu reiben.

Warum er also diesen Abend ausgeheckt hatte, war ihm ein Rätsel. Vermutlich hätte Gareth ihn vorher fragen sollen, warum genau er Mrs Lombard nicht vertraute. Aber er hatte ihm nicht geben wollen, worauf er aus war: eine Auseinandersetzung. Ja, er wusste, wann Declan es auf einen Streit oder eine Rauferei anlegte, und er weigerte sich, ihm nachzugeben.

Nach Mrs Lombards meisterhaftem Schlag bezüglich der Skulptur hatte sich die Spannung zwischen ihnen ein wenig gelegt, und das Spiel verlief ohne weitere Vorfälle.

Als Dec die letzten sechs oder sieben Karten erreichte, fächerte er sie verdeckt auf dem Tisch auf.

»Das sind nicht mehr genug für ein Spiel«, sagte er, »aber es gibt andere Spiele.« Sein Blick glitt zwischen ihr und Gareth hin und her.

»Wissen Sie, was diese Karten darstellen, Mrs Lombard?«

»Wie meinen Sie das?«

»Wissen Sie, was hier noch verdeckt liegt, welche Karten wir nicht gespielt haben?«

Sie runzelte die Stirn auf eine Weise, die Gareth charmant fand. Er hatte es in letzter Zeit oft bemerkt: dass er auch die kleinsten Eigenheiten und Angewohnheiten an ihr charmant fand. Sie schien über Decs Frage nachzudenken und schüttelte schließlich den Kopf. »Nein, das weiß ich nicht. Wie könnte ich das?«

Gareth beneidete sie in dieser Sache um ihre Unschuld.

Sie sah ihn an und dann Dec. »Wissen Sie es?«, fragte sie.

Das war natürlich die Frage, auf die Dec hinausgewollt hatte. Er schloss die Augen. »Ein Herzkönig, eine Herz-Neun, eine Drei, Sieben, Pik-Zehn, eine Acht, eine Neun und das Kreuz-As.« Er öffnete die Augen und wandte sich an Gareth. »Bin ich nah dran, Gareth?«

In diesem Moment hasste er seinen Freund. »Eine Pik-Neun, nicht Herz. Und eine Pik-Sechs und Pik-Acht, nicht Kreuz.«

McElroy drehte die Karten um, und Mrs Lombard starrte darauf.

»Aber, wie …?« Sie sah Gareth an, ihr erstaunter Ausdruck zwang ihn, zu antworten.

»Ich habe ein gutes Gedächtnis.«

Dec schmunzelte, als er die Karten einsammelte und ihr das Päckchen reichte. »Mr Lockheart hat ein *sehr gutes* Gedächtnis.«

»Aber auch Sie lagen beinahe richtig.«

»Mit einem einzelnen Kartenspiel bin ich ganz gut.« Er lächelte Gareth schalkhaft an. »Wir haben Gare auf die Probe gestellt, und er kann es mit bis zu sechs Kartenpäckchen genau voraussagen.«

Serena schüttelte den Kopf. »Ich verstehe das nicht.«

»Es ist ganz einfach. Sehen Sie.«

Gareth erhob selten die Stimme, und jetzt hätte er es gerne getan, gab dem Wunsch aber nicht nach. Stattdessen sprach er noch leiser als üblich und genoss die Kontrolle, die er über seine Gefühle hatte und darüber wie viel davon zu zeigen er gewillt war. Dabei bedauerte er, dass sich Decs Verhalten nicht ebenso einfach kontrollieren ließ.

»Gibt es einen speziellen Grund, warum du meine abnormen Fähigkeiten heute Abend vorführen wolltest, Declan?«

Dec grinste und zuckte mit den Schultern. »Mir fällt keiner ein.«

»Aber das ist eine *wunderbare* Fähigkeit, Mr Lockheart. Warum nennen Sie sie abnorm?« Sie sah ihn mit demselben Erstaunen an, das Leute immer gezeigt hatten, wenn sie von seiner Fähigkeit erfuhren. Aber nein, nicht *jeder* hatte ihn so angesehen. Ganz bestimmt nicht die Kartenspieler und Spielsalonbesitzer, die er ausgenommen hatte.

Sie legte den Kopf schräg, und es sah … er suchte angestrengt nach einem Wort, doch als es ihm einfiel, vermied er es. Bezaubernd. Es sah bezaubernd aus. Dieses Wort hatte er noch nie verwendet, nicht einmal für Tierbabys oder kleine Kinder oder schöne, ordentliche Zahlenreihen. Er hätte sich mit der flachen Hand an die Stirn schlagen mögen, wie er es tat, wenn er bei einer Formel oder einer Gleichung einen dummen Fehler gemacht hatte und ihm dann plötzlich ein Licht aufging. Außer, dass ihm in diesem Falle kein Licht aufgegangen war. Er tappte mehr im Dunkeln denn je. Und nicht nur das, er merkte, dass sie offenbar etwas gesagt hatte, als er seine Nicht-Erleuchtung gehabt hatte.

»Wie bitte, Mrs Lombard?«

»Ich habe gefragt, ob dieses Spiel für Sie nicht langweilig ist.« Er hätte beinahe gelacht. Langweilig? Nein. Wühlte es verhasste und beängstigende Erinnerungen auf? Ja.

»Absolut nicht, Mrs Lombard. Bitte.« Er deutete auf die Karten, die sie in Händen hielt.

Und so ging es weiter, bis die große Standuhr hinter ihnen Mitternacht schlug.

»Große Güte«, sagte sie und sah von ihrem Blatt auf, bei dem sie einmal mehr überboten hatte und ohne irgendeine Taktik oder Strategie, dafür aber mit viel Freude und Vergnügen gespielt hatte. Gareth hatte sich abgestumpft, was ihr Spiel anging, sonst hätte es ihn in den Wahnsinn getrieben.

»Ich wusste ja nicht, dass es bereits so spät ist.« Sie schaute zu den Fenstern, an denen die Vorhänge zugezogen waren. »Ob es noch immer regnet?«

Declan stand auf, um aus dem nächsten Fenster zu sehen. »Es ist etwas weniger geworden, aber es hat nicht aufgehört.«

Sie seufzte tief, und Gareth konnte nicht anders als zu bewundern, welche Auswirkungen dies auf ihr Mieder hatte.

»Ich hätte wissen sollen, dass wir zu viel Glück mit dem Wetter hatten.« Sie erhob sich. »Ich hoffe, Sie entschuldigen, aber es ist lang nach meiner üblichen Schlafenszeit.«

Gareth ging voraus zur Tür und öffnete sie, wobei ihn Erinnerungen an eine andere Nacht und eine andere Tür überfielen.

»Gute Nacht, Mrs Lombard.«

Als er die Tür schloss, wandte er sich zu seinem langjährigen Freund um. Declan stand vor dem Kamin und stieß mit der Spitze seines sehr teuren Stiefels ein Holzscheit tiefer in die Glut.

»Was sollte das denn gerade?« Die Wut, die er den ganzen Abend über im Zaum gehalten hatte, brach nun los.

Declan zuckte mit den Schultern. »Was denn? Es gibt mitten auf dieser Kuhweide doch nichts anderes zu tun, als sich mit Spielen und Karten zu beschäftigen.«

»Ausgerechnet du solltest doch wissen, wie ich zu einem solchen Zeitvertreib stehe.«

»Nun ja, dann wird es Zeit, dass du darüber hinwegkommst.«

»Und mit welcher Berechtigung bestimmst du, worüber ich *hinwegkommen* soll?«

Declan wandte sich vom Feuer ab, und die Röte in seinem Gesicht rührte nicht nur von der Hitze her. *»Ich* bin doch derjenige, der dafür sorgt, dass du dich nicht zum Narren machst.«

»Seit wann? Du bist nicht mein Wärter oder mein Gewissen, und ich brauche deinen Schutz und deine Ratschläge schon seit Jahren nicht mehr, um meine Angelegenheiten zu regeln. Und wenn ich auf der Suche nach einer moralischen Instanz *wäre*, wärst du gewiss nicht meine erste Wahl.« Er schnaubte und ließ seinem Zorn freien Lauf. »Du warst nun nicht gerade eine Lichtgestalt für Moral und gesellschaftliche Verantwortung, und mit jedem Jahr ist es schlimmer geworden. Ehrlich gesagt habe ich den Eindruck, dass dich deine Gelüste vollkommen vereinnahmt haben. Hast du auch nur einen Teil des Geldes gespart, das durch deine Hände gegangen ist, Declan? Du besitzt weder ein Haus noch Land, nichts von Wert. Alles, was du einnimmst, versäufst, verspielst oder verhurst du.«

»Und was zur Hölle geht dich das an?« Declans Stimme war so laut, dass Gareth glaubte, man könnte sie bis in die Küche hören. Sein Blick hatte einen wilden Ausdruck angenommen, und sein Gesicht ein gefährliches Purpurrot. »Was willst du überhaupt damit sagen? Dass ich meinen Teil nicht leiste?« Seine rötlichen Augenbrauen senkten sich herab wie Zwillingskometen und formten ein kastanienrotes V zwischen seinen Augen. »Geht es also darum?«

Die Unterhaltung hatte sich in die Fantasie eines Obskuranten verwandelt. Gareth hatte seit Jahren keine solche Enttäuschung verspürt, und mit Enttäuschungen umzugehen, war nicht gerade seine Stärke. »Grundgütiger, ja! *Worum zur Hölle* geht es hier gerade, Declan?«

Declan blinzelte, während sein vernebeltes Hirn Gareth' Worte zu entschlüsseln suchte. Erst in diesem Augenblick fiel Gareth auf, wie betrunken sein Freund war, und dass er womöglich das Gespräch in diesem Zustand nicht fortsetzen sollte.

»Ich will sagen, dass ich genau weiß, dass du mich nicht brauchst. Ich erfülle in diesem Unternehmen keinerlei Funktion.«

Gareth schnaubte angewidert. »Du bist besoffen, Declan. Geh ins Bett und schlaf deinen Rausch aus.«

»Du gehst jetzt, was?« Decs Ausdruck war hinterlistig und hässlich. »Ich frage mich nur, wohin?«

Gareth war mit einem großen Schritt bei ihm.

»Sag es.«

Declan grinste spöttisch. »Sag du es doch! Nenn mir den wahren Grund, warum du keine Zeit für diese Auseinandersetzung hast. Nicht, weil ich ein bisschen zu viel getrunken habe, sondern ihretwegen.«

Gareth' Kopf pochte. »Was ist mit ihr? Was genau ist es? Was hast du gegen sie?« Ein Gedanke, der aus den dunklen Abgründen seines Bewusstseins heraufgeschleudert worden war, explodierte wie ein Feuerwerkskörper. »Du bist wütend, weil sie *mich* dir vorziehen könnte.«

Declans Gesicht nahm einen noch satteren Rotton an, was Gareth nicht für möglich gehalten hätte. Er schien um genug Atemluft für seine Antwort zu ringen. »Ich bin *nicht* wütend«, brüllte er. »Und wenn ich es *wäre,* dann bestimmt nicht wegen irgendeiner verdammten Frau! Sondern es wäre deinetwegen, weil du verdammt nochmal zu naiv bist, um zu merken, wenn eine Frau dich benutzt.«

»Mich benutzt? Sie ist meine Angestellte, Declan. Wie kann sie mich da ausnutzen?«

Dec warf ihm einen verächtlichen Blick zu; einen Blick, den er seit zwei Jahrzehnten nicht mehr auf Gareth gerichtet hatte.

»Du bist der, dessen Hirn vernebelt ist, und du benimmst dich wie ein liebestoller Hund und sie, sie ist wie eine Hündin, die ...«

Gareth' Faust handelte wie von selbst und traf fest die rechte Seite von Declans Kiefer.

Der schwerere Mann taumelte rückwärts, er ruderte wild mit den Armen und rang um Gleichgewicht, aber es gelang ihm nicht. Stattdessen stolperte er betrunken zurück und sackte zusammen. Zum Glück nur auf den Stuhl, der einige Schritte hinter ihm stand. Furcht und Mitleid regten sich in Gareth. Seine Hand schmerzte heftig, aber nicht so schlimm wie sein Gewissen. Declan hatte während des Kartenspiels mehr als die Hälfte der Portweinflasche geleert, von dem Wein beim Abendessen einmal abgesehen und dem Whiskey, den sie sich davor gegönnt hatten. Nicht nur das, er war auch größer und langsamer und weniger trainiert als Gareth.

Er war auch vollständig weggetreten.

»Declan?«

Ein lauter, heiserer Seufzer war zu hören.

Gareth näherte sich ihm, aber ging nicht zu nah heran. Declan arbeitete mit schmutzigen Tricks, und

Gareth hätte es ihm zugetraut, dass er ihn heranlockte und dann angriff. Doch der Kopf des Iren rollte so zur Seite, dass es nicht wirkte, als wäre es gespielt, und sein röchelnder Atem klang wie der eines Sturzbetrunkenen.

Gareth massierte seine pochenden Schläfen. Das Gedankenchaos in seinem Kopf war schmerzhafter als das Kopfweh, das sich zusammenbraute.

Er konnte sich nicht daran erinnern, wann er das letzte Mal mit Declan gestritten hatte, und er konnte sich auch nicht erinnern, worüber. Sicher hatten sie damals noch beide in kurzen Hosen gesteckt. Eigentlich war ihm auch der Grund für diesen Streit nicht ganz klar. Glaubte sein Freund wirklich, er wäre kein wichtiger Bestandteil ihres gemeinsamen Erfolgs? Hatte Gareth irgendetwas gesagt oder getan, das nahegelegt hätte, dass er Declan nicht genügend wertschätzte? Er konnte sich an nichts erinnern, aber der Umgang mit anderen Menschen war nicht unbedingt etwas, das ihm leichtfiel, selbst wenn es sich um seinen besten Freund handelte.

Er wünschte sich, er hätte Declan gesagt, dass er doch derjenige war, der alles zusammenhielt, dass ohne ihn, seine Charakterstärke, seine Gerissenheit, seinen Charme und seine Umsicht, Gareth und ihr verflixtes Unternehmen in sich zusammenbrechen würden wie Gareth' Gedanken es gern taten. Es stimmte, Gareth entdeckte das Potenzial in den Unternehmen, die sie retteten und wiederbelebten, aber er verlor oft das Interesse, wenn sich das Unternehmen gesundgestoßen hatte, und es war Declan, der sich darum kümmerte, die Unternehmen anschließend gewinnbringend zu

verkaufen oder zu führen. Nein, Gareth war nicht allein verantwortlich für ihren Erfolg, sie waren ein
Team. Und was wären sie ohneeinander? Gareth wollte
gar nicht weiter darüber nachdenken.

»Verdammt, Dec, was ist mit uns geschehen?«, flüsterte Gareth und schüttelte den Kopf.

Doch es kam keine Antwort.

Gareth füllte seine Lungen mit so viel Luft, wie
hineinging, und stieß sie wieder aus. Sein Freund war
in Not. Er litt aus irgendeinem Grund, und Gareth
schien dabei eine zentrale Rolle zu spielen.

KAPITEL ZWÖLF

Gareth ging die letzten Geschäftspapiere durch, als es leise an der Tür klopfte. Vielmehr starrte er auf die Seiten, sah aber nur Declans Gesicht, wie es in der Nacht ihres Streits ausgesehen hatte, dem letzten Mal, als er mit seinem Freund gesprochen hatte, der früh am folgenden Morgen ohne Vorwarnung abgereist war. Gareth' Konzentration, die für gewöhnlich unerschütterlich war wie der Felsen von Gibraltar, hatte sich in den Tagen nach dem Streit quasi verflüchtigt.

»Herein«, rief er.

Die Tür wurde einen Spalt geöffnet. »Mr Lockheart?«

Gareth nahm die Brille ab, die er verwendete, um die dichtgedrängten Zahlenkolonnen lesen zu können. »Komm herein, Oliver.«

Der Junge trat ein und schloss die Tür. »Ich hoffe, ich störe nicht, Sir.«

Gareth schloss das Kassenbuch. »Nein, du störst nicht. Zumindest bei nichts Wichtigem. Was kann ich für dich tun?«

»Ich habe mich gefragt ...« Er brach ab, und seine runden Wangen, die denen seiner Mutter so ähnlich waren, färbten sich. »Nun, Sir, ich habe mich gefragt, ob Sie vielleicht gern Angeln gehen würden.«

Gareth hob die Brauen. »Angeln?«

Oliver schien den ungläubigen Tonfall nicht zu bemerken. Stattdessen nickte er, und der Eifer stand ihm deutlich ins Gesicht geschrieben.

»Ja, es gibt einen Teich flussaufwärts von der Stelle, wo Mama und Sie den See anlegen lassen. Es ist meine

Lieblingsstelle fürs Angeln. Und zum Schwimmen, wenn es warm genug ist.« Er warf einen sehnsüchtigen Blick aus dem Fenster, hinter dem eine blasse Frühlingssonne am blauen Himmel mit dahinjagenden Wolken zu sehen war. Gareth unterdrückte ein Schaudern.

Angeln. Er dachte darüber nach, was er über diesen Zeitvertreib wusste: nämlich gar nichts. Er blickte auf den Stapel Papiere hinab und runzelte die Stirn. Er hatte genug von diesem enttäuschenden Mangel an Konzentration. Er blickte auf und sah, dass der Junge unruhig auf den Fußballen wippte und auf Antwort wartete.

»Ich habe noch nie geangelt«, gestand er.

Oliver hätte nicht überraschter aussehen können, wenn Gareth ihm eröffnet hätte, dass er in Wahrheit ein Mädchen war. »Noch nie?«

»Nicht ein einziges Mal. Ich bin in London aufgewachsen.« Er machte eine Pause. »Ich schätze, ich hätte in der Themse angeln können.« Allerdings nicht nach Fischen.

Oliver verzog das Gesicht. »Mama sagt, die Fische kann man nicht essen. Sie sagt, man sollte sie noch nicht einmal anfassen.«

Das konnte Gareth sehr wohl glauben. Die Jungen, die er gekannt hatte, die Dreckspatzen, wie man sie nannte, die im ekelhaften Schlamm des Flusses nach kleinen Schätzen suchten, hatten in steter Furcht vor Infektionen gelebt und vor Verletzungen, die zum Tode führen konnten.

»Es ist nicht schwer«, sagte Oliver und riss Gareth aus seinen unangenehmen Erinnerungen. »Sie können es schnell lernen. Und ich habe zwei Angeln. Eine gehört Mama.«

»Deine Mama angelt?«

Oliver lächelte ihn auf eine Weise an, die Gareth als »nur unter Männern« beschrieben hätte. »Sie wird ungeduldig und gibt dann irgendwann auf, um zu zeichnen. Mädchen haben für gewöhnlich nichts fürs Angeln übrig.«

Gareth merkte, wie seine Mundwinkel sich nach oben zogen. »Es ist also eine Beschäftigung für echte Männer?«

»O ja«, versicherte Oliver.

Gareth erhob sich. »Nun, dann sollte ich es wohl besser mal ausprobieren.«

Oliver schenkte ihm ein Lächeln, das ihm das Herz wärmte. »Ich warte dann im Stall auf Sie, wo Horrocks mir erlaubt, meine Angeln aufzubewahren.«

»Auf mich warten?«

»Ja.« Sein Blick wanderte über Gareth' Kleidung. »Möchten Sie sich nicht vorher umziehen?«

Gareth blickte an sich hinab. Er trug seinen üblichen ländlichen Aufzug, den Chalmers ausgesucht hatte, und von dem er behauptet hatte, es wäre die bevorzugte Kleidung eines Landadligen: Wildlederhosen, Stulpenstiefel, ein wollenes Jackett – heute ein grünes – über einer farbigen Weste mit schmalen grünen und braunen Streifen. Er sah den Jungen an, der ähnlich gekleidet war, obwohl seine Kleidung aussah, als wäre sie oft gewaschen und geflickt worden.

»Ich habe keine andere Kleidung.«

Das reichte Oliver.

Sie gingen zunächst zum Stall, wo Horrocks, der Stallmeister, zwar erstaunt dreinblickte, sich aber schnell wieder fing und einen Stallburschen schickte, um die Angeln aus der Sattelkammer zu holen.

»Angeln wolln Sie, ja? Oben in dem blauen Loch beim Fluss?«

Oliver nickte.

»Dann gib auf den alten Harry acht, Junge. Der klaut dir den Köder und die Angel dazu, wenn du nicht aufpasst.«

Oliver schmunzelte. »O Mr Horrocks, das sagen Sie jedes Mal. Aber ich habe einen solchen Fisch noch nie zu Gesicht bekommen.« Er wandte sich an Gareth. »Mr Horrocks sagt, der alte Harry wäre da oben schon herumgeschwommen, als er ein Junge war, und er wäre so groß.« Er breitete die Arme so weit aus, wie er konnte.

Horrocks lachte heiser. »Nee, der ist *so* groß.« Er breitete die eigenen Arme aus.

Mit Ratschlägen, Angeln, neun springenden und hechelnden Hunden und einer alten Blechdose für Köder ausgestattet, machten sie sich zu Fuß in Richtung Ost-Nordost auf.

»Es ist nicht weit zu laufen, vielleicht eine Viertelstunde. Wir können am Wasser nach Ködern graben.«

»Erzähl mir was über Köder und wie man so angelt, dass man Exemplare wie den alten Harry an den Haken bekommt.« Gareth wusste, dass man Würmer verwendete, aber er genoss es, dem Jungen zuzuhören. Seine Begeisterung hatte etwas Beruhigendes und ließ ihn optimistisch werden. Er war bereits jetzt froh, dass er sich entschlossen hatte, mitzukommen. Nach dem langen Regen war der Tag klar und warm. Der Boden war noch nicht vollständig getrocknet, aber er würde bald den großen Felsen bewegen können.

Der Gedanke war ernüchternd. Wenn er das hinter sich gebracht hatte, würde er fort müssen. Was hielt ihn danach noch hier?

***

Unvorsichtigerweise hatte Serena aufgehört, an Etienne Bardot zu denken, ihn zu fürchten und sich Sorgen zu machen. Als er also unerwartet und unangekündigt aufkreuzte, war es eine unangenehme Überraschung, so als ob man eine Fliege in seinem Tee entdeckte, *nachdem* man schon einen Schluck genommen hatte.

Zwei Tage nach dem schrecklichen Regen tauchte er plötzlich auf, als die Straßen noch immer schlammig waren, aber nicht mehr unpassierbar. Er kam zu dem Zeitpunkt, als sie endlich etwas Fortschritt bei ihrer Skulptur gemacht hatte.

Nicht lange nachdem Declan McElroy abgereist war, hatte die Muse sie gefunden.

Etwas musste in jener Nacht, als sie alle Karten gespielt hatten, zwischen den beiden Männern passiert sein, denn McElroy war direkt am folgenden Tag verschwunden. Er hatte das Anwesen zu Pferde verlassen und hatte eines der Pferde genommen, die Mr Lockheart – oder Gareth, wie sie ihn im Geiste inzwischen nannte – nach Rushton Park gebracht hatte. Es durfte wohl keine angenehme Reise gewesen sein, sodass sich Serena fragte, warum er es so eilig gehabt hatte. Natürlich hatte sie nicht nachgefragt, und freiwillig hatte Gareth auch nichts erzählt. Er hatte allerdings nicht anders gewirkt als sonst. Zumindest tagsüber nicht. Aber nachts – jede Nacht seit dem Aufbruch seines Freundes – ging er in seinen eigenartigen Raum und drosch auf die Säcke ein, bis sein schlanker, muskulöser Körper schweißüberströmt war. Sie wusste nicht, ob er nachts auch Ausflüge in die Küche machte, denn sie vermied diesen Teil des Hauses nach Einbruch der Dunkelheit, ganz gleich, wie groß die Versuchung war, sich hinauszuschleichen und nach ihm zu suchen. Ja, sie wollte mehr. Mehr von dem, was sie in jener Nacht nur allzu kurz genossen hatte.

Serena war nicht blind, sie wusste, dass sie einen Reiz auf Gareth Lockheart ausübte. Sie wusste, dass er sie für eine geeignete Heiratskandidatin halten würde, da sie durch ihre Verbindung zum Duke of Remington hochangesehen und prestigeträchtig war. Sie wusste auch, dass sein Freund alles in seiner Macht Stehende tun würde, um eine solche Verbindung zu verhindern, selbst wenn sie möglich gewesen wäre.

Auch wenn McElroy die Sache auf sich beruhen ließe, konnte sie sich gut das Glitzern in Etiennes Augen vorstellen, wenn er entdeckte, dass er Geld von einem der reichsten Männer des Landes erpressen konnte. Nein, sie konnte Gareth Lockheart nicht in ein solch gefährliches Lügengespinst hineinziehen. Er war zu liebenswürdig zu ihr und zu Oliver gewesen. Zumindest in einer Sache hatte sein Freund recht: Gareth Lockheart war ein liebenswürdiger, fürsorglicher Mann, auch wenn er seine wahre Natur hinter einer undurchdringlichen Maske verbarg. Sie musste nur ihre ungelegene körperliche Reaktion auf diesen gutaussehenden und faszinierenden Mann in den Griff bekommen. Um solche Gedanken und Empfindungen zu vermeiden, hatte sie sich wieder an die Arbeit gemacht. Bis der Boden vollständig trocken war, konnten sie den Felsen nicht herauslösen und die Böschung fertigstellen. Es war also an ihr, bei der Sache zu bleiben, oder sich zumindest irgendwie zu beschäftigen. Sie zog ihre Arbeitskleidung an und ging in den Stall hinüber. Niemand war dort, als sie in die hintere Pferdebox ging, aber dort konnte sie Männerstimmen hören und das Geräusch von Metall, das aufeinandergeschlagen wurde. Sie nahm an, dass die Männer in der Schmiede waren.

Die Box war die größte im Stall und war für fohlende Stuten gedacht. Sie hatte große doppelflüglige Türen, die sich zu einer kleinen Einfriedung hin öffnen ließen.

Bei geöffneten Türen war das Licht ideal; der Durchgang war groß genug, dass sie den Stein problemlos hatte hineinschaffen können, was zumindest theoretisch bedeutete, dass es auch kein Problem darstellen sollte, die Statue wieder hinauszubekommen. Auch wenn es eine ganz andere Sache war, ob man einen Steinblock oder eine fertige Skulptur zu transportieren hatte. Sie würde sie nicht vollständig fertigstellen, sondern würde einige Stellen unbehauen lassen, um die fragileren Teile der Statue zu schützen. Dies war ihr bisher ehrgeizigstes Projekt. Sie hatte zwar bereits für Monsieur Favel an Statuen dieser Größe und Komplexität gearbeitet, aber sie hatte noch keine von Anfang an selbst entworfen. Doch sie war eine fähige Bildhauerin und wusste, dass es ihre Fertigkeiten nicht überstieg.

Sie hatte verschiedene Wachsmodelle hergestellt und nicht aufgehört, bis sie genau das geschaffen hatte, was ihr vorschwebte. Ihre Probestücke waren knapp einen halben Meter hoch, gerade groß genug, um ihr als Anhaltspunkt zu dienen, während sie arbeitete.

Weil sie kein Punktiergerät verwenden konnte, welches sie bei Favel oft benutzt hatte, wenn er mehrere Kopien einer beliebten Statue machen wollte, hatte sie den Marmorblock in ein Raster aufgeteilt. Sie hatte das Raster auch aus verschiedenen Blickwinkeln auf Papier übertragen und hatte die Figur auf ein Achtel ihrer Größe verkleinert. Diese Methoden hatte Favel nicht angewandt, aber sie hatte sich eine Reihe Kniffe bei anderen Bildhauern abgeschaut, die an überlebensgroßen Projekten gearbeitet hatten.

Sie hatte Mr McElroy mit dem klassischen Motiv geneckt, das sie gewählt hatte. In Wahrheit bildete sie nicht Judith und ihre berüchtigte Trophäe ab, wenn die Vorstellung auch ihren Reiz hatte. Stattdessen hatte sie etwas gewählt, das in den formalen Garten passen würde, in welchem die Statue ihren Platz finden sollte. Sie hatte über Mr Lockheart und sein ungewöhnliches Haus nachgedacht, über den Mann selbst und das, wofür er stand. Nachdem sie lange überlegt hatte, hatte sie sich für den unterrepräsentierten griechischen Titanen Coeus entschieden, einen Sohn des Uranus und der Gaia, eine der vier Säulen, die den Himmel über der Erde stützten. Coeus wurde oft mit einem wachen Geist und Intellekt assoziiert.

Unter den Titanen war er am besten dafür bekannt, dass er in die Unterwelt verbannt worden war, seine Ketten zerrissen hatte, aber dennoch als ewiger

Begleiter des Zerberus im Hades geblieben war. Serena hatte sich entschieden ihn in seinem Zustand vor dem Fall darzustellen.

Sie hatte ihre Zeichnungen ausgebreitet und betrachtete die Position seines rechten Fußes, als eine verhasste Stimme ihre Konzentration durchdrang.

»Aha, hier bist du, liebe Cousine!«

Serena wirbelte herum, obwohl sie schon wusste, wessen Stimme es war.

Etienne Bardot trat aus dem schattigen Gang in die große Box, und sein Blick tastete sie ab. »Was wird das? Wirst du mich damit schlagen und meinen Leichnam in einer Grube verschwinden lassen?«

Serena blickte hinab und stellte fest, dass sie unbewusst nach dem größeren der beiden Schlägel auf dem Tisch gegriffen hatte.

»Ich muss zugeben, deine Idee ist nicht ganz ohne Reiz.« Wie immer sprach sie Französisch mit ihm.

Es war das Einzige, was sie tun konnte, um zu verhindern, dass Dienstboten sie belauschten. Vor der Familie ihres Mannes bot es keinen Schutz, denn sie alle sprachen Französisch. Serena warf den schweren Lederhammer auf die Werkbank, wo er mit einem dumpfen Aufschlag landete. »Was willst du?«

»Ts, ts, ts. So unhöflich. Ich habe dich wochenlang gesucht, meine liebste Serena.«

»Wozu, Etienne? Ich habe dir gesagt, dass ich meine Bezahlung am Ende des Quartals erhalte. Jetzt habe ich nichts.« Sie streckte die leeren Hände aus, und Hass, der sie zu ersticken drohte, pulsierte durch ihre Adern.

»Willst du unsere Beziehung etwa auf nichts als Pfund und Pence reduzieren?«

»Ich würde sie viel lieber auf absolut nichts reduzieren«, feuerte sie zurück.

Er lachte nur über ihre hitzigen Worte und den hasserfüllten Blick. »Uns verbinden viel stärkere Bande als Geld. Ich bin gekommen, um zu sehen, wie es meinem Sohn geht.«

Serena stieß eine Reihe Flüche in drei Sprachen aus. Er kam auf sie zu, seine modischen Reitstiefel und seine teure, aber irgendwie geschmacklose Kleidung erzürnten sie noch mehr.

»Tu nicht so, als ob er dir etwas bedeutet.« Sie warf ihm einen Blick zu, der jede letzte Unze der Verachtung ausdrückte, die sie empfand. »Wenn es so wäre, würdest du nicht aufgeputzt wie ein Pfau herumstolzieren, während dein eigenes Fleisch und Blut zu kleine, geflickte Lumpen trägt.«

Er streckte die Hand aus, um ihr Kinn zu streicheln, und sie zuckte zurück. Sein Ausdruck wurde hart, und er bewegte sich ebenso blitzschnell wie in ihrer Erinnerung vor all den Jahren, stieß sie gegen die Werkbank und drückte sie gegen die Wand.

»Du hast vergessen, wer die Peitsche führt, Serena. Muss ich deine Erinnerung auffrischen?« Er presste den Mund auf ihren und stieß die Zunge wiederholt brutal zwischen ihre Lippen. Sie tat, was sie immer getan hatte und verharrte still und willenlos.

Er zog sich zurück und packte ihren Kiefer mit einem schmerzhaften Griff.

»Serena die Statue, wie?« Er drückte zu, bis ihre Augen tränten, aber sie weigerte sich, auch nur ein Winseln von sich zu geben. Seine dunklen, graublauen Augen waren Olivers so ähnlich und funkelten sie von oben herab an. Er wollte sie schlagen, aber die Liebe zu seinem Luxus und seiner Sicherheit hielten ihn zurück. Wie sollte sie schließlich bei der gehobenen Gesellschaft ein- und ausgehen und die Aufträge bekommen, die sie brauchte, um seine erdrückenden Erpressersummen zu zahlen, wenn sie aussah wie eine geprügelte Dienstmagd?

»Pah!« Er stieß sie weg, sodass ihr Hinterkopf gegen die Wand knallte und ihre Ohren klingelten. »Ich will nichts von dir, du bist alt und ausgezehrt.« Er spie aus, aber sie konnte nicht sehen, wohin, weil schwarze Flecken vor ihren Augen tanzten. »Die Frauen *lieben* mich hier. Alle, die reichen, die armen, die schönen ...«

Es war Serena gleich, solange er sich von ihr fernhielt. Auch wenn er das nicht tun würde. Nein, sie war die Gans, die goldene Eier legt, und er nahm sie ohne Reue und ohne aufzuhören.

Sie hörte das Geräusch seiner Stiefel auf den Holzbohlen und blinzelte schnell, bis sie seinen Schatten sehen konnte, während er auf und ab ging.

»Du bildest dir etwas ein, wenn du glaubst, dass ich hergekommen bin, um dich zu sehen. Ich bin auf dem Weg nach Dover, wo ich geschäftlich zu tun habe.«

Serena wusste, was das bedeutete: Schmuggel. Etienne Bardot war ein Krimineller aus einer Dynastie von Kriminellen, und sie bereute den Tag, an denen das Schicksal ihn in ihre kleine Ecke der Welt geführt hatte. Er war gebürtig aus Paris und nach einem unglücklichen Vorfall, bei dem ein einflussreiches Mitglied der örtlichen Regierung den Tod gefunden hatte, aus der Stadt geflohen. Er war in die Armee eingetreten und hatte schnell Anschluss an seinesgleichen gefunden: eine Gruppe gleichgesinnter Krimineller, die bei der ersten Gelegenheit desertiert waren. Sie waren von Dorf zu Dorf gezogen, bis sie eines gefunden hatten, das so schlecht geschützt war und in dem es so wenige Männer gab, weil die Männer dort entweder in den endlosen Schlachten gefallen waren oder sich darauf vorbereiteten als Kanonenfutter verheizt zu werden, dass sie dort ihr eigenes Lehensgut etablieren konnten.

Ihr Blick klarte wieder genug auf, dass sie erkennen konnte, dass er nicht sie ansah, sondern den Marmorblock. Er schüttelte den Kopf und deutete darauf, bevor er sich zu ihr umwandte. »Warum machst du das? Du könntest dich vom Duke unterhalten lassen; er würde für dich und den Jungen sorgen.« Er schnaubte. »Schließlich ist Oliver doch der einzige Sohn seines geliebten verstorbenen Sohnes.«

Serena schob ihr Haar aus der Stirn, das sich durch seine grobe Behandlung gelöst hatte.

»Was? Und dann damit leben, dass du die ganze Zeit in der Nähe lauerst? Glaubst du, diese Leute sind dumm, nur weil sie wohlhabend sind? Und jetzt, da der Krieg vorüber ist, glaubst du, du wirst keine Leute treffen, die wissen, wer du wirklich bist? *Was* du wirklich bist?«

Er wedelte mit der Hand und tat ihre Sorgen ab. »Leute dieser Klasse reisen selten.«

»*Du* schon. Du bist gereist.«

Er hatte seine unerschütterliche Ruhe wiedergefunden und lächelte nur über die rüde Herausforderung. »Ja, aber ich bin aus der Art geschlagen. Ich bin, wie sagt man? Auf dem Weg, die soziale Leiter zu erklimmen?«

Er war Dreck, und weniger wert als Teichgrütze, aber er war klug genug, das zu wissen. Und das machte ihn noch gefährlicher.

»Nun, ich bin nur hergekommen, um dir meine Aufwartung zu machen. Es ist schade, dass ich nicht bleiben kann, um deinen Arbeitgeber kennenzulernen und den Jungen zu sehen. Aber vielleicht ja auf dem Rückweg?«

Serena hoffte, dass er von einem Wagen überrollt oder von seinen kriminellen Komplizen erschossen würde, aber Unkraut verging nicht. Er verneigte sich geziert, tippte sich an den Hut und ging. Seine Schritte hallten in dem leeren Gebäude.

Als sie verklungen waren, ließ sie sich gegen die Wand sinken. Sie zitterte am ganzen Leib, und ihre Zähne schlugen aufeinander. Sie schlang die Arme um ihren Oberkörper, drückte fest zu und umarmte sich selbst so, wie sie Oliver festhielt, wenn er einen Albtraum gehabt hatte.

Oliver. Was, wenn Bardot nicht wirklich gegangen war, sondern auf dem Weg war, ihn zu suchen?

Bevor sie den Gedanken noch zu Ende geführt hatte, stürzte sie aus dem Stall wie ein aufgescheuchtes Tier, das in eine Falle getappt war.

Oliver. Wo war er?

Stopp. Denk nach.

Sie gehorchte der Stimme, die sie aus Frankreich hinaus und von Bardot weggeführt hatte und von den Dutzend anderen, die sie getötet hätten, wenn sie gewusst hätten, was sie bei sich getragen hatte.

Angeln. Er war heute Morgen in ihr Zimmer gekommen, um ihr zu sagen, dass Nounou ihm erlaubt hatte, angeln zu gehen, weil er sich während der Regentage, an denen er drinnen eingesperrt gewesen war, so gut betragen hatte.

Sie ging zurück in ihre improvisierte Werkstatt, nahm Mantel, Hut und Tasche vom Haken, wo sie sie aufgehängt hatte. Außer dem Skizzenbuch, das sie immer bei sich hatte, enthielt die Tasche ihr gesamtes Geld, eine Miniaturzeichnung von Oliver in einer Lederhülle, die sie mit einem anderen Künstler gegen eine Skulptur getauscht hatte, ihre Heiratsurkunde und Roberts Siegelring aus Gold und Smaragd mit seinen eingravierten Initialen.

Serena nahm die Tasche überallhin mit – diese Lektion hatte sie vor über zehn Jahren schmerzhaft lernen müssen. Damals war sie gefangen worden und hatte auf der Flucht die Informationen zurückgelassen, die Etienne Bardot auf ihre Spur gesetzt hatten.

Oliver bevorzugte eine Biegung im Fluss, wo das Wasser sich in einem tiefen Becken sammelte. Sie waren schon zusammen dort gewesen, und sie hatte ihm versprochen noch einmal mit ihm hinzugehen, um zu baden, wenn das Wetter etwas wärmer wäre.

Es gab einen besonders verlockenden Felsüberhang über dem Fluss, und sie hatte ihm unter allen Umständen verboten, alleine zu tauchen oder zu schwimmen. Er war ein Junge, der sein Wort hielt, also machte sie sich keine Sorgen.

Sie ging und rannte abwechselnd, bis sie außer Atem und keuchend am Fluss angelangt war. Ihr Atem beschleunigte sich noch mehr, als sie große Fußspuren neben Olivers kleinen entdeckte.

O Gott!, betete sie, hoffentlich täusche ich mich. Selbst Etienne würde so etwas nicht tun. Er hätte sich dann um den Jungen kümmern müssen, und sie wusste, ihn interessierte niemand außer er selbst.

Doch sie erinnerte sich an seine Drohung von vor sechs Monaten, als sie sich geweigert hatte, ihn zu bezahlen, weil sie einfach kaum Geld gehabt hatte: »Ich werde ihn dir wegnehmen, Serena, und ich wette, du wirst das Geld schon auftreiben, um ihn zurückzubekommen, nicht wahr?«

Sie erreichte den höchsten Punkt der Anhöhe, die über den kleinen Fluss hinausblickte und blieb abrupt stehen. Zwei Gestalten waren unten zu erkennen, aber keine davon war Etienne Bardot.

Serena drückte sich schnell in den Schatten eines nahen Kiefernwäldchens.

Oliver war dort unten und lachte, sein dünner Körper war nur mit nassen Unterhosen bekleidet. Er war oben auf dem großen Felsen, und Gareth Lockheart stand bis zur Hüfte in dem Becken darunter und rief etwas in einem unverkennbar neckenden maskulinen Ton.

Oliver antwortete, indem er vom Felsen sprang, wobei er seine Knie mit den Armen umklammerte und einen gewaltigen Schwall Wasser über seinen Zuschauer regnen ließ.

Serena griff sich an den Hals, wo ihr Atem stockte, ihr Blick flackerte heftig.

Aber Oliver sprang wie ein Fisch an die Wasseroberfläche und sie hörte sein typisches »Hurra!«.

Die beiden Männer berieten sich, schüttelten einander die Hände, als hätten sie irgendein Geschäft abgeschlossen, und ihr halbnackter Arbeitgeber wandte sich in ihre Richtung und watete ans Ufer. Sie schluckte, als er aus dem Wasser stieg. Das von ihm bevorzugte feine Leinen war durchsichtig wie der Flügel einer Libelle.

»Allmächtiger!«

Serena hatte ihr Handwerk bei einem Bildhauer auf dem Lande gelernt, der kein Verständnis für die Empfindlichkeiten seiner städtischen Kollegen hatte. Als er sie in Anatomie ausgebildet hatte, hatte er Modelle jeder Statur gehabt. Frauen, Männer, Junge, Alte – sie hatte Dutzende Körper gesehen. Aber noch nie einen, der dem Gareth Lockhearts glich. Sie hatte Nacht für Nacht seinen nackten Oberkörper durch das Fenster beobachtet, aber den Rest hatte sie noch nicht gesehen.

Schmale, kräftige Hüften und Beine, die für eine Statue des Atlas getaugt hätten. Er bewegte sich mit der athletischen Eleganz, die sie schon öfter bei ihm bewundert hatte und erst jetzt ganz genießen konnte. Er schob seine Hand vorne an seiner Unterhose hinab, um den nassen Stoff von seinen intimsten Körperteilen wegzuziehen, deren Ausmaß recht beeindruckend war, wenn man auch noch die Wirkung des kalten Wassers berücksichtigte.

Er kletterte auf den großen Felsen, was ihr einen ausgezeichneten Ausblick auf seine Rückseite bescherte, die ihre Hände so kurz gestreichelt hatten.

Er schritt zum Ende des Felsens, sagte etwas zu Oliver, das ihn zum Lachen brachte, sprang dann selbst in die Luft und ließ das Wasser so hoch aufspritzen, dass ihr Sohn vor Freude johlte.

Serena bemerkte, dass ihre Gesichtsmuskeln schmerzten, weil ihr Grinsen so breit geworden war. Sie löste ihren Umhang und legte ihn auf dem Boden ab. Dann setzte sie sich und nahm ihren Skizzenblock heraus.

***

Gareth' Kronjuwelen hatten sich in seinen Körper zurückgezogen. Das Wasser war mehr als kalt, und er musste verrückt sein, dass er sich von dem Jungen hatte zum Baden überreden lassen. Obwohl sie tauchten und herumplanschten, hatte sogar seine Gänsehaut schon Gänsehaut. Als sie dann beide am grasbewachsenen Ufer lagen und sich von der blassen, aber erstaunlich warmen Frühlingssonne trocknen ließen, musste er allerdings zugeben, dass er einen Frieden verspürte, den er so noch nie empfunden hatte.

»Mr Lockheart?«

Er wandte den Kopf und beschattete die Augen mit der Hand.

»Ja?«

»Sind Sie als Junge auf dem Internat gewesen?«

Gareth dachte über die Frage nach, und darüber, wie ehrlich seine Antwort ausfallen sollte. Ein Kind sollte nicht wissen, dass es so etwas gab wie Waisenhäuser – und ganz bestimmt nichts von den albtraumhaften Dingen, die dort geschahen. Und doch verdiente er, zumindest einen Teil der Wahrheit zu erfahren.

»Ich bin sozusagen in einer Schule aufgewachsen. Ich habe in einem Waisenhaus gelebt.«

Oliver drehte sich auf die Seite, und in seinen Augen leuchteten Interesse und Mitgefühl. »Sie meinen, Sie wissen nicht, wer Ihre Familie ist?«

Gareth nickte.

Oliver runzelte besorgt die Stirn. »Aber Sie hatten dort doch Freunde, oder nicht?«

Gareth erkannte, dass diese Frage dem Jungen wichtig war. »Ja, die hatte ich. Mr McElroy war mein bester Freund und ist es noch heute.«

Der Junge war sichtlich erleichtert, und Gareth bewunderte seine Fähigkeit zur Empathie.

»Ich mag Mr McElroy. Er hat mir gezeigt, wie man aus einer Kastanie einen Hund schnitzen kann.«

Gareth schaute in den Himmel. »Ja. Mr McElroy ist sehr geschickt mit dem Messer.« Ein Bild von Decs blutüberströmten Händen flackerte vor seinem inneren Auge auf, und Gareth schloss die Lider.

»Alle meine Cousins sind im Internat. Ich bin der Einzige, der nicht dort war.« Er machte eine Pause, und Gareth wandte sich ihm wieder zu.

»Auf welcher Schule?«, fragte Gareth, obwohl er es ahnte.

»Alle außer Julian gehen nach Eton. *Er* ist in Harrow.«

»Oh! Wie kommt das?«

»Seine Mama ist die Tochter eines Dukes, und sie hat den Earl of Synott geheiratet, und *der* ist nach Harrow gegangen.«

Während Oliver weiter über seine anderen Cousins sprach, dachte Gareth über die guten Verbindungen des Jungen nach. Serena Lombard mochte für ihren Lebensunterhalt arbeiten, aber sie hatte es bestimmt nicht nötig. Venetia hatte seiner Meinung nach trotz all ihrer Weisheit die Situation nicht richtig eingeschätzt. Eine Frau wie Mrs Lombard würde nie zustimmen, einen seltsamen, wenig redegewandten Bastard aus einem Londoner Waisenhaus zu heiraten. Und das war er, ein Bastard. Zumindest hatte Herbert Jensen, der Mann, der das Waisenhaus ebenso wie ein halbes Dutzend weniger anständiger Geschäfte geführt hatte, das gesagt.

»Du magst eine Begabung haben, Junge, aber du bist immer noch ein Bastard, vergiss das nicht.« Wie oft hatte Jensen das zu ihm gesagt? Bis zu der Nacht, in der Dec und Gareth ihm endgültig gesagt hatten, dass sie nicht länger tun würden, was er ihnen auftrug – ob sie Bastarde waren oder nicht.

Das Geräusch eines grummelnden Magens zog ihn von dem Abgrund zurück, in den er geblickt hatte. Als er sich umwandte, sah er, dass Oliver heftig errötete.

»Ich schätze, ich bin hungrig.«

»Ich auch. Sollen wir zurückgehen?«

»Aber wir haben noch keinen Fisch gefangen.«

»Ich bin sicher, der Koch wird uns auch so etwas zu essen geben.«

Sie zogen sich an, und die von der Sonne gewärmten Kleider fühlten sich herrlich an auf seiner kalten, klammen Haut. Chalmers würde sich zweifellos wundern, was zur Hölle er angestellt hatte, dachte er, als er einen Blick auf seine schlammbespritzten Stiefel und die mit Grasflecken übersäten Wildlederhosen warf.

»Möchten Sie einen anderen Weg zurück nehmen? Ich kann Ihnen die alte Mine zeigen.«

»Wenn du möchtest ...« Gareth schlang die Krawatte um den Hals, machte sich aber nicht die Mühe, sie zu binden.

Oliver führte ihn flussaufwärts und fort von dem zukünftigen See. Gareth hatte eine ungefähre Vorstellung von den Grenzen seines Anwesens und glaubte, dass sie in dieser Richtung eine ganze Weile weiterlaufen konnten, bevor sie Gefahr liefen, die Grenze zum Besitz seines nächsten Nachbarn zu überschreiten, dem Gutsherrn, der ihm das Grundstück verkauft hatte.

Nach etwa zehn Minuten kamen sie durch ein dichtes Wäldchen und dann auf eine Lichtung.

»Sehen Sie.« Oliver deutete auf den Felsvorsprung, der halb von irgendeinem Baum verdeckt wurde, Gareth hatte nicht die geringste Ahnung von Botanik. Dahinter blickten sie auf ein dunkles Loch. Er folgte Oliver, und seine Schritte wurden schwerer, je näher sie kamen.

Es war eine kleine höhlenartige Öffnung, die nicht höher als einen Meter war und vielleicht ein wenig breiter.

Oliver ließ sich auf alle Viere sinken und krabbelte darauf zu.

»Oliver!« Das Wort war wie eine Explosion auf der stillen Lichtung, und sowohl er als auch der Junge erschraken bei dem Geräusch.

Oliver wirbelte herum und sah ihn mit aufgerissenen Augen an.

»Komm da weg!«, befahl Gareth. Er war sich bewusst, dass sein Tonfall zu scharf war, aber er konnte nicht anders, wenn der Junge dem pechschwarzen Maul so nahe war, das reine Boshaftigkeit aussandte.

Er war ein folgsames Kind und kam sofort zurück. »Ich wollte nicht hineingehen, Mr Lockheart.«

»Gut. So ein Schacht ist höchstwahrscheinlich instabil. Ich werde ihn verschließen lassen. Du warst hoffentlich noch nicht drin?«

»Nein, Sir. Meine Mutter hat mir gesagt, dass ich in so etwas nie hinein darf, weil es über mir zusammenstürzen könnte.«

»Das ist ein kluger Rat.« Gareth schluckte die Panik hinunter, die er beim Anblick des schwarzen Höhlenschlunds empfand, und zwang sich, ruhiger zu sprechen. Er machte dem Jungen Angst.

»Komm, ich habe plötzlich schrecklichen Hunger.«

Oliver lächelte, und die Anspannung des Augenblicks war verflogen.

Als sie sich von der Höhle entfernten, hatte Gareth das untrügliche Gefühl, dass sie beobachtet wurden; und was auch immer es war, es war nicht glücklich darüber, sie weggehen zu sehen.

KAPITEL DREIZEHN

Gareth entschied, dass der Boden in drei Tagen trocken genug sein würde, um den Felsblock zu bewegen, wenn es nicht gerade noch einen weiteren sintflutartigen Regen geben würde. Das bedeutete, dass er nur noch vier Tage hatte.

Sie aßen zu Abend, ein Teil des Tages, an dem Gareth Gefallen gefunden hatte, auch wenn er ein schlechtes Gewissen hatte, weil er so froh war, dass er sich ohne Dec mehr an der Unterhaltung beteiligen konnte. Mrs Lombard hatte ihn gerade nach seiner Flaschenzugkonstruktion gefragt und danach, wie lange es dauern würde, sie aufzubauen.

»Ich werde nur einen Tag benötigen, die meiste Zeit davon, um die Pfähle in die richtige Position zu bringen.«

»Die Aufregung im Dorf ist auf dem Höhepunkt. Ich denke, wir können mit einer ganzen Reihe Zuschauer rechnen.«

Er sah von seiner Suppe auf und zog die Augenbrauen hoch. »Ach ja?«

Sie lachte. »Sie haben doch sicher jedes Mal, wenn sie dort sind, die Gespräche gehört?«

»Ich fürchte, ich habe in der Stadt nur die Schmiede besucht.«

»Nun, wenn Sie im King's Head oder bei Mrs Cooper's Emporium gewesen wären, wüssten Sie, dass es das Stadtgespräch ist.«

Gareth hatte keine Ahnung, was das bedeutete. Welches Interesse sollten die Bewohner der Stadt daran haben, wenn in drei Meilen Entfernung ein Felsbrocken bewegt wurde?

Mrs Lombard öffnete den Mund und schloss ihn dann wieder. Nur, um ihn gleich wieder zu öffnen.

Es war deutlich, dass sie etwas sagen wollte, aber nicht genau wusste, wie. Gareth wartete.

»Ich möchte mir nichts anmaßen«, sagte sie, und ihre Wangen färbten sich ähnlich wie bei ihrem Sohn.

»Mrs Lombard, wenn Sie irgendetwas wissen, das ich hören sollte, sagen Sie es mir.«

»Ich wollte vorschlagen, dass sie das Ereignis mit einem kleinen Fest verbinden.«

»Einem Fest?«

»Nichts Förmliches. Einfach eine Gelegenheit, um Ihre Nachbarn kennenzulernen.«

Gareth bezweifelte, dass es ratsam war, ihr zu sagen, dass er sich große Mühe gegeben hatte, seine Nachbarn eben *nicht* kennenzulernen, und dass er sie aktiv gemieden hatte, als sie ihm nach seinem Einzug Besuche abgestattet hatten.

»Die Leute sind neugierig, was Sie betrifft, Mr Lockheart. Der Gutsbesitzer, der ein gesellschaftlicher Fixpunkt für die Gegend war, ist alt und gebrechlich und hat sich vom Großteil seines Besitzes getrennt. Ich glaube, Sie haben einen großen Teil davon gekauft?«

»Ja. Er hat keinen direkten Erben und verachtet seine gesamte restliche Familie. Ich glaube, er gilt als ziemlich exzentrisch.« Er hatte Spaß daran zur Abwechslung einmal *jemand anderen* als exzentrisch zu bezeichnen. »Der Gutsherr war sehr erpicht darauf, alles zu verkaufen, also habe ich seinen gesamten Landbesitz aufgekauft, das Haus eingeschlossen. Ich habe ihm dort lebenslanges Wohnrecht gewährt.«

»Ihnen gehört *alles* Land um das Dorf herum?«

»Ja.«

»Große Güte! Und die Pächter des Gutsherrn?«

»Sind nun meine Pächter.«

Ein Ausdruck des Verstehens entfaltete sich auf ihrem Gesicht.

Er konnte nicht widerstehen, zu fragen. »Was ist denn?«

»Das erklärt die neuen Dächer, das Drainagesystem und die übrigen Verbesserungen. Die Dörfler reden über kaum etwas anderes, wenn sie nicht gerade über den Transport des großen Felsens sprechen. Aber sie glauben, dass der Gutsherr dafür verantwortlich ist, was sie erstaunt hat, weil sie ihn als notorischen Geizkragen kennen, seit er im Besitz des Anwesens ist.«

»Ich habe den Wechsel der Verantwortlichkeiten vor den Bewohnern verborgen gehalten. Der Gutsherr ist alt; obwohl er weder liebenswürdig noch großzügig ist, glaube ich, es würde seine letzten Tage nicht angenehmer machen, wenn die Leute erführen, dass er nun selbst nurmehr ein Pächter ist.« Gareth blickte von Mrs Lombard zu den beiden Dienern hinüber, die vor dem Sideboard standen. Er sah sie eindringlich an, bis er sicher war, dass seine Botschaft angekommen war. Er bezahlte seinen Dienstboten das Doppelte von dem, was sie bei einem anderen Arbeitgeber in der Gegend verdienen würden; er erwartete dafür ihre Diskretion.

Der Ausdruck auf Mrs Lombards Gesicht war ihm unangenehm, also wechselte er das Thema. »Erzählen Sie mehr über diese Feier, die Ihnen vorschwebt.«

***

Eine andere Folge des Lebens ohne Declan war, dass Gareth nicht mehr jeden Abend Port trinken musste. Er hasste das Getränk und trank nur aus Gesellschaft ein Gläschen. Nachdem er einer Reihe geschäftlicher Abendessen beigewohnt hatte, war ihm aufgegangen, dass Geschäftsleute keinem Mann trauten, der nicht mit ihnen trank.

Nun aber konnte er Mrs Lombard nach dem Dinner in der Bibliothek Gesellschaft leisten, wo sie sich angewöhnt hatten, einige Stunden gemeinsam zu verbringen, bevor sie zu Bett ging. Er hatte keine Ahnung, ob sie seit jener nächtlichen Begegnung in der Küche noch immer durch die Flure geisterte, denn er war in seinem Zimmer geblieben, damit er es nicht herausfinden konnte. Seine Nächte folgten zugegebenermaßen einer recht langweiligen Routine, wenn sie sich verabschiedet hatte. Er arbeitete für gewöhnlich noch eine Stunde und ging dann hinauf, um seine aufgestaute Frustration an den armen Boxsäcken auszulassen. Chalmers hatte den kleineren bereits flicken müssen, nachdem eines nachts ein Saum aufgeplatzt war.

Wenn das nicht ausreichte, um ihn zu beruhigen, hatte er sich mit der Hand Erleichterung verschafft. Seit seiner Jugend hatte er sich nicht so oft selbst befriedigt. Und selbst das half ihm oft nicht, um einzuschlafen. Zumindest befreite es den Kopf für einige Stunden, damit er wieder denken konnte. Er hatte angefangen, sich Arbeit mit aufs Zimmer zu nehmen und seine Pläne und Empfehlungen in den frühen Morgenstunden niederzuschreiben.

Declan war nun seit einer Woche fort, und Gareth hatte noch immer nichts von ihm gehört. Er hatte sich eingeredet, dass er nicht damit anfangen würde, sich seinetwegen Gedanken zu machen, bis er den Transport des Felsens hinter sich gebracht hatte, also zehn Tage nach Decs Aufbruch. Direkt am Tag nach Abschluss dieses Vorhabens würde er aufbrechen und zunächst nach London reisen. Er kannte Declans Gewohnheiten fast ebenso gut wie seine eigenen. Er würde ihn in London antreffen, höchstwahrscheinlich in irgendeinem Bordell. Vielleicht sogar im Weißen Haus, obwohl er derbere Etablissements bevorzugte. Wo auch immer er steckte, Gareth würde ihn schon finden.

***

Erst zwei Tage vor Mr Lockhearts bevorstehender Abreise wurde Serena bewusst, dass sie mehr als nur ein wenig verliebt in ihn war.

Als besondere Belohnung hatte Oliver länger aufbleiben und mit den Erwachsenen im Speisezimmer zu Abend essen dürfen.

Es war Gareth, der darum gebeten hatte. Er war extra in ihre Werkstatt gekommen, um sie zu fragen.

Serena hatte nach Etiennes Besuch mit der Arbeit an der Statue begonnen, und sie machte gute Fortschritte. Sie besah sich die Skizzen, die sie um sich herum angeheftet hatte, als sie hinter sich ein Geräusch hörte. Sofort machte ihr Herz einen Satz, und hundert Gedanken rasten in der Sekunde durch ihren Kopf, in der sie sich umwandte: War es Etienne? War er zurückgekehrt, wie er angedroht hatte? Aber nein, er war es nicht.

»Bitte entschuldigen Sie die Störung, Mrs Lombard.« Seine hellgrauen Augen vermieden es angestrengt, die dutzenden überlappenden groben Skizzen an den Wänden zu betrachten. »Ich hörte, viele Künstler mögen es nicht, wenn man ihre Arbeit vor der Fertigstellung sieht.«

Serena lächelte. »Ich bin da nicht so empfindlich, Mr Lockheart. Wenn ich es wäre, hätte ich in dem Atelier, in dem ich gelernt habe, niemals überlebt. Dort gab es drei oder vier Lehrlinge, die gleichzeitig arbeiteten.« Sie schwieg einen Augenblick. »Würden Sie gern sehen, was Sie als Mittelpunkt Ihres Gartens in Auftrag gegeben haben?«

Er trat ein. »Ich weiß schon. Judith mit Mr McElroys abgeschlagenem Kopf.«

Serena lachte. »Das war böse von mir, nicht?«

Untypischerweise zeigte sich ein amüsiertes Glitzern in seinen Augen. »Ich würde gern sehen, woran Sie wirklich arbeiten.«

Als sie sich umwandte und er neben sie trat, war sie sich seiner körperlichen Nähe immens bewusst. Sie deutete auf die erste Zeichnung. »Das sind alle Seiten von der Frontansicht angefangen. Ich habe eine ungewöhnliche klassische Figur gewählt.«

Sie drehte den Kopf gerade noch rechtzeitig, um sein kleines, ironisches Lächeln zu bemerken. »Sozusagen für ein ungewöhnliches Haus und seinen ungewöhnlichen Eigentümer.«

»Etwas in der Art.« Sie deutete wieder auf die erste Skizze. »Das ist Coeus – haben Sie von ihm gehört?«

»Ich kenne mich nicht gut mit Klassik aus. Eine griechische Gottheit, nehme ich an?«

»So ähnlich, er war einer der Titanen, und wird mit dem Intellekt und einem forschenden Geist assoziiert.«

Als er schwieg, drehte sie sich zu ihm. Erst da fiel ihr auf, dass er nicht auf die Zeichnung an der Wand schaute, sondern auf ihr geöffnetes Skizzenbuch, in dem ein Bild seiner nackten Rückansicht zu sehen war. Bevor sie die Geistesgegenwart fand, das Buch zu schnappen, hatte er sich vorgebeugt und umgeblättert. Dieses Mal zeigte die Skizze die Frontalansicht, und es gab überhaupt keinen Zweifel, wen sie darstellte.

Er blätterte weiter und hörte erst auf, als er eine leere Seite aufschlug. Insgesamt waren es dreizehn Skizzen; sie hatte sie nie zuvor gezählt.

Serena war am ganzen Körper heiß; eine Mischung aus Scham, Peinlichkeit und Erregung erfüllte sie jedes Mal, wenn er eine Seite umblätterte.

Er sah zu ihr auf, seine grauen Augen erinnerten an den Winter, wie zugefrorene Seen. »Wie mir scheint, sind Sie mir gegenüber im Vorteil, Mrs Lombard.«

Serena versuchte zu lächeln, scheiterte aber kläglich.

»Ich würde ja sagen, die haben Sie aus dem Gedächtnis gezeichnet, aber die Detailtreue ...« Er schüttelte den Kopf, schaute in das Buch, blätterte und sah dann wieder auf. »Zweifelsohne ist es, als ob ich in den Spiegel sehe. Sie sind eine begabte Zeichnerin. Wann haben Sie die angefertigt?«

»Am Fluss.«

Er hob die Brauen über seinen frostigen Augen. »Sie waren dort?«

»Ich wollte nach Oliver sehen, aber als ich ankam waren Sie beide im Wasser und hatten so einen Spaß. Wenn ich Sie gestört hätte? Ich meine ...« Sie zuckte mit den Schultern.

»Stattdessen haben sie spioniert und mich gezeichnet.« Es war keine Frage.

Sie holte tief Luft. »Es tut mir leid, Mr Lockheart. Ich hätte nie ...«

Er hob die Hand, und sie schwieg.

»Ich möchte Ihre Entschuldigung nicht, Mrs Lombard.«

»Oh?« Die einzelne Silbe kam mehr wie ein Quietschen über ihre Lippen als ein Wort.

»Nein, ich möchte eine Gelegenheit, eigene Zeichnungen zu machen.«

»*Was?*«

Er nickte, sein Gesichtsausdruck war ernst und schwer zu lesen wie immer.

»Ich ...« Sie räusperte sich und versuchte es noch einmal. »Ich fürchte, ich weiß nicht, was Sie damit sagen wollen.«

Er blickte hinaus auf den kleinen Pferch, und seine Pupillen verengten sich im Sonnenlicht. Es war ein warmer Tag, der bisher wärmste in diesem Frühling.

»Es ist ein schöner, warmer Tag, um schwimmen zu gehen.«

»Nein«, stieß sie hervor, als sie plötzlich mit schmerzhafter Klarheit begriff, was er sagen wollte. »Ausgeschlossen.«

»Ja.« Er nahm seine Uhr heraus und warf einen Blick darauf. »Es ist kurz nach elf. Ich habe noch einige Dinge zu erledigen, sollte aber in einer Stunde fertig sein.« Er steckte die Uhr wieder ein. »In einer Stunde wird es auch wärmer sein. Sagen wir also, Punkt zwölf.« Er wandte sich um und verließ den Stall.

Serena starrte ihm hinterher; er erwartete, dass sie mit ihm schwimmen ging? Der Mann musste verrückt sein!

***

Wie sich herausstellte, hatte Mr Lockheart nicht vor, mit ihr zu schwimmen. Als Serena zur vereinbarten Zeit eintraf, saß er auf einer Decke unter einem Baum, und neben ihm lag etwas, das nach einem Skizzenblock aussah.

Als sie sich näherte, wandte er sich um und holte wieder seine verfluchte Uhr heraus. »Ausgezeichnet, Sie sind pünktlich.«

»Ich bin nur gekommen, um Ihnen zu sagen, dass ich nicht vorhabe, mit Ihnen schwimmen zu gehen.«

»Das habe ich auch nicht vor.«

Sie ließ die Schultern sinken und lachte erleichtert. »Sie haben so ernst ausgesehen, ich konnte nicht einschätzen, ob Sie scherzen. Ich hätte es ahnen sollen.«

»Ich habe nicht gescherzt, Mrs Lombard. Ich scherze nie.«

»Wie bitte?«

»Es ist wahr. Ich fürchte, mir fehlt die Gehirnwindung, die man für Humor benötigt. Ich sagte nur die Wahrheit: *Ich* habe nicht vor, zu schwimmen. Ich bin zum Zeichnen da.« Er deutete auf sein Buch. Sie konnte erkennen, dass es sich um ein Kassenbuch handelte. Vermutlich hatte er so schnell nichts anderes finden können.

»Ich kann nicht glauben, dass Sie das ernst meinen.«

»Ich bin sehr ernst.«

»Das ist ziemlich ... *biblisch*, nicht wahr? Auge um Auge und so etwas?«

Er legte den Kopf schräg, als ob er darüber nachdächte. »Ja, ich schätze, so könnte man es ausdrücken.«

Sie stemmte beide Hände in die Hüfte. »Und wie würden Sie es ausdrücken?«

»Ich würde es sicher nicht Rache nennen. Bezahlung vielleicht.«

»*Bezahlung*?«

»Soweit ich weiß, beschäftigen Bildhauer doch Modelle, oder nicht?«

»Nun ... ja, aber was hat das *hiermit* zu tun?« Sie machte eine vage Geste auf ihre Umgebung.

»Sie haben mich gezeichnet, aber nicht dafür bezahlt. Ich sollte als Bezahlung also *Sie* zeichnen.«

»Warum zahle ich Ihnen nicht einfach den üblichen Stundenlohn eines Modells?«

Seine Mundwinkel verzogen sich zu einem leichten Lächeln. »O nein, Mrs Lombard. So geht das nicht.«

Serena war sprachlos, ein Zustand, der für sie äußerst selten war. Sie funkelte ihn an, aber er starrte nur gelassen zurück.

Sie kniff die Augen zusammen. »Nun gut. Sie wollen mich schwimmen sehen? Dann werde ich eben schwimmen.« Sie stapfte auf das Flussufer zu, und erwartete, dass er sie jeden Augenblick zurückrief. Aber das tat er nicht. Sie blieb am Ufer stehen und wandte sich um. »Sie wollen mich also zwingen, das zu tun?«

Er zuckte übertrieben mit den Schultern. »Wenn Sie es vorziehen, Ihre Kleidung nass zu machen, anstatt sie auszuziehen, steht es Ihnen frei.«

Serena schloss die Augen und lachte.

Zieh sie schon aus; du weißt, dass du es willst. Du willst, dass er dich sieht.

Serena musste der lästigen inneren Stimme recht geben. Sie hatte schließlich mehr als einmal für Monsieur Favel Modell gestanden, wenn er oder einer der anderen ein weibliches Modell benötigt hatte.

Nachbildungen ihres Körpers waren also überall in Europa zu finden, bewaffnet mit Schilden, geflügelten Helmen und römischen Gewändern, die eine Brust freiließen.

Sie wollte, dass er sie sah. Ihr Körper, wenn auch jetzt der einer reifen Frau, war üppig und sinnlich, und Männer fanden sie attraktiv. Es gab nichts, dessen sie sich schämen müsste, und ihr ging ohnehin die anerzogene Scham einer Engländerin ab, was Nacktheit anging.

Sie sah sich um, und ihr Blick wandte sich dem Hügel zu, von wo aus sie ihn beim Baden beobachtet hatte.

Er folgte ihrem Blick. »Ich habe Jessup angewiesen, dass ich allein sein möchte und dieser Bereich des Flusses für das Dienstpersonal Tabu ist. Heute arbeiten die Männer nicht, weil für Morgen alles vorbereitet ist. Ich denke, die Chance, von irgendjemandem überrascht zu werden, liegt bei weniger als elf Prozent.«

Sie wollte ihn fragen, wie er auf eine so lächerliche Zahl kam, aber es hatte keinen Sinn, das Unvermeidliche aufzuschieben.

Ihr Kleid war die Art Tageskleid, die Frauen aus bescheidenen Verhältnissen trugen. Es war im Nacken und unter der Brust geschnürt, wo das Mieder gerafft war, damit es unterschiedlichen Größen gerecht wurde und ohne große Änderungen von einer neuen Besitzerin getragen werden konnte. Sie legte zunächst ihre Stola ab und warf sie auf den Boden. Als ihr Blick darauf fiel, erinnerte sie sich an seinen Hang zur Ordnung. Tja, das war zu dumm. Sie löste das Band ihrer Haube und schleuderte sie einen halben Meter in die andere Richtung und genoss, wie er die Stirn bei dem Anblick in Falten legte, als ob es ihm körperliches Unbehagen bereitete, wie sie wahllos ihre Kleidungsstücke verstreute.

Sie bückte sich, um die erste der robusten Stiefeletten aufzuschnüren und dann die andere. Dann erhob sie sich und schleuderte die Schuhe mit den Füßen in zwei unterschiedliche Richtungen.

Gareth sprang auf. »Mrs Lombard.« Er wurde nicht laut, aber er betonte ihren Namen mehr als sonst.

Sie hielt inne und sah ihn unschuldig und mit großen Augen an.

»Ja, Mr Lockheart?«

Er machte eine vage, unruhige Handbewegung.

»Vielleicht möchten Sie Ihre Kleider hierher auf die Decke legen. Ordentlich.«

»Nein.«

»Nein?«

Sie hätte beinahe laut losgelacht.

»Sie wollten, dass ich mich ausziehe und baden gehe, Sir. Folge ich nicht genau Ihren Anweisungen? Soll ich nun weitermachen?«

Sie konnte seinen Kiefer mahlen sehen und glaubte beinahe, trotz des rauschenden Wassers seine Zähne knirschen zu hören.

Er setzte sich wieder, dieses Mal mit kerzengeradem Rücken und einem Ausdruck grimmiger Entschlossenheit im Gesicht. Er begann Serena ein wenig leid zu tun, weil sie wusste, wie ihn dieser Wirbelsturm der Kleidungsstücke quälte. Aber dann dachte sie daran, dass das Ganze schließlich seine Idee gewesen war. Sie löste das Band in ihrem Nacken.

***

Die Ereignisse der vergangenen Stunde und siebenundzwanzig Minuten waren in seiner Erinnerung etwas verschwommen. Tatsächlich hatte er nicht mehr vollständig klar gesehen, seit er die Akt-Zeichnungen von sich in Mrs Lombards Skizzenbuch entdeckt hatte. Sein Gehirn, das eigentlich sein verlässlichstes Körperteil war, hatte ihn vollkommen im Stich gelassen. Stattdessen war es, als ob er von einer fremden teuflischen Wesenheit in Besitz genommen worden wäre, die seiner körperlichen Hülle skrupellos schockierende Befehle erteilte. Es waren zwar Befehle, die seine volle Zustimmung fanden, aber er hätte nicht für möglich gehalten, dass er fähig wäre, sie so meisterhaft auszusprechen.

Für ihn war es einer der vergnüglichsten Tage seines Lebens gewesen, bis sie damit angefangen hatte, Unordnung in sein Vergnügen zu bringen, indem sie ihre Kleider wahllos in der Gegend verstreut hatte; so etwas konnte doch kein Mensch normal finden.

Jetzt war sein Geist zwiegespalten. Der Kobold, der diesen Nachmittag der beispiellosen Dekadenz inszeniert hatte, genoss den Anblick in vollen Zügen. Davon zeugte eine Erektion von neun Komma neun bis zehn Punkten auf der Mohsschen Härteskala für Mineralien.

Aber dieses absolute *Chaos* um sie herum!

Auf ihren Lippen lag ein Lächeln, das er bei ihr noch nie gesehen hatte, ... als ob sie ... *sich über ihn lustig machte.* Aber das war unmöglich. Schließlich war *er* angezogen.

Sie griff in ihren Nacken, und das gesamte Leben schrumpfte auf diesen einen Augenblick zusammen. Ihre Blicke trafen sich, als sie das Band löste und der Ausschnitt tiefer rutschte. Mit der anderen Hand griff sie hinter ihren Rücken, und ihre Bewegungen wirkten geschmeidig und geübt wie Schritte eines erotischen Tanzes.

Als sie das zweite Band löste, machte es keinen sichtbaren Unterschied, bis sie ein wenig daran zog und sich das Kleid weiter öffnete, bis es von ihren Schultern glitt und auf der Hüfte hängenblieb.

Seine Brust schmerzte, und er stellte fest, dass er vergessen hatte, zu atmen. Er holte tief Luft, als sie aus dem Kleid stieg und zu ihm herüberkam.

Sein Blick wanderte von dem unordentlichen Haufen Kleidung zu ihrem schlichten Korsett aus Steifleinen, das ihr eine Sanduhrform gab.

Unter dem Korsett trug sie eine hauchdünne Chemise, und um ihre Taille war ein einzelner Unterrock aus ungefärbtem Musselin gegürtet.

Er blickte in ihr Gesicht, als er sah, dass sie sich nicht weiter entkleidete. Sie lächelte, griff dann nach dem Taillenband des Unterrockes und löste es, indem sie einfach einmal daran zog.

Wieder glitt der Stoff lautlos zu Boden.

Sie ließ ihn ebenso achtlos und gleichgültig zurück wie ihr Kleid, doch er sah jetzt *nur noch sie*. Wie ein Schiff, das im Eis feststeckte, ruhte sein Blick auf ihren Strümpfen, Strumpfbändern und dem Saum der Chemise, die glücklicherweise kurz war, und auf dem enganliegenden Kleidungsstück, das ihre Figur wie die ultimative Manifestation männlicher Fantasien erscheinen ließ.

Ihre Kleidung war schlicht und im Falle der Chemise fadenscheinig (*Gott sei Dank! Gott sei Dank!*). Aber er war noch nie so erregt gewesen, nicht einmal beim Anblick von Venetia in der feinsten Spitze und Seide.

Sie beugte sich weit genug vor, um ihm einen kurzen Einblick auf ihren prächtigen Busen zu gönnen, löste ein Strumpfband und warf es hinter sich.

Gareth stöhnte auf, ein Laut, der an ein Tier erinnerte und für den er sich zutiefst schämte. Sie lächelte und löste auch das zweite Band. Dieses warf sie direkt in seinen Schoß, der mittlerweile einem Zelt glich.

Die Strümpfe rutschten, und sie rollte den ersten abwärts, dann den zweiten und knüllte sie zu einem Ball zusammen, weswegen er kurz die Augen schließen musste. Dann warf sie den Ball irgendwo zur Seite.

Sie griff wieder hinter ihren Rücken, um die Schnürung zu erreichen. Dabei drückte sie ihre Schultern auf eine Weise zusammen, dass ihm die Spucke wegblieb. Sie zupfte die Schnürung auf und benutzte beide Hände, um das einengende Kleidungsstück zu lösen, bis auch das zu Boden glitt.

Die Sonne stand in ihrem Rücken, und er konnte sofort sehen, dass das Korsett sich lediglich an ihre natürliche Form angeschmiegt und sie nicht geformt hatte.

Sie machte noch einen letzten Schritt auf ihn zu, und ihr Fuß berührte die Decke.

Gareth schluckte. Sein Gesicht war auf einer Höhe mit dem Scheitelpunkt ihrer langen, wohlgeformten Beine. Der Saum ihrer Chemise flatterte um ihre Knie, und der Wind spielte damit, als wollte er ihn verspotten.

Sie schob das neue Kassenbuch, das er mitgebracht hatte, mit dem Zeh beiseite. »Sie sollten besser anfangen, zu zeichnen, Mr Lockheart, ich möchte die Ergebnisse nämlich begutachten.« Ohne auf eine Reaktion von ihm zu warten, wandte sie sich um und ging zurück, allerdings nicht zum Ufer, sondern zu dem großen Felsen, der über den Fluss ragte. Sie würde springen.

Reue packte ihn wie eine Faust, und er öffnete den Mund, um zu sagen, dass er es sich anders überlegt hatte, aber es war zu spät: Sie sprang, wobei sie sich mit einer Hand die Nase zukniff und mit der anderen den Saum der Chemise unten hielt.

Gareth war bereits am Ufer, als sie prustend auftauchte. Er hatte die Decke mitgenommen und hielt sie ihr hin.

»Mrs Lombard, lassen Sie mich Ihnen die Decke umlegen, bevor sie sich noch den Tod holen.«

Sie wischte das Wasser aus dem Gesicht, aber es lief noch mehr aus ihrem Haar. »Was?«, fragte sie mit klappernden Zähnen.

»Wo ist ihr Sk-sk-skizzenbuch, Mr Lockheart?«

»Seien Sie nicht so stur. Kommen Sie und legen Sie die um.«

Ihr Gesicht war blau und ihr Ausdruck trotzig, aber sie kam dennoch zu ihm.

»Grundgütiger!«

Bei seinen Worten blieb sie stehen und folgte seinem Blick. Sie sah nackter aus als nackt, weil sich das hauchdünne Gewebe um ihre wundervollen Kurven gelegt hatte, sodass sich das dunkle Dreieck zwischen ihren Schenkeln und ihre harten, rosa Brustwarzen auf ihren festen, vollen Brüsten abzeichneten.

Gareth bemerkte, dass er die Decke hatte fallenlassen und hob sie wieder auf, ohne den Blick von ihr zu nehmen.

Ihr Gesicht hatte auf der kurzen Strecke einen rosigen Schimmer angenommen, und Gareth drapierte die Decke um ihre Schultern wie ein Cape. Dann zog er sie an sich, umfing ihr Gesicht mit den Händen und neigte ihren Kopf nach hinten.

KAPITEL VIERZEHN

Serena hatte noch nie im Leben so gefroren, aber als sein Blick über sie wanderte war es, als ginge sie in Flammen auf. Und als er schließlich seine Lippen auf ihre senkte, vergaß sie die Kälte vollends und schlang die Arme um seine schmale Taille. Dieses Mal legte sie beide Handflächen auf seinen Hintern. Er gab einen gedämpften Laut der Zustimmung von sich und drängte sich näher an sie. Das weiche Leder seiner Kniebundhosen fühlte sich an ihrem Bauch glatt und kühl an.

Er küsste sie, als ob er sie verschlingen wollte, seine Lippen waren fordernd, seine Zunge energisch, seine Zähne zupften an ihren Lippen, während er mit kräftigen Fingern ihren Nacken bis hinab zu ihren Schultern massierte. Er zog sich zurück und lehnte seine Stirn gegen ihre. Sein Atem war stoßartig.

»Wenn Sie möchten, dass ich aufhöre, müssen Sie es jetzt sagen.«

Sie schob ihre Hände unter den Bund seiner Hose und zog sein Hemd heraus. Es kam ihr vor, als wäre es meterweise Stoff, bevor sie endlich sein heißes, hartes Fleisch spürte.

Er sog scharf die Luft ein, als sie seine Form ertastete. Mit den Daumen strich er über ihre Schlüsselbeine, während er sich vom Flussufer entfernte. »Nicht hier draußen. Lass uns hier unter die Bäume gehen.«

Serena hielt mit einer Hand die Decke zusammen, die um ihre Schulter lag, nahm seine Hand und folgte ihm unter das Blätterdach der Bäume. Er schlüpfte aus seiner enganliegenden Jacke.

»Zieh die Chemise aus und zieh das hier an, dann wird dir wärmer.«

Sie ließ die Decke los. Es erregte sie, wie sich seine Gesichtsmuskeln anspannten und seine Pupillen weiteten, was seine eisgrauen Augen zu großen, dunklen Seen auftaute. Ganz langsam zog sie die nasse Chemise über den Kopf.

Er murmelte etwas, das wie eine Bestätigung klang, und ein triumphierendes Lächeln stahl sich auf ihre Lippen, als sie sich aus dem klammen Kleidungsstück befreite.

Sie wollte es zur Seite werfen, aber er nahm es ihr ab und schüttelte den Kopf.

»Nein.« Er gab ihr die Jacke und sah zu, wie sie hineinschlüpfte. Sein Blick fixierte sie scharf wie der eines Raubtiers. Seine Rockschöße, die bei ihm gerade bis zu den Kniekehlen reichten, kitzelten ihre Knöchel. Als sie bedeckt war, nahm er ihre dünne, nasse Chemise und breitete sie in der Sonne zum Trocknen aus.

In seiner Jacke wirkte sie noch kleiner, und sein sauberer Duft ließ ihr schwindlig werden. Sie schloss die Augen und zitterte vor Erwartung.

»Ist dir kalt?« Seine Stimme erklang dicht bei ihrem Ohr, und sein heißer Atem strich über ihre Schläfe. Er verteilte sanfte Küsse hinter ihrem Ohr. »Dann werde ich dich aufwärmen.«

Er schob die starken, warmen Hände unter die Jacke und legte sie auf ihre Hüfte. Leicht umfasste er ihre Taille. Dabei kam sie sich klein und zierlich vor, auch wenn sie wusste, dass sie weder das eine noch das andere war.

»Mmmm«, summte er an ihrem Ohr. Er zeichnete die Linie ihres Kiefers mit Küssen nach, bog ihren Kopf nach hinten und knabberte und leckte die Stelle unter ihrem Kinn. Er nahm sich Zeit und konzentrierte sich mehr auf ihr Vergnügen als auf seines. Einen solchen Überfall hatte sie noch nie erlebt. Ihre Arme hingen nutzlos an ihren Seiten hinab, während er seine Hände über ihren Oberkörper wandern ließ. Er leckte, küsste und schmeckte die Haut an ihrem Hals, bewegte sich abwärts und küsste ihre ungewöhnlich sensiblen Schlüsselbeine, bis er bei ihren Brüsten anlangte.

Serena schrie auf, als er für einen kurzen Augenblick mit seiner heißen Zungenspitze eine kalte, steife Brustwarze berührte. Sie presste sich gegen ihn. *Mehr.*

Er umschloss sie mit den Lippen und saugte an ihrer Knospe, bis ihre Brust wieder Wärme abstrahlte. »So wunderschön«, flüsterte er in die Kuhle zwischen ihren Brüsten, und dann widmete er sich der anderen Brustwarze und neckte sie, bis Serena sich auf die Unterlippe beißen musste, um nicht zu schreien.

Plötzlich verschwand seine Hitze, und sie öffnete die Augen.

»Komm her.« Er nahm ihre Hand und zog sie mit sich auf die Decke. Seine Hände glitten unter die Jacke, die sie trug, seine Jacke, und er umfasste ihren Hintern mit kräftigen Händen. Er drückte ihren Körper gegen seinen. Lippen und Zähne bewegten sich über die Haut an ihrem Hals, Kiefer und Ohr, während seine Hände, diese vorwitzigen, sündhaften Hände, sie streichelten, reizten und kneteten.

»Knöpf meine Hose auf.«

Bei diesem Befehl, den er mit solch unterdrückter Leidenschaft hervorgepresst hatte, pulsierte die Lust durch ihren Körper. Sie schob die Hand zwischen ihre Körper und streichelte die lange, harte Ausbeulung, die gegen das weiche Leder seiner Hose drückte.

Er stöhnte, und sein Griff wurde fester, Finger gruben sich in ihr weiches Fleisch. Sie streichelte ihn wieder und wieder und wieder, bis sein kräftiger Körper vor Verlangen vibrierte, und dann öffnete sie mit einigen geschickten Bewegungen seinen Hosenlatz und befreite ihn.

Er keuchte, und sein Atem war rau, als sie ihn berührte. Er drehte sich auf den Rücken und zog sie mit sich. Die Lider über seinen grauen Augen waren schwer, als er den Blick in ihren senkte. »Der Boden ist hart und ich möchte dir nicht wehtun«, erklärte er in einer vor Lust heiseren Stimme, die sie kaum wiedererkannte. »Ich will, dass du mich reitest, Serena.«

Seine ungeschönten Worte ließen sie erzittern. Sie machte sich an den Knöpfen seiner Weste zu schaffen und drückte sich auf die Knie hoch. Er sah mit einem verträumten, sinnlichen Blick und einem Ausdruck der Verzückung auf seinen harten, angespannten Gesichtszügen zu, wie sie sich rittlings über seiner Hüfte positionierte.

Als sie die Weste geöffnet hatte, schob Serena sein Hemd nach oben und stöhnte vor Verwunderung über das Gitter aus harten Muskeln unter ihren Händen. Sein definierter Bauch bewegte sich und spannte sich an, wenn er Luft holte, seine Hände hielten sie fest, während er die Hüfte bewegte und seine harte Männlichkeit an ihrer empfindlichsten Stelle rieb.

Das war zu viel für Serena, ihre Lider flatterten und schlossen sich. Sie saugte ihre Unterlippe zwischen die Zähne, als er beständig hart und glatt gegen sie rieb.

Als sie die Augen wieder öffnete sah sie, dass er sie mit fest aufeinandergepressten Kiefern genau beobachtete, während er vorwärts stieß. Das leichte Lächeln auf seinen Lippen war das eines Mannes, der Vertrauen in seine Fähigkeit hatte, ihr Vergnügen zu bereiten.

»Berühr dich selbst.« Er sprach diese schockierenden Worte in einem vollkommen selbstverständlichen Ton aus, was sie noch schockierender machte. Auf ihren ungläubigen Blick hin nickte er. »Ja. Berühre deine Brüste, deine Knospen. Streichle sie für mich.«

Sie schluckte geräuschvoll genug, dass man es auch über ihren keuchenden Atem und den in der Ferne gluckernden Fluss noch hören konnte. Sie strich langsam an ihren Rippen aufwärts, bis ein Finger die Spitze ihrer Brust berührte. Seine Hände klammerten sich schmerzhaft um ihre Hüfte und seine Stöße wurden unregelmäßig.

»Mehr«, presste er zwischen den Zähnen hervor.

Sie steckte einen Finger in den Mund und befeuchtete ihn, bevor sie damit ihre andere Brustwarze umkreiste. Seine Lippen öffneten sich, sein Atem wurde rauer, und er kämpfte damit, den Rhythmus seiner Stöße beizubehalten. Serena ließ den Kopf in den Nacken sinken, und gab sich den Empfindungen hin, die in ihr aufwallten. Sie nahm zwar wahr, dass er noch nicht in sie eingedrungen war, und doch trieb er sie stetig und erbarmungslos ihrem Höhepunkt entgegen, indem er sich an ihrer empfindlichsten Stelle rieb, bis ihr gesamter Körper vor köstlicher Anspannung vibrierte. So lange, bis sie keine weitere Sekunde mehr aushalten konnte. Sie kam heftig, Wellen der Lust liefen durch ihren Körper, spülten übereinander hinweg und zogen sich zurück, nur um wieder und wieder über sie hinwegzuwaschen.

Sie bemerkte vage, dass er aufgehört hatte, sich zu bewegen, und sie blickte zu ihm hinunter. Er sah sie hingerissen und hungrig an.

»Ich will in dir sein.«

Sie nickte zittrig und drückte sich von ihm hoch.

Seine Hand bewegte sich zu der Stelle, an der sie sich berührten, und er positionierte sich an ihrer Öffnung. Als er die Hüfte hob, nahm sie ihn tief in sich auf. Sie keuchten beide, als sie ihn ganz umfing. Der Nachhall ihres Höhepunkts zog die Muskeln um seinen dicken Schaft zusammen. Sein Körper zuckte und bog sich durch, die Muskeln in seinem Bauch, seiner Brust und den Schultern traten so deutlich hervor, dass sie wie aus feinstem Alabaster gemeißelt erschienen.

Serena beugte sich vor, bis ihre Brust seine berührte. Sie krallte die Finger in die Decke neben seinen Schultern, als sie die Hüfte kippte, um ihn noch tiefer hineinzulassen. Wenige Zentimeter trennten ihre Gesichter, und aus dieser Nähe sah sie die feinen, eisigen Scherben, aus denen seine Iriden zu bestehen schienen. Sie spannte die inneren Muskeln an, und seine Augen weiteten sich, seine Hände lagen zart wie Schmetterlinge auf ihrer Hüfte.

Sie ließ das Becken kreisen, und seine Nasenflügel blähten sich. Er packte ihre Taille fester, aber er übernahm nicht die Kontrolle über ihr Liebesspiel. Er ließ sie die Geschwindigkeit, die Tiefe und den Rhythmus vorgeben. Die blasse Haut seines Gesichts färbte sich vor Leidenschaft, als sie ihn unerbittlich bis zu seinem Höhepunkt ritt. Ihr eigener Körper war vor Erwartung angespannt, und sie konzentrierte sich auf seinen Genuss, nachdem er ihr einen solch exquisiten bereitet hatte.

Und als er erstarrte und aufschrie, entglitten seine schönen Züge seiner strengen Kontrolle, und er pulsierte tief in ihr. Serena empfand ein Gefühl des Triumphs, als hätte sie soeben ein besonders gutes Kunstwerk erschaffen.

***

Gareth wurde sich erst nach und nach des Steins bewusst, der sich in seinen Nacken bohrte und des Zweigs, der ihn in den unteren Rücken piekte; es war ihm gleichgültig. Der warme, weiche Körper, der auf seinem lag, war tausend Mal so viele Unannehmlichkeiten wert. Er war noch immer in ihr, sein Schwanz vor Freude so entrückt, dass er noch nicht vollständig wieder abgeschwollen war. Tatsächlich wollte er sie gleich wieder, bevor er noch aus dem angenehmen Nebel aufgetaucht war, der seinen Körper und sein Hirn einhüllte.

Sie bewegte sich etwas, und das feste Rund ihrer nackten Brüste auf seiner Brust ließ ihn wieder hart werden.

Sie bebte leicht, und ihm wurde bewusst, dass sie lachte.

Gareth lehnte sich zurück, so weit er konnte – was nicht weit war – und hob ihr Kinn an, bis er ihr gerötetes Gesicht und ihr schalkhaftes Lächeln sehen konnte.

»Sie finden meinen Zustand also amüsant, Mrs Lombard?«

Jetzt lachte sie richtig und vergrub ihr Gesicht an seiner Brust. »Sehr.«

»Hmpf.«

Nun musste sie erst recht lachen. Darüber musste auch er lächeln. Es *war* lustig, wenn man darüber nachdachte. Männer waren gleichermaßen Anhängsel ihres Fortpflanzungsorgans wie umgekehrt.

Gareth spannte seinen schnell anschwellenden Schwanz an und spürte, wie sich ihre Muskeln als Reaktion zusammenzogen. Er stöhnte, als Wellen der Lust seinen Körper durchliefen.

Sie stützte sich auf und verschränkte die Arme auf seiner Brust. Sie betrachtete ihn mit einem fragenden Blick. »Du hast keine Zeichnungen gemacht.«

Gareth lächelte über ihre unerwarteten Worte, und sie sah mit großen Augen auf ihn hinab. »Du *kannst* also lächeln!«

»Ja, das kann ich.« Gareth schob sich eine feuchte Haarsträhne aus der Stirn. »Aber ich kann nicht zeichnen.«

»Jeder kann malen.«

Er schüttelte den Kopf. »Ich nicht.«

Ihre Lippen zitterten. »Sie möchten mich anscheinend zum Weinen bringen, Mr Lockheart. Das ist das Traurigste, was ich je gehört habe. Ich glaube, dass ich Ihnen das Gegenteil beweisen muss.«

»Ach ja?« Gareth stellte fest, dass er die Hände nicht von ihr lassen konnte und streichelte sie von ihrer schmalen Taille bis zu ihrem üppigen Hintern. Sein Schwanz sprang dieses Mal von selbst nach oben.

Ihre Lider senkten sich herab, und ihr Griff um ihn verengte sich.

Gareth schluckte. Würde sie ihn ...

Sie beugte sich hinunter und küsste seine Brust an der Stelle, wo das V seines zerknitterten Hemdes sich öffnete. »Du hast wenig Brusthaar.«

Seine Hände erstarrten.

Sie *leckte* ihn. »Du bist wie eine Skulptur.«

Gareth räusperte sich. Bei jedem Streich ihrer Zunge hatte er das Gefühl, als befänden sich Fremdkörper in seinem Hals. »Ist das jetzt gut oder schlecht?« Seine Stimme klang wie ein Krächzen.

Er spürte ihr Lachen an seiner feuchten Haut, ihre Zunge und Lippen bewegten sich auf seine rechte Brustwarze zu.

Gareth stöhnte und rollte sie beide auf die Seite. Sie schob ein Bein über seine Hüfte und machte mit ihren verwirrenden Zungenspielen weiter, während er begann, sich zu bewegen. Seine Hand schob sich zwischen ihre Körper.

»Mmmm. Ja, bitte«, flüsterte sie, als er mit dem Daumen über ihre feuchte, geschwollene Perle strich.

Dieses Mal bewegte er sich langsam. Seine Bewegungen waren genießerisch und intensiv, seine Muskeln speicherten ihre Reaktionen für zukünftige Begegnungen, und er hoffte, dass er dieses Wissen bald wieder brauchen würde.

***

Gareth sammelte ihre Kleider auf und ging zum Flussufer, während sie sich ankleidete.

Sie entwirrte ihr feuchtes Haar mit den Fingern, zwirbelte es zu einem schweren Seil und steckte es mit den wenigen Nadeln fest, die sie noch finden konnte. Sie sagte sich, dass sie aussehen würde wie immer, wenn sie die nasse, wirre Mähne mit ihrer Haube bedeckte.

Sie war gerade damit fertig, die Decke auszuschütteln und zu falten, als eine Stimme vom Hügel aus zu hören war.

»O hallo!«

Serena hob ruckartig den Kopf, und ein unanständiges Wort entschlüpfte ihr. Sie warf einen Blick zum Flussufer und sah, dass Gareth zu weit entfernt war, als dass er sie hätte hören können. Aber er hatte Etienne gehört, denn sein Gesicht hatte zum ersten Mal, seit sie ihn kannte, einen regelrecht finsteren Ausdruck angenommen. Er sah ... bedrohlich aus, als er die Uferböschung hinaufstapfte, um den Fremden zu erreichen, der auf seinen Besitz eingedrungen war.

»Mr Lockheart!«

Er blieb sofort stehen und wandte sich um.

Sie lächelte reumütig, was vermutlich eher wie eine Grimasse aussah. »Das ist mein Cousin, fürchte ich.«

»Ihr Cousin?« Er schaute von Etienne, dessen Kleidung eher in ein Bordell gepasst hätte als zu einem Tag auf dem Lande, wieder zu Serena.

Sie ging auf ihn zu, wobei sie Etienne nicht aus dem Blick ließ. Der grinste von einem Ohr zum anderen und winkte mit seinem Gehstock als er in seinen Reitstiefeln den Hügel abwärts stolperte.

»Sein Name ist Etienne Bardot. Ich habe, glaube ich, erzählt, dass meine Mutter Französin war?«

»Ja, das hast du erwähnt.« Sein Blick wirkte wieder unerreichbar wie der Mond. »Lebt er in der Gegend?«

»Nein. Er kam vor einigen Tagen auf seinem Weg nach Dover vorbei.« Sie sah ihm an, dass er es eigenartig fand, dass niemand einen Besucher erwähnt hatte, und fügte eilig hinzu: »Es war nur eine Stippvisite, er hatte geschäftlich zu tun, aber er sagte, dass er auf dem Rückweg noch einmal vorbeischauen würde.« Sie blickte in seine verhangenen Augen, die so anders waren als noch Minuten zuvor, und hätte weinen mögen. Das kleine bisschen Vertrautheit, das sich zwischen ihnen entwickelt hatte, war verschwunden. »Es gibt keinen Grund, warum ...«

»Man sagte mir, dass ich dich hier finden könnte, Serena, aber ich wusste nicht, dass du nicht allein bist.« Etiennes verschlagenes Lächeln und der Glanz in seinen Augen weckten in ihr den Wunsch, ihn zu schlagen.

»Mr Lockheart, dies ist Etienne Bardot, mein Cousin. Etienne, dies ist mein Arbeitgeber, Mr Lockheart.«

Etienne machte eine glaubhafte Verbeugung. »Es ist mir ein Vergnügen, Sir. Meine Cousine hat mir viel von Ihnen erzählt«, log er.

Auch wenn es Gareth im Gesicht nicht anzusehen war, wusste Serena, dass dem überaus verschlossenen Mann diese Neuigkeit überhaupt nicht gefallen würde.

»Ich habe meinem Cousin von meinem Auftrag hier erzählt, Mr Lockheart.« Sie warf Etienne einen giftigen Blick zu, den er ignorierte.

»Ach, dann bist du gewiss hier, um zu sehen, ob man den Fluss schöner gestalten kann?«

Serena wollte nicht auf sein zweideutiges Lächeln und die Anspielung reagieren.

»Wir waren gerade auf dem Rückweg, als Sie kamen.« Gareth' Stimme war ebenso eisig wie sein harter grauäugiger Blick, und auch Etiennes gute Laune wurde von dem kühlen Tonfall des anderen gedämpft.

»Selbstverständlich, natürlich. Ich werde Sie begleiten, wenn Sie nichts dagegen haben.«

Sie stiegen den Hügel hinauf, wobei Etienne mit seinem unpassenden Schuhwerk immer wieder abrutschte.

»Sie kommen gerade aus Dover, sagte Mrs Lombard.«

»Ja, richtig.« Etienne verzog beim Anblick eines dicken Schlammspritzers auf der Spitze seines vormals glänzenden Stiefels das Gesicht.

»Sie hatten dort geschäftlich zu tun?«

»Ja, das hatte ich.« Er versuchte, den Matsch mit dem Stock zu entfernen, traf dabei allerdings nur seinen Zeh. »Verflucht!«

Gareth räusperte sich, und Etienne sah auf. Sein Blick fiel auf die hochgezogenen Augenbrauen des anderen Mannes und auf Serenas wütenden Gesichtsausdruck.

»Oh, bitte verzeih meine vulgäre Ausdrucksweise, Cousine.« Er ließ von seinem Stiefel ab und lächelte den Gastgeber an. »Ich habe verschiedene geschäftliche Interessen dort.«

»Ich auch«, entgegnete Gareth. »Vielleicht haben wir weitere Gemeinsamkeiten?«

Etiennes schlechtes Gewissen ließ ihn besorgt erscheinen.

»Mehr?«

»Ja, außer unserer gemeinsamen Bekannten, Mrs Lombard, meine ich.«

»Ach, ich verstehe.« Er schmunzelte sichtlich erleichtert. Serena hatte zuvor nicht bemerkt, wie dumm er war. Und welch ein schlechter Schauspieler. Gareth Lockheart würde die Lügen an ihm riechen können wie ein Jagdhund einen Fuchs.

»Äh, nein. Ich bezweifle es. Ich bin noch nicht lange in England, wie Mrs Lombard Ihnen vielleicht erzählt hat.«

»Mrs Lombard hat mir von Ihnen nichts erzählt.«

Wieder schmunzelte Etienne. »Ich bin am Boden zerstört, das zu hören.« Er lächelte Serena an, aber sein Blick war hart wie Eisen.

»Vor allem, wo sie doch meine *liebste* Verwandte ist.«

»Haben Sie viele Verwandte, Mr Bardot?«

Obwohl Mr Lockhearts Stimme nicht anders klang als sonst, wurde sein Misstrauen für jemanden, der ihn kannte, schon allein dadurch ersichtlich, wie viel er geredet hatte, seit sie den Fluss hinter sich gelassen hatten.

Serena betete, ihr *Cousin* würde den Mund halten, aber Etienne hatte sich schon immer überall für den Klügsten gehalten.

»Hier in England nur eine.«

»Zwei.«

»Wie bitte?«, fragte Etienne.

»Sie haben hier zwei Verwandte – Mrs Lombard und ihren Sohn.«

Etienne lachte, obwohl Mr Lockheart nichts Witziges gesagt hatte. »Ja, das stimmt. Wie dumm von mir.

Allerdings ist er ja nur, was genau? Ein Cousin zweiten Grades?« Er wedelte mit der Hand, die in einem lavendelfarbenen Handschuh steckte. »Ich kann mir diese Bezeichnungen nie merken.«

»Sind Sie hergekommen, um Ihre Cousine für ein paar Tage zu besuchen, Mr Bardot? Morgen haben wir hier so etwas wie ein Ereignis gefolgt von einem Fest im Ort. Mrs Lombard hat es alles organisiert – ein Abendessen und eine kleine Tanzveranstaltung im King's Head, unserem örtlichen Inn.«

Etienne war einen Augenblick sprachlos über sein Angebot. Serena ebenfalls. Nicht nur angesichts der untypischen Überschwänglichkeit, die Gareth an den Tag legte, sondern wegen des Schreckens, den der Gedanke in ihr auslöste, dass Etienne sich ihrem Sohn auch nur auf hundert Meilen näherte.

Etiennes Gesicht strahlte, höchstwahrscheinlich in Vorfreude darauf, was er stehlen konnte, wenn er sich frei in Gareth' Haus bewegen durfte.

»Vielen Dank, Mr Lockheart, ich würde sehr gern etwas bleiben. Sagen Sie, worum handelt es sich bei diesem Ereignis, von dem Sie sprechen?«

Der Rest des Fußwegs wurde von Etiennes unaufrichtigem Interesse an der Versetzung des Felsens und Gareth' ungewöhnlich ausführlichen Erklärungen beherrscht.

Derweil drehten sich Serenas Gedanken und wirbelten wild durcheinander, um einen Weg zu finden, den Mann, der sie vergewaltigt und geschwängert hatte, und der sie nun erpresste, aus dem Haus zu bekommen, bevor er eine Dummheit beging und ihre und seine Lügen auffliegen ließ.

KAPITEL FÜNFZEHN

Gareth wusste nicht, was zwischen Serena und Etienne Bardot war, aber er hatte den Verdacht, dass es mehr war als Zuneigung zwischen Cousin und Cousine. Auch wenn er nicht hätte sagen können, was genau er spürte, konnte er nicht leugnen, dass er eine exakte Wahrnehmung besaß, wenn ihn ein Thema interessierte. Und nichts hatte ihn bisher so interessiert wie Serena Lombard.

Gareth wusste, dass er sich für die Erleichterung hätte schämen sollen, die er verspürt hatte, als Bardot aufgetaucht war und ihn davor bewahrt hatte, ein sinnvolles Gespräch mit einer Frau führen zu müssen, die er gerade nicht einmal, sondern zweimal bestiegen hatte. Doch die Erleichterung hatte Scham und Reue fortgespült.

Ob wahr oder nicht, Decs Worte hatten sich in seinem Kopf festgesetzt wie eine Flechte, die sich in Ziegel und Mörtel fraß: »Dein Wohlstand hat deinen Verstand verweichlichen lassen; du stammst aus der Londoner Gosse, und sie war mit dem Sohn eines Dukes verheiratet. Glaub mir Gareth, zu Männern wie uns kommen diese vornehmen Damen nur fürs Grobe, aber sie würden *nie* mehr tun, als uns in ihr Bett zu lassen.«

Venetias Ansichten hätten sich nicht mehr von Decs unterscheiden können.

Er hatte also zwei Freunde mit vollkommen entgegengesetzten Meinungen, was seine Situation anbelangte. Wem sollte er nun glauben?

Gareth sagte sich, dass die Antwort auf diese Frage keine Rolle spielte. Er würde sie bitten, ihn zu heiraten, ganz gleich, welchem seiner Freunde er glauben wollte. Und wenn sie ihn nicht wollte, wäre er enttäuscht, aber er hatte Zurückweisungen schon so oft überstanden und überlebt. Dennoch wollte er ihr keinen Antrag machen, wenn es sie nur in die unangenehme Lage brachte, ihren Arbeitgeber abweisen zu müssen.

Jedenfalls hatte er Zeit, sich zu entscheiden; er konnte nicht mit ihr darüber sprechen, solange ihr Cousin hier war.

Etienne Bardot war ein Mann, der sich selbst gern reden hörte. In der Hinsicht machte er Dec Konkurrenz. Doch während Declan McElroy witzig, schlagfertig und letztlich auch liebenswürdig war, war Bardot egozentrisch, eitel und uninteressant. Er hing auch an seiner Cousine wie eine Klette.

Bardot zog sich erst auf sein eigenes Zimmer zurück, als Serena sich kurz vor Mitternacht entschuldigt hatte.

Gareth seufzte erleichtert, als er die Bibliothek endlich für sich hatte. Er hatte Bardot kaum eine Sekunde abschütteln können, seit er den Mann kennengelernt hatte. Als er zum See gegangen war, um das von ihm speziell gefertigte Netz aus Seilen dorthin zu bringen, hatte Bardot ihn begleitet. Als er in der Hoffnung, vor der Mahlzeit noch etwas Post erledigen zu können, ein wenig früher zum Abendessen erschienen war, wartete dort Bardot, um mit ihm Billard zu spielen. Während des Dinners hatte er ununterbrochen über seine Aktivitäten in London gesprochen – Spielen, Schießen und Boxen bei Jacksons –, seinen Aufenthalt auf dem

Jagdsitz irgendeines Freundes im vergangenen Herbst, den warmen Empfang, den ihm Serenas Mitbewohnerin, die angesehene und reizende Lady Winifred Sedgwick bereitet hatte, und so weiter und so weiter. Als Serena sie dem Portwein überlassen hatte, hatte Bardot innerhalb von dreißig Minuten den größten Teil der Flasche geleert.

Gareth hatte halb befürchtet, halb gehofft, dass Serena schon zu Bett gegangen wäre, als sie in die Bibliothek zurückkamen, weil er es dann als gerechtfertigt empfunden hätte, sich ebenfalls zurückzuziehen.

Aber sie hatte dort auf sie gewartet.

Sie hatte ihrem Cousin zugehört, Tee serviert und sich schließlich entschuldigt. Ihr normalerweise fröhliches Gesicht hatte angespannt und müde gewirkt.

Gareth hatte sich kurz darauf aus Bardots Fängen befreit und ihn allein in der Bibliothek zurückgelassen.

***

Serena ging auf und ab wie ein Tiger im Käfig. Es war nach ein Uhr, und sie wusste, dass Gareth sich kurz nach Mitternacht auf sein Zimmer zurückgezogen hatte, weil sie seine unverkennbaren Schritte erkannt hatte, als er an ihrer Tür vorbeigegangen war.

Etiennes Zimmer lag ihrem direkt gegenüber. Serena wusste das, weil sie Jessup gebeten hatte, ihn dort unterzubringen.

Der alte Butler hatte zwar nicht einmal mit der Wimper gezuckt, aber sie wusste, dass ihre Bitte ihn überrascht hatte. Zweifelsohne musste er annehmen, dass sie ein Liebespaar waren. Die Leute glaubten, dass sie eine lockere Moral hatte, weil sie Französin war.

Dabei spielte es keine Rolle, dass das genaue Gegenteil zutraf; Französinnen ihres Standes hätten sich niemals die Freiheiten herausnehmen können, die sie in England hatte. Es war unglücklich, dass Jessup nun ihre Moral hinterfragen würde, aber es war immer noch besser, als wenn er die Wahrheit gekannt hätte.

Sie hörte, wie sich eine halbe Stunde, nachdem Gareth zu Bett gegangen war, Etiennes Tür öffnete und schloss, also zog sie einen Stuhl an ihre Tür heran und setzte sich darauf, entschlossen, die Nacht über dort Wache zu halten. Doch ihre Beine und Füße hatten so gezappelt, dass sie sich hatte bewegen müssen, während sie angestrengt auf Geräusche von draußen horchte.

Wie erwartet hörte sie das kaum wahrnehmbare Geräusch einer sich schließenden Tür, als die Uhr in der Eingangshalle zwei schlug.

Serena öffnete ihre Tür und erwischte ihn in seiner Nachtwäsche auf dem Weg zur Treppe.

»Etienne!« Ihr Flüstern war in der Stille des Flurs wie ein Pistolenknall, und er zuckte zusammen und quiekte überrascht auf, bevor er herumwirbelte.

Serena öffnete ihre Tür weiter und bedeutete ihm mit einer Handbewegung, er möge hereinkommen.

Sie schloss die Tür geräuschlos hinter ihm und wandte sich um; Etiennes Gesicht war rot, und er keuchte.

»Was willst du?«, fragte er und stemmte die Fäuste in die Hüfte, die von seinem lächerlich grellbunten lila Morgenmantel mit goldenen Stickereien verdeckt wurde.

»Wohin wolltest du?«, fragte sie auf Französisch.

Sein Blick glitt über sie, und er verzog den Mund, als er sah, dass sie noch immer ihre Abendgarderobe trug.

»Du hast wohl auf mich gewartet, was?«

»Sag mir, dass du nicht vorhast, hier etwas zu stehlen.«

Er hob die Schulter und ließ den Arm sinken, bevor er auf der pantoffelbewehrten Ferse kehrtmachte, und langsam ihr Zimmer durchschritt. »Was kümmert es dich?«

»Es ist meine *Arbeitsstelle*, Etienne. Eine gut bezahlte Stelle, und das bedeutet, dass ich *dich* gut bezahlen kann. Damit ist es allerdings vorbei, wenn ich entlassen werde, weil mein Cousin lange Finger macht.«

Wieder zuckte er mit den Schultern, öffnete mit einem Finger den Deckel ihres Schmuckkästchens und ließ ihn wieder zufallen, als er sah, dass es nur wertlosen Tand enthielt.

»Die Ladung, die ich in Dover erwartet habe, ist verloren gegangen. Einer der Männer, die für mich arbeiten, wurde von Zollbeamten gefasst, zwei andere getötet.«

Es juckte Serena in den Fingern, ihn zu erwürgen. »Was hast du erwartet? Die Engländer patrouillieren mit immer mehr Leuten die Küsten, sogar ich weiß das.«

»Sie wissen, wer ich bin.«

Serena bedeckte ihr Gesicht mit beiden Händen und ließ sich gegen die Tür sinken. »Bitte sag mir, dass du nicht deinen wahren Namen verwendet hast.«

Er wandte sich ihr zu, und all die Furcht, die er verborgen hatte, zeigte sich nun auf seinem Gesicht. »Sei nicht dumm! Aber sie wissen, wie ich aussehe, und es wird nicht lange dauern, bis an der Küste Beschreibungen von mir kursieren werden.«

»Dann bleib in London.«

»Das ist nicht so einfach.«

»Warum nicht?« Serena musste sich zusammennehmen, um ihn nicht anzuschreien.

Er verzog das Gesicht, ließ die Hand durch sein sorgsam zerzaustes Haar gleiten und zerzauste es so noch mehr. »Ich habe Schulden.« Serena musste sich verhört haben. »Wie bitte?«

»Du hast mich verstanden, verdammt!«

»Ich kann das nicht glauben.«

Zur Abwechslung wusste er einmal nichts Gehässiges oder Schlagfertiges zu sagen. »Ich hatte eine Pechsträhne gefolgt von einer Pechsträhne. Ich wäre aus dem Schneider gewesen, wenn die Lieferung diese Woche gekommen wäre. Aber jetzt?« Er stieß einen tiefen, selbstmitleidigen Seufzer aus, und sie hätte ihm dafür am liebsten den Kopf abgerissen.

»Nächste Woche soll eine weitere Lieferung ankommen.«

»*Was?*« Sie wartete nicht, dass er weitersprach. »Du musst sie warnen, sie dürfen nicht kommen, oder es werden Menschen sterben.«

»Wenn ich die Lieferung nicht bekomme, bin ich ruiniert.« Er war noch abstoßender, als sie immer angenommen hatte. Serena ging hinüber zu ihrer billig wirkenden Schmuckschatulle und kippte ihren traurigen Inhalt auf die Frisierkommode. Sie nahm eine Hutnadel, stieß sie in den Boden des Kästchens und drückte ihn nach oben. Darunter war eine Kette, die ihr die Mutter des Dukes geschenkt hatte. Sie war tausende

Pfund wert oder war es zumindest gewesen, bevor sie einige der Steine verkauft hatte. Sie hob die Kette auf und schleuderte sie ihm an den Kopf.

Er duckte sich, aber die Schließe traf seine Wange.

»Bist du verrückt?«, stieß er hervor und betastete den kleinen, blutigen Kratzer mit dem Finger. Als sie nicht reagierte, bückte er sich und hob die Kette auf. Seine Augen wurden groß. »Die hast du mir vorenthalten«, schimpfte er.

»Nimm sie. Und morgen verschwindest du. Ich möchte deine verfluchte Visage nicht mehr sehen. Das ist das letzte Mal, dass ich zulassen werde, dass du auch nur einen Pfennig von mir bekommst, Etienne. Ich schwöre, wenn du noch einmal herkommst, werde ich dich wegen Erpressung verhaften lassen. Das ist ein Verbrechen. Ich werde das Land verlassen und nach Frankreich zurückkehren. Im Gegensatz zu dir kann ich meinen Unterhalt selbst bestreiten. Und jetzt sag mir, wie man die Männer warnen kann, die ihr Leben riskieren, um dir die Ware zu bringen.« Er streifte sie mit einem Blick, der vor Zorn sprühte. »Was kümmern dich diese Fremden? Überhaupt, was willst du dagegen machen?«

In diesem Augenblick entschied Serena, dass sie ihn töten würde, wenn er morgen nicht verschwinden würde. Vielleicht las er es in ihren Augen, denn seine Hand krampfte sich fester um die glitzernden Edelsteine.

»Nun gut. Tu, was du nicht lassen kannst. Du kannst so dumm sein und dein Leben für eine Handvoll Fremder aufs Spiel setzen, das soll mir egal sein. Hol Feder und Papier. Du musst das aufschreiben.«

Serena notierte die Wegbeschreibung zum Unterschlupf der Schmuggler, die Namen von drei Männern, wenn man Spitzhacke, Langbein und Derby als Namen bezeichnen konnte, und den unsinnigen Satz, der sie aufhorchen lassen würde: Ein Lied gegen ein paar frische Makrelen.

»Wie können sie erwarten, eine Nachricht übermitteln zu können, wenn der Ärmelkanal nur so vor Zollbeamten wimmelt?«

»Du kennst diese Männer nicht; die sind wie Ratten, die brauchen nur ein winziges Schlupfloch, um durchzukommen.«

»Und warum sollten sie sich darauf einlassen, das zu tun?«

»Weil sie einen Teil der Ladung bekommen. Wenn also die Männer bei der Überfahrt aufgebracht werden, ist es gut möglich, dass sie den Zollbeamten ihre Namen weitergeben.«

Sie nickte. »Also gut. Wie viel Zeit habe ich?«

»Ich würde nicht länger warten als bis zum Ende der Woche.« Er packte ihr Handgelenk und drückte zu. »Warum tust du das?«

»Bist du wirklich so dumm?« Sie wand sich aus seinem Griff. »Du *weißt genau*, warum. Wenn sie dich finden, ist es nur noch ein kleiner Schritt, bis sie Oliver und mir auf die Pelle rücken. Wenn der Mann, den sie jetzt geschnappt haben, nicht redet, heißt das nicht, dass es die nächsten nicht tun werden.« Ihre Stimme zitterte vor Zorn über seine Dummheit und die Gefahr, der sie alle dadurch ausgesetzt waren.

»Was wirst du ihnen sagen?«

»Ich werde sagen, dass du tot bist.«

Er zuckte zurück. »Das ist ein wenig hart, nicht wahr?«

»Willst du vermeiden, geschnappt zu werden oder nicht? Wenn sie *denken*, dass du tot bist, wird sich die Neuigkeit verbreiten. Vielleicht hast du Glück, und sie interessieren sich nicht für dich.«

Langsam breitete sich ein hässliches Lächeln auf seinem Gesicht aus. »Du wärst eine gute Verbrecherin geworden, Serena.«

»Deinetwegen *bin* ich eine.«

Er lachte und schlenderte zur Tür.

»Warte!«, zischte sie, aber er hatte bereits die Tür geöffnet und war in den Flur getreten. »Etienne!«

Er drehte sich um und beugte sich zu ihr. »Ja, meine Liebe?«

»Vergiss nicht. Morgen früh bist du fort.«

Er grinste, presste dann blitzschnell seine Lippen auf ihre und gab ihr einen dicken, feuchten Kuss, bevor sie den Kopf wegziehen konnte.

Sie verfluchte ihn im Geiste und sah zu, wie er in sein Zimmer ging und die Tür zumachte, bevor sie auch ihre schloss und sich dagegen sinken ließ.

Würde es denn nie enden?

***

Gareth war es leid, zu warten. Und warum auch? Aus irgendeinem Grund war er sich ziemlich sicher, dass sie wach war und vielleicht ebenso dringend mit ihm sprechen wollte wie er mit ihr.

Er schob das Bettzeug zur Seite, warf seinen Morgenrock über und schlüpfte in die Pantoffeln. Sein Körper zeigte bereits Reaktionen auf den Gedanken, sie möglicherweise allein in der Küche anzutreffen.

Er lächelte insgeheim, als er sein Zimmer verließ, und merkte nicht, dass er in der Eile vergessen hatte, eine Kerze mitzunehmen. Sein Lächeln wurde noch breiter. Möglicherweise war er dabei, neben seiner Furcht vor Frauen auch seine Furcht vor der Dunkelheit zu überwinden?

Er bog um die Ecke, in den langen Flur und blieb abrupt stehen. Da war Bardot, und er verließ gerade Serenas Zimmer, nur mit Morgenrock und Pantoffeln bekleidet. Sein Haar stand in alle Richtungen ab. Er ging auf seine Tür zu, dann wandte er sich wieder um, als ob er gerufen worden wäre. Er lächelte und beugte sich gerade genug vor, um Serena packen zu können und ihr einen schmatzenden Kuss aufzudrücken. Er schmunzelte auf eine Weise, die bei Gareth den Wunsch weckte, ihm den Schädel einzuschlagen, dann wandte er sich um und stolzierte durch den Flur zu seinem Zimmer und ging hinein. Erst als sich seine Tür geschlossen hatte, hörte Gareth, wie auch sie ihre schloss, als ob sie ihren Blick bis zum Schluss nicht hatte von ihm nehmen können.

Gareth hätte nicht sagen können, wie lange er wie angewurzelt auf dem weichen Teppich gestanden hatte, während sein Verstand wie eine gut geölte Maschine alle Möglichkeiten durchspulte. Es war nie eine gute Idee, voreilige Schlüsse zu ziehen. Vielleicht hatte Bardot Kopfweh gehabt und hatte seine Cousine um ein Kopfschmerzpulver gebeten? Aber ein Mann würde doch um diese Uhrzeit nicht in die Privatgemächer einer Frau eindringen, auch nicht in die einer

Verwandten. Bardot hätte nach einem Dienstboten geklingelt. Gareth wusste, dass sein Kammerdiener, Chalmers, jede nur erdenkliche Medizin bereithielt. Das war die Pflicht eines Leibdieners.

Außerdem war es unmöglich zu leugnen, dass er nicht gewirkt hatte, als hätte er Kopfschmerzen; vielmehr hatte er ausgesehen, als wäre er frisch dem Bett einer Geliebten entstiegen, zerzaust und im Morgenrock.

Und dann dieser Kuss und sein stolzierender Gang.

Wenn man das Unwahrscheinliche ausschloss, blieb die wahrscheinliche Erklärung übrig.

Das Unbehagen, das er bei Bardot gleich im ersten Augenblick verspürt hatte, veränderte sich und nahm eine andere Gestalt an. Gareth mochte wohl durchs Leben gehen und dabei viele seiner Nuancen nicht begreifen, aber wenn er sich mit einer Sache auskannte, dann mit Männern, die ihren Unterhalt damit bestritten, andere zu manipulieren und zu betrügen.

Schließlich hatten ihm solche Männer seine Jugend und Unschuld geraubt und ihn zu dem gemacht, der er heute war.

Dec hatte also recht gehabt. Sie war nicht, wer sie vorgab zu sein: die exzentrische Witwe des Sohns eines Dukes. Nein, sie war eine Frau, die gezwungen war, sich durchzuschlagen, indem sie ihre Talente und ihren Verstand nutzte.

Erst ihre Verbindung zu Featherstone, einem Betrüger, wenn auch einem ungeschickten, und nun zu Bardot, einem etwas weniger offensichtlichen Kriminellen, konnte kein Zufall sein. Sie steckte mit diesen Männern unter einer Decke, und er konnte nur annehmen, dass es ihnen im Kern darum ging, *ihn* auszunehmen.

Er brauchte einen Augenblick, um das fremdartige Gefühl zu erkennen, das ihn gepackt hatte. Sein Atem, der kurz zuvor noch regelmäßig gewesen war, wurde rau und gehetzt, als ob er gerannt wäre.

Sein Herz trommelte laut in seiner Brust, die sich plötzlich vollkommen hohl anfühlte. Ein harter, kalter Klumpen schien sich in seiner Magengrube zu bilden.

Gareth war wütend. Nein, es war kalter, mörderischer Zorn, ein Gefühl, das er nicht mehr verspürt hatte, seit er und Dec aus dem Heim entflohen waren. Für einen Moment lenkte ihn der Gedanke von dem Zorn ab, der in ihm aufwallte. Vor neunzehn Jahren war sein Zorn so scharf und tödlich gewesen wie ein Pfeil und hatte sich gegen den Mann gerichtet, der ihn über Jahre benutzt, ausgebeutet und terrorisiert hatte.

Aber heute Nacht?

Ihr Gesicht tauchte vor seinem inneren Auge auf, so klar wie ein Ölgemälde. Er sah sie, wie sie heute Nachmittag ausgesehen hatte, als sie sich ihm nicht einmal, sondern zweimal hingegeben hatte.

Sie hatte ihn angelächelt, als ob ... als ob sie ihn wollte, Gareth Lockheart, nicht sein Geld. Ihn. Und heute Nacht hatte sie einen anderen Mann in ihr Bett gelassen, ihren wahren Geliebten, in ihr Zimmer und in ihren Körper.

Gareth hasste Etienne Bardot dafür, dass er hatte, was er zu besitzen gehofft hatte. Und er hasste Serena Lombard, eine Frau, die mit ihm so leichtfüßig und herzlos gespielt hatte wie eine Katze mit ihrer Beute. Und bei all dem hatte sie süße Unschuld geheuchelt, was ihn so wütend machte, dass er am liebsten jedes Möbelstück im ganzen Haus kurz und klein geschlagen hätte.

Aber der weißglühende, heiße Kern seines Hasses? Den sparte er für sich selbst auf, für den Narren, der sich eingeredet hatte, dass nicht alle Leute gleich waren. Er hasste die alberne optimistische Stimme in seinem Kopf, die ihn dazu verleitet hatte, seinen besten Freund zu schlagen, obwohl der Mann doch nur versucht hatte, ihm die Demütigung, den Schmerz und die Enttäuschung zu ersparen.

Gareth wollte schon seinem ersten Impuls folgen und den Flur hinuntermarschieren, ihre Tür aufstoßen und sie noch in dieser Nacht entlassen. Aber dann musste er an den Jungen denken.

Sie mochte eine Virtuosin der Manipulation und des Betrugs sein, aber es gab keinen Zehnjährigen, der sich so süß und unschuldig geben konnte wie Oliver.

Gareth würgte seinen glühenden Zorn hinunter. Er weigerte sich, sich auf ihr Niveau herabzulassen und jemandem Schmerzen hinzuzufügen, der es nicht verdient hatte.

Seine Stärke war schon immer die Geduld gewesen, übermenschliche Konzentrationsfähigkeit und ein unerbittlicher Drang, jedes Problem zu lösen, mit dem er konfrontiert wurde. Er würde insgeheim Pläne schmieden, im Verborgenen die Fäden ziehen und warten, bis er eine Strafe gefunden hatte, die dem Verbrechen angemessen war. Und dann würde er Rache nehmen.

KAPITEL SECHZEHN

Gareth hatte sich schon zur Baustelle aufgemacht, als Serena am nächsten Morgen erwachte. Als sie einen Diener nach Etienne fragte, erfuhr sie, dass ihr »Cousin« bei Morgengrauen aufgebrochen war.

Sie hatte eigentlich nicht damit gerechnet, dass er kampflos aufgeben würde, aber er hatte es offenbar eilig gehabt, die Kette zu seinem Hehler zu schaffen, wer auch immer das sein mochte.

Serena hatte in ihrem Frühstück herumgestochert, während sie in Gedanken das Problem ihrer Reise nach Dover durchging, bis sie glaubte, verrückt werden zu müssen.

Es gab keine andere Lösung und niemanden, den sie an ihrer Stelle schicken konnte. Oh, es lag nicht in *ihrer* Verantwortung, außer dass es in ihrer Hand lag, es zu verhindern. Jeder Schritt, den die Autoritäten in Richtung Etienne unternahmen, war auch ein Schritt gegen sie. Sie hatte geblufft, als sie ihm gesagt hatte, dass sie die Wahrheit sagen würde. Nein, sie hatte einen anderen Plan. Am Ende des Monats würde sie die Bezahlung für ihr erstes Quartal bekommen. Die würde ausreichen, um sie, Oliver und Nounou nach Paris zu bringen. Wenn sie erst dort waren, konnte sie sich um Aufträge bemühen. Es gab dort Leute, die sich an Favel und ihren Vater erinnern würden, und sie würden ihr Arbeit geben. Es wären zunächst sicher nur Kleinigkeiten, aber sie würde ihnen damit Essen und ein Dach über dem Kopf verschaffen können.

Sie gab den Versuch auf, etwas hinunterzubringen und ging, um Oliver zu suchen. Sie wollten zusammen zur Baustelle gehen, da Nounou keinen Sinn für derlei »Dummheiten« hatte.

Oliver war kaum zu halten und beschwerte sich noch nicht einmal, als sie ihm verbot, die Hunde mitzunehmen.

»Es werden eine Menge Leute da sein, und sie wären nur im Weg. Außerdem möchtest du dich sicher nicht dauernd um sie kümmern müssen und dabei die ganze Aufregung verpassen.«

»Mr Lockheart glaubt, dass so auch die großen Steine in der Ebene von Salisbury transportiert wurden. Mama, wusstest du das?«

Sie wusste es, weil er es ihr bereits mindestens sechsmal erzählt hatte. »Ist das so?«, fragte sie. Ihr war sein aufgeregtes Geplapper lieber, als ihren eigenen Gedanken lauschen zu müssen.

Ihr ging auf, dass Oliver Gareth Lockheart in den Wochen, die er nun auf Rushton Park lebte, sehr ins Herz geschlossen hatte, und das stimmte sie traurig. Es war gut, dass er morgen abreisen würde. Es würde ihr schon genug schwerfallen, Oliver von hier fortzureißen, nachdem er sich hier langsam zu Hause fühlte.

Es war dumm gewesen, diesen Auftrag anzunehmen und zu glauben, dass sie ein normales Leben führen konnten. Solange Etienne ständig in der Nähe war, würden sie nie normal leben können. Seine ständigen Erpressungen sorgten dafür, dass sie nie genug Geld hatten, um nicht mehr von der Hand in den Mund leben zu müssen. Und obwohl der Gedanke, ihn umzubringen, mehr als reizvoll war, wusste sie, als sich ihr Zorn gelegt hatte, dass sie nie ein menschliches Wesen töten könnte. Nicht einmal eines, das es verdient hätte.

Obwohl sie zu früh dran waren, war schon eine erstaunliche Anzahl Leute versammelt und bestaunte die Größe des Felsbrockens sowie Gareth' genial einfachen Mechanismus, um ihn zu bewegen, und genoss einfach allgemein die Festtagsstimmung an diesem sonnigen, warmen Tag.

Gareth stand bei Mr Flowers, und die zwei Männer blickten über das Areal hinaus, das bald mit Wasser geflutet würde.

Oliver nahm ihre Hand. »Mama, da sind Robbie und Tom.« Er deutete auf zwei Jungen, von denen sie wusste, dass es die Neffen des Kochs waren.

»Geh spielen. Aber kommt den Männern nicht ins Gehege, wenn sie mit der Arbeit anfangen.«

Schon war er verschwunden, und die zwei anderen Jungen liefen auf ihn zu.

»Mrs Lombard?«

Serena drehte sich um und sah Mrs Cooper, die Eigentümerin des kleinen Krämerladens im Ort. Sie lächelte ihr zu. »Hallo, Ma'am. Haben Sie sich davongemacht und Mr Cooper für heute die Arbeit überlassen?«

Die ältere Frau lachte herzlich. »O nein. Für ihn ist es auch ein Feiertag. Außerdem ist heute ohnehin keiner im Ort, der einkaufen möchte. Es ist die reinste Geisterstadt.« Sie kam etwas näher. »Ich hoffe, es ist nicht unverschämt von mir, aber ich habe etwas Limonade und ein Fass Ale mitgebracht. Die anderen Damen haben auch etwas mitgebracht.« Ihre runden Wangen röteten sich. »Hier gibt es nicht oft solche Gelegenheiten, dass wir alle zusammenkommen, und wir dachten, wir machen daraus ein kleines Picknick.«

»Was für eine wundervolle Idee, Mrs Cooper.« Serena bemerkte, dass Decken ausgebreitet wurden, und die Ladeflächen der wenigen robusten Wagen, die ihren Weg von der Zufahrt von Rushton Park hergefunden hatten, dienten als improvisierte Büffettische. »Ich weiß nicht, warum ich nicht selbst daran gedacht habe, wir hätten auch ein Zelt und Stühle aufstellen können.«

Mrs Cooper winkte ab. »Sie hatten genug damit zu tun, den Tanz heute Abend zu organisieren.«

Serena lachte. »Nein, damit kann ich mich nicht brüsten. Mr Jessup, der ein wahrer Magier ist, was solche Dinge angeht, hat alles für das Fest heute Abend organisiert.«

Eine weitere Dame, die Serena nicht kannte, näherte sich, und bald schon war Serena umgeben von zufriedenen, plappernden Dorfbewohnern.

***

Gareth spürte ihre Anwesenheit, bevor er sie entdeckte. Er war niemand, der an Mystik glaubte, ganz im Gegenteil, aber er wusste ohne Zweifel, dass sie eingetroffen war. Die feinen Härchen in seinem Nacken standen zu Berge, und das Gefühl der Präsenz ließ seine Haut prickeln. Und dann hatte Mr Flowers über seine Schulter geschaut, gelächelt und gesagt: »Ach, da ist Mrs Lombard.«

Anstatt sich gut zu fühlen, weil er recht gehabt hatte, ärgerte sich Gareth über die Reaktion seines Körpers. *Er* hatte doch die Kontrolle, nicht sein Fleisch. Aber war das so?

Der vorangegangene Tag flackerte durch seine Erinnerung, und er runzelte die Stirn. Bei dem Gedanken an die Szene am Fluss krümmte er sich innerlich vor Scham; sie hatte ihn so meisterhaft manipuliert, wie sie ihn gezeichnet hatte.

Zum Glück für seine geistige Gesundheit hatte sein Zorn sich über Nacht abgekühlt. Das Ergebnis war ein stabileres Gefühl, wie Erz, das im Feuer gehärtet worden war und aus dem alle Unreinheiten weggebrannt waren, bis nur noch das kalte, harte Eisen übrigblieb.

Gareth würde sie nicht entlassen; warum sollte er? Sie bedeutete ihm gar nichts. Nur eine vorübergehende Verwirrung seines Geistes. Er würde auch keine Zeit darauf verschwenden, irgendeine aufwändige Rache auszuhecken. Er würde sie einfach schneiden, was ihren Stolz genug verletzen durfte.

Zufrieden mit seinem Entschluss, verdrängte er die unproduktiven Gedanken und wandte seine Aufmerksamkeit wieder der Aufgabe zu, die vor ihm lag.

Dank Gareth' System aus Flaschenzug, Netz und Baumstämmen gelang es schließlich, den großen Felsbrocken in fast der Hälfte der eingeplanten Zeit den Hügel hinaufzuschaffen. Er hatte den Eindruck, das gesamte Dorf und mehr als nur ein paar Bauern hatten den Tag frei genommen und waren hergekommen, um zuzusehen. Frauen hatten Essen mitgebracht, Kinder rannten wild umher, Hunde kläfften, und die Sonne schickte ihre wohlwollenden Strahlen auf all das hinunter.

Wenn er sich nicht so … gedämpft gefühlt hätte, hätte er den Anblick sehr genossen, als der große Felsen aus seinem Loch rollte, als ob er sich schon immer hatte bewegen wollen. Der Flaschenzug hatte sich mit bewundernswerter Geschmeidigkeit schwenken lassen, die gleichförmigen Baumstämme, die er ausgesucht hatte, rollten so zuverlässig wie kunstvoll gefertigte Wagenräder. Als der Fels den Gipfel des kleinen Hügels erreicht hatte, brach ein Jubel los. Mr Flowers klopfte ihm auf die Schulter und schien erst zu bemerken, was er getan hatte, als Gareth zurückzuckte.

»Oh, tut mir leid, Sir, Mr Lockheart.«

Bevor Gareth antworten konnte, berührte eine andere Hand seine andere Schulter und drückte sie leicht.

»Glückwunsch, Mr Lockheart!«

Beim Klang ihrer Stimme wandte er sich um, sein Gesicht zu dem Ausdruck gezwungen, den er immer trug: ein Ausdruck, der nichts von seinen Gedanken preisgab.

»Vielen Dank, Mrs Lombard. Es ging weit besser, als ich erwartet hätte.« Weil er sie mit der Intensität eines Wissenschaftlers betrachtete, der ein Experiment überwacht, erkannte er, dass seine kühle, höfliche Antwort sie überraschte, und zwar nicht auf angenehme Weise.

Ihr Lächeln wurde etwas schwächer, und sie machte kaum wahrnehmbar einen Schritt zurück. »Unsere Nachbarn haben Essen und Getränke für das Fest mitgebracht.« Sie deutete zu den Wagen und den Decken auf der gegenüberliegenden Seite des Geländes, das bald ein See sein würde. »Würden Sie mich begleiten?«

Er blickte in ihre grünbraunen Augen und suchte darin nach einem Zeichen ihrer Scheinheiligkeit, aber sie waren klar und glänzend, nur eine kleine Furche zwischen ihnen verriet, dass sein distanziertes Verhalten sie nervös machte.

Er bot ihr den Arm. »Es wäre mir ein Vergnügen.«

***

Serena sah noch einmal in den Spiegel. Es war nur eine ländliche Tanzveranstaltung, also trug sie das schlichteste Abendkleid, das sie besaß. Die vier Kleider, die sie aus London mitgebracht hatte, waren allesamt Geschenke des Dukes und der Duchess.

Weil sie liebevoll und aufmerksam waren, hatten sie ihr zum Geburtstag immer Kleidung geschenkt, so dass sie ihr nicht wie Almosen erscheinen mussten.

Serena wusste, dass sie glaubten, es stecke nur alberner Stolz hinter ihrer Weigerung, den Erbteil ihres jüngsten Sohnes anzunehmen, aber ihr reichte das schlechte Gewissen, das sie jedes Mal hatte, wenn sie mit Oliver zu ihnen kam.

Sie ertrug den Gedanken nicht, auch noch das Erbe ihres verstorbenen Sohnes anzunehmen.

Das Kleid, das sie trug, war aus prächtiger blaugrüner Seide, verlieh ihrem schlichten braunen Haar Glanz und ließ ihre Augen grüner erscheinen. Es war tief ausgeschnitten, vielleicht ein wenig zu tief für die ländliche Gegend, aber es passte zu ihrer üppigen Figur, und der zarte Stoff des Rocks schmiegte sich an ihren Körper, obwohl sie dem dünnen Unterrock, der zu dem Kleid gehörte, schon einen zweiten hinzugefügt hatte.

Um den Hals trug sie eine schlichte Kette mit einem Kreuzanhänger. Der Schmuck hatte keinen ideellen Wert, sie hatte ihn lediglich gekauft, damit ihr Hals bei den Festen, die sie auf Keeting Hall besuchte, nicht

280

nackt wirkte. Früher hatte sie ein hübsches Kreuz von ihrer Mutter besessen, aber sie hatte alles andere von Wert, so auch Roberts Brief, bei ihrer Flucht vom Festland zurücklassen müssen.

Das junge Dienstmädchen, das sich oft um Serena kümmerte, hatte ihr Haar aufgesteckt, sodass noch einige lose Locken ihr Gesicht umrahmten. Diese Frisur schmeichelte ihrer Gesichtsform und ließ sie weniger rund und püppchenhaft wirken. Sie entschied sich, ihren schweren Samtumhang zu tragen, da die Nächte kühl sein konnten. Sie wusste, dass sich eine Dame in London noch nicht einmal tot in so einem praktischen Mantel sehen lassen würde, aber hier war sie auf dem Lande, und sie hatte schon immer Komfort mehr zu schätzen gewusst als Mode.

Es war vorgesehen, dass sie mit Gareth in seiner Kutsche fahren sollte; ihr Körper hatte bei dem Gedanken schon den ganzen Tag vorfreudig gekribbelt. Endlich hatten sie Gelegenheit, unter vier Augen miteinander zu sprechen. Vielleicht konnten sie die unangenehme Anspannung überwinden, die heute zwischen ihnen zu herrschen schien.

Doch als sie in der Eingangshalle eintraf, war dort nur Jessup vorzufinden.

»Guten Abend, Mrs Lombard.«

»Hallo, Jessup.«

»Mr Lockheart wurde aufgehalten, Ma'am. Er bat mich, Sie zu informieren, dass er Sie später im King's Head treffen wird.« Er deutete zur Tür. »Die Kutsche wartet auf Sie.«

Serena fühlte sich, als wäre alles Licht aus dem Raum entwichen. Sie öffnete den Mund, um zu fragen, was ihn aufgehalten hatte, doch klugerweise unterließ sie es. Es wäre unverschämt, einen anderen Angestellten so etwas über ihren Arbeitgeber zu fragen. Und das war sie nun einmal: Mr Lockhearts Angestellte.

Sie dankte Jessup und dem Diener, der ihr in die luxuriöse Kutsche half. Als sie eingestiegen war, ließ sie sich in das weiche Sitzpolster sinken. Ihre Gedanken drehten sich, und Tränen wallten in ihren Augen auf. Sie blinzelte mehrfach, erstaunt von der starken körperlichen Reaktion. Warum benahm sie sich wie ein emotionaler Trottel? Wie peinlich wäre es, vor der gesamten Stadt ohne Mr Lockheart, dafür mit roten, verweinten Augen aufzutauchen?

In den zehn Minuten, die sie für die Fahrt in den Ort brauchte, ließ sie den vergangenen Nachmittag hundertmal vor ihrem inneren Auge ablaufen, durchforstete jede Unterhaltung und jeden Blick nach versteckten Botschaften. Die Wahrheit war allerdings, dass er sich wie immer verhalten hatte, bis auf die Tatsache, dass er vorgeschlagen hatte, dass sie sich ausziehen sollte. Doch selbst das hatte er in seiner üblichen, sachlichen Art getan.

Aber das Liebesspiel? Serena schauderte wohlig, als sie sich daran erinnerte, wie geschickt er mit ihrem Körper gewesen war, und wie zärtlich und selbstverständlich er sie berührt hatte. Er war ein großzügiger Liebhaber gewesen, der darauf geachtet hatte, dass sie Erfüllung erlebte, bevor er sich auf sein eigenes Vergnügen konzentriert hatte. Dass er ein aufmerksamer Liebhaber war, musste jedoch nicht zwangsläufig bedeuten, dass er tiefere Gefühle für sie hatte.

Serena hatte sehr wenig Erfahrung mit Männern. Natürlich hatte es Etienne gegeben, aber das war gegen ihren Willen geschehen. Sie hatte in ihrer frühen Zeit in England einige Geliebte gehabt, aber hauptsächlich in der Hoffnung, dass sie den widerlichen Schandfleck aus ihrem Gedächtnis verbannen könnte, den Etienne dort hinterlassen hatte.

Der erste war ein Bildhauerkollege gewesen, ein egoistischer Mann, für den alles ein Wettbewerb war, sowohl im Bett als auch im Leben. Der zweite war ein lieber, leicht zu beeindruckender Architekt gewesen, etwas jünger als sie, doch er war schnell von ihr besessen gewesen. Die Sache hatte kein gutes Ende genommen, und sie davon überzeugt, dass Liebhaber das Risiko nicht wert waren.

Tatsächlich hatten diese zwei Erfahrungen sie daran zweifeln lassen, warum man sich all das überhaupt zumutete. Das einzig Positive, das von ihren Affären zurückgeblieben war, war das Wissen, dass es Etienne nicht gelungen war, ihr die Lust auf körperliche Liebe vollständig zu verleiden.

Und jetzt stand sie vor diesem Durcheinander. Sie war in ihren Arbeitgeber verliebt oder zumindest verschossen, einen zurückgezogenen, verschlossenen Mann, der dafür berüchtigt war, dass er Frauen aus dem Weg ging, zumindest hatte sie aus London noch nie Gerüchte über irgendwelche Affären seinerseits gehört. Und sie war sicher, dass er hier auf dem Land in den vergangenen Wochen keine weiblichen Besucher gehabt hatte. Von ihr einmal abgesehen.

Die Kutsche hielt, und sie seufzte. Es war Zeit, sich in Gesellschaft zu begeben, was sie normalerweise gern tat. Aber heute Abend wollte sie nur mit ihren Gedanken allein sein. Oder mit ihm.

***

Gareth ärgerte sich gleichermaßen über die Nachricht, wie er sich darüber freute. Er freute sich, weil sie ein Beweis war, dass Dec noch lebte, doch der Grund für die Nachricht ärgerte ihn.

Die Nachricht kam aus einem Inn vielleicht hundert Meilen von Rushton Park entfernt. Ein Gastwirt namens Trencher hatte sie geschrieben. Wie es schien, hatte Declan ein Zimmer gemietet und die »dazugehörigen Leistungen« in Anspruch genommen – Gareth war ziemlich sicher, dass er wusste, was das bedeutete – doch er hatte nicht genug Geld gehabt, um die Zeche zu zahlen. Zwischen den Zeilen las Gareth den Rest der Geschichte. Dec war lang genug aus seinem Suff aufgetaucht, um Streit anzufangen, hatte aber schließlich kapituliert und einen Hinauswurf verhindern können, indem er Gareth' Namen genannt hatte, der überall bekannt war und wie eine Zahlungsgarantie gehandelt wurde.

»Verdammt.«

»Sir?«

Gareth sah auf. Er hatte vergessen, dass Jessup wartete. Der unerschütterliche Butler sah überrascht aus, und Gareth wurde bewusst, dass er vermutlich nie in Hörweite des Mannes geflucht hatte.

»Soll ich den Boten bitten, zu warten?«

»Ja. Nehmen Sie ihn mit in die Küche und geben Sie ihm zu essen. Bis er fertig ist, werde ich haben, was er braucht.«

»Sehr gut, Sir. Und Mrs Lombard?«

»Mrs Lombard?«

»Ja. In sechs Minuten begleiten Sie sie zum King's Head.«

»Ach das. Ja.«

Er hob die Hand, um sich durchs Haar zu fahren und sah, wie Jessup das Gesicht verzog. Er nahm die Hand wieder herunter und ließ die Frisur unberührt. »Lassen Sie sie mit der Kutsche hinfahren und sagen Sie ihr, ich werde bald nachkommen.«

Der Butler verneigte sich und ging hinaus.

Gareth dachte über Declans Zustand nach und über Mrs Lombard. Er würde in diese Stadt fahren, wo auch immer sie sein mochte, und den Trottel nach Hause holen. Aber das musste wohl nicht mitten in der Nacht sein. Er würde zu der Tanzveranstaltung gehen und in aller Frühe aufbrechen. Er hatte ohnehin vorgehabt, morgen aufzubrechen. Er würde bloß ein anderes Ziel haben.

Er schrieb eine kurze Nachricht und fügte einen Scheck über einen Betrag hinzu, der den offenen Rechnungsbetrag bei Weitem überstieg, in der Hoffnung, der Wirt würde die Summe als Garantie seiner Diskretion auffassen. Allerdings zweifelte er daran, dass es zwischen Rushton und Bicklesfield oder Bigglesworth oder wie auch immer das Kaff hieß, irgendeine Person gab, die noch nicht von Decs Ausschweifungen wusste.

Gareth ging selbst in die Küche, und sein Erscheinen ließ die verbliebenen Angestellten auf die Füße springen und nervös herumhantieren. Er hatte allen Angestellten den Abend freigegeben, um zum Tanz zu gehen, und die meisten hatten das Angebot angenommen. Die Einzigen, die noch da waren, waren sein Koch, Horrocks, einer der Gärtner, dessen Namen er noch nie gehört hatte, zwei Küchenmägde, die nicht älter als zehn sein konnten, und ein drahtiger Mann, der Aussehen und Statur eines Postillons hatte.

»Sie warten auf eine Nachricht?«

»Aye, Sir, Mr Lockheart.« Der Mann zupfte an seinem Stirnhaar und verbeugte sich ungelenk.

»Setzen Sie sich und essen Sie zu Ende«, wies Gareth ihn an. Als der Mann gehorchte, warf er die versiegelte Botschaft auf den Tisch. »Ich habe einen Brief für Ihren Herrn geschrieben und einen Scheck beigefügt. Sorgen Sie dafür, dass er in die richtigen Hände gerät.«

Der Postillon stand fast wieder auf, erinnerte sich dann aber und setzte sich wieder. Er nickte. »Aye, Sir. Ich werde bald losreiten.«

Gareth blieb auf halbem Weg zur Küchentür stehen. »Nicht mit demselben Pferd, nehme ich an?«

»O nein, Sir, ich habe im Ort die Pferde getauscht, bevor ich herkam.«

Im Flur kam Gareth an Jessup vorbei und ordnete an, den Zweispänner vorfahren zu lassen. Er wäre lieber zu Fuß gegangen, aber er konnte keine Meile in den lächerlichen Tanzschuhen zurücklegen, die Chalmers ihm aufgenötigt hatte. Er hatte den Verdacht, dass er in schwarzen Pantalons, Frack, weißem Hemd und Weste viel zu schick für die Veranstaltung war, wollte aber keine Diskussion mit seinem Kammerdiener herausfordern, dem er bisher noch nie widersprochen hatte. Er wunderte sich darüber, dass ihn sein Aussehen plötzlich interessierte. Er machte sich doch wohl keine Gedanken, was *diese Frau* denken würde? Er zwang sich selbst, von ihr insgeheim nur noch als *diese Frau* zu denken, nicht als Mrs Lombard und schon gar nicht als Serena.

Gareth hatte beschlossen, sich heute Abend weitgehend von ihr fernzuhalten. Die Festigkeit dieses Entschlusses wurde eine halbe Stunde später arg auf die Probe gestellt, als er sich dicht gedrängt mit sämtlichen Einwohnern der Grafschaft im King's Head wiederfand und *dieser Frau* beim Tanz mit einem kräftigen jungen Farmer zusah, wobei sie wirkte, als hätte sie großen Spaß.

In Abwesenheit des Gutsherrn war der eigentliche Herr hier ein Mr Pillsbury, ein recht bedeutender Großbauer, dessen Land auf der westlichen Seite an Gareth' Besitz grenzte, auch wenn es der Mann nicht wusste. Mr Pillsbury und seine Frau, die ihren Mann um einen Kopf überragte, dafür aber nur halb so breit war wie ihr rundlicher Gatte, hatten Gareth neben der Punschschüssel eingekeilt, sodass er nicht fortkam und mit dieser Frau tanzen konnte. Natürlich hätte er das ohnehin nicht gewollt.

»Und werden Sie auf Rushton Park dieses Jahr auch Gesellschaften geben, Mr Lockheart?«, fragte Mrs Pillsbury und klimperte mit den Wimpern, was er als höchst ablenkend empfand, aber wohl nicht auf die intendierte Weise.

Gareth merkte, dass er sie angestarrt hatte. »Gesellschaften?«, wiederholte er. Es war das einzige Wort, das er bewusst wahrgenommen hatte. Es war verflucht heiß hier drin, und es gab nirgends ein Fenster.

»Ja, Bälle, Dinnerpartys und so weiter.«

»Das hatte ich nicht vor.« Seine Antwort löste einen kollektiven Seufzer aus, und Gareth stellte fest, dass sie von Leuten aus dem Ort, hauptsächlich Damen, umringt waren, was ihm zuvor entgangen war. *Dorfbewohnerinnen, die betrübt dreinblickten.*

»Äh, das könnte sich natürlich ändern, wenn die Gärten rechtzeitig fertig werden«, log er.

Ein erleichterter Seufzer ging durch den Raum, und der Luftzug kühlte seinen Nacken. Mrs Lombard war nun in ein Gespräch mit dem stiernackigen Bauern vertieft, während sich eine Gruppe anderer, ebenso kernig aussehender Männer respektvoll im Hintergrund hielt wie Pilger, die vor einem Schrein warteten, bis sie an der Reihe waren.

Gareth stellte seinen unberührten Becher auf dem Tisch ab. »Wenn Sie mich entschuldigen würden«, murmelte er, ohne zu bemerken, dass Mr Pillsbury gesprochen hatte, bis er sich stotternd unterbrochen hatte.

»Oh, natürlich, Sir.«

Gareth schlängelte sich durch die Menge, wobei sein Blick zwischen ihrem lachenden Gesicht und ihrem tiefen Ausschnitt hin und her wanderte. Beides schien ihn locken zu wollen wie ein falsches Leuchtfeuer, das ein Schiff auf verborgene Felsen auflaufen ließ. Er erinnerte sich dunkel an seinen Entschluss, sie ignorieren zu wollen, konnte sich aber nicht mehr daran erinnern, *warum* er das für so eine ausgezeichnete Idee gehalten hatte.

Nun, es war ja keine Schande, wenn man seine Pläne änderte, allerdings hatte er so etwas Radikales noch nie zuvor getan.

Sie sah genau in dem Augenblick auf, als er sich an einer Gruppe junger Mädchen in pastellfarbenen Kleidern vorbeidrückte, die wie ein Blumenstrauß wirkten.

»Mr Lockheart.«

Ein halbes Dutzend Männer wandten bei ihren Worten die Köpfe. Gareth nickte knapp, ohne irgendjemanden außer ihr anzusehen. Er *hasste* es, Menschen in Horden zu begegnen.

»Guten Abend, Mrs Lombard. Ich möchte mich entschuldigen, weil ich Sie allein fahren ließ.«

Ihr Lächeln war so unbekümmert wie immer. »Halb so schlimm. Ich hoffe, es ist alles in Ordnung?«

»O ja.«

Sie wartete mit einem erwartungsvollen Ausdruck im Gesicht, vermutlich in der Hoffnung, er würde mehr sagen. Als ob es seine Gewohnheit gewesen wäre, wie ein Stadtschreier private Dinge durch die Gegend zu posaunen.

Sie deutete auf den Mann, der ihm am nächsten stand, der kräftige Mann ohne Hals. »Sie erinnern sich sicher an Mr Paget.«

Er betrachtete den halslosen Fremden, der ihn breit anlächelte, und wandte sich wieder ihr zu. War das Sarkasmus? Stellte sie ihm eine Falle? Gareth hatte den Mann noch nie im Leben gesehen.

»Sie haben zweifellos den hübschen Spazierweg gesehen, den er in der vergangenen Woche angelegt hat.« Sie hielt inne, und fügte dann als Hinweis hinzu: »Im östlichen Hof. Auf Rushton Park.« Ihr unbekümmertes Lächeln wirkte nun angestrengt.

Gareth hatte den Mann nie gesehen, da war er sich ganz sicher. Und doch war nichts gewonnen, jetzt auf diesem Detail herumzuhacken.

»Ich fand den Spazierweg sehr beeindruckend«, sagte er zu Mr Paget, der ihn anstrahlte. Dann wandte er sich wieder an *die Frau*.

»Würden Sie gern tanzen, Mrs Lombard?«

Sie schaute hinter ihn. »Oh, sie meinen den nächsten Satz?«

Gareth blickte über die Schulter und merkte, dass all die Damen, an denen er sich vorbeigedrückt hatte, beim Tanz waren und nicht bloß umherliefen.

Er wandte sich wieder um und erwischte sie dabei, wie sie sich auf die Lippe biss; ihre Augen glitzerten wieder.

»Ja, vielleicht wäre es besser beim nächsten Satz.«

***

Serena hatte bis heute nicht gemerkt, wie ungelenk Gareth in Gesellschaft war, denn zum ersten Mal sah sie ihn im Umgang mit Fremden. Schließlich konnte ein Abendessen mit ihr und seinem besten Freund wohl kaum als gesellschaftliches Ereignis gelten. In einem Raum voller Leute sah er sie mit demselben starren, verunsichernden Blick an, mit dem er sie zu Hause bedachte.

Sie hätten genauso gut allein sein können, so wenig Beachtung schenkte er den etwa hundert Leuten, die um sie herum waren und von denen die meisten ihn anstarrten und darauf warteten, Beachtung zu finden und vorgestellt zu werden.

Und seine laue Reaktion auf Mr Paget? Der Mann hatte seit *Wochen* an seinem Haus gearbeitet. Es war höchst unangenehm, dass er ihn offensichtlich nicht erkannt hatte. Serena erinnerte sich plötzlich an einen Kommentar – einen von Tausenden – von Mr McElroy: »Gareth ist nicht wie gewöhnliche Männer.«

Sie hatte es auf sein Aussehen bezogen, das auf jeden Fall weit über dem Durchschnitt lag. Oder auch auf seinen Intellekt, der schärfer war als von irgendjemandem, den sie kannte. Jetzt erst wusste sie, dass McElroy *das* gemeint hatte. Seine ... undurchdringliche Fassade.

Zum Beispiel die Art, wie er an ihrer Seite stand und fasziniert die Tanzenden betrachtete, dabei aber die Unterhaltungen ausblendete. Er sah sie an, als hätte er noch nie zuvor eine Tanzfläche gesehen.

Ein schrecklicher Gedanke drängte sich ihr auf. Sie beugte sich näher zu ihm. »Mr Lockheart?«

»Hm?« Er schien den Blick nicht von den Tanzenden nehmen zu können.

»Ich möchte nicht unverschämt erscheinen, aber haben Sie schon einmal getanzt?«

Mit dieser Frage gelang es ihr, seine Aufmerksamkeit zu bekommen. Er zog die Brauen auf eine Weise hoch, die ihn arrogant und herrisch wirken ließ. »Nicht wirklich.«

»*Nicht wirklich?*«, zischelte sie unter ihrem Lächeln hindurch. »Was soll *das* bedeuten?«

Er zuckte mit den Schultern. »Ich habe sie beobachtet. Es scheint mir nicht schwer zu sein.«

Sie konnte sich ein Lachen nicht verkneifen. »Es ist nur Pech, dass das nächste Stück ganz anders sein wird.«

»Juhu, Mr Lockheart!« Mrs Pillsbury kam auf sie zu und winkte ihn mit den Fingern heran.

Serena lachte über seinen verschreckten Ausdruck, und er warf ihr einen beleidigten Blick zu.

»Sagen Sie ihr, Sie haben einen verstauchten Knöchel«, murmelte Serena aus dem Mundwinkel.

»Was?«

»Verstauchter Knöchel«, sagte sie und tarnte ihre Worte mit einem Husten.

»Mr Lockheart, ich würde Ihnen gern die älteste Tochter meines Cousins Ephraim Plunkett vorstellen. Das ist Lily.«

Mr Lockheart machte seine Ungeschicktheit mit einer eleganten Verbeugung wett. »Es ist mir ein Vergnügen, Sie kennenzulernen, Miss Plunkett.«

Mrs Pillsbury schien etwas im Auge zu haben, oder vielleicht litt sie unter einem Tic. Auf jeden Fall blinzelte sie unablässig mit ihren Wimpern. Sie schob das hübsche junge Mädchen näher an Gareth heran und kam selbst näher, wobei sie Serena versehentlich mit dem Ellenbogen anstieß.

»O Mrs Lombard.« Die ältere Frau sah sie an, als ob sie sie gerade erst bemerkt hatte. »Ich habe Sie gar nicht gesehen.«

Ihre unwahrscheinliche Behauptung veranlasste das Objekt ihres Interesses, zuerst Serena, dann Pillsbury und dann die junge Frau scharf anzusehen. Sie wartete darauf, dass Verständnis dämmerte, aber sie sollte vergeblich warten.

Serena hatte Mrs Pillsbury noch nicht in der Stadt gesehen, aber sie hatte gehört, dass man von ihr als eine der herausragenden Persönlichkeiten im Ort gesprochen hatte. Was keine Erwähnung gefunden hatte, war Mrs Pillsburys militanter Drang, ihre jüngere weibliche Verwandte zu einer möglichst opportunen ehelichen Verbindung zu führen. In dieser Mission ließ sie sich auch von Mr Lockhearts offensichtlichem Desinteresse an der reizenden jungen Dame in seiner unmittelbaren Nähe nicht entmutigen.

Auch wenn sie vornehmlich herübergekommen war, um ihre Nichte vorzustellen und zweifellos mindestens einen Tanz für sie zu vermitteln, schwadronierte Mrs Pillsbury unablässig über eine Reihe anderer Themen.

Gareth fixierte sie zunächst, begann dann, auf der Stelle zu treten, wandte ihr schließlich den Rücken zu und starrte Serena an.

Mrs Pillsburys Stimme brach bei dieser nie dagewesenen Demonstration von Desinteresse urplötzlich ab.

»Ich habe über die Bäume nachgedacht, die Sie für die Zufahrt vorgeschlagen haben, Mrs Lombard.«

Mrs Pillsbury ließ ein verärgertes Gurren hören, aber Gareth schien es nicht zu bemerken. Sein Blick blieb starr geradeaus gerichtet, und seine schönen – und, wie sie wusste, weichen und geschickten – Lippen waren zu einem strengen Strich zusammengepresst, sodass sie den Eindruck gewann, dass er absolut nicht über Bäume sprach.

***

Dieses Pillsbury-Weib war wie eine riesige Klette. Eine, die sprechen und sich bewegen konnte.

Immer wenn es Gareth gelang, ihr unablässiges Gerede aus seinem Kopf zu verbannen und sich auf etwas Wichtigeres zu konzentrieren – wie zum Beispiel *diese Frau* – ersann Mrs Pillsbury eine neue Strategie.

»Ich fürchte, Lily ist von recht empfindlicher Konstitution, Mr Lockheart. Möglicherweise möchten Sie sie irgendwohin begleiten, wo sie sich ein wenig ausruhen kann und ihr ein Glas Limonade holen?« Das teuflische Weibsbild legte eine Hand auf die Schulter ihrer Nichte und schubste diese in seine Richtung.

Gareth warf Serena einen Blick zu, die ihn mit einem leichten Lächeln ansah. Neugier und gespannte Erwartung lagen in ihrem Blick. Es war fast, als ob sie diese Hetzjagd *amüsant* fand.

»Es wäre mir ein Vergnügen, äh, Mrs Pillsbury.« Er hatte den Namen der jungen Frau vergessen. Das passierte ihm nie. Er konnte sich nicht erinnern, jemals zuvor etwas vergessen zu haben. Er schob einen verstörenden Gedanken beiseite und führte das Mädchen zu einem freien Stuhl, während ihre Tante in ihrem Gefolge unablässig weiterplapperte. Nachdem er sie abgeliefert und dafür gesorgt hatte, dass sie es bequem hatten, ging er zum Erfrischungsstand, der sich von *dieser Frau* aus betrachtet auf der gegenüberliegenden Seite des Raumes befand. Doch die hatte sich ohnehin wieder unter ihre Horde von Bewunderern gemischt und schien ihn bereits völlig vergessen zu haben.

Gareth hatte sich gerade von dem Bediensteten, der die Limonade ausschenkte, ein Glas geben lassen, als er jemanden an seiner Seite bemerkte. Er wandte sich um und sah, dass es Edward Poundsworth war, ebenso wie er ein Mitglied der *London Mathematical Society*, der ihn breit anlächelte.

Der unerwartete Anblick verwirrte Gareth; es war, als ob man seinen Zahnarzt beim Pflügen eines Feldes antraf oder den Schneider dabei, wie er ein Pferd neu beschlug.

»Poundsworth«, rief er dümmlich.

»Ein Zufall, Sie hier zu treffen, Lockheart!« Poundsworth schlug ihm auf den Rücken, und Gareth konnte sich gerade noch zurückhalten, nicht zusammenzuzucken. Er war heute Abend bereits so malträtiert worden, dass er langsam abgestumpft war.

»Was tun Sie denn hier?«, fragte er unhöflich.

»Besuch' meinen Onkel, Sir Richard.« Poundsworth nahm die Brille ab und begann, sie mit dem Ärmel seiner schlechtsitzenden Jacke zu putzen. Das tat er immer, aber seine Brille – die dickste, die Gareth je gesehen hatte – hatte dennoch stets Fingerabdrücke und Schmutz auf den Gläsern.

»*Sie* sind also einer der Verwandten des Gutsherrn Nelby.« Das war alles, was Gareth in diesem Moment einfiel. Wie unhöflich diese Frage klang, ging ihm erst auf, als die Worte ihm bereits entschlüpft waren.

Doch Poundsworth, ein heiteres Gemüt, lachte nur. »Ja, einer von vielen Neffen und Nichten. Ich bin für einen jährlichen Höflichkeitsbesuch da, obwohl ich sie in den vergangenen Jahren ausgelassen habe.« Er setzte die Brille wieder auf, und Gareth versuchte, nicht das Gesicht zu verziehen, als er ihn durch die Gläser anschaute, die aussahen, als hätte eine Kuh daran geleckt.

»Ich hörte, Sie haben den gesamten Landbesitz des alten Herrn erworben.« Gareth musste in seiner Mimik unwissentlich eine Reaktion gezeigt haben. »Ach was, ärgern Sie sich nicht, alter Knabe.« Poundsworth hob die Hand und klopfte ihm ermunternd auf die Schulter, schien sich aber im letzten Augenblick daran zu erinnern, wie ungern Gareth berührt wurde. »Ich habe den Transport des Felsens heute verpasst, was schade ist. Ich habe gehört, es war fantastisch. Übrigens, waren Sie beim letzten Treffen?«

Es gab nur ein *Treffen*, auf das er sich beziehen konnte: das monatliche Treffen der *London Mathematical Society*.

Gareth war nicht dort gewesen, aber er hatte die Diskussion im Protokoll verfolgt, das nach jedem Treffen gedruckt und verteilt wurde.

»Haben Sie gesehen, was Congreave für die Bexam-Gleichung vorgeschlagen hat?«

Gareth stellte die Limonade auf dem Erfrischungsstand ab.

»Hat er eine Empfehlung abgegeben?« Er runzelte die Stirn. »Davon stand nichts im Protokoll.«

»Nein, er hat es erst vergangene Woche bei einem spontanen Clubtreffen bei Sheffles vorgeschlagen.« Sheffles war eines der wenigen verbliebenen Kaffeehäuser in London. Es war ein ziemlich heruntergekommen wirkendes Loch in einem recht gefährlichen Winkel der Stadt; die Art Lokal, in dem es den Wirt nicht störte, wenn Mitglieder der LMS die Tische in Beschlag nahmen und den ganzen Tag über Mathematik stritten. Poundsworth grinste Gareth an. »Lassen Sie mich Ihnen zeigen, was der Trottel vorgeschlagen hat.«

Eine unbestimmte Zeit später waren Poundsworth und Gareth an einer Ecke des Erfrischungsstands, die sie freigeräumt hatten über einen Notizblock gebeugt. Der kleinere Mann hatte ihn mitgebracht, weil *sein* Kammerdiener anscheinend nicht seufzte und die Augen zum Himmel verdrehte, weil so etwas den eleganten Sitz des Anzugs zerstörte. Er war auch so umsichtig gewesen, einen Grafitstift mitzubringen, den Gareth gerade dazu verwendete, um Congreaves idiotische neue Theorie zu widerlegen.

»Sehen Sie hier, Poundsworth ...« Doch als sein Gegenüber die Formel nicht kommentierte, sah Gareth auf.

Serena Lombard lächelte auf ihn herab.

Gareth erhob sich.

»Ich dachte, ich sollte Sie wissen lassen, dass es Zeit für das Supper ist.«

Poundsworth blinzelte wie eine Eule durch seine Brille, die nun mit Grafitstaub beschmiert war.

Gareth sah sich um und stellte erstaunt fest, dass der Tanz tatsächlich geendet hatte.

Poundsworth war der erste, der seine Fassung wiederfand. »Ojemine.« Er lachte, seine runden Wangen glühend rot. »Ich fürchte, wir haben uns unbeliebt gemacht, alter Knabe.«

Gareth schüttelte sich. »Mrs Lombard, das ist Edward Poundsworth.«

»Sehr erfreut, Mr Poundsworth.« Sie deutete zu einem Tisch am anderen Ende der nunmehr leeren Tanzfläche, wo Mr und Mrs Pillsbury mit ihrer Nichte saßen und finster in ihre Richtung starrten.

Gareth schaute auf das leere Glas auf dem Tisch; er musste während der hitzigen Diskussion die Limonade getrunken haben.

»Ich fürchte, Sie müssen Ihr Versäumnis bei Mrs Pillsbury wieder gutmachen, Mr Lockheart.«

Gareth hörte das Amüsement in ihrer Stimme, was seinen Verdacht bestätigte, dass sie sich tatsächlich an seinem Unbehagen ergötzt hatte und es noch immer tat.

KAPITEL SIEBZEHN

Die kurze Rückfahrt nach Rushton Park verbrachten sie zum größten Teil schweigend. Gareth schien konzentriert über etwas nachzudenken – vermutlich über das mathematische Problem, das er und sein Freund Poundsworth inmitten der Tanzveranstaltung diskutiert hatten.

Serena lächelte und erinnerte sich an ihre Gesichter, als sie sie dabei ertappt hatte. Es war, als hätte sie zwei Knaben dabei erwischt, wie sie Vogelnester ausräuberten oder Süßigkeiten aus der Küche stibitzten. Gareth hatte lebhaft und erhitzt ausgesehen, sein für gewöhnlich perfekt frisiertes Haar zerzaust und zerfurcht, als ob ein winziger Bauer einen Teil davon zerpflügt und den Rest zu Heuhaufen aufgetürmt hätte.

Sie betrachtete sein Gesicht im Licht der Lampe, die das Innere der Kutsche erleuchtete.

Er starrte aus dem Fenster oder vielleicht auf sein Spiegelbild im Glas. Sein starkes, kantiges Profil war ihr zugewandt. Eine kurze Erinnerung an den gestrigen Tag blitzte vor ihr auf: Gareth, dessen Blick sich in ihren brannte, seine Kiefer aufeinandergepresst und seine Nasenflügel gebläht, wie er ihren Körper gegen seinen presste und tief und kontrolliert in sie stieß.

Sie schluckte und senkte den Blick auf ihren Schoß. Warum sprach er nicht mit ihr? Sie hatte sich gerade zurechtgelegt, was sie zu ihm sagen wollte, als das Geräusch von Kopfsteinpflaster unter den Wagenrädern ankündigte, dass sie bereits am Ziel waren.

Gareth öffnete die Tür, bevor die Kutsche noch ganz zum Stehen gekommen war, sprang die Stufen hinunter und half ihr hinaus. Sie übergaben ihre Sachen dem wartenden Diener und gingen schweigend zum Fuß der Treppe. Sie wollte ihn gerade fragen, ob er gern etwas Tee trinken wollte, als er sich ihr zuwandte.

»Vielen Dank für diesen vergnüglichen Abend, Mrs Lombard.«

Bevor sie noch etwas entgegnen konnte, durchquerte er die Eingangshalle in Richtung Bibliothek.

Selbst für Gareth Lockheart war dieses Verhalten seltsam.

Serena dachte weiter über sein merkwürdiges Verhalten nach, während sie sich entkleidete und Nachthemd und Morgenrock anzog.

Sie war noch immer mit diesen Gedanken beschäftigt, als sie etwas später im Flur jemanden sprechen hörte. Als sie hinausspähte, sah sie die Rückansicht von Gareth und seinem Kammerdiener, die soeben um die Ecke verschwanden.

Sie schloss die Tür und sah auf die Uhr: Es war nach eins. Auf dem Land endeten Vergnügungen früh, und sie waren vor Mitternacht aus dem King's Head aufgebrochen. Sie war fast eine Stunde unruhig auf und ab gegangen. Sie wusste genau, dass sie nicht würde einschlafen können.

Sie sollte zu ihm gehen und ihn direkt fragen, was los war. Er war ein Mann, der Direktheit zu schätzen wusste, das hatte sie fast gleich zu Anfang festgestellt.

Serena stöhnte. Frauen von gutem Ruf suchten Männer nicht um ein Uhr morgens in ihrem Zimmer auf. Frauen von gutem Ruf suchten Männer *überhaupt nicht* in ihrem Zimmer auf, ganz gleich, zu welcher Tageszeit. Frauen von gutem Ruf zogen sich auch nicht am helllichten Tag vor Männern aus.

Sie ließ sich in den Ohrensessel neben dem Kamin fallen und nahm ihr Skizzenbuch aus ihrer fast leeren Tasche. Den Rest ihres Inhalts, die Miniatur, die Heiratsurkunde und das Geld, hatte sie in ihr Retikül gesteckt, das sie heute Abend mitgenommen hatte, um die Sachen wie immer bei sich zu tragen.

Für das Skizzenbuch war kein Platz gewesen. Sie hatte Dutzende Skizzenbücher, aber dieses eine, mit den Zeichnungen von Gareth, war nun ein Wertgegenstand. Sie blätterte durch das Buch, bis sie ihre Lieblingszeichnung fand. Er hatte zu Oliver hinübergeschaut, der am Ufer gewesen war. Er hatte ein Lächeln im Gesicht, das sie noch nie an ihm gesehen hatte, und sie hatte gleich gewusst, dass die beiden sich wegen ihrer Männlichkeit oder dem Mangel daran geneckt hatten.

Vorsichtig trennte sie die Seite heraus, faltete sie zusammen und steckte sie zu der Heiratsurkunde. So, nun musste sie sich keine Sorgen mehr machen, ihn vollkommen aus den Augen zu verlieren, sollten Oliver und sie fliehen müssen.

***

Gareth drosch mit einer Wucht auf den Ledersack ein, dass einer der Säume platzte und Sand auf den gepolsterten Boden rieselte. Er packte den Sack mit beiden Händen und hielt ihn fest. Dabei legte er den Kopf auf die Unterarme, bis sich sein Atem beruhigte.

Sein Inneres hatte sich in zwei Lager gespalten. Auf der einen Seite waren Vernunft und Ruhe und Mathematik, noch immer ärgerte es ihn, dass er hatte aufhören müssen, bevor er und Poundsworth ihre Gegendarstellung hatten beenden können. Und auf der anderen Seite war diese Frau. Sie hatte die Hälfte seiner Konzentration in Besitz genommen. Vielleicht sogar mehr als fünfzig Prozent?

Gareth schüttelte den Kopf über diesen unsinnigen Gedanken.

Er sagte sich, dass er das Richtige getan hatte. Er hatte getan, was ein *Gentleman* getan hätte, als er sie allein in der Eingangshalle zurückgelassen hatte. Er musste gestehen, dass er beim Erwachen heute Morgen den Plan noch nicht vollständig aufgegeben hatte, sich erst über sie herzumachen, um sie dann eiskalt zu verlassen. Doch irgendwann am Abend war ihm, ohne dass es ihm richtig bewusst gewesen wäre, die Erkenntnis gekommen, dass eine so billige, kindische Rache unter seiner Würde war. Es war eigentlich unter aller Würde, oder sollte es zumindest sein. Also hatte er, anstatt über sie herzufallen, seine verletzten Gefühle mit in die Bibliothek genommen und Vorbereitungen auf seine morgige Abreise getroffen. Und doch war er hier um zwei Uhr morgens und drosch auf diesen verfluchten Sack ein.

Er hatte Chalmers zu Bett geschickt, nachdem der Mann ihn mit Fragen nach ihrem Ziel und der Dauer ihres Aufenthalts und derlei Dingen fast um den Verstand gebracht hatte.

»*Sie* fahren nach London und werden dort auf mich warten, Chalmers.« Das Letzte, was Gareth gebrauchen konnte, war mehr Publikum für Decs Fehlverhalten, auch wenn sein griesgrämiger Kammerdiener das meiste ohnehin schon gesehen hatte. Dennoch, Gareth wollte diese Reise allein antreten. Er hatte sich jahrelang ohne einen Kammerdiener angezogen, also konnte er es auch jetzt.

Als er Chalmers zum Packen geschickt hatte, zog er sich bis auf die Unterhose aus und begann, die Dämonen auszutreiben, die von ihm Besitz ergriffen hatten. Er hätte die Fäuste bandagieren sollen, stellte er fest, als er die zerkratzten, geschwollenen Fingerknöchel sah. Er hörte hinter sich ein Geräusch und seufzte.

»Chalmers, ich habe ...«, er brach ab. Es war nicht Chalmers, sondern *die Frau*, die dort in der Tür stand.

Sie schluckte so schwer, dass er es durch den ganzen Raum hören konnte.

»Es tut mir leid. Ich habe angeklopft. Ich dachte, Ihr Kammerdiener wäre hier drin. Ich hörte Sie miteinander sprechen, als Sie an meinem Zimmer vorbeigingen. Ich dachte, vielleicht hätten Sie mich nicht gehört, weil Sie beschäftigt waren. Ich wollte nicht ...«, sie unterbrach sich, als er auf sie zukam. Ihr Blick wanderte über seine nackte Brust und dann tiefer zu der Stelle, an der es ersichtlich war, dass sein Körper sich über ihr unerwartetes Erscheinen freute.

Er blieb einen halben Meter von ihr entfernt stehen und machte sich nicht die Mühe, seinen Morgenrock überzuziehen oder seinen schweißglänzenden Körper oder seine wachsende Erektion zu bedecken.

Wenn sie darauf bestand, in seine Privatsphäre einzudringen, musste sie die Konsequenzen tragen.

»Wie kann ich Ihnen helfen, Mrs Lombard?«

Sie benetzte ihre Lippen auf eine Weise, die seine Erektion pulsieren ließ. Langsam wie eine Schildkröte bewegte sich ihr Blick von seiner Hüfte hinauf zu seinem Gesicht.

Wieder schluckte sie, und ihre Brust hob und senkte sich rasch und unregelmäßig. »Ihre Tasche steht neben der Tür. Reisen Sie ab?« Ihre Stimme klang angespannt, und es freute ihn, dass er ihr zumindest mit seinem Körper Unbehagen bereiten konnte.

»Morgen früh.«

»Aber Sie sagten, Sie würden noch bleiben, bis wir beginnen, den See aufzustauen.«

»Ich habe mich umentschieden.«

Sie nickte langsam, und ihr Ausdruck war eigenartig ... betroffen.

Ein Klumpen Wut stieg aus seinem Magen auf und drohte vorübergehend, ihn zu ersticken. Sie war eine erstaunlich begabte Schauspielerin; sie sollte nicht mit Dreck und Steinen spielen, sondern auf der Bühne stehen. *Was nahm sie sich heraus*, so zu tun, als ob es sie interessierte, was er vorhatte oder wohin er ging? Machte es ihr gar nichts aus, in der einen Nacht ihren Geliebten in ihr Bett zu lassen und in der nächsten in Gareth' Bett zu schlüpfen?

Er machte einen weiteren Schritt auf sie zu, wobei er ausnahmsweise seine extreme Reinlichkeit ignorierte. Es war ihm egal, dass er verschwitzt war und zweifelsohne roch wie ein Tier auf dem Bauernhof.

»Sie haben mir noch immer nicht gesagt, wie ich Ihnen helfen kann, Mrs Lombard.«

Sie musste ihren Hals recken, um ihm in die Augen zu sehen.

»Sind Sie wütend auf mich?«

Ihre Frage ließ ihn abrupt stehenbleiben, als wäre er auf eine Steinmauer getroffen. Bevor er noch über eine Antwort nachdenken konnte, berührte sie ihn. Sachte wie eine sanfte Brise legte sich ihre Hand auf seine Brust.

Gareth verlor die Kontrolle, und er presste seine Lippen so heftig auf ihre, dass sein Mund sich mit dem metallischen Geschmack von Blut füllte. Sein Blut, ihr Blut, er wusste es nicht, und es war ihm auch egal. Sie krallte die Finger in sein Haar, zog ihn heftig zu sich und begegnete seiner rücksichtlos eindringenden Zunge mit derselben Heftigkeit.

Sie drückte die Hüfte gegen seine, und seine Gedanken verloren sich, als sie sich aneinander rieben wie brünstige Tiere.

Vage nahm er das Geräusch von zerreißendem Stoff wahr und bemerkte, dass es ihr Morgenmantel war. Er ließ von ihrem Hals ab, an dem er fest genug gesaugt hatte, um einen Fleck zu hinterlassen, und betrachtete sie. Sie selbst hatte die Verschlüsse an ihrem Morgenrock bei dem Versuch zerrissen, sie zu öffnen. Gareth packte das zarte Nachthemd, das sie darunter trug mit beiden Händen und zerriss es der Länge nach.

Sie schüttelte sich und zerrte an den Kleidern, bis beides auf dem Boden landete. Als sie seine Unterhose ausziehen wollte, hielt er sie zurück, indem er ihre Handgelenke packte und über ihren Kopf hielt.

»Was?«, fragte sie. Ihre Augen, die vor einem Augenblick noch so trunken vor Leidenschaft gewesen waren, hatte sie nun vor Schreck aufgerissen, als er sie unbarmherzig festhielt. Gareth hielt inne, um die

Muskulatur ihrer Arme zu bewundern, der Arme einer Frau, die körperlich arbeitete in Verbindung mit dem üppigen, reifen Körper einer Frau, der zur Lust geschaffen war.

»Hören Sie auf, sich zu wehren«, befahl er.

Sie hörte auf, ihre Lippen waren geöffnet, ihr Atem ging flach und unregelmäßig.

Er zog ihre Hände höher, ohne dass sie Widerstand leistete, und streckte sie, bis sie auf ihren Zehen stehen musste. Er saugte ihre gespannte, verletzliche Form in sich auf. Die Haltung ihrer Arme ließ die Brüste hervortreten, sodass die steifen Spitzen nach oben zeigten. Er drückte sie die kurze Strecke nach hinten und presste sie gegen die Tür.

»Ich werde Sie jetzt loslassen, Mrs Lombard. Sie können entweder meinen Morgenmantel nehmen, ihn anziehen und auf ihr Zimmer gehen, oder Sie können sich am Türrahmen festhalten und genau tun, was ich Ihnen sage. Sie haben die Wahl.«

Er ließ ihre Hände los und rechnete damit, dass sie sie sinken lassen würde. Stattdessen blieben sie, wo sie waren, ineinander verschränkt.

Er beobachtete, wie sich ihr Hals bewegte, als ob sie damit kämpfte, die Worte zu finden und sie hinauszupressen.

»Ich möchte bleiben.«

Gareth biss die Kiefer aufeinander, und sein Körper spannte sich an, als ein kaum auszuhaltendes Gefühl der Erwartung durch ihn raste. Sein Inneres brüllte, er solle sie packen und in sie stoßen, das wilde Verlangen stillen, das er nach ihr hatte. Doch er hatte sich so fest im Griff wie sie noch kurz zuvor.

»Halten Sie sich am Türrahmen fest.«

Sie tat es, und er nickte. »Bleiben Sie so.« Er bewegte die Hand zum Band seiner sich deutlich wölbenden Unterhose. Ihr Blick verfolgte ihn dabei. Er löste das Band, schob den feinen Batiststoff abwärts, stieg aus den Beinöffnungen und hob die Hose auf. Er ließ sich Zeit, sie ordentlich zusammenzulegen und über den Stuhl zu legen. Er tat es nur, um seine Kontrolle über sie zu testen, denn Chalmers würde sie ohnehin nur in einen Wäschesack stopfen, wenn er sie dort vorfinden würde.

Er näherte sich ihr, achtete aber darauf, dass sich ihre Körper nicht berührten.

Ihr Blick fiel auf seine Erektion, die unter ihrem Blick zuckte. Erste Lusttropfen hatten sich gebildet. Er kam nah genug heran, dass die empfindliche Spitze ihre Mitte berührte. Ein befriedigender Seufzer stieg tief aus ihrer Kehle auf, sie erzitterte, schloss die Augen und legte den Kopf in den Nacken.

»Sieh mich an.«

Sie schluckte schwer, öffnete aber die Augen.

Er bewegte die Hüfte, sodass sein Glied leicht gegen ihren weichen Bauch rieb. Der Anblick ihrer pochenden Schlagader und ihrer erigierten Brustwarzen erregte Gareth. Diese Zeichen des Verlangens konnte sie nicht vortäuschen. Sie mochte ihn benutzen, aber zumindest wollte sie das hier, seinen Körper und was er damit anstellen konnte, mindestens genauso sehr wie er.

»Ich möchte mich tief in dir versenken.« Er rieb seine Männlichkeit an ihr, und sie stöhnte auf, als er in ihr Ohr flüsterte: »Aber das weißt du, nicht wahr?« Er trat zurück, sodass sich ihre Körper nicht mehr berührten und hob die Hände mit den Handflächen nach vorn. Mit kreisenden Bewegungen strich er über die steifen Spitzen ihrer Brüste, wobei er sie gerade eben berührte.

Sie zuckte zusammen, drängte sich ihm entgegen und drückte den Rücken durch. Ihre Hände packten noch immer den Türrahmen über ihrem Kopf, sodass ihre beeindruckenden Armmuskeln sich spannten wie die Sehne eines Bogens.

Gareth hätte gern ihre Handgelenke zusammengebunden und ihre Arme, um sie zu fesseln, aber heute Nacht hatte er für solche Spiele keine Geduld, außerdem fehlte es ihm an Venetias umfangreicher Ausrüstung. Er beschloss, dass ihm das hier noch besser gefiel, wenn sie sich freiwillig selbst fesselte. Mit federleichten Bewegungen strich er an ihren Seiten entlang. Ihr Körper bebte, und ihr Blick war heiß und voll Verlangen, der Puls, der an ihrem Hals sichtbar war, raste.

Er ließ sich Zeit, sparte die kleinen, steinharten Brustwarzen aus und fuhr die sinnliche Kurve ihrer Hüfte nach, die weiche, samtene Wölbung ihres Bauchs und das Fleisch ihrer bebenden Schenkel.

Ein leises, wütendes Grollen stieg tief aus ihrem Innern auf.

Gareth hätte sagen können, dass die Folter für ihn schlimmer war als für sie. Sein Körper schmerzte vor Verlangen, aber sie war ein Festmahl, und er hatte nur diese eine Chance, jeden Teil von ihr zu genießen. Er ließ seine Zunge über ihre Brust schnellen, sodass sie zusammenzuckte. Dann die andere, und wieder die erste. Er wechselte von der einen zur anderen, saugte, zog und knabberte an dem zarten Fleisch.

Sie wand sich unter ihm, presste sich seinen Lippen entgegen, wenn sie sich wegbewegten.

Er höre so abrupt auf, wie er begonnen hatte. »Arme über den Kopf, Mrs Lombard.«

Gareth prägte sich ihren ungläubig staunenden Ausdruck ein und legte ihn sorgsam in seinen Erinnerungen ab wie ein gieriges Eichhörnchen, das Nüsse für schlechte Zeiten versteckte.

Ihre Hände schoben sich wieder am Türrahmen aufwärts.

»Höher«, befahl er, als sie innehielt und nickte, als ihre Ellenbogen durchgestreckt waren. »Gut. Lass sie da.« Er ging in die Hocke, und sie zuckte bei der plötzlichen Bewegung zusammen. Als er aufschaute, sah er, dass ihr Kopf die Wand nicht mehr berührte und sie die Hände hatte sinken lassen.

Dieses Mal musste er nur die Brauen heben und sie drückte die Arme wieder durch. Doch sie ließ ihn nicht aus dem Blick.

Er genoss seine Macht, beugte sich vor und leckte über den spärlichen, goldenen Flaum, der die sanfte Kurve ihres Unterleibs bedeckte.

Sie sog scharf die Luft ein, aber er ignorierte es. Er umkreiste ihren Nabel mit der Zunge und tauchte hinein.

»Oh.«

Gareth lächelte an ihre samtene Haut geschmiegt und erkundete die empfindliche Vertiefung, während seine Hände von ihrer Hüfte zu ihren Knöcheln glitten und die wundervolle Form ihrer Beine nachfuhren. Hinauf und wieder abwärts. Und hoch und runter. Bis er beide ihrer zarten Knöchel mit den Händen umschloss und sie sachte auseinanderzog.

Ohne Widerstand öffnete sie die Beine, und er ließ sich in eine bequemere Hocke hinunter. Noch einmal strich er an ihren Beinen aufwärts, doch dieses Mal hielt er an der Stelle inne, an der sich ihre Schenkel trafen. Ihre Hüfte zitterte unter seiner Berührung, als er die Daumen auf ihren Venushügel zubewegte. Gareth nahm den Blick lang genug von ihr, um sicherzustellen, dass sie noch immer gehorchte. In ihrem Blick lag eine Mischung aus purer Lust und Neugier, der ihm verriet, dass sie noch nie den Mund eines Mannes auf diesem Teil ihres Körpers gespürt hatte.

Diese Erkenntnis jagte einen Blitz der Lust durch seinen Körper direkt zu seiner Männlichkeit, und er teilte ihre Lippen und saugte ihre harte, kleine Perle in den Mund.

***

Serena biss sich fest auf die Unterlippe, um die tierischen Laute zu unterdrücken, die sie ausstoßen wollte, aber es war vergebens. Sich aufrecht zu halten, verlangte bereits ihre gesamte Willenskraft.

Der Rest ihrer Fähigkeiten hatte sich davongemacht, Opfer des alles übersteigenden Lustempfindens zwischen ihren Schenkeln.

Allein sein Anblick hätte genügt, um ihren Körper in die vollkommene Ekstase zu stürzen: breite Schultern wie gemeißelt, kräftige Hände, die über ihre Schenkel strichen, Armmuskeln, die sich unter gezügelter Kraft anspannten, während er sie vollkommen um den Verstand brachte.

Sie wollte sein Gesicht dabei sehen, aber seine zerzausten braunen Locken verbargen, was sein sündhafter Mund und seine Zunge anstellten.

Sie hatte geglaubt, dass seine Berührungen gestern – war es erst gestern gewesen? – das Erotischste gewesen waren, was sie je empfunden hatte. Sie hatte sich getäuscht.

Er schob ihre Schenkel weiter auseinander, und sie öffnete sich ihm willig. Ein entfernter Teil ihres Verstandes sagte ihr, dass sie sich später dafür schämen würde. Aber jetzt ...

Sein Mund war heiß und geschickt, und es fühlte sich an, als hätte er ein halbes Dutzend Zungen. Ihr Höhepunkt kam schnell und war heftig, sodass sie überrascht aufschrie und sich ihm entgegenpresste.

Noch immer ließ das Nachbeben sie erzittern, als er sich erhob, und sie mit einer kraftvollen Bewegung hochhob. Sie schlang die Beine um seine Taille, und er schob die Hände unter ihren Hintern. Seine Lippen waren rot und feuchtglänzend, seine Augen wirkten schwarz wie Kohle.

»Du kannst jetzt den Türrahmen loslassen.«

Aus diesen Worten sprachen Triumph und Amüsement, aber es kümmerte sie nicht. Sie würde alles tun, was er von ihr verlangte, um das noch einmal zu spüren.

»Berühr mich.«

Sie fiel über seinen Mund her wie eine Verhungernde, verschlang ihn, so wie er sie verschlungen hatte, und konnte sich auf seiner Zunge schmecken. Während sie sich küssten, hob er sie weiter an, bis sie seine heiße, drängende Eichel an ihrem Geschlecht spürte.

Er lehnte sich gerade so weit nach hinten, dass sie zwischen ihnen hinabsehen konnte. Seinen flachen, definierten, verschwitzten Bauch an ihrem weichen, bebenden.

Er hob sie weiter an, sodass sie seine Erektion sehen konnte.

»Hilf mir hinein.«

Serena umschloss ihn mit der Hand und genoss es wie er scharf Luft holte und wie er sich in ihrer Hand anfühlte. Sie streichelte ihn und verteilte dabei die Feuchtigkeit aus ihrer engen Spalte über die seidige, harte Spitze, bevor sie seine Männlichkeit zwischen ihre Schenkel führte.

Ein tiefes Grollen der Lust stieg in ihm auf, als sie sich Zentimeter um steinharten Zentimeter auf seinen Schaft senkte und nicht aufhörte, bis er vollkommen umfangen war. Sie kippte die Hüfte, um ihn noch tiefer in sich aufzunehmen; die Bewegung ließ ihn aufstöhnen.

Zu hören, wie dieser für gewöhnlich so ruhige Mann die Kontrolle verlor, war für sie ein beinahe ebenso erregendes Gefühl wie sein dickes, hartes Glied in sich zu spüren.

Beinahe.

Serena küsste seinen Kiefer, sein Kinn, seine Wange und seinen Hals, alle Stellen, die sie erreichen konnte, und er begann, sich zu bewegen. Langsam zog er sich zurück und stieß dann wieder wild in sie.

Sie beide stöhnten vor Lust.

»Gareth«, flüsterte sie an seinem Ohr. »Ja.«

Er stellte die Füße etwa schulterbreit auseinander, um einen festeren Stand zu haben, während er sie bearbeitete und mit jedem brutalen Stoß tiefer in sie eindrang. Die Anstrengung verwandelte seinen Atem in raue Huster, seine Muskeln spannten und entspannten sich und waren wie Eisen unter seiner feuchten Haut.

Zu sehen, wie er sich verausgabte, war fast ebenso erotisch wie das, was er mit ihr anstellte.

Fast.

Auch jetzt, als er sie bereits zum Höhepunkt gebracht hatte, gelang es ihm, mit jedem Stoß jene sensible Stelle ihres Körpers zu reiben, was sie vor ihm zum Gipfel trieb.

Die Lust verzehrte sie, und es drang nur vage in ihr Bewusstsein, dass er heftiger atmete und sein Muskelspiel mit jedem Stoß unkoordinierter wurde. Sie zwang sich, die schweren Lider zu öffnen, um zu sehen, wie er vollends die Kontrolle verlor. Seine Augen waren geschlossen, die Kiefer fest zusammengebissen, und seine Nasenflügel bebten mit jedem kräftigen Hüftstoß. Er begann zu zittern und das letzte bisschen Kontrolle zu verlieren. Mit einem heiseren Schrei stieß er noch einmal tief in sie und entlud sich.

Serena klammerte sich an ihn und hörte, wie sein Herz gegen den Brustkorb hämmerte. Sie genoss das Gefühl seiner starken Arme, die sie umfingen; sie wollte ihn niemals wieder loslassen.

***

Gareth verließ für einen Augenblick seinen Körper. Die Schauer, die ihn schüttelten, ebbten allmählich ab, bis nur noch eine schwere Trägheit und ein Gefühl der Zufriedenheit übrigblieben. Doch er konnte so nicht einschlafen. Er hob sie noch etwas höher, streckte dann die Beine durch und trug sie in das Zimmer nebenan, wo er sie vorsichtig auf sein Bett legte.

Sie sah lächelnd zu ihm auf, machte ein zufriedenes Geräusch und rollte sich zum Schlafen zusammen. Gareth schüttelte verwundert den Kopf und zog die Decke über sie. Als er sie zugedeckt hatte, waren ihre Augen geschlossen, und sie atmete tief und regelmäßig.

Gareth ließ sie schlafend zurück und tappte nackt ins Badezimmer, das neben seinem Ankleidezimmer lag. Wie alle Suiten des Hauses gab es dort einen Kamin, der einen Wassertank darüber beheizte. Der Tank war hinter einem Holzpaneel verborgen, das irgendeine geschäftstüchtige Person mit einer pastoralen Szene bemalt hatte. Er drehte das Ventil auf und ließ heißes Wasser in die Wanne laufen.

Als er in das Wasser getaucht war, lehnte er sich zurück und entspannte. Äußerlich. Im Innern war sein für gewöhnlich geordneter Verstand wie ein Schiff, das von meuternden Matrosen übernommen worden war.

Er hätte ihr sagen sollen, dass alles in Ordnung war und sie fortschicken. Er hätte ihr sagen sollen, dass er nie vorgehabt hatte, mehr als ein geschäftliches Verhältnis mit ihr zu haben. Stattdessen hatte er eine sexuelle Fantasie ausgelebt.

Allein beim Gedanken an die besagte Fantasie wurde er wieder hart. Venetia hatte Gareth alle Träume erfüllt und darüber hinaus noch Dinge getan, die er sich nie hätte träumen lassen. Es hatte ihn nicht überrascht, dass es ihm gefiel, seine Geliebten zu fesseln. Er kannte sich gut genug, um zu wissen, dass er Kontrolle über alles schätzte: Kontrolle über Ereignisse, über sich selbst, seine Umwelt – über alles, was wichtig war. Die Lust einer Geliebten zu kontrollieren war nur der nächste logische Schritt.

Er hatte seine Nächte mit Venetia immer genossen, aber diese explosiven Zusammenstöße mit Mrs Lombard? Gareth schüttelte den Kopf; ihm fehlten die Worte für das, was er in diesem Moment empfand.

Die Frauen waren natürlich verschieden, aber es war nicht nur das. Mit Venetia hatte er geschlafen und war gegangen. Er hatte sie vergessen, bis er das nächste Mal sexuelle Erleichterung brauchte.

Jetzt war er noch weiter davon entfernt, Serena Lombard vergessen zu können, als *bevor* er sein Verlangen befriedigt hatte. Soweit er erkennen konnte, schien jede Begegnung mit ihr einen immer tieferen Eindruck auf seinen Verstand zu hinterlassen und seine Fähigkeit zu schwächen, seine Gedanken kontrollieren zu können, obwohl er dies normalerweise mit gnadenloser Härte tat. Und wo er gerade an Härte dachte, noch nie zuvor hatte er so dringende und unersättliche körperliche Bedürfnisse gehabt. Vor weniger als einer Stunde hatte er sich vollkommen verausgabt, und doch wollte er sie wieder. Und wieder.

Er schüttelte den Kopf und machte sich daran, sich zu waschen, wobei er seine beharrliche Erektion ignorierte, wie er andere zeitverschwendende Ablenkungen ignorierte. Als er mit dem Baden fertig war, hatte er die Zügel wieder im Griff und steuerte sein Gehirn in eine andere Richtung.

Declan.

Es war beinahe vier Uhr morgens. Bald würde es hell werden, zumindest hell genug, um loszureiten.

Um halb fünf war er rasiert und fertig angekleidet für den Ritt. Als er in sein Schlafzimmer kam, sah er, dass sie noch schlief, sich aber gedreht hatte. Sie hatte dabei eine ihrer wunderschönen Brüste freigelegt, und ihr Haar floss über das Kissen, noch halb aufgesteckt und halb gelöst.

Er hätte neben ihr ins Bett kriechen können. Seine Lippen um ihre rosige Knospe schließen und sie horizontal in seinem eigenen gemütlichen Zimmer weiter erkunden können. Nicht am steinigen Ufer eines Flusses oder indem er seine Kraft demonstrierte und sie im Stehen gegen die Wand gelehnt nahm, sondern bequem und gemütlich.

Er war schon wieder vollständig hart und auf halbem Wege zum Bett, hatte bereits die Hand an der Krawatte, als er sich an einen anderen Mann erinnerte, der wegen eben dieser Frau noch kaum einen Tag zuvor durch den Flur stolziert war. Etwas Wildes, Eisiges durchfuhr ihn, und es fühlte sich an, als hätten sich seine Eingeweide verknotet. Unwillkürlich presste Gareth die Hand auf den Bauch, als hätte ihm jemand ein Messer hineingestoßen. Doch da war kein Einstich, keine Verletzung, kein Blut. Überhaupt keine Wunde, zumindest keine, die für das menschliche Auge sichtbar gewesen wäre.

***

Serena hatte einen wunderschönen Traum. Sie war mit Gareth zusammen, sie liebten sich, und er hielt sie fest im Arm. So fest, dass sie sich nicht rühren konnte. Eigentlich zu fest. Sie öffnete vorsichtig ein Auge und war kurz erschrocken, als sie ihre Umgebung nicht erkannte.

Dann kamen die Erinnerungen zurück wie die Überschwemmung nach einem Wolkenbruch. Sie rappelte sich ungelenk hoch, woran sie von dem Bettzeug gehindert wurde, das sich von Kopf bis Fuß um ihren Körper verschlungen hatte.

Zunächst bemerkte sie, dass sie allein war.

Überall brannten Kerzen in den Wandleuchtern und im Zimmer nebenan, dem Zimmer, in dem sie ...

Sie wandte den Blick von der Tür ab und spürte, wie ihr Gesicht erglühte, obwohl dort niemand zu sehen war.

Er hatte sie gesehen.

Sie legte die kühle Hand auf ihr glühendes Gesicht. Grundgütiger. Er hatte alles gesehen. Er hatte definitiv mehr von ihrem Körper gesehen als Serena selbst je gesehen hatte.

Sie schob das Bettzeug zur Seite und hörte etwas knistern.

Ein Stück Papier. Ihr Name, Mrs Lombard, stand darauf geschrieben, in einer Handschrift, die so perfekt aussah, als wäre sie gedruckt.

Sie faltete die Nachricht auf, und ein zweites Blatt Papier fiel heraus. Es war ein Scheck für die restliche noch ausstehende Bezahlung, nicht wie ausgemacht für das Quartal.

Mit zittrigen Händen öffnete sie den Brief.

Mrs Lombard,
Beigefügt finden Sie die vereinbarte Bezahlung für Ihre gesamte Arbeit. Ich habe Ihnen den Rest ausbezahlt anstelle

*des Quartalsbetrags, da ich nicht vorhabe, in der nächsten
Zeit nach Rushton Park zurückzukehren.*

Serenas Hand zitterte so sehr, dass sie die kleinen,
ordentlichen Buchstaben kaum entziffern konnte. Sie
schluckte und breitete den Brief auf dem Bett aus.

*Bitte senden Sie mögliche Fragen oder Wünsche, was die
Finanzierung angeht, an meinen Geschäftsführer in London. Ich war so frei, Ihr Zimmer zu betreten, um ein unbes-
chädigtes Nachthemd und einen Morgenmantel für Sie
herauszuholen. Sie finden beides auf der Bank am Fuß des
Bettes. Die Diener wurden angewiesen, den Familien- und
Gästetrakt am Morgen zu meiden, weil Sie sich nicht wohl
fühlen.*

Ihr Diener,

Gareth Lockheart

Serena starrte auf den Brief, als ob es sich um eine
lebendige Viper handelte; wie konnte er es wagen, sie
so zu behandeln, als wäre sie irgendeine Prostituierte?
Sie packte den Bogen Papier und zerfetzte ihn. »Du – du
Teufel! Du herzlose Schlange! Nein, Schlange ist noch
zu gut für dich; Schlangen haben ein Herz.« Zumindest
glaubte Serena, dass sie eines hatten. Sie schob den unsinnigen Gedanken beiseite, nahm die Papierfetzen
und zerriss sie in noch kleinere Teile. »Du Schuft! Du –
du Feigling! Du Automat!« Diesen letzten Teil rief sie
auf Englisch.

Sie sprang aus dem Bett und griff sich das –
selbstverständlich ordentlich zusammengelegte –
Nachthemd von der Bank und zog es über den Kopf. Sie
schenkte dem übertrieben ordentlichen, spartanisch
eingerichteten Raum einen verächtlichen Blick. Dann

zog sie den Morgenrock an und stürmte hinaus, ohne sich um Diskretion zu bemühen.

Sie sagte sich, dass sie froh war, dass er sich wie ein Feigling davongemacht hatte, dass er sich im Schutze der Nacht mit eingezogenem Schwanz fortgeschlichen hatte wie ein Straßenköter. Sie hatte Geliebte gehabt, er war nur ein weiterer. Auch wenn er anders war als alle zuvor. Serena erstickte den Gedanken im Keim wie alles Positive, das ihr hätte einfallen können, als wäre es lästiges Unkraut.

Als sie in ihr Zimmer kam, wusch sie sich das Gesicht mit eiskaltem Wasser, kämmte die Haare zurück in einen so festen Knoten, dass ihr Kopf schmerzte, und zog ihre Arbeitskleidung an. Das Einzige, wozu sie jetzt in Stimmung war, war die Arbeit mit unzerstörbaren Materialien wie Schaufeln und Dreck.

Sie ging zunächst ins Schulzimmer, und fürchtete das, was sie Oliver zu sagen hatte. Doch als sie dort ankam, fand sie ihn fröhlich bei der Mathematik-Hausaufgabe, die sie ihm am Tag vor den Festlichkeiten gestellt hatte.

»Hallo, Mama! Rate mal, was Mr Lockheart mir überlassen hat.«

Serena biss sich auf die Zunge.

»Schau.« Er hielt ihr eine Handvoll kleiner Metallteile hin. »Das sind die Teile, die er nach meinem Bauplan hat anfertigen lassen.« Oliver erhob sich und ging zu seinem Arbeitsplatz, auf dem alles ordentlich gestapelt war. Jeder Stapel war klar und lesbar beschriftet, und daneben lagen ordentliche mechanische Zeichnungen. Er blieb vor dem Projekt am anderen Ende des Tisches stehen. Doch als Serena es ansehen wollte, schüttelte er den Kopf. »Es ist eine Überraschung, Mama. Du darfst sie noch nicht sehen.«

»Und was, wenn ich mich hineinschleiche und linse, wenn du schläfst?«

Er lachte und schüttelte den Kopf. »Das würdest du nicht tun.«

Er legte die Stirn in Falten.

»Das würdest du doch nicht, oder?«

Jetzt musste sie lachen. »Komm her und drück deine Mutter.«

Er gehorchte, und sie schloss die Augen, während sie ihn fest umarmte. »Du wirst immer größer«, klagte sie und sah auf ihn herunter. Er nickte und löste sich aus der Umarmung. Er war zu groß, um sich ohne Widerspruch umarmen und knuddeln zu lassen.

»Nounou hat nur eine kleine Markierung am Türrahmen gemacht. Ich bin um beinahe einen halben Zentimeter gewachsen, seit wir hergekommen sind.«

Serena fragte sich, ob sie je wieder einen Türrahmen würde ansehen können, ohne dass Hitze zwischen ihren Schenkeln aufwallte.

»Mit den Mathematikaufgaben bin ich fast fertig, und dann werde ich an meiner Geschichte arbeiten.« Er klang nicht halb so begeistert, wenn er über seine Aufgaben in Englisch und Französisch sprach, wie bei Mathematik und Geschichte.

»Wenn du fertig bist, kannst du in den Garten kommen und mir helfen. Ich werde dich auch für deine Arbeit bezahlen.«

»Wirklich?«

Serena fühlte sich schrecklich, wie sehr er sich darüber freute. Sie konnte ihm so wenig Geld geben, sogar Kleingeld für Süßigkeiten musste er sich schwer verdienen. Das verdankten sie Etienne. Der Gedanke an dieses diebische Schwein erinnerte sie an Dover. Für einen Augenblick schloss sie die Augen. Nun, wenigstens musste sie jetzt nicht mehr ihrem Arbeitgeber erklären, wohin und warum sie verreiste.

***

Biddenden hieß der Ort, den Declan sich für seine Einkehr auf dem Lande ausgesucht hatte, und *Biddenden Twins* das Gasthaus, in dem er sich verschanzt hatte.

Gareth hatte sich Zeit gelassen, und hatte sich dazu zwingen müssen. Warum sollte er sich beeilen? Was auf ihn wartete, würde alles andere als angenehm sein. Auch wenn er mehrmals unterwegs eingekehrt war und sein Pferd geschont hatte, war Thunder – ein lächerlicher Name, den Oliver ausgesucht hatte, als er erfahren hatte, dass Gareth dem Tier keinen Namen gegeben hatte – müde, und er war es auch, als sie in dem kleinen, bäuerlichen Städtchen ankamen.

Der erste Mensch, den Gareth im Hof sah, war der Postillon, der die Nachricht gebracht hatte. Der kleine Mann schoss herbei, um Gareth das Pferd abzunehmen.

»Guten Tag, Mr Lockheart.«

Gareth nickte, zog die Handschuhe aus und sah sich wohlwollend in dem sauberen, ordentlichen Hof um.

Zumindest schien dies nicht die Art von Etablissement zu sein, in dem es feuchte Laken und Ungeziefer gab.

»Ah! Willkommen, willkommen, Mr Lockheart, nehme ich an?« Ein beleibter Mann mit einer Schürze kam auf ihn zugestürmt. Sein blendendes Lächeln zeugte davon, dass das zusätzliche Geld Anklang gefunden hatte.

»Sie sind Mr Trencher?«

»Aye, Sir. Zu Ihren Diensten. Willie, nimm Mr Lockhearts Tasche und lass sie auf sein Zimmer bringen.« Er wandte sich an Gareth. »Ich habe Sie direkt neben Mr McElroy untergebracht, ich dachte, das wäre Ihnen recht.«

Gareth dankte ihm für das zweifelhafte Vergnügen und folgte dem geschäftigen Mann ins Gasthaus.

»Ist Mr McElroy ausgegangen?« Er sah sich in dem dunklen Innern des Schankraums um, wo er seinen Freund am ehesten vermutete. Doch lediglich zwei Bauern saßen in dem kühlen, dämmrigen Raum.

Trencher bedeutete Gareth, ihm in die Eingangshalle zu folgen, wo er stehenblieb. Als er ihn ansah, wirkte er unangenehm berührt und errötete.

Gareth seufzte. »Sie müssen nichts beschönigen, Mr Trencher.«

»Also, ja, was das anbelangt ... nun, Mr McElroy hat sein Zimmer seit einer ganzen Weile nicht verlassen. Wir schicken keine Mädchen mehr hinauf, um sauberzumachen. Das sind meine Töchter, Sie verstehen, und ...«

»Ja, natürlich. Ich verstehe sehr gut, dass Sie Frauen von ihm fernhalten. Ist er krank?«

»O nein, nichts Ernstes. Er hat sich wohl etwas übernommen, wenn Sie verstehen, was ich sagen will.«

Gareth runzelte die Stirn. Es war also, wie er geahnt hatte: betrunken.

»Und wie ist er an den Schnaps gekommen?«

Er erkannte, dass die Frage den Gastwirt zu überraschen schien. »Na, wir bringen ihm welchen, Sir.«

»Damit werden Sie sofort aufhören. Wenn er klingelt, bringen Sie ihm Ale, aber nichts Stärkeres.« Er schwieg, wobei er an die kommenden Tage dachte und daran, wie unangenehm sie vermutlich werden würden. »Sie sagten, Sie hätten mich nebenan einquartiert. Gibt es noch weitere Zimmer?«

»O ja, zwei mehr auf derselben Etage und zwei weitere unterm Dach.«

»Sind sie belegt?«

»Welche davon, Sir?«

»*Alle.*«

Er kratzte sich an der Stirn, offensichtlich verwirrt von der Richtung, die dieses Gespräch eingeschlagen hatte und der Geschwindigkeit, mit der es sich entwickelte. »Nein, bisher nicht, Sir. Es ist nicht viel los um diese Jahreszeit, der Frühling ...«

»Ich möchte sie mieten.«

Trencher blinzelte ihn an. »Wie bitte? Sagten Sie ...«

Gareth wurde sich der großen Erschöpfung bewusst, die ihn zunehmend befiel. Eine solche Verhandlung oder Diskussion, bei der so viel mehr geredet wurde, als eigentlich nötig gewesen wäre, weckte in ihm nur den Wunsch, sich im Bett zu verkriechen.

»Ja, ich werde für alle Zimmer hier bezahlen. Nehmen Sie keine neuen Gäste auf.«

»Äh«

Gareth warf seine Handschuhe in den Hut und reichte dem Gastwirt beides, zusammen mit seiner Gerte. »Mein Kammerdiener begleitet mich nicht. Haben Sie jemanden, der sich um meine Belange kümmern könnte?«

»Ja, Sir. Mein Schwiegersohn ist ...«

»Bitte lassen Sie den Herrn mein Gepäck nach oben bringen und führen Sie mich zu Mr McElroys Zimmer.«

Declans Zimmer war am Ende des dunklen, engen und schlecht ausgeleuchteten Ganges. Gareth beschloss, später mehr Kerzen zu verlangen. Er klopfte an die Tür und wartete. Von drinnen kam kein Laut. Er klopfte abermals, dieses Mal fester.

»Was zum Teufel wollen Sie?«, brüllte eine vertraute Stimme.

Gareth öffnete die Tür und musste sich ducken, als ein Stiefel an seinem Kopf vorbeiflog und im Flur landete.

Declan lag in die Laken verstrickt auf dem Bett. Auf dem Boden waren leere Flaschen verstreut, und der Gestank von Körperausdünstungen und Erbrochenem hing in der Luft wie eine schwere Wolke.

Declan hatte sich vorgebeugt und tastete den Boden vor dem Bett nach weiteren möglichen Geschossen ab. Mit einer leeren Flasche in der Hand rappelte er sich hoch, um sie zu schleudern, erstarrte jedoch in der Bewegung.

Seine Schultern sackten herunter. »Oh! Du bist es.«

Gareth atmete durch den Mund ein. »Wen hast du denn erwartet?«

Dec warf die Flasche neben sich auf das Bett, wo sie gegen etwas klirrte. »Ich wusste doch, dass es ohne Belehrung kein Geld gibt.«

Gareth schloss die Tür, ging zum Fenster hinüber, öffnete es und sog die frische Luft ein, die nicht nach Kanalisation roch.

Er wandte sich um und blieb ans Fensterbrett gelehnt stehen, um sich nicht zu weit von der Frischluftquelle zu entfernen. »Wenn ich mich recht erinnere, warst *du* es noch, der *mich* belehrte, als wir uns das letzte Mal unterhalten haben.«

Declan schwieg. Er sah schlimmer aus als je zuvor; ausgezehrt, unrasiert, und seine Haut hatte einen ungesunden Gelbstich.

Gareth sah seinen allerbesten Freund auf der ganzen Welt an. Die einzige Person, die alles von ihm wusste und dennoch zu ihm hielt.

»Ich bin nicht hier, um dich zu belehren, ich will dir helfen.«

Der Ire wirbelte zu ihm herum wie ein tollwütiger Köter, der einen Tritt verpasst bekommen hatte. »Du *kannst* mir aber nicht helfen, Gareth! Mir ist nicht zu helfen.«

»Jedem kann geholfen werden. Was ist passiert?«

»Was zur verdammten Hölle denkst du wohl?«

»Du hast einen Batzen Geld in irgendeinem Spielsalon verloren?«

»Ich habe *alles* in irgendeinem Spielsalon verloren.«

Ein kalter Schauer lief seine Wirbelsäule entlang. »*Alles*? Was meinst du mit *alles*?«

»Na, *du* bist doch das gottverdammte Genie. Warum sagst *du* es mir nicht?« Er warf ihm einen giftigen Blick zu. »Keine Sorge, ich habe nichts angefasst, das dir oder dem Unternehmen gehört. Alles, was ich verloren habe, war mein Eigentum.«

Gareth hatte die Möglichkeit, dass Declan seinen gesamten Besitz verspielt haben könnte, noch nicht einmal in Betracht gezogen. Aber er hatte recht, sein Freund hatte Unterschriftenvollmacht über Gareth' gesamte Konten. Dennoch, die Summe, die Dec verspielt hatte, musste sich auf Hunderttausende Pfund belaufen. Die Hälfte all ihrer Einnahmen. Wie lange ging das schon so? Wie konnte Gareth das entgangen sein?

Er rieb sich die Schläfe, die schon den ganzen Tag pochte; der Schmerz war plötzlich akut geworden.

»Es ist also nicht alles weg.«

»Deine Hälfte gehört dir. Ich werde keine verdammten Almosen nehmen.«

»Ich könnte mein gesamtes Vermögen nicht in hundert Jahren ausgeben, und es kommt jedes Jahr mehr hinzu. Meinen Berechnungen zufolge könnte unsere neue Töpferei unser bisher lukrativstes Geschäft werden. Mit den Verträgen, die Mister ...«

»Ist mir egal.«

»Declan, du warst immer derjenige, der andere Leute versteht, ihre Eigenheiten, Marotten, Nuancen, Ausdrücke, Wünsche, Bedürfnisse, ihre Machenschaften. Es ist meine große Schwäche, dass ich den Kern eines Problems nicht erfassen kann, wenn Leute involviert sind.« Kurz flackerte Serenas Gesicht in seiner Erinnerung auf, und er verbannte es entschlossen. »Selbst dich, die einzige Person, die mich kennt, eine Person, die mir nähersteht als ein Bruder, kenne ich nicht wirklich. Ich sehe dich an, und es ist mir ein Rätsel, was dich antreibt, was dich interessiert, was dich glücklich machen würde. Ich würde dir mein Leben anvertrauen, ich würde dir alles anvertrauen, was ich habe, und ich würde mein Leben geben, um deins zu retten.« Er schüttelte den Kopf. Seine Furcht saß tiefer und war grausamer als alle schrecklichen Kindheitserinnerungen. Seit jener Nacht, als sich alles verändert hatte, hatte er nicht mehr solche Angst gehabt. »Ich weiß, dass du auch so empfindest. Ich weiß es. So sicher, wie ich die Fibonacci-Folge oder den Satz des Pythagoras kenne.«

Er sah von seinen geballten Fäusten auf und stellte fest, dass sein Freund mit leerem, totem Blick vor sich hinstarrte.

»Bitte lass mich dir helfen, Declan. Wenn du stirbst, bringst du uns beide um.«

Sie schwiegen so lange, dass Gareth dachte, er würde nie antworten.

»Ich weiß nicht, was mit mir los ist, Gare, ich weiß es wirklich nicht«, sagte er, als ob Gareth mit ihm gestritten hätte. »Ich konnte es zuerst nicht glauben, als wir eine Firma gekauft, sie vollkommen umgekrempelt und damit Geld verdient haben.« Er schüttelte den Kopf, als er offenbar den Blick in die Vergangenheit richtete. Ein schwaches Lächeln lag auf seinen Lippen. »Ich fühlte mich reich. So reich!« Er sah auf. »Aber dieses Loch in meinem Innern, verstehst du?«

Ja, Gareth verstand es.

»Geld konnte es nicht füllen. Es schien nur immer größer zu werden.«

Gareth nickte. Er hätte nicht besser ausdrücken können, was Declan beschrieb, aber er kannte das Gefühl so gut wie sein eigenes Spiegelbild. Er hatte schnell festgestellt, das Geld keine Lösung für seine Probleme war. Für ihn war es das Streben nach Wissen gewesen, das diese Leere ausgefüllt hatte, zumindest so lange, wie er sich in diese Suche vergrub. Immer wenn er in die Welt hinausging, jede Gelegenheit ohne Buch, Formel oder Notizbuch, erkannte er, dass das Loch nähergekommen war, dass er am Abgrund stand und direkt in etwas hinabblickte, das noch schlimmer war als die Dunkelheit.

»Ich musste es tun, oder nicht?« Es war eine Frage, die Declan ihm seit neunzehn Jahren nicht gestellt hatte.

Gareth nickte. »Er oder ich, Dec. Und wenn er mich erledigt hätte, hätte er sich dich vorgeknöpft. Du hast uns verteidigt, du hast mir das Leben gerettet.«

»Ich weiß, ich weiß doch.« Die Worte klangen wie ein Stöhnen. »Ich habe mir das tausendmal gesagt. Aber ein Mörder bleibt ein Mörder.«

Das glaubte Gareth nicht, aber sein Freund brauchte mehr. »Ich glaube nicht, dass Geld, Alkohol oder Glücksspiel oder eine endlose Folge von Frauengeschichten dieses Loch ausfüllen werden.« Dec öffnete den Mund, aber Gareth hob die Hand. »Lass mich ausreden. Ich belehre dich nicht; Ich spreche nur etwas laut aus, das auf uns beide zutrifft. Ich spiele und trinke nicht, aber ich vergrabe mich in Zahlen, ihre Klarheit und ihre Fähigkeit, meine Gefühle zu betäuben. Wenn ich das nicht kann, bin ich ... nun, du hast gesehen, wie ich dann bin. Ich könnte in der Gesellschaft nicht funktionieren. Ich kann mit den Leuten, die unsere

Geschäftspartner oder Investoren sind, nicht sprechen.« Er schüttelte den Kopf, »Ich kann nicht einmal auf eine ländliche Tanzveranstaltung gehen, ohne mich zum Affen zu machen. Aber mir sind in der letzten Zeit Momente aufgefallen, in denen ich diesen Schmerz nicht spüre. Wenn ich dem Jungen helfe, wenn ich etwas für jemand anderen tue, dann bin ich irgendwie ...« Er zuckte mit den Schultern. Es ärgerte ihn, dass er nicht in der Lage war, das auszudrücken, was er im Kopf hatte. »Ich weiß nicht. Es ist nur – *besser*.«

Declan streckte die Hände auf dem schmutzigen Laken aus und betrachtete sie, als hätte er sie noch nie zuvor gesehen. »Manchmal erscheint es alles so sinnlos. Selbst aufzustehen.« Er sah auf. »Glaubst du, das geht allen so?«

War es so? Gareth öffnete die Tür in seinem Geist, hinter der er die Dinge verschloss, über die er nicht nachdenken wollte. Die Frau war das erste dieser Dinge, die sich herausdrängten. Seine Gedanken füllten sich mit ihrem Anblick, ihrem Duft und damit, wie sie sich anfühlte. War auch sie ruhelos, traurig und nur eine unvollständige Person? Das dachte er nicht, obwohl er oft gespürt hatte, dass hinter ihren fröhlichen Augen und ihrer lebhaften Art etwas Düsteres lauerte. Aber was wusste er schon? Wann hatte er sich je mit den Gefühlen anderer beschäftigt und wie man sie erkannte? Oder auch nur mit seinen eigenen Gefühlen.

»Ich weiß es nicht«, gab Gareth zu. »Aber ich weiß, dass ich nicht so leben möchte. Ich möchte mein Leben nicht so hassen, dass ich es kaum abwarten kann, es zu beenden. Nicht, wenn ich es verhindern kann.« Seine

Worte überraschten ihn nicht, auch wenn er all das noch nie in dieser Klarheit gedacht hatte.

»Gare?«

Gareth sah auf.

»Wegen der Frau ...«

»Vergiss sie.«

»Nein. Ich wollte sagen, dass es mir leidtut. Ich hätte die Dinge nicht sagen sollen. Ich habe mich geirrt.«

Wie zahllose Male seit jenem Abend, sah Gareth klar wie auf einem Gemälde im Museum, wie Serena ihren Liebhaber küsste. Er schüttelte den Kopf und wandte den Blick ab. »Du hast dich ihretwegen nicht geirrt, Dec. Was sie anging, lagst du haargenau richtig.«

KAPITEL ACHTZEHN

Serena wünschte sich nicht zum ersten Mal, in Gareth'
bequemer Kutsche zu sitzen und nicht in der
Postkutsche. Doch mit seiner Kutsche den langen Weg
nach Dover zu fahren, wäre unverschämt gewesen,
auch wenn sie noch immer sehr wütend auf Mr Lockheart war.

Allerdings hatte sie die Kutsche bis nach Sittingbourne benutzt; sie hatte keine andere Wahl gehabt.
Jessup hatte sie erzählt, sie würde für die Rückfahrt
eine Mietkutsche organisieren, auch wenn das einen
großen Teil ihres Lohnes kosten würde. Die
Postkutsche kostete für jede Fahrt eine halbe Guinea,
was ihrer Ansicht nach Wegelagerei gleichkam, besonders da sie bereits einmal hatten aussteigen
müssen, um über einen schlechten Straßenabschnitt
zu laufen, weil die vollbeladene Kutsche nicht darüber-
fahren konnte.

Als sie ihren Fahrschein gekauft und sich nach dem
Fahrplan erkundigt hatte, hatte der Wirt der Poststation sich gebrüstet, dass die Postkutsche die Strecke in
fünf Stunden zurücklegte. Sein Blick verriet, dass er sie
als allein reisende Frau nicht für geeignet hielt, damit
zu fahren.

Doch Serena hatte Nounou nicht mitnehmen und Oliver schutzlos zurücklassen können. Es war auch so
schon schwer gewesen, ihn dort zu lassen. Mehr als einmal hatte sie sich vorgestellt, wie Etienne nach Rushton
Park käme, um sich danach zu erkundigen, was sie in
Dover erreicht hatte, oder um noch mehr Geld aus ihr

herauszupressen. Allein zu reisen, war riskant, aber sie konnte sich nicht das doppelte Fahrgeld leisten, und Nounou hätte sie nur aufgehalten.

Um sieben Uhr verließ die Postkutsche Sittingbourne, was bedeutete, dass sie in Dover eine Unterkunft bezahlen musste, wenn irgendein respektables Haus sie aufnehmen würde.

Zwei Stunden hatten sie in einem Graben festgesteckt und eine weitere Stunde hatten sie mit der Reparatur eines Rades zugebracht, und es stellte sich heraus, dass sie nicht vor drei Uhr morgens bei der Poststation in Dover eintreffen würden. Serena war sterbensmüde, jeder Muskel und jeder Nerv war durchgescheuert und wund von den acht Stunden, die sie dichtgedrängt in der Kutsche verbracht hatte oder damit, sich zu Fuß über zerklüftete oder steile Streckenabschnitte zu mühen.

Von der körperlichen Anstrengung abgesehen, ließen sie die Sorge über Etiennes beständige Forderungen, Gareth' unerklärliches Verhalten und die Aussicht, sich einer Gruppe englischer Schmuggler gegenüberzusehen, nicht los. All das hatte seinen Tribut gefordert.

Die Poststation war an ungewöhnliche Ankunfts- und Abfahrtszeiten gewöhnt, und es waren bereits Vorkehrungen für die abfahrende Kutsche getroffen worden, die Dover an jedem Morgen um vier Uhr verlassen sollte – eine wunderbare Reise, die Serena, wenn alles gutging, morgen früh bevorstehen würde.

Dieses Mal hatte sie nicht den gesamten Inhalt ihrer Tasche mitgenommen. Sie hatte die Heiratsurkunde und die kostbare Miniatur unter den Werkzeugen in ihrer hölzernen Werkzeugkiste versteckt, die sie verschlossen in der Sattelkammer aufbewahrte. Sie hatte ihr Skizzenbuch mitgenommen, das Dutzende Zeichnungen von Oliver und natürlich alle Zeichnungen von Gareth bis auf die eine enthielt. Jessup hatte ihr etwas von seinem Haushaltsgeld als Vorschuss auf den Gehaltsscheck geliehen, den sie noch nicht auf die Bank hatte bringen können. Deswegen trug sie gerade so viel bei sich, wie die Reise sie schätzungsweise kosten würde.

Sie bestellte ein zünftiges Frühstück und aß im Gemeinschaftsraum, in dem es von Passagieren wimmelte, die auf einen Platz in der nächsten Kutsche hofften. In der Poststation ging es zu geschäftig zu, als dass sich jemand Gedanken über sie gemacht hätte, und so bestellte sie noch eine zweite Kanne Tee.

Über den verstopften Straßen von Dover brach die Dämmerung herein, und sie bezahlte ihre Zeche und begab sich zu dem Etablissement, in dem sie möglicherweise die Männer antreffen konnte, die sie suchte.

»Das Schmuggeln ist nicht ihr einziger Geschäftszweig«, hatte Etienne erklärt. »Du wirst zwei davon bei den Docks finden, wo sie so tun, als ob sie eine Reihe Krabbenkutter betreiben. Der dritte ist ein Flickschuster mit einem Laden in der Nähe der Marine Parade.«

Serena wollte es zunächst bei dem Schuster probieren. Schließlich musste so jemand feste Geschäftszeiten einhalten. Die anderen beiden waren vermutlich tagelang draußen auf dem Wasser, um ihre Netze oder Fangkörbe auszulegen.

Serena erfuhr von einem erschreckend jugendlichen Postillon, dass es von der Snargate Street bis zu dem

Schusterladen nur wenige Minuten Fußweg waren. Als sie den Hafen erreichte, waren bereits viele auf den Beinen, und die Fischhändler bauten ihre Stände auf. Sie staunte, als sie feststellte, dass sich die Flickschusterei ganz in der Nähe des Zollhauses befand. War das für einen Schmuggler nicht *eigenartig*?

Der Laden gefiel Serena nicht. Seine Front war dunkel und schäbig, das einzige Fenster vollgestopft mit alten Schuhen und einem ausgeblichenen hölzernen Schild. Ein schwaches Licht glomm hinter dem schmutzigen, mit Fliegendreck übersäten Glas und ließ vermuten, dass der Laden geöffnet war.

Sie ging hinein und befand sich in einem engen Raum, an dessen anderen Ende sich ein Mann befand. Er schien etwa in ihrem Alter zu sein, und sah von einem Schuh auf, den er reparierte. »Ja?«

»Ich bin auf der Suche nach Derby.«

»Sind Sie das?« Er wandte sich wieder dem Stiefel zu, an dem er mit einer kurzen Raspel etwas abfeilte. »Und wer sind Sie, bitteschön?«

»Etienne Bardot schickt mich.«

Das stumpfe Geräusch der Feile brach ab. »Pa!«, rief er laut genug, dass man es auch noch im Zollhaus hätte hören können. Er feilte weiter.

Die Decke hinter ihm bewegte sich, und ein älterer, gebeugter Mann erschien. Leise berieten sich die beiden und musterten sie scharf. Als sie sich gerade fragen wollte, ob sie gehen und einen der anderen auf ihrer Liste aufsuchen sollte, winkte sie der ältere Mann heran.

»Kommen Sie schon.« Er verschwand hinter dem Vorhang.

Serena schluckte; wollte sie ihm dort hinein folgen? Der Schuster bearbeitete wieder seinen Stiefel und beachtete sie nicht weiter. Es widerstrebte ihr, durch eine mit einer Decke verhängte Tür in einer Schusterwerkstatt zu gehen, die nach Moder und Schuhpolitur roch, aber was hatte sie erwartet?

Sie bahnte sich den Weg vorbei an Haufen abgetragener Schuhe und machte einen weiten Bogen um den jungen Mann. Auf der anderen Seite der Decke befand sich ein vollgestopfter Wohnraum, in dem es stark nach Kohl und ungewaschenen Leibern roch. Alles befand sich in diesem einzigen Raum – die Küche, ein zerkratzter Tisch mit schmutzigem Geschirr, zwei Betten mit zerwühlten Decken und ein kleines Kohlefeuer, dem es kaum gelang, die Feuchtigkeit zu vertreiben.

Der alte Mann saß bereits auf einem der beiden Stühle und deutete auf den anderen.

»Bardotschicktse?«

Sie brauchte einen Augenblick, um zu verstehen, was er gesagt hatte. Er sprach im Dialekt der Grafschaft Kent, doch seiner war viel breiter als das, was um Rushton Park gesprochen wurde.

»Ja. Ich komme, um Sie zu warnen, die Pläne für die nächste Ladung abzubrechen. Sie wissen vielleicht, dass Mr Bardots letzte Lieferung abgefangen wurde?« Er starrte sie noch immer an. »Ich glaube, zwei Männer starben, und einer ist im Gefängnis.«

Der Alte rauchte seine Pfeife und sah sie durch die Qualmwolke hindurch an. Sein Gesicht war wie eine Maske aus gegerbtem Leder.

»Und Bardot schicktse?«

Serena fragte sich, ob er überhaupt gehört hatte, was sie gesagt hatte.

Sie sprach dieses Mal deutlicher. »Ich bin hier, um sicherzustellen, dass keiner von Ihnen von den Zollbehörden geschnappt wird. Es ist möglich, dass der Mann, den sie festgenommen haben, ihnen von der geplanten Ladung erzählt hat.«

Er saugte am Stiel seiner Pfeife.

Serena seufzte und erhob sich. »Das ist alles, was ich sagen wollte. Ich hoffe, Sie sagen Ihren Kontakten Bescheid und ich konnte Ihnen einigen Ärger ersparen.«

Sie wandte sich um und ging wieder durch den Vorhang. Der junge Schuster war fort, und eine alte vergilbte Jalousie war über das Fenster gezogen worden. Als Serena die Türklinke drückte, stellte sie fest, dass die Tür verschlossen war. Sie zog noch einmal, etwas fester. Vielleicht klemmte sie.

Hinter sich hörte sie das schabende Geräusch eines Stiefels auf Schotter, dann plötzlich explodierte ein helles Licht vor ihren Augen, das von einem scharfen Schmerz und dem Klang ihrer eigenen Stimme begleitet wurde.

»Was ...« Sie hatte mehr sagen wollen, doch das war alles, das sie hervorbringen konnte.

Der letzte Gedanke, der Serena durch den Kopf ging, als sie zu Boden sackte, war, dass sie Gareth hätte sagen sollen, dass sie ihn liebte.

KAPITEL NEUNZEHN

Gareth merkte schnell, dass er Dec nicht einfach so packen und mitnehmen konnte. Der Mann hatte sich wochenlang gehen lassen. Er war halb verhungert, schwach und hatte ein fürchterliches Verlangen nach Schnaps. Ohne die Sache direkt anzusprechen, hatte der Ire sich schweigend dem Diktat gefügt, dass alles verboten war, was stärker war als das Hausgebraute des Inns.

Die erste Nacht war schlimm gewesen, aber die beiden folgenden noch schlimmer. In der vierten Nacht hatte Declan die meiste Zeit schlafen können, Gareth allerdings nicht.

Der Traum hatte ihn heimgesucht, als er gerade den Kopf auf das Kissen gelegt hatte. Es war Jahre her, seit er ihn jede Nacht gequält hatte. Er war froh, dass man seine Schreie, die ihn zweimal geweckt hatten, nicht außerhalb der sie umgebenden leeren Zimmer würde hören können. Auf der anderen Seite befand sich Declans Suite, und sein Freund war nicht in dem Zustand, in dem er außer seiner eigenen Qual irgendetwas gehört hätte.

Die meiste Zeit verbrachten sie damit, Karten zu spielen, zu dösen oder zu lesen.

Nur während der kurzen Nickerchen fand er Ruhe und Schlaf. Wenn er nicht schlafen konnte, arbeitete er an den Problemen in dem Journal, das er mitgebracht hatte. Als Dec sich allmählich besser fühlte, verbrachte er den größten Teil des Nachmittags damit, einen geschätzten Roman zu lesen, den ihm die Frau des Gastwirts geliehen hatte.

Am fünften Tag ohne Schnaps und mit regelmäßigen Mahlzeiten, sah Declan rosig und beinahe gesund aus. An diesem Morgen hatte der Mann, den Gareth vorübergehend als Kammerdiener eingestellt hatte, dem Iren geholfen, ein Bad zu nehmen und sich zu rasieren und hatte ihm einen angemessenen Haarschnitt verpasst.

Er trug ein sauberes Nachthemd und einen Morgenmantel, saß in dem Stuhl am Fenster und las den verfluchten Roman *Emma*. Das Buch gefiel ihm sehr, und er hatte Gareth schon ein Dutzend Male unterbrochen, um ihm seine liebsten Zitate vorzulesen.

»Hier, Gare, hör zu: *Albernheiten hören auf, albern zu sein, wenn sie von einsichtigen Leuten auf schamlose Weise begangen werden.*« Er lachte und schlug sich auf den Schenkel.

Gareth knirschte mit den Zähnen und starrte auf die fast leere Seite vor ihm. Auch wenn er froh war, dass das Buch seinen Freund zu unterhalten vermochte und ihn von destruktiven Gedanken ablenkte, hatte er einen regelrechten Hass auf die sich ständig einmischende Emma Woodhouse entwickelt. Ebenso auf ihre Freundin mit dem Verstand eines Huhns, die sich so oft ver- und entliebte wie andere Menschen ihre Strümpfe wechselten, und auf diesen Kriecher, Mr Elton, dessen unablässige Unterwürfigkeit nur all seine Vorurteile gegenüber Pfarrern und dem Klerus im Allgemeinen bestätigte.

Nun, da sein Freund zum Teil wieder genesen und bei guter Laune zu sein schien, war Gareth nicht mehr jede

Minute vor Sorge zerfressen. Stattdessen hatte er nun reichlich Zeit, über seine anderen Sorgen nachzudenken. Während Declan schlief und sich erholte, dachte Gareth immer häufiger über Gründe nach, warum es zwingend notwendig war, nach Rushton Park zurückzukehren. Er sagte sich, dass er keine Ausrede brauchte, es war schließlich sein Haus, aber der Gedanke, wie lächerlich es wirken würde, wenn er wieder angelaufen käme, nachdem er ihr diesen Brief hinterlassen hatte, war ihm zuwider.

Die Erinnerung an den Brief ließ ihn zusammenzucken, obwohl er sicher war, dass er nichts Grausames oder Verletzendes geschrieben hatte. Er versuchte, sich vorzustellen, wie sie Bardot küsste und seinen Zorn damit zu wecken, um seine gefühlskalte Nachricht zu rechtfertigen.

Doch er hatte festgestellt, dass das erschütternde innere Bild verblasste, je länger er fort war. Es war von angenehmeren Bildern überlagert worden – der Erinnerung an ihren Körper, nur in die nasse, durchscheinende Chemise gehüllt oder daran, wie sie die Arme über den Kopf streckte und ihr verletzlicher Körper seinen wildernden Händen und seinem Mund ausgeliefert war.

Er schloss angewidert die Augen, als er bemerkte, dass er wieder einmal knüppelhart war.

»Hier, Gare. Ist das nicht einer deiner Knechte?«

Gareth sah auf. »Was?«

Declan beugte sich vor und blickte aus dem Fenster, das auf der Rückseite des Inns lag.

»Ja, ich schwöre, das ist dieser Knabe namens Timkins. Und das sieht aus wie eines deiner neuen Pferde. Das, was der Junge Blitz getauft hat.«

Gareth kam hinter dem Schreibtisch hervor und sah ebenfalls aus dem Fenster. Ja, es war Timkins. Er sprach mit dem Gastwirt und folgte ihm hinein. Was zur Hölle?

Einige Minuten später klopfte es, und Timkins und der Wirt standen vor der Tür.

»Ah, Mr Lockheart. Dieser Herr sagt, er hat eine Nachricht für Sie. Ich dachte, ich sollte ihn begleiten, um sicherzugehen, dass ...«

»Ja, er arbeitet für mich. Vielen Dank, Mr Trencher. Kommen Sie rein, Timkins.«

Gareth schloss die Tür vor der Nase des Wirts, bevor der noch etwas sagen konnte, und wandte sich dann an den jungen Knecht. »Was gibt es?«

»Mr Jessup schickt mich, Sir.« Timkins, der wusste, dass sein Herr es lieber hatte, wenn man sich kurzfasste, überreichte Gareth einen dicken Umschlag.

Er sah seinen staubbedeckten Diener an und überlegte, dass er recht früh losgeritten sein musste, um vor Mittag am Ziel zu sein. »Lassen Sie sich versorgen. Ich habe alle Zimmer auf dieser Etage und der darüber angemietet. Nehmen Sie eines davon.«

Timkins nickte und verließ ohne ein weiteres Wort das Zimmer.

Gareth stellte fest, dass Declan aus seinem bequemen Stuhl aufgestanden war und den Brief in seiner Hand anstarrte.

Er öffnete ihn und fand darin zwei Bögen Papier. Der erste trug Jessups elegante Handschrift:

Mr Lockheart,
dieser Brief wurde am frühen Morgen von einem der Diener gefunden. Er war zwischen die Eingangstür geklemmt worden (er trug das heutige Datum) und an Sie adressiert. Sie werden bemerkt haben, dass »Dringend« darauf steht und Ihr Name. Angesichts der ungewöhnlichen Methode der Übermittlung, dachte ich, es wäre angebracht, Timkins sofort damit loszuschicken. Ich hätte mich mit Mrs Lombard beraten, aber sie ist unerwartet nach Dover gereist, um sich dort um eine kranke Bekannte zu kümmern.
Hochachtungsvoll,
M.J. Jessup

Gareth blieb an dem letzten Satz hängen, der Jessup so gar nicht ähnlich sah. Warum hätte er sich in einer solchen Angelegenheit mit Mrs Lombard beraten sollen? Die Antwort war einfach: Er hätte es nicht getan. Er war die Diskretion in Person. Wenn er diesen Satz hinzugefügt hatte, dann um auf seine undurchsichtige Art anzudeuten, dass etwas nicht stimmte.

Gareth sah auf und stellte fest, dass Declan ihn ungeduldig anstarrte. Er gab ihm den Brief und öffnete den zweiten, kleineren Brief.

An Mr Garth Lockhart, der wo ein erfolkreicher Geschäfftsmann ist. Wir hallten eine Persohn fest, die Sie kennen. Noch ist sie in Sicherheit, aber wir können nich versprechen das es so bleibt. Wenn Sie sichergehen wolln, dass es ihr gutgeht, verlieren Sie keine Zeit und bringen £2000 mit als Belonung für unsere harte Arbeit. Kommen Sie allein zum

Ship Hotel in Dover und sagen Sie dem Zapfmeister, dass Sie ein graues Ferd kaufen wollen. Wir warten nur bis zum Neumont.

Gareth las den Brief drei Mal, aber er ergab noch immer keinen Sinn. Bis zum Neumond waren es vier Tage. Er hatte vier Tage. Er blickte auf und sah, dass Declan den Brief in der Hand hielt und verwirrt dreinblickte. Sein Blick schweifte zu dem Brief, den Gareth in der Hand hielt. »Nun?«

Gareth faltete den Brief wieder zusammen. »Ich fürchte, es ist eine dringende Angelegenheit. Mrs Lombards italienischer Marmor steckt beim Zoll in Dover fest.«

Declan sah belustigt aus. »Marmor? All das wegen ein paar Steinen?« In seinem Gesicht rangen Misstrauen und Erstaunen miteinander.

Gareth musste vorsichtig sein, wenn er seinen Freund aus der Angelegenheit heraushalten wollte, doch das war noch so etwas, worin er nicht besonders gut war. »Du bist kein Bildhauer und ich auch nicht. Es scheint allerdings, dass sie auf diesen ziemlich speziellen Marmor gewartet hat. Sie ist nach Dover gefahren, um das Problem zu lösen, aber sie scheinen ... stur zu sein. Ich werde hinfahren und ihr helfen müssen.«

»Und was kannst du da tun?«

»Sie wollen die Originalpapiere sehen. Du weißt doch, wie streng diese Leute vom Zoll geworden sind. Erinnerst du dich nicht mehr an die Probleme, die wir hatten, als wir die Teile für die Mühle in Manchester brauchten?«

»Aber das war während des Krieges – und die Teile kamen aus Amerika.«

Gareth steckte den Brief ein und zuckte mit den Schultern. »Was soll ich sagen, Declan, sie werden den Marmor nicht freigeben, bevor sie die Dokumente gesehen haben.« Er wandte sich dem Schreibtisch zu und begann, seine Bücher und Papiere zusammenzuklauben.

»Ich komme mit.«

Gareth verzog das Gesicht. »Das ist nicht nötig.«

»Warum nicht? Oder möchtest du nicht, dass ich mitkomme?«

Er ließ langsam die Luft entweichen und suchte verzweifelt nach einer bequemen, überzeugenden Ausrede. Seine Unfähigkeit, geschickt zu lügen war eine weitere seiner Schwächen.

Er dachte also an die Wahrheit und wandte sich um. »Ich hasse es, dich darum zu bitten, Dec ...«

Declan legte die Stirn in Falten. »Mich um was zu bitten?«

»Ich würde dich nicht darum bitten, wenn ich es nicht für nötig hielte. Aber da Mrs Lombard nicht da ist, habe ich niemanden, der die dreißig oder mehr Männer beaufsichtigt, die auf dem Gelände arbeiten. Könntest du möglicherweise ein paar Tage dort bleiben, nur bis ich zurück bin?«

»Du willst, dass ich dein Gartenbauprojekt beaufsichtige?«

Gareth wusste, dass er es tun würde – es tun wollte. Er konnte es an dem leichten Zucken in seinem Mundwinkel erkennen. Das verriet Declan immer beim Kartenspielen, wenn er ein gutes Blatt auf der Hand hatte.

»Es wäre nur für ein paar Tage.«

Dec nickte langsam und kaute auf seiner Unterlippe, als ob er darüber nachdenken müsste. »Ich gebe zu, ich werde langsam wund vom vielen Herumliegen.« Er sah auf und lächelte. Er hatte nun wieder deutlich mehr Ähnlichkeit mit seinem alten Selbst, ganz anders, als Gareth ihn vorgefunden hatte. Er rieb sich den Bauch. »Außerdem gebe ich zu, dass ich das ausgezeichnete Essen vermisst habe, das dein Koch zubereitet, und diese allzu verlockenden Kremtörtchen.«

Gareth zwang sich, zu lächeln und sich nichts anmerken zu lassen, auch wenn er spürte, wie er innerlich zerbrach.

***

Die Straße nach Dover war so abscheulich, wie Gareth sie in Erinnerung hatte.

Selbst seine Reisekutsche, ein Gefährt von unvergleichlicher Qualität und Handwerkskunst, konnte ihn nicht davor bewahren, dass er hin- und hergeschleudert wurde.

Er hatte in Betracht gezogen, den Zweispänner zu nehmen, der leichter und schneller war, aber er wollte Mrs Lombard nicht in dem Gefährt zurückholen.

In Canterbury hielten sie, um die Pferde zu tauschen, auch wenn er sie bereits einmal in Sittingbourne getauscht hatte, und die Entfernung zwischen den beiden Orten weniger als fünfzig Meilen betrug. Gareth war jedoch entschlossen, die verlorene Zeit wettzumachen, und das gelang am besten mit frischen Pferden.

Die Stunden, die er allein in der Kutsche verbrachte, gaben ihm viel zu viel Gelegenheit, nachzudenken.

Es war leicht genug gewesen, Declan nach Rushton Park zu bekommen, sein Freund hatte von Biddenden die Nase voll. Vorbereitungen für seine Reise nach Dover zu treffen, ohne dass Declan merkte, was wirklich vor sich ging, hatte Gareth einiges an Mühe gekostet. Wenn Dec gemerkt hätte, was er wirklich vorhatte, hätte er darauf bestanden, ihn zu begleiten.

Die Kraft, die es kostete, einen Mann zu belügen, der nicht nur sein bester Freund war, sondern auch ein viel besserer Lügner als er und für gewöhnlich auch recht gut darin, andere Lügner zu entlarven, wurde aber von dem Wissen aufgewogen, dass Declan auf Rushton Park bleiben und auf Oliver aufpassen würde.

Die Freude, die Gareth empfunden hatte, den Jungen wiederzusehen – ja, man konnte es nicht anders nennen als Freude – hatte ihn überrascht. Und als Oliver sich auf ihn gestürzt und ihn umarmt hatte, war ihm diese Verletzung seiner Privatsphäre überhaupt nicht unangenehm gewesen. Er hatte sich sogar dabei ertappt, dass er dem Jungen die Schulter getätschelt hatte.

Natürlich hatte Declan all das mit einem breiten Grinsen im Gesicht und einem amüsierten Glitzern in den Augen beobachtet. Sein Freund wusste von seiner lebenslangen Aversion dagegen, von anderen berührt zu werden; Dec musste sich mehr als jeder andere bewusst sein, welche radikale Veränderung Gareth gerade durchlief. Vielleicht sogar mehr als Gareth selbst, der lediglich versuchte, es zu ignorieren. Er hatte viel zu viel zu tun, als dass er hätte herumsitzen und die uninteressanten Geheimnisse seines eigenen Geistes untersuchen können.

Also hatte er Tag und Nacht Briefe verschickt, Nachrichten empfangen, und hatte Zeit damit verbracht, Declan Serenas Pläne und den Fortgang des Projektes zu erläutern. Er hatte sich Zeit genommen, um mit Oliver zu dem neuen See zu gehen, der völlig aus dem Häuschen war, dass er derjenige war, der ihm den See als Erster zeigen durfte. Und als er schließlich alles erledigt hatte, was ihm einfiel, machte er sich eilig auf den Weg nach Dover, begleitet nur von zwei Knechten – Timkins und Butler – die beide bewaffnet auf dem Außensitz hinten reisten. Gareth hatte eine ganze Menge Geld dabei, und die Straße, die regelmäßig von Postkutschen befahren wurde, war berüchtigt dafür, die falschen Leute anzuziehen.

Er erreichte Dover rechtzeitig, auch wenn die Straße schlecht und vom getrockneten Schlamm holprig war. Gareth dachte mit Schrecken daran, in welchem Zustand sie sich wohl nach den Regengüssen kürzlich befunden haben mochte.

Das *Ship Hotel* war eine Institution in Dover, und es herrschte reger Betrieb, als Gareth eintraf. Er musste den doppelten Preis zahlen, um zwei der besten Zimmer zu bekommen, doch er war der Meinung, das Geld sei gut angelegt. Er konnte sich nicht vorstellen, wie es Serena gehen mochte, nachdem sie fast eine Woche in den Händen ihrer Entführer gewesen war, aber ganz sicher würde sie ein Bad und Privatsphäre zu schätzen wissen.

Auf Rushton Park war er selbst in ihr Zimmer gegangen und hatte ihre Tasche gepackt. Er war erschrocken gewesen, zu sehen, wie wenig sie besaß, und hoffte, dass ihre Garderobe so bescheiden war, weil sie das meiste davon in London gelassen hatte.

Doch als er später am Abend in Olivers Zimmer gegangen war, um sich zu verabschieden, war ihm aufgefallen, dass die Nachtwäsche des Jungen zwar sauber und gebügelt war, aber fadenscheinig und mehrfach geflickt. Das beschäftigte ihn seither; verdiente sie wirklich so wenig?

Gareth schob den Gedanken beiseite. Er war jetzt hier, und er musste sich auf das vorliegende Problem konzentrieren.

Nach einem kurzen Aufenthalt in seinem Zimmer, ging er hinunter in den Schankraum, in dem es um diese Zeit am Abend vor Kundschaft wimmelte. Die Gäste waren eine bunte Mischung aus Seeleuten und Reisenden, die gerade angekommen waren.

Er bahnte sich den Weg zur Bar, wo er von einem verdrießlichen Grobian mit Augenklappe empfangen wurde, der ihn misstrauisch beäugte und fragte, was er trinken wolle.

Gareth orderte ein Pint des Selbstgebrauten, und schob, als der Mann es ihm brachte, eine Goldmünze über die Bar. »Ich möchte ein Pferd kaufen. Ein graues.« Die Wirkung war erstaunlich. Das eine Auge des Kerls wurde groß, und der Spott verschwand aus seinem Ausdruck, als er lächelte und eine Reihe schwarzer Zahnstümpfe entblößte, die Gareth erschaudern ließen.

»Aye. Ein graues Pferd, sagen Sie? Ich kenne einen, der hat ein graues. Warten Sie um Mitternacht an der steinernen Brücke auf der Folkstone Road.« Er wandte sich um und ging ohne ein weiteres Wort davon, doch die Münze war verschwunden.

Gareth hob den Humpen an die Lippen, bemerkte dann den fettigen Daumenabdruck auf dem gesprungenen Rand und stellte ihn wieder ab, ohne zu trinken. Er sah auf die Uhr: Er musste noch etwas mehr als zwei Stunden warten. Er ging in den privaten Salon, den er gemietet hatte, und bestellte etwas zu essen, in der Hoffnung, dass die Hygiene im Rest des Hotels besser war als im Schankraum.

***

Serena fror, sie war müde, hatte Angst und Hunger auf etwas anderes als Stockfisch und bitteres Ale. Hauptsächlich war ihr allerdings langweilig.

Sie hatte kein Gefühl mehr dafür, wie viele Tage sie in diesem schäbigen kleinen Gefängnis gesessen hatte, aber es mussten mindestens fünf gewesen sein, wenn sie von der Anzahl der Mahlzeiten ausging. Sie hatten ihre Tasche, ihre Schuhe und den Mantel genommen, um sicherzustellen, dass sie nicht weit kommen würde, wenn es ihr gelänge, zu fliehen.

Es war fast ein halbes Dutzend Männer, auch wenn sie nur die Gesichter der zwei Flickschuster zu sehen bekam. Die anderen blieben im anderen Raum und stritten in gedämpften Stimmen. Sie wusste, dass sie ihretwegen stritten.

Nicht lange, nachdem sie hergebracht worden war, war der Alte zu ihr gekommen. Das wusste sie, weil ihr Kopf da noch immer von dem Schlag geschmerzt hatte.

Sie hatte sich auf einer unbequemen Pritsche zusammengerollt und vergeblich versucht, zu schlafen, als die Tür geöffnet wurde und er hereinkam.

Serena stemmte sich hoch und verzog bei der Bewegung schmerzhaft das Gesicht.

»Tut mir leid wegen der Beule, Mädchen.« Er setzte sich auf einen Stuhl und rauchte seine infernalische Pfeife.

»Und mir tut es leid, dass ich Zeit, Geld und Mühe verschwendet habe, um herzukommen und Sie zu warnen. Ich hätte Sie einfach die Ware holen und sich erschießen lassen sollen. Ich hätte …«

»Gibt keine Lieferung.«

»Was?«

Derby nickte. »Und keine Verhaftung oder Tote.«

»Sie lügen.«

Er schüttelte den Kopf, und etwas Mitleidiges flackerte in seinem Blick.

Serena starrte ihn an. »Aber warum? Warum sollte er mir so etwas erzählen?«

»Weiß nich.«

»Wenn es also keine Verhaftung und keine Probleme gab, warum haben Sie mich dann hergebracht?«

Er zuckte mit den Schultern.

Serena hätte schreien mögen.

»Es is so. Ihr Cousin is ein ganz mieser Hund. Verdorben bis ins Mark. Er hatte ein paar Kerle, die drauf warteten, uns das Zeug abzunehmen, aber wir ham den Braten gerochen und sie uns vorgeknöpft. Aber er is uns entwischt und hat sich davongemacht.«

Serena entschlüsselte langsam seine verworrene Rede. »Sie meinen, er hat versucht, Sie übers Ohr zu hauen?«

Er nickte.

Sie lachte, doch es lag kein Humor darin. »Nun, ich versichere Ihnen, ich bedeute meinem Cousin rein gar nichts. Wenn Sie auf Lösegeld von ihm hoffen, können Sie lange warten.«

»Sie ham mich missverstanden, Mädchen. Wir warten nich auf ihn.«

Serena starrte ihn nur an. Wer sonst hätte für sie bezahlen sollen? Sie hatte nichts bei sich, das auf eine Verbindung zu irgendjemandem hinweisen könnte. Sie hatte nur das bisschen Geld und ...

»O nein.«

»O ja. Genau. Wir haben von Gareth Lockheart gehört. Einer der reichsten Männer in England.« Er machte eine Pause. »Komischer Kauz, soweit wir rausgefunden ham. Aber ziemlich helle.«

»Nur weil Sie einen Scheck von ihm gefunden haben, heißt das noch lange nicht, dass er Lösegeld für mich bezahlen würde. Ich arbeite für ihn.«

Darüber musste der Alte lachen. »O ja, und wie se für ihn arbeiten.«

Trotz des kühlen, feuchten Raums brannte ihr Gesicht. »Ich bin *nicht* seine Geliebte. Ich bin seine Landschaftsgärtnerin und Bildhauerin.«

»Aha, so nennen die feinen Pinkel das jetzt, was?« Er lachte zweideutig, und sie hätte gern ihren großen Hammer oder einen ihrer Meißel gehabt.

Serena wedelte mit der Hand. »Ja, lachen Sie nur und warten Sie. Sie werden sehr lange warten.«

Er stemmte sich auf die Füße, klopfte seine Pfeife aus und zertrat die Glut. Dann verließ er das Zimmer, wobei er noch immer leise lachte. Der Dummkopf.

Das war das letzte Mal, dass sie mit irgendjemandem geredet hatte. Allerdings war es nicht das letzte Mal gewesen, dass jemand bei ihr im Zimmer gewesen war. Der jüngere Flickschuster war am dritten Tag erschienen, hatte aber kein Essen gebracht. Sie hätte das Glitzern in seinen Augen erkannt, selbst wenn er nicht damit angefangen hätte, sich den Hosenlatz aufzuknöpfen, als er das Zimmer betrat.

»Was wollen Sie?«, fragte sie, um Zeit zu gewinnen, während ihr das Blut in den Adern gefror.

Er lachte. »Ich will von der Torte eines reichen Schnösels naschen.« Sein Blick flog hektisch über ihren Körper von den bestrumpften Zehen bis zu ihrem Haar, das seit Tagen nicht gewaschen oder gekämmt worden war. Sie konnte sich vorstellen, dass sie scheußlich aussehen und riechen musste, aber die Beule in seiner Hose verriet, dass er anders darüber dachte.

Sie drückte sich gegen die Wand, und ihr Blick huschte durch den Raum auf der Suche nach etwas, womit sie ihn bewerfen, stechen oder schlagen könnte. Doch es gab nur die Pritsche, auf der sie lag, und einen alten Rundsessel, der fast zu schwer war, um ihn zu bewegen.

»Ich werde schreien«, drohte sie, als er sich näherte, seine speckige, schmutzige Hose herunterrutschte und eine Unterhose zum Vorschein kam, die noch schlimmer aussah.

»Nicht, wenn du's Maul voll hast.«

Plötzlich war es wieder 1806. Es war Winter, und sie hatte sich mit zwei anderen Frauen in Favels Haus versteckt. Sie hatten gegessen, was sie finden konnten und es vermieden, Feuer zu machen, um die Aufmerksamkeit der Männer nicht auf sich zu ziehen, die wie Soldaten gekleidet waren und ihre eigenen Leute ausplünderten und vergewaltigten.

Sie war aus dem Wald zurückgekommen, wo sie im Eisen eines Wilddiebs eine fette Ente gefunden hatte. Die wäre es wert gewesen, ein Feuer zu machen, um etwas Fleisch zu haben. Sie hatte sich beeilt und war wegen ihres Schatzes so aufgeregt gewesen, dass sie nicht aufgepasst hatte, als sie um die Ecke von Favels verlassenen Stallungen gebogen und gleich gegen eine harte Brust geprallt war.

Wie sich herausstellte, war es Etienne Bardots Brust gewesen. Des Anführers dieser kleinen Bande von Vergewaltigern und Plünderern.

Und das war der Anfang eines fünf Monate andauernden Albtraums gewesen.

Der junge Flickschuster, sie kannte nicht einmal seinen Namen, kam zur Kante der Pritsche und ließ seine schmutzige Unterhose fallen.

»Jetzt sei n braves Mädchen«, sagte er und schob ihr seine Hüfte entgegen. Genau so, wie Etienne es so oft getan hatte. Sie lächelte und öffnete dann den Mund so weit wie nötig.

Er schrie, hatte die Hände auf seine nackte Lende gepresst. Blut sickerte durch seine Finger, als die Männer die Tür aufrissen. Serena hatte in ihrem Innern eine verborgene Kraft gefunden, von der sie nichts geahnt hatte. Genug, um den sperrigen Stuhl hochzuheben, und seinen Köper unter dessen Beinen einzuklemmen.

Die Männer hatten sie mit Mühe aus dem Stuhl gehoben und sie auf das Bett gelegt. Sie hatten sich über den weinenden, sich windenden Flickschuster gebeugt, seine Hände zur Seite gezogen und Flüche ausgestoßen, als sie gesehen hatten, was er verdeckt hatte.

»Ihr müsst ihn zum alten Fletcher bringen«, hatte einer der Männer gesagt, von denen beide Masken aus dunkler Wolle über die Gesichter gezogen hatten, die sie vermutlich auch nachts auf dem Wasser trugen.

»Aye«, sagte der andere und wandte sich zu ihr, seine Augen waren weit aufgerissen. »Du hast ihn schwer erwischt, Mädchen. Aber ich schätze, er hat's verdient.«

Serena hatte sich in die Ecke gepresst, die Knie an die Brust gezogen und gezittert. Schweiß brannte in ihren Augen. Sie konnte Blut schmecken, und das Zimmer um sie herum war dasselbe, aus dem sie vor zehn Jahren entkommen zu sein glaubte.

KAPITEL ZWANZIG

Es überraschte Gareth nicht, als er spürte, wie ihm jemand einen Pistolenlauf in den Nacken drückte. Schließlich hatte er den Mann durch die Bäume kommen hören. Er hatte mehr Lärm gemacht als eine Herde Pferde.

»Mach bloß keine Mätzchen.«

»Ich hatte keine Mätzchen geplant«, sagte Gareth wahrheitsgemäß.

Sein Geiselnehmer grunzte, durchsuchte ihn und stieß rasch auf das Geldbündel. Chalmers wäre erschüttert gewesen, hätte er gewusst, dass Gareth ein so voluminöses Objekt in seiner Jacke aufbewahrt hatte, eine von Gareth' liebsten, eine dunkelgrüne ganz fein gewebte.

Hinter sich hörte er gedämpfte Stimmen; es waren also mehrere gekommen. Das leise Wiehern eines Pferdes verriet ihm, dass sie geklungen hatten wie eine Herde Pferde, weil sie tatsächlich eine Herde Pferde mitgebracht hatten. Nicht besonders klug, wenn man sich an einen Mann anschleichen wollte, der nicht gefangen werden wollte.

Nach einer etwas hitzigen Diskussion, während derer sich der Pistolenlauf aus seinem Nacken entfernt hatte, ertönte eine zweite Stimme.

»Ich binde Ihnen jetzt ein Tuch über die Augen, und dann werden Sie auf das Pony steigen. Ich hab die Zügel, Sie versuchen also besser nicht, abzuhauen.«

Gareth musste beinahe lächeln. Abhauen? Nachdem er sich solche Mühe gegeben hatte, sich gefangen nehmen zu lassen?

Doch das Lächeln verging ihm, als er feststellte, wie sich das Tuch anfühlte, und wie es roch.

Er schluckte bei dem Gefühl und musste sich zwingen, nicht zurückzuzucken. Es hatte schon etwas Ironisches, dass er sich vor einem schmutzigen Tuch mehr fürchtete als vor einer geladenen Pistole.

Als das Tuch verknotet war, berührten Hände seine Schultern und stießen ihn vorwärts in die Richtung, aus der es stark nach Pferd roch. Sie hatten tatsächlich ein Pony für ihn mitgebracht, eines von diesen gebirgsgängigen Tieren. Seine Füße schleiften beinahe auf dem Boden, weil das Pferd so klein war. Hätte er die Wahl gehabt, wäre er lieber zu Fuß gegangen und hätte dem armen Tier die Qual erspart, aber sie ließen ihm keine Wahl, und er wollte nicht streiten. Oder überhaupt mit ihnen sprechen.

Das Pony wendete und lief in dieselbe Richtung, aus der es gekommen war, oder zumindest beinahe. Von vorne und hinten waren die Geräusche anderer Tiere zu hören, also waren da weitere, und sie hatten ihn nicht nur auf ein Miniaturpferd gesetzt, um ihn zu demütigen.

Er zählte, während sie ritten und rechnete die Minuten aus. Nach ungefähr fünfzehn Minuten nahm er den scharfen, salzigen Geruch des Meeres wahr, bevor es steil abwärts ging. Er schätzte, dass ihr Versteck irgendwo in der Nähe des Wassers lag.

Nach neun weiteren Minuten wurde das Gelände wieder ebener. Die Hufe klapperten nun über Stein, und er konnte feuchte, salzige Luft riechen. Sie waren also unterwegs zum Strand. Doch nach drei Minuten ging es wieder bergauf, und Zweige und Blätter streiften ihn. Weniger als eine Minute verging, und sie hielten an.

»Also los, runter mit Ihnen.« Das war der erste Mann, und er packte Gareth am Oberarm, was ihn erstarren ließ.

»Obacht! Ich habe meine Pistole.« Er riss grob an ihm, und Gareth stolperte vom Pferd.

»Sie ham was auf den Rippen – muss die viele Knete sein, was?« Dieser plumpe Scherz wurde mit heiserem Gelächter belohnt, und Gareth schätzte, dass es vielleicht insgesamt fünf Männer waren. Der Lauf einer Waffe wurde zwischen seine Schultern gedrückt.

»Vorwärts marsch.«

Sie betraten eine Art Behausung, in der es einen Holzboden gab, was den Lärm von Füßen in Stiefeln um ihn herum verstärkte.

Wieder berieten sich die Entführer leise, dann fasste jemand grob seinen Hinterkopf an.

Er blinzelte ins Dämmerlicht und konnte vage erkennen, dass sie sich in so etwas wie einem kleinen, fast leeren Raum befanden, in dessen Ecken sich mindestens vier Schatten herumdrückten.

Der kleinste der Männer, der einzige unmaskierte, kam mit dem Geldbündel in der Hand einen Schritt auf ihn zu.

»Das sinnich 2000£!«

»Richtig.«

»2000£ warn ausgemacht.«

Gareth bewunderte ein wenig die Beharrlichkeit des Mannes.

»Sie bekommen die übrigen 1500£, wenn ich sie sehe.«

Seine Worte verursachten ein Grummeln bei den anderen Gestalten, und einer von ihnen, der schwer humpelte, drückte sich an dem kleineren Mann vorbei und griff nach Gareth' Hals.

»Zurück!«, rief der Anführer. Für einen kleinen Mann hatte er ein beeindruckendes Organ und einen autoritären Ton. Der viel größere Mann zögerte, und Gareth dachte kurz, er würde nicht gehorchen. Doch seine Schultern sackten herab, er nahm die Hände herunter und humpelte auf seine eigenartig gebeugte Art zurück.

Wieder berieten sie sich, dieses Mal lauter, weniger vorsichtig, als wäre er nicht nur vertrauensselig, reich und kräftig gebaut, sondern auch taub.

Als wäre er ein Dummkopf.

Gareth wusste, was ihm bevorstand. Der Schmuggler hätte ihm nie sein Gesicht gezeigt, hätte er vorgehabt, ihn jemals lebend aus dieser Hütte zu lassen. Für diese Männer waren 2000£ ein Vermögen, selbst wenn sie es durch fünf teilten. Sie redeten nicht nur über Gareth und darüber, was sie tun konnten, sondern auch über ihren Komplizen, der noch nicht da war, und dessen Verspätung ihnen Sorgen bereitete.

Gareth betrachtete den Schlamm auf der Spitze seines ansonsten polierten Stiefels und runzelte die Stirn, während seine Entführer sich endlich einig wurden, dass man ihm Serena getrost zeigen konnte, weil sie ohnehin bald vereint wären. Gareth fand, dass dies erschreckend endgültig klang.

Der kleine Mann näherte sich und deutete auf die einzige andere Tür außer dem Eingang, und Gareth ging voraus. Es gab ein Vorhängeschloss an der Tür, und der Mann hantierte eine Weile mit dem Schlüssel, bis es endlich leise klickte. Er nahm das Schloss ab und stieß die Tür auf.

***

Draußen vor Serenas Gefängnis war in den letzten Stunden mehr Geschäftigkeit gewesen als gewöhnlich. In ihrer fensterlosen Kammer konnte sie nicht sehen, ob es Tag oder Nacht war, aber sie hatten ihr vor einigen Stunden etwas gebracht, das sie mit großer Wahrscheinlichkeit für ein Mittagessen gehalten hatte. Nicht, dass sich die Zusammensetzung der Mahlzeit veränderte, es gab Stockfisch und Bier, dreimal am Tag. Sie hatte vor einiger Zeit einen ihrer Bewacher um Wasser gebeten, aber er hatte die Bitte ignoriert. Sie hatten auch ihre Bitte ignoriert, ihren Nachttopf auszuleeren, bis sie gedroht hatte, ihn der nächsten Person, die den Raum betrat, an den Kopf zu schleudern. Der Vorfall mit dem Biss war wenigstens für etwas gut gewesen: Er hatte ihnen gezeigt, dass sie gefährlich werden konnte.

Sie nahm an, dass sie hier waren, um sich ihrer zu entledigen. Serena war nicht dumm. Sie konnte den Schuster und seinen Sohn identifizieren. Sie würden sie niemals gehen lassen, selbst wenn Gareth jemanden mit dem Lösegeld schickte. Der Gedanke hatte seit Tagen in ihrem Hinterkopf gelauert, aber nun hatte sie ihn zum ersten Mal hervorgeholt und ihn aufrichtig betrachtet: Sie würde sterben. Entweder in dieser verfluchten kleinen Zelle oder mit Steinen beschwert auf dem Meeresgrund. Der einzige Trost war, dass sie wusste, dass Oliver gut versorgt war. Wenn er sie nicht mehr erpressen konnte, hätte Etienne keinen Grund mehr, dem Duke und der Duchess seine wahre Abstammung zu verraten. Oliver würde bei seinen Großeltern leben, wie sie es sich schon immer gewünscht hatten.

Und selbst wenn die Wahrheit herauskäme, würde Gareth sich um Oliver kümmern. Sie hatte überall auf dem Anwesen Anzeichen dafür gesehen, dass er ein guter Mensch war. Serena mochte ihm nicht am Herzen gelegen haben, aber sie hatte ihn mit ihrem Sohn gesehen und gesehen, wie er in Olivers Beisein einen Teil seiner Reserviertheit verloren hatte. Gareth würde sich um ihren Sohn kümmern.

Ihr Schicksal zu akzeptieren, hatte sie innerlich gestärkt. Sie fühlte sich weniger allein, nicht ängstlicher. Als sie also das Schloss klappern hörte, weigerte sie sich, ihren Entführern in einer Ecke des Bettes kauernd zu begegnen, und sprang auf.

Die Tür schwang auf, aber statt eines Wächters mit schwarzer Kapuze sah sie Gareth.

Serena glaubte, es müsse eine Ausgeburt ihrer Fantasie sein.

Groß, breit und mit ernstem Ausdruck, makellos gekleidet, und kein Haar lag falsch. Und so still. Sie machte einen Schritt auf ihn zu und streckte die Hand aus.

»Gareth?«

Seine Wangen nahmen einen leicht rosigen Schimmer an, als er seinen Namen von ihr hörte, und Serena warf sich ihm entgegen. »Du bist es wirklich!«

An seiner harten, muskulösen, wunderbar duftenden, geliebten Brust klangen ihre Worte gedämpft.

Seine Arme schlossen sich fester um sie als die Metallringe an einem Fass.

Sie spürte den Druck seiner Lippen auf ihrem Scheitel. »Serena.«

Als er sie beim Vornamen nannte, sah sie auf, und er eroberte ihren Mund mit wilden Küssen und hielt sie so fest im Arm, dass es schmerzte.

Hände schoben sich zwischen sie, wie um sie auseinanderzureißen.

»Das reicht«, befahl eine Stimme, und ein weiteres Paar Hände zog sie fort oder versuchte es zumindest.

»Verflucht! Die halten zusammen wie zwei Hälften einer verdammten Auster«, sagte ein anderer, was für Gelächter sorgte.

Sie spürte kaltes Metall an der Schläfe, und Gareth ließ sie los. »Schön, schön. Verdammt rührend. Aber jetzt zum Rest der Kohle.«

Bevor Gareth etwas entgegnen konnte, klopfte es dreimal schnell hintereinander, es folgte eine Pause, dann klopfte es wieder.

Der Mann mit der Pistole ließ den Arm sinken. »Wurd auch Zeit. Mach auf, Kedge.«

Was danach geschah, nahm sie nur noch verschwommen wahr.

Gareth stieß sie zurück in Richtung der Pritsche und schrie: »Lauf!«, als ob sie eine Wahl gehabt hätte. Er schwang den Ellenbogen herum und ein lautes Knacken füllte den Raum, auf das ein schmerzerfüllter Schrei folgte, als der Mann zurücktaumelte und aus dem Raum in einen der anderen Männer hineinstolperte. Gareth knallte die Tür zu und schob den schweren Stuhl davor, als ein Pistolenschuss erklang und Holzsplitter von der Tür durch den Raum geschleudert wurden.

Gareth landete auf ihr und zog sie auf den Boden, wo er sie wie ein menschlicher Schild bedeckte, als ein zweiter Schuss durch die Luft hallte, dieser klang weiter entfernt.

»Bleib ruhig«, befahl er, als sie versuchte, sich aufzurappeln und nachzusehen.

Sie dachte, dass er offenbar gern Befehle gab, aber diesem sollte sie wohl besser Folge leisten.

»Wir sind gleich in Sicherheit«, sagte er und verlagerte sein Gewicht auf einen Ellenbogen, um sie nicht zu erdrücken. Schade, denn eigentlich wurde sie ganz gern von ihm erdrückt.

Allerdings nahm sie an, dass ihre gegenwärtige Lage für einen Mann, der es mit Reinlichkeit so genau nahm wie er, ein Affront sein musste.

»Wer sind die?«

»Zollbeamte, Konstabler, und ein Bow Street Runner namens Steele.«

***

Serena musste zweimal baden, bis sie den Schmutz und Gestank abgewaschen hatte.

Wie von Gareth vorhergesagt, endete der Radau rasch und tödlich für zwei der Schmuggler. Serena konnte nicht unbedingt sagen, dass es ihr leidtat, ihren Beinahe-Vergewaltiger unter ihnen zu entdecken. Sein Vater lebte noch, aber mehr schlecht als recht.

Er hatte Serena zugezwinkert, als die Männer ihn davonschleiften.

»Tut mir leid, Mädchen.«

Nach einem anstrengenden Aufstieg, den sie auf dem Rücken eines kräftigen kleinen Ponys hinter sich gebracht hatte, wartete Gareth' Kutsche auf sie. Ihr Gefängnis war eine halb in das Cliff eingegrabene Schmugglerhütte kaum eine Meile außerhalb der Stadt gewesen.

Gareth selbst war unten am Cliff zurückgeblieben, als sie sich auf den Weg gemacht hatte. »Ich muss hierbleiben und dem Konstabler die Einzelheiten erklären«, hatte er gesagt. Er hielt sie nicht mehr fest, nachdem sie nun einen Mantel trug – einen ihrer eigenen – und Schuhe, die ebenfalls ihr gehörten. »Schaffen Sie es zurück zum Hotel? Timkins und Butler werden Sie begleiten, und zwei der Zollbeamten.«

Serena lächelte. »Es ist weniger als eine Meile, das werde ich schon schaffen. Im Moment fürchte ich mich mehr vor meinem eigenen Gestank als vor Schmugglern.«

Bei ihrem schwachen Versuch, einen Witz zu machen, lächelte er nicht einmal, stattdessen nickte er auf seine abrupte Art und wandte sich wieder den Männern zu, die auf ihn warteten, als ob es den kurzen Augenblick der Zärtlichkeit zwischen ihnen beiden nie gegeben hätte.

Das lag nun zwei Stunden zurück, und er war noch immer nicht zu ihr gekommen, obwohl sie gehört hatte, dass er vor einer halben Stunde den Raum nebenan betreten hatte.

In der Hoffnung, dass die schwere Lockenpracht ein wenig trocknen würde, hatte sie die Haare nicht hochgesteckt. Gareth hatte ein Nachthemd und einen Morgenrock mitgebracht sowie ein Kleid, das sich für die Reise in der Kutsche eignete. Sie hatte die Kleider, die sie während der vergangenen Woche getragen hatte, einem Dienstmädchen mitgegeben, zusammen mit der Aufforderung, sie zu verbrennen. Allerdings waren Kleider wertvoll, auch stinkend, zerlumpt und geflickt, also erwartete sie, dass morgen irgendeine glückliche Magd in den Straßen Dovers stolz ihr bestes Reisekleid tragen würde. Und das sollte ihr nur recht sein.

Rastlos ging sie auf und ab, und hatte noch nicht einmal ihr Skizzenbuch bei sich, um sich zu beschäftigen, noch ihre billige Uhr, um zu sehen, wie spät es war. Beides hatten die Diebe ihr abgenommen.

Schließlich, als sie es nicht mehr aushielt, ging sie zu der Verbindungstür, die sie trennte, und stieß sie auf.

Er lag mit freiem Oberkörper auf dem Bett und las ein Buch. Der Raum war hell erleuchtet.

Er ließ das Buch sinken und warf ihr einen typischen Gareth-Lockheart-Blick zu, diese überhebliche, schwer zu deutende Kombination, die er so gut beherrschte.

»Du hast gelesen?«

Er zog die Augenbrauen hoch. »Wie du siehst.«

»Wolltest du mich einfach schmoren lassen?«

Er verschränkte die Arme vor der Brust, und diese Geste lenkte sie ziemlich ab. »Ich nahm an, du schläfst.«

Sie schüttelte den Kopf, weil sie zu wütend war, um irgendetwas anderes zu tun.

Wie konnte er jetzt lesen? Sie hätten sterben können! Sie hätten ...

Er streckte die Hand aus. »Komm her.«

Ihr Körper erkannte seinen Tonfall sofort, und reagierte mit Erregung, doch sie schüttelte den Kopf. »Gibst du immer Befehle?«

Er schien über ihre Frage nachzudenken, die ein anderer Mann als eine rhetorische erkannt hätte. »Ja, das tue ich.«

Serenas Mundwinkel zuckten bei dieser typischen Gareth-Lockheart-Reaktion, doch sie konnte sich gerade noch zurückhalten und ihren grimmigen Gesichtsausdruck beibehalten. Mit großer Anstrengung.

Und dann sah sie etwas in seinem Ausdruck, das sie noch nie gesehen hatte. Ein Lächeln. Ein wundervolles, ehrliches, langsam breiter werdendes Lächeln, bei dem er die Zähne zeigte.

Serena starrte ihn an.

Er hob wieder die Hand. »Ich habe dich nur geneckt. Würdest du *bitte* zu mir auf dieses etwas zerknautschte, aber ansonsten saubere Bett kommen?«

Ihre Kinnlade klappte herunter, was nur zum Teil gespieltes Erstaunen war. »Gareth Lockheart weiß, wie man jemanden neckt?«

Er nickte. »Das tut er.«

»Und Gareth Lockheart kann *bitte* sagen?«

»Bisweilen.«

»Und Gareth Lockheart hat Zähne. Das weiß ich, weil ich sie zum ersten Mal gesehen habe, als er gelächelt hat.«

»Ja, du hast mit allem recht. Aber gerade fragt sich Gareth Lockheart nur, warum wir in der dritten Person über ihn sprechen. Komm bitte her.«

Sie ging zu ihm. Wie hätte sie es auch nicht tun können?

Als er die Decke hob, damit sie zu ihm ins Bett kriechen konnte, fiel ihr Blick auf das feine Laken. »Ist das *dein* Bettzeug?« Sie blieb neben dem Bett stehen.

»Chalmers nimmt es immer für mich mit, wenn ich reise. Ich habe festgestellt, dass er mir welches eingepackt hat, und das Dienstmädchen schien das Bett nur zu gern damit zu beziehen.«

Serena konnte sich vorstellen, dass das Mädchen hochzufrieden gewesen war, und sich vielleicht sich selbst mit ihm darin vorgestellt hatte.

»Wie ich festgestellt habe, hat mein Bett kein mitgebrachtes Bettzeug.«

»Ich hatte gehofft, dein Bett würde überflüssig sein.«

»Was meinst du damit?«

»Serena, mir fällt gleich der Arm ab.«

Sie kroch neben ihn ins Bett, und er umfing sie. Sein Körper war lang, fest, roch herrlich und war nackt.

»Hmm«, er vergrub die Nase in ihrem Haar. »Du riechst deutlich besser als vorhin.«

Sie lachte, an die glatte Säule seines Halses geschmiegt. »Ich muss zugeben, ich habe mich gefragt, wie du es über dich gebracht hast, mich zu berühren.«

Er umarmte sie fester. »Ich hätte dasselbe getan, wenn du doppelt so lang in dem verfluchten Loch festgesessen hättest.«

Sie spürte einen Kloß im Hals. »Und wenn es dreimal so lang gewesen wäre?«

Er zögerte und sagte dann: »Hmm. Dann vielleicht nicht.«

Sie lachte, und bevor sie es verhindern konnte, flossen ihr die Tränen.

Er hielt sie auf Abstand und sah sie an, und sein attraktives Gesicht erinnerte sie plötzlich an Ritter und ihre Rüstungen.

Sein unbewegter Ausdruck war wie das Visier am Helm eines Kriegers. Heute Abend hatte er das Visier ein Stück gelüftet und sie kurz dahinter blicken lassen, wo sie etwas gesehen hatte, das sie noch nie in seinem Gesicht gesehen hatte: Zärtlichkeit und Verwirrung.

Serena glaubte nicht, dass sie ihm den wahren Grund sagen konnte, warum sie hier war. Es würde jede Chance töten, dass er sie noch einmal so ansah.

»Warum weinst du?«

»Weil ich glücklich bin.«

Er legte den Kopf schief. »Ich weiß, ich bin ein kolossaler Trottel, wenn es darum geht, die Gefühle anderer Leute zu erkennen, aber sind Tränen nicht eher ein Zeichen für Traurigkeit?«

»Nicht bei mir«, sagte sie und schniefte laut.

Er brachte sie noch mehr zum Weinen, indem er ihre Tränen wegküsste. Oh, sie konnte es nicht aushalten.

»Warum bist du so gut zu mir? Warum?«, fragte sie und stieß ihn rüde von sich.

Er lehnte sich zurück und stützte den Kopf in die Hand, was für allerlei faszinierende Bewegung an seinem nackten Oberkörper sorgte.

»Warum?«, wiederholte er und dachte auf seine ernsthafte, grüblerische Art über ihre Frage nach. »Ich weiß es nicht genau, aber ich glaube, dass die verstörenden Gefühle, die ich in letzter Zeit empfunden habe, höchstwahrscheinlich dieses höchst rätselhafte Ding namens Liebe sein könnten.« Er krönte diese typische Gareth-Erklärung mit seinem zweiten Lächeln an diesem Tag, dieses Mal ohne die Selbstironie.

»Liebe?« Mehr brachte sie nicht heraus, und auch das kam erstickt und gequetscht über ihre Lippen, als wäre das Wort durch eine Mangel gedreht worden, bevor es ihrem Mund entschlüpfte.

Er nickte. »Ja. Ich glaube, Gareth Lockheart liebt dich.«

***

Gareth war wirklich beunruhigt: Emma Woodhouse war *nicht* in Tränen ausgebrochen, als Knightley ihr eröffnet hatte, dass er sie liebte. Dieses Weinen, anders als ihr Weinen zuvor, schüttelte ihren ganzen Körper wie bei einem kleinen Kind oder jemandem, der etwas Schreckliches zu betrauern hatte, zum Beispiel einen Todesfall.

Gareth konnte nichts Hilfreiches sagen oder tun. Also hielt er sie nur fest, sein Kinn auf ihren Kopf gestützt, während sie sich fest an ihn schmiegte und weinte, bis seine Brust nassgeweint war.

Schließlich verwandelte sich ihr Schluchzen in kleine Hickser und dann in ziemlich hartnäckiges Schniefen. Als er glaubte, dass sie aufgehört hatte, schob er sie vorsichtig von sich, um in ihrem Ausdruck nach Hinweisen für ihre nächste Stimmung zu suchen.

»O nein, nicht«, sagte sie und verkroch sich wieder, bevor er mehr sehen konnte als ihre gerötete Nasenspitze. »Ich schäme mich so fürchterlich.«

Zumindest glaubte er, dass sie das gesagt hatte, denn es klang mehr wie »Ischäme mi sofüterlich.«

»Äh ...«

»Erzählst du bir was passiertis?«

Gareth entschlüsselte es und nahm an, dass es sich auf die Ereignisse dieses Abends bezog und nicht auf seine emotionale Verwandlung und sein peinliches Geständnis.

»Ja, natürlich. Deine Entführer haben mir eine Nachricht geschickt, in der sie andeuteten, dass sie auf Lösegeld von mir hofften.«

Bei dieser Information bewegte sie sich, zeigte aber noch immer nicht ihr Gesicht. »Haben sie gesagt, wieso?«

Gareth lächelte insgeheim bei der Frage. »Nein.« Er wartete, ob sie mehr sagen würde, doch sie schwieg. »Ich nehme allerdings an, dass es etwas mit deinem Cousin zu tun hat.«

Das schien ihre Aufmerksamkeit zu wecken. Sie drehte sich, bis er ihr Gesicht sehen konnte. Selbst mit aufgequollenen Augen und einer roten Nase war sie schön. Doch in ihren Augen lag ein Ausdruck, der ihm nicht gefiel: Furcht. Also tat er alles, was er konnte, um sie ihr zu nehmen.

»Ich erinnerte mich daran, dass dein Cousin kürzlich aus Dover kam und auf dem Weg nach London war. Ich habe mich gefragt, ob er seine Meinung geändert hat und hierhergekommen ist. Und wenn ja, vielleicht wärst du ebenfalls hergekommen, um ihm zu helfen.«

Ihr Körper spannte sich an, aber sie sagte noch immer nichts.

»Ich beschäftige einen Runner, auf dessen Urteil ich mich unbedingt verlasse, Mr Steele, den du heute Abend kurz kennengelernt hast. Ich habe ihm eine

Nachricht geschickt, dass er nach Bardot suchen soll. Ich wusste, wenn jemand ihn finden kann, dann Steele. Wie sich herausstellte, *war* er noch immer in London.« Er räusperte sich. »Ich fürchte, was ich dir darüber hinaus zu sagen habe, wird dir nicht gefallen. Möchtest du es trotzdem hören?«

Sie nickte. Nackte Panik hatte die Furcht in ihrem Blick abgelöst.

»Mr Steele fand einiges über Mr Bardot heraus, nichts davon ist wirklich gut. Als er die Gelegenheit hatte, persönlich mit ihm zu sprechen, traf er ihn beim Spiel in einem gefährlichen Stadtbezirk an. Er hat sich recht lang und intensiv mit ihm unterhalten. Eines der Themen, die dabei besprochen wurden, hatte mit dir zu tun.«

Serena schloss die Augen.

»Serena.«

Sie schüttelte den Kopf. »Es tut mir so leid. Ich habe dich hergelockt, in den sicheren Tod, wenn du nicht so umsichtig gewesen wärst und gewusst hättest, dass ...«

Er packte sanft, aber fest ihr Kinn und hob es an. »Sieh mich bitte an.«

Sie gehorchte. »Es tut mir so furchtbar, furchtbar leid, Gareth. Ich war so schrecklich dumm.«

»Nein. Du hattest Angst, und warst den Launen eines absolut skrupellosen Mannes ausgeliefert.« Er runzelte die Stirn. »Ich fürchte, Mr Steele hat Bardot in keinem besonders guten Zustand zurückgelassen, aber er beschaffte mir die Information, die ich dringend brauchte, um dich zu retten und mir über meine Gefühle für dich klar zu werden.«

Sie stützte sich auf dem Kissen hoch und hob dabei ihre Brust auf seine Augenhöhe. Wie der Großteil ihrer Kleidung, war auch ihr Nachthemd so oft gewaschen und getragen worden, dass es fadenscheinig geworden war; er konnte ihre Brustwarzen sehen, die zarten Spitzen drückten sich nur wenige Zentimeter vor seinem Gesicht gegen den Stoff.

»Gareth? *Gareth*?«

Er sah auf und begegnete dem Blick der Frau, der die Brustwarzen gehörten, die ihn in ihren Bann geschlagen hatten. »Hmm?«

»Ich fragte, was er dir erzählt hat.«

»Was mir wer erzählt hat?«

Sie seufzte, blickte auf ihre Brust hinab und zog die Decke hoch.

»Warte«, sagte er.

»Später. Können wir erst dieses Gespräch zu Ende führen?«

Gareth wäre es anders lieber gewesen, aber er konnte verstehen, dass sie in der Hinsicht unnachgiebig war.

»Bardot hat Steele erzählt, dass er den Brief von Lombard gefunden hat, als er das Chateau plünderte, wo du dich bis zu seinem Tod um ihn gekümmert hast. Bardot behielt den Brief, denn er dachte, dass der Teil, in dem stand, dass das Kind nicht seines war, ihm nützlich werden könnte. Nach dem Krieg wurde es für ihn in Frankreich zu ungemütlich, und er kam nach England, erinnerte sich an Lombards Brief und hat dich ausfindig gemacht. Seitdem erpresst er dich.«

Er bemerkte, dass sie noch immer wartete, und er kniff die Augen zusammen.

»Was soll ich sonst noch sagen?«

Sie schüttelte den Kopf, doch selbst Gareth konnte die verräterischen Anzeichen für eine Lüge erkennen. Er setzte sich auf, und war plötzlich weniger glücklich, obwohl er nicht sagen konnte, warum.

»Gibt es da etwas, das du mir nicht erzählt hast?«

Angesichts seines scharfen Tons zuckte sie zusammen.

Er begann, die Decke zur Seite zu schieben, aber sie hielt ihn zurück. »Bitte geh nicht.«

»Bist du seine Liebhaberin?«

»*Was?* Nein!«

Ihr angewiderter Blick überzeugte Gareth mehr als ihre Antwort. Dennoch, da war etwas, das er wissen musste.

»Warum hast du ihn dann geküsst?«

Sie schüttelte den Kopf, ihre Stirn in tiefe Falten gelegt.

»Ihn geküsst? Ich habe ihn nie geküsst.«

»In jener Nacht – der Nacht, als er zu Besuch auf Rushton war. Ich habe gesehen, wie er aus deinem Zimmer kam. Du riefst ihn zurück und dann ...«

Sie lachte, aber als sie seinen Gesichtsausdruck sah, schüttelte sie heftig den Kopf. »Nein, nein, nein. Ich lache nicht über dich; Ich lache darüber, was du glaubtest, gesehen zu haben. Ich habe ihn zurückgerufen und gewarnt, nicht im Haus herumzulaufen und irgendetwas zu stehlen, weil ich ihn beobachten würde. Und dann hat *er* mich geküsst.« Sie verzog angeekelt das Gesicht. »Ich musste mir ein Dutzend Mal den Mund ausspülen.«

Schwach vor Erleichterung sank Gareth zurück ins Kissen. Sie beugte sich über ihn, ihr Haar bildete einen krausen Vorhang um sie herum. »Warst du deshalb so scheußlich zu mir, bevor du abgereist bist?«

Er spürte die Hitze in seine Wangen steigen.

Sie schlug ihm auf den Arm. Fest.

Er verzog das Gesicht und rieb sich den Arm. »Das tat weh.«

»Du verdienst es. Wärest du dagewesen, als ich aufgewacht bin, hätte ich meinen Hammer benutzt.«

»Ich entschuldige mich.«

Sie grunzte.

»Aber du hast von Bardot erzählt.«

»Erinnerst du dich noch daran, was du zuvor gesagt hast?«

Gareth erinnerte sich an alles, was er sagte, das tat er immer.

»Ja«, sagte er zögerlich. Sollte er sie bitten, genauer zu sein? Oder sollte er ...

»Hast du es ernst gemeint?«

»Die Entschuldigung?«

Wieder schlug sie ihn.

»Au!« Er packte ihr Handgelenk und rollte sich über sie.

»Vielleicht muss ich dich festbinden.«

Der Ausdruck reiner Lust, der bei seinen Worten über ihr Gesicht huschte, ließ ihm am ganzen Körper heiß werden. »Ich glaube, vielleicht sollte ich *dich* festbinden«, sagte sie, beugte sich zu ihm und küsste seinen Hals.

»Darüber muss ich nachdenken.« Darüber musste er *ausführlich* nachdenken. »Aber nun hör auf, mich abzulenken. Und mich zu schlagen. Sag mir, was genau du meinst.«

Ihr Blick flackerte. »Du weißt schon, das mit der Liebe.«

»Ach, das.« Nach ihrer Reaktion auf sein Geständnis, hatte er gehofft, *sie* hätte es vergessen.

»Es tut mir leid, dass ich geweint habe. Ich habe mich bloß so geschämt.« Gareth' Kopf fühlte sich allmählich so schwer an wie in Situationen, in denen er sich mit eigenartigen gesellschaftlichen Gepflogenheiten konfrontiert sah und verwirrt und überfordert war. »Serena.«

»Ich liebe dich Gareth. Ich liebe dich so, dass es schmerzt.«

Jetzt musste er schlucken. Einige Male, bis er wieder sprechen konnte. Aber er war noch immer verwirrt. »Warum schämst du dich dann?«

Sie seufzte, und er rollte sich von ihr herunter und nahm sie bei der Drehung mit.

»Sag es mir, Serena. Bei mir musst du immer direkt sein und dich klar ausdrücken. Ich bin nicht gut darin, zu erraten, was du denkst oder warum du es tust.«

»Ich weiß. Ich bin nicht absichtlich so undeutlich. Es ist nur ...« Sie riss die Hände hoch. »Bardot ist Olivers Vater.«

Gareth fühlte sich, als hätte sie ihn noch einmal geschlagen, doch dieses Mal ernsthaft. »Aber du sagtest ...«

»Ich weiß, was ich gesagt habe. Er *war* nicht mein Liebhaber.« Sie drehte sich auf den Rücken und ließ ihre Hände durch ihren Wasserfall von Haaren gleiten, wobei sie so fest daran zog, dass Gareth zusammenzuckte. »Ich weiß nicht, wie ich jemandem den Krieg erklären soll, der ihn nicht erlebt hat.«

Er hätte ihr sagen können, dass er ein bisschen etwas vom Krieg verstand, und eines Tages würde er das tun. Aber nicht heute Abend. Heute würde er warten und ihr Zeit geben.

Sie seufzte tief. »Bardot war der Anführer einer Bande Krimineller, die unser kleines Dorf terrorisierten. Er kam zu dem alten Chateau, fand mich und vergewaltigte mich. Wieder und wieder, über fünf Monate hinweg.«

Das Wort *Vergewaltigung* hallte wieder und wieder durch seinen Kopf.

Gareth' Gehirn verkrampfte sich, das Blut in seinen Adern schien zu kochen.

Sie rüttelte an seiner Schulter. »Gareth? *Gareth*?«

Er sah sie, aber es war, als stünde sie am Ende eines langen, engen Tunnels. Eines roten Tunnels.

»Gareth, bitte. Ich habe es dir nicht erzählt, damit du dich aufregst. Ich habe ...«

»Ich werde ihn finden. Und dann werde ich ihn umbringen.« Er erkannte seine eigene Stimme nicht.

Sie zuckte zurück und schüttelte den Kopf. »Nein, bitte, lass es jetzt gut sein.«

»Er ist ein Tier – ein tollwütiges Tier, das erlöst werden muss.«

»Jemand wird ihn töten, aber du wirst es nicht sein.« Sie schlang die Arme um ihn und bedeckte sein Ohr, seinen Hals, seine Wange und sogar seine Nase mit Küssen. »Mein Geliebter, mein Liebhaber, meine Liebe. Bitte.«

Diese Worte hatten eine Macht über ihn, die er sich nicht hatte vorstellen können: Er war ihre Liebe.

Sie musste gespürt haben, wie die Anspannung aus ihm wich, weil ihr eigener Körper sich entspannte. »Ich liebe dich zu sehr, als dass ich riskieren würde, dass dir etwas Schlimmes zustößt, Gareth. Bitte versprich mir, dass du all das vergessen wirst.«

»Ich verspreche es«, log er. Um ihres Seelenfriedens willen wollte er sie glauben lassen, dass er es vergessen hatte.

Er sah, dass sie darauf wartete, dass er etwas sagte. »Wirst du mir erzählen, wie es dir gelang, zu fliehen?«

Sie nickte und lehnte sich zurück in ihr Kissen. »Es zogen immer Soldaten durch unsere Gegend, die zu einem halben Dutzend unterschiedlicher Seiten gehörten. Robert Lombard war einer von ihnen. Er war der Bote irgendeines Generals oder so, und er trug die Uniform eines Offiziers. Dennoch hätte Bardot ihn getötet. Sie erwischten ihn, als er durch die Wälder ritt und schossen ihn aus dem Sattel. Sie brachten ihn zum Chateau, wo sie ihn demütigen wollten, aber es gelang mir, sie zu überzeugen, dass er reich sein musste, da sein Ring das Siegel eines Adligen trug. Ich sagte ihnen, sie sollten ihn leben lassen und Lösegeld verlangen. Also ließen sie Robert einen Brief an den Duke schreiben.«

Gareth nickte. Das war ein kluger Plan.

»Er lebte noch einige Monate, aber er war schwer verwundet. Wir erfuhren erst später, wie schlimm es um ihn stand. Während wir warteten, lernte ich ihn kennen. Ich liebte ihn nicht, aber ich bewunderte ihn sehr. Er sah, was Bardot mir antat, und hasste ihn dafür. Er war es, der den Plan fasste. Der Pfarrer in unserem Dorf wusste, was auf dem Chateau vor sich ging, aber er war alt und gebrechlich und konnte nichts gegen die Plünderungen und Vergewaltigungen unternehmen. Er stimmte allerdings zu, uns eine Heiratsurkunde auszustellen, auch wenn wir sie von ihm zu Robert und zurück schmuggeln mussten, sodass er sein Siegel über unsere Unterschriften setzen konnte.

»Der Brief, den Robert dem Duke schrieb, wurde abgefangen, aber das erfuhr ich erst später. Doch Bardot musste geahnt haben, dass etwas passiert war, und er wurde zunehmend unruhiger, je schwächer Robert wurde. Ich glaube, Robert wusste, dass er sterben würde, obwohl wir immer davon sprachen, dass er sich erholen würde und wir zusammen fliehen würden. Nicht lange nachdem Bardot einen weiteren Brief geschickt hatte, wurde Robert sehr krank. Irgendetwas stimmte nicht, und der Arzt in unserem Dorf konnte nichts für ihn tun, also starb er.

Bardot wollte lange genug die Mär aufrechterhalten, dass er noch lebte, um das Lösegeld zu kassieren.«

Sie starrte die Decke an, Falten der Anspannung bildeten sich um ihre Augen, als sie die Geschichte erzählte. »Doch dann kamen echte französische Truppen, Hunderte. Sie kamen, als ich mit dem Pfarrer unterwegs war und darauf wartete, dass er die Heiratsurkunde fertigstellte. Es verbreitete sich schnell im Dorf, dass alle im Chateau verhaftet worden waren, weil sie bekannten Deserteuren Unterschlupf geboten hatten. Vater Bastian gab mir alles Geld, das er besaß, sogar das wenige, das er für die Kirche gesammelt hatte. Ich floh mit nichts als meinen Kleidern am Leib, dem Geld, das er mir gegeben hatte, und der Heiratsurkunde. Robert hatte einen Brief für mich geschrieben, den ich im Haus versteckt hatte, er sollte seinen Eltern alles erklären, wenn er es nicht mehr könnte.«

Tränen glänzten in ihren Augen. »Ich konnte nicht zurückkehren, um den Brief zu holen, aber Bardot tat es. Und den Rest kennst du.«

Gareth fühlte sich erschöpft, nachdem er die Geschichte gehört hatte. Es war kein Wunder, dass ihr Blick oft so gequält wirkte. Er zog sie enger an sich und hielt sie fest.

»Du musst dir keine Sorgen mehr machen. Steele hat Bardot klargemacht, dass er dich die längste Zeit erpresst hat.« Und hatte ihm das mit seinen Fäusten eingebläut, wie der Runner ihm später an jenem Abend berichtet hatte. Gareth bedauerte nur, dass er ihm nicht befohlen hatte, den Kerl festzuhalten. Jetzt musste er ihn noch einmal finden. Und gegen das, was Gareth ihm dann antun würde, wären die Schläge eine angenehme Erinnerung.

Serena gähnte herzhaft. Sie sah zu ihm auf und errötete.

»Es tut mir so leid. Ich weiß nicht warum, aber ich bin plötzlich todmüde.«

Gareth wusste, warum. Sie hatte diese Furcht seit Jahren mit sich herumgetragen. Es hätte ihn nicht überrascht, wenn sie zwei Wochen durchschlafen würde. Er würde sicherstellen, dass sie so viel Ruhe bekam, wie sie brauchte.

Er schmiegte sich an ihren Hals. »Schlaf ruhig.«

»Aber ich möchte ...«

»Ich weiß, was du möchtest. Glaub mir, davon bekommst du bald schon mehr, als du vertragen kannst.« Er stieß das Becken gegen sie, um seine Aussage zu unterstreichen.

»Aber ich will dich jetzt.« Die Worte waren kaum mehr als ein Flüstern, und sie schob eine Hand zwischen sie und berührte seine Erektion.

Er sog scharf die Luft ein. »Mein Gott, Serena.«

Sie lachte. »Du fühlst dich so ...«, ein Gähnen erstickte, was auch immer sie sagen wollte, und ihr Griff lockerte sich.

Gareth seufzte und zog sie enger an sich. »Schh«, flüsterte er in ihre duftenden Haare und küsste sie sanft. »Schlaf jetzt ... meine Liebste.«

Noch bevor er zu Ende gesprochen hatte, atmete sie tief und schwer. Er entspannte sich auf dem Bett, obwohl er wusste, dass er neben ihr nicht würde schlafen können. Er würde sie, so lange er konnte, im Arm halten und sich dann in ihrem Zimmer hinlegen. Er hatte es vorher nicht gespürt, aber auch er war erschöpft. Er hatte jede Nacht den Albtraum gehabt. Er konnte nur hoffen, dass er ihn heimsuchte, weil er sich seit zehn Tagen um Dec sorgte oder weil er Angst um Serena gehabt hatte.

Gareth sagte sich, dass er aufstehen und etwas schlafen musste, aber er hielt sie, bis es fast dämmerte, bis er nicht mehr klar aus den Augen sehen konnte. Und dann verließ er lautlos das Bett, deckte sie bis unters Kinn zu, löschte alle Kerzen, die noch immer in ihren Haltern flackerten, bis auf die eine in seiner Hand, und ging in den Raum nebenan, um allein zu schlafen.

KAPITEL EINUNDZWANZIG

Einen Augenblick lang dachte Serena, sie wäre zurück in ihrem Gefängnis. Doch das weiche, schmeichelnde Bettzeug und der betörende Duft von Gareth vertrieben die Furcht. Der Raum war noch immer dunkel, obwohl eine helle, gelbe Linie zu sehen war, wo die Vorhänge aneinanderstießen und ihr verrieten, dass der Tag bereits angebrochen war.

Sie wusste, dass sie allein im Bett lag, bevor sie noch die leere Bettseite neben sich fühlte. Sie versuchte, sich an die vergangene Nacht zu erinnern, doch ihr kam nur eines in den Sinn. Er wusste alles, und er liebte sie; lächelnd schloss sie die Augen, drückte sein Kissen an ihre Brust und atmete seinen sauberen, berauschenden Duft ein. Doch wo *war* er?

Serena öffnete die Augen, schob das Bettzeug zur Seite und tappte in den angrenzenden Salon; auch er war leer. Als sie die Tür zu dem Zimmer öffnete, das er für sie angemietet hatte, sah sie, dass jemand hier geschlafen hatte und dass die Tür zu ihrem eigenen Salon offenstand.

Sie fand ihn am Schreibtisch, vor sich einen ordentlichen Papierstapel auf der einen Seite und einen Stapel ungeöffneter Post auf der anderen. Er sah zu ihr auf, und seine Augen brauchten einen Augenblick, um zu fokussieren.

»Ach, du bist wach.« Er stellte die Schreibfeder in den Halter und lehnte sich zurück. Obwohl seine Mimik sich nicht verändert hatte, kannte sie ihn jetzt gut genug, um zu wissen, dass er sich freute, sie zu sehen.

Serena wurde unter seinem Blick verlegen, und seine grauen Augen wurden dunkler, als er sie von Kopf bis Fuß musterte.

»Ich bin aufgewacht, und du warst fort.« Sie warf einen Blick auf die Papiere.

»Arbeitest du?«

»Ich habe mir etwas Arbeit mitgebracht, aber einige Post ist von heute.« Er wandte sich um und nahm einen Brief vom Stapel. »Hier ist einer von einem gemeinsamen Bekannten.«

Serena erkannte die Handschrift ihres Sohnes. Der Brief war an Gareth adressiert. Sie sah auf. »Darf ich ihn lesen?«

Er nickte. »Er ist für uns beide.«

Sie entfaltete dein einzelnen Bogen Papier, der auf den gestrigen Tag datiert war und nur einige lange, gewundene Sätze enthielt. Und nur der allerletzte hatte etwas mit ihr zu tun.

Serena schnaubte. »Welch ein Frechdachs. Er schreibt dir, damit du ihm irgendein Teil mitbringst, das er braucht, und für seine Mutter hat er kaum ein Wort übrig außer, dass der verflixte Hund sein Skizzenbuch gefressen hat und ich ihm ein neues mitbringen soll.« Sie schüttelte den Kopf.

Gareth lachte, und das Geräusch war so unerwartet, so süß und jungenhaft, dass Serena ihn nur anstarren konnte. Sie war geblendet davon, wie wundervoll er war, selbst mit dunklen Flecken unter den Augen. »Hast du hier geschlafen, Gareth?«

Bei ihrer Frage wandte er sich ab. »Ich wollte dich nicht stören.«

Sie schüttelte den Kopf darüber, dass er so klug war und doch so unwissend, was Frauen anging – oder besser gesagt, was sie anging.

Sie ging zu ihm und stieß gegen seine Knie, bis er sich wieder zu ihr drehte, und sie mitten in dem engen V stand, das seine Schenkel bildeten. Sie umfing sein Gesicht mit den Händen und strich leicht über die Haut unter seinen Augen. Seine Wangen erröteten leicht, und seine Augenlider flatterten und schlossen sich, sodass seine langen schwarzen Wimpern die Wangen überschatteten.

An seinen tiefer werdenden Atemzügen erkannte sie, dass ihn nicht unberührt ließ, was sie tat.

Sie beugte sich hinunter und zeichnete seinen Kiefer mit Küssen nach, bis sie sein Ohr erreichte. »Ich wollte, dass du mich störst«, flüsterte sie und spürte, wie ihr angesichts der direkten Worte die Hitze in die Wangen stieg, als sie sich aufrichtete und auf ihn hinabblickte.

Er hatte die Augen geöffnet, und seine Pupillen waren geweitet, er packte ihre Hüfte und zog sie an sich, vergrub den Kopf zwischen ihren Brüsten und umfasste und knetete ihren Hintern.

»Hmm.« Sein tiefes Grollen vibrierte in ihrer Brust, und sie schloss die Augen. Er fühlte sich so ... *perfekt* an, so *richtig*.

Er wandte den Kopf und biss sanft in die Seite ihrer Brust.

Sie lachte. »Willst du mich fressen?«

Sein heißer Mund erkundete ihren Körper durch den dünnen Stoff ihres Nachthemds, knabberte und saugte, bis der Stoff feucht wurde.

»Wenn wir nach Rushton zurückkommen, werde ich deine Arme und Beine fest an die vier Pfosten an meinem Bett binden, damit du dich nicht rühren oder winden kannst. Und wenn du gefesselt so vor mir ausgebreitet liegst, werde ich mich mit dir vergnügen. Und ich werde dich überall lecken, beißen und an dir saugen.«

Die Worte und das ungeschönte, fordernde Verlangen, mit dem er sie aussprach, ließen eine Welle der Lust über sie hinwegspülen, die sie tief im Innern berührte und schwach werden ließ.

»Das wirst du tun?« Ihr Herz pochte angesichts des erotischen Bildes, das er mit nur wenigen deutlichen Worten gezeichnet hatte.

»M-hmm.« Er hielt sie fest, und seine Zunge zeichnete eine Linie bis direkt hinunter zu ihrem Nabel. »Zieh das Nachthemd hoch.«

Serena gehorchte eifrig, und es war ihr egal, ob er Bitte gesagt hatte oder nicht.

Er schob die Hand zwischen ihre Schenkel und drang mit seinem langen Mittelfinger in sie ein. Sie erschauerte, es war, als hätte ihr Körper plötzlich keine Knochen mehr, als er mit langsamer, rhythmischer Präzision in sie stieß, dann den Kopf unter ihr Nachthemd schob und mit seinem heißen Mund ihre Brustwarze umschloss.

»O Gareth.«

Beim Klang seines Namens saugte er fester, und er nahm einen zweiten Finger hinzu, während er sie mit dem freien Arm drehte und ihren Hintern auf einem seiner muskulösen Schenkel absetzte.

»Weiter.« Er nahm den Mund gerade lang genug von ihrer Brust, um zur anderen Brustwarze zu wechseln, und seine Hand hörte kurz auf zu pumpen, um ihre Schenkel weiter auseinanderzuschieben.

Sie öffnete die Knie, und er grunzte zufrieden. Seine Lippen und seine Zunge saugten an ihrer empfindlichen Knospe und reizten sie, bis sie glaubte, verrückt zu werden; währenddessen tauchten seine Finger immer wieder in sie, und mit dem Daumen umkreiste er geschickt das Zentrum ihrer Lust, bis sie sich über seinen Arm nach hinten durchbog und vor Ekstase aufschrie.

Er hob sie auf seine Arme und trug sie ins angrenzende Zimmer. Mit halbgeschlossenen Augen beobachtete sie ihn durch einen Schleier absoluter Zufriedenheit und lachte, als er sie auf das Bett warf und sich selbst an der Kante positionierte. Sein Gesichtsausdruck war hart, und sein Blick brannte sich in sie ein, als er seinen Hosenlatz aufriss und sich befreite. Serena schob sich bereits auf ihn zu, als er die Hände unter ihre Schenkel legte, sie an sich zog, ihr Becken vom Bett hochhob und mit einem ungezügelten Stoß in sie eindrang.

***

Seine berühmte Selbstkontrolle hatte sich aufgelöst und war zerbrochen. Als er aufblickte und sie neben sich sah, stand ihm in blendender Klarheit vor Augen, dass sie ihm gehörte. Er konnte sie ansehen, wann immer er wollte. Und die Art, wie sie zu ihm gekommen war, verriet ihm, dass er sie haben konnte, wann immer er wollte, und dass sie dasselbe empfand oder zumindest etwas sehr Ähnliches.

Sie schlang die Beine um seine Hüfte, als er tief in sie stieß und gar nicht tief genug in sie eindringen konnte.

Wie hinterlistige Schlangen krochen Worte, die er vor langer Zeit gehört hatte, in seine Leidenschaft und ließen sie heißer brennen. »Du wirst dich nicht leicht verlieben, Gareth. Aber wenn du es tust, wird es heftig.«

Venetias Worte, eine Warnung, und sie hatte recht gehabt.

Er hatte sich verliebt, aber es hatte ihm nicht geschadet, wie er immer gefürchtet hatte. Stattdessen hatte es ihn stärker gemacht, Serena zu lieben, weniger leer, menschlicher.

Er blickte in ihr Gesicht, als er wie ein Rammbock in sie stieß – ihre sinnlichen Lippen waren leicht geöffnet und entspannt, doch noch immer lag ein Lächeln darauf, ihre Haut hatte Hitzeflecken vor Leidenschaft, ihre Fersen gruben sich in sein Hinterteil, als sie die Beine fester um ihn schlang und ihn tiefer hineinzog, und dann entlud er sich in ihr, und die explosive Intensität des Gefühls ließ ihm schwarz vor Augen werden.

Als sie Augenblicke später seinen Namen sagte, hatte er noch immer das Gefühl zu schweben.

Er zwang sich, die schweren Lider zu öffnen. Er war noch immer tief in ihr, seine Knie gegen das Bett gestützt. Sie lächelte ihn von unten herauf an, ihr Haar wundervoll zerzaust, ihr Nachthemd bis zum Hals hochgerutscht, und in ihren Augen glitzerte der übliche Schalk.

»Ja?« Das war alles, was er hervorbringen konnte.

»Können wir nach Hause fahren?«

Gareth blickte auf die Stelle, an der ihre Körper noch immer vereint waren, und Sorge wallte durch die Euphorie auf, die noch immer seinen Geist vernebelte. »Du meinst jetzt sofort?«

Sie lachte. »Ich meinte morgen. Heute ist es schon zu spät.« Sie legte ihre Hand auf seine, und er sah auf. »Ich vermisse Oliver.«

Er fühlte sich erleichtert. »Ich auch.« Er ließ sie wieder aufs Bett sinken, und das Gefühl des Verlusts, als er nicht mehr in ihr war, war überwältigend.

»Außerdem möchte ich zurück nach Hause, damit du dein Versprechen einlösen kannst.«

»Versprechen?«, wiederholte er und sah dabei vermutlich ebenso dumm aus, wie er klang.

Sie nickte und wand sich ein wenig. »Du weißt schon. Die Sache mit deinem Bett.«

Gareth glaubte, er müsse der dümmste Mann der Welt sein: Sache? Mit einem Bett?

Und dann fiel es ihm plötzlich wieder ein, als er in ihr heftig errötendes, hoffnungsfrohes Gesicht blickte.

»Du bist unersättlich«, sagte er, und machte sich nicht die Mühe, sein dankbares Erstaunen zu verbergen.

Sie bedeckte ihre erhitzten Wangen mit den Händen. »Ich weiß. Ist es nicht wunderbar?«

Gareth konnte nicht anders, er warf den Kopf in den Nacken und lachte aus purer Freude.

***

Den Rest des Tages verbrachten sie in gemütlicher Zweisamkeit und bestellten die Mahlzeiten aufs Zimmer. Sie liebten sich, aßen noch etwas, und Serena döste. Einmal wachte sie auf und stellte fest, dass Gareth sie beobachtete.

»Schläfst du eigentlich nie?«

Er wickelte sich eine Strähne ihrer Haare um den Finger. »Du hast wundervolles Haar.«

Serena schüttelte sich gespielt. »Es sieht bestimmt aus wie ein Vogelnest. Das tut es immer, wenn ich mit nassen Haaren einschlafe.«

Gareth sah makellos aus, selbst wenn er nackt im Bett lag.

Besonders, wenn er nackt im Bett lag.

»Wie bald wirst du mich heiraten?«

Bei seinen Worten machte ihr Herz einen Satz, aber sie zog nur eine Braue hoch und sah ihn an. »Es hat mich bisher noch niemand gefragt.«

Er sah von ihrem Haar auf, und sein direkter Blick hatte die Kraft, sie zu verunsichern und zu entblößen, auch wenn sie ohnehin nackt waren.

»Möchtest du meine Frau werden, Serena?«

Sie nahm seine Hand, die an ihren Haaren spielte, führte sie an ihre Lippen und küsste den glatten Handrücken. Die Geste schien ihn zu verunsichern. »Es wäre mir eine Ehre, deine Frau zu werden, Gareth.«

Er eroberte sie mit einem intensiven, zärtlichen Kuss und ließ sie wie immer atemlos zurück.

»Wie bald wirst du mich heiraten?«

Sie lachte. »Du bist unnachgiebig. Ist das die Methode, mit der du deinen Wohlstand angehäuft hast?«

Wie immer nahm er sie wörtlich. »Declan sagt, dass ich zielstrebig sein kann, und meistens klingt das nicht nach einem Kompliment.«

»Sei versichert, dass ich es aber als Kompliment gemeint habe. Du hast eine recht einzigartige Fähigkeit, dich zu konzentrieren. Ich habe bei Oliver Spuren dieser Fähigkeit beobachtet.«

Er nickte, nahm wieder eine dicke Locke und spielte damit. »Er ist ein sehr kluger Junge. Seine Arbeit an dem Automaten ist sehr durchdacht und sorgfältig.« Er sah sie an. »Hättest du etwas dagegen, wenn ich einen Lehrer für ihn einstelle?«

»Ich hatte mich gefragt, ob ich ihm nicht schade, wenn ich ihn in meiner Nähe behalte. Seine Großeltern haben angeboten, ihn aufs Internat zu schicken, aber ...«

»Aber du bist zu gern mit ihm zusammen, um dich zu trennen.«

Er hatte recht, aber sollte das ausschlaggebend für die Ausbildung ihres Sohnes sein? »Was denkst du wäre für ihn das Beste?«

Er holte tief Luft und ließ sie langsam entweichen, sein Gesichtsausdruck war nachdenklich. Er war niemand, der schnelle, gedankenlose Antworten auf wichtige Fragen gab, und ihr Sohn war ihm bereits wichtig. Noch etwas, das sie an ihm liebte.

»Ich denke, dass der Nutzen von Schulen wie Harrow oder Eton hauptsächlich ein gesellschaftlicher ist. Die Lehrkräfte dort sind schlecht bezahlt, und es gibt sicherlich Hauslehrer, die besser qualifiziert sind. Dein Sohn würde zu Hause bei uns die bessere Ausbildung genießen, aber es würde ihm an diesem *gewissen Etwas* mangeln, das die herrschende Klasse in England zusammenhält. Du musst entscheiden, ob dieser

Faktor, also diese Verbindungen, es wert sind, auf seine Gegenwart in deinem Leben zu verzichten.«

Wie immer hatte er es korrekt auf den Punkt gebracht.

»Du erwähnst die herrschende Klasse, aber ihre Macht ist nicht mehr unüberwindbar, wie du und Mr McElroy und Dutzende andere täglich beweisen. Vielleicht nützt meinem Sohn der Kontakt zu dir mehr als antiquierte Gepflogenheiten und Verbindungen. Außerdem hat er dafür seine Großeltern.«

Er drehte sich auf die Seite und stützte den Kopf in die Hand.

»Wirst du ihnen die Wahrheit sagen, wenn du nicht mehr von ihnen abhängig bist?«

»Das ist nicht der Grund, warum ich es ihnen nicht gesagt habe, oder zumindest nicht der Hauptgrund.« Sie fuhr seine faszinierende Bauchmuskulatur mit dem Finger nach, und lächelte, als sie sich unter der Berührung anspannte. Er griff nach ihrer Hand und hielt sie fest, und als sie aufsah, erkannte sie die Glut in seinen grauen Augen.

»Ich würde das gern wissen, Serena.«

Serena wusste nicht, ob sie es ihm würde erklären können, und selbst dann war sie nicht sicher, ob er ihr glauben würde. Sein Gesichtsausdruck war geduldig abwartend, und als sie ihn ansah, wusste sie, dass sie es ihm schuldig war.

»Zunächst brauchte ich dringend ihre Hilfe. Als Frau in einem fremden Land, ohne ein Zuhause oder eine Familie, mit sehr wenig Geld, und ich erwartete ein Kind. So seltsam das klingt, sie brauchten mich ebenfalls. Ich war die letzte Person, die ihren Sohn gesehen hatte. Selbst das kleine bisschen, das ich von ihm hatte, war mehr als was sie hatten. Und natürlich waren sie in dem Glauben, ich trüge sein Kind. Es löschte ihren Schmerz nicht ganz, aber es half ihnen, ihn zu ertragen. Und nachdem Oliver geboren war?« Sie machte ein Geräusch, das halb wie Seufzen, halb wie Stöhnen klang. »Danach wurde es nur schwieriger. Und jetzt liebt mein Sohn diese Leute und fühlt sich ihnen zugehörig. Es würde ihn verletzen, wenn die Wahrheit herauskäme, besonders, wenn er erführe, dass er das uneheliche Kind eines Deserteurs, Diebs und Vergewaltigers ist.« Sie verzog angewidert den Mund. »Verstehst du?«

Gareth hielt die Hand, die er ergriffen hatte, und massierte sie geistesabwesend, was sein erotisches Streicheln nicht weniger ablenkend machte.

Er zögerte, dann nickte er. »Ich verstehe.«

»Aber bist du anderer Meinung?« Sie hatte zwar keine Verurteilung in seiner Stimme gehört, aber Zögern.

»Ja, ich bin anderer Meinung. Ich kannte weder meinen Vater noch meine Mutter und würde alles geben, was ich besitze, um ihnen für einige Augenblicke gegenüberzustehen.« Er sah so ruhig aus wie immer und klang auch so, aber seine Worte machten sie tief betroffen. Er drückte sanft ihre Hand. »Das bedeutet allerdings nicht, dass ich sagen möchte, dass du etwas Falsches tust.«

Der Unterschied, den er machte, war sehr fein, aber sie konnte ihn akzeptieren. »Vielleicht werde ich es ihm eines Tages erzählen. Wenn er älter ist.« Sie blickte ihn unter den Wimpern hindurch an.

»Wenn er eigene Geschwister hat, die er seine Familie nennen kann.«

Damit bekam sie seine Aufmerksamkeit.

Er nahm ihre Hand und führte sie unter die Bettdecke, bis sie seine heiße, harte Männlichkeit berührte.

Sie kicherte. »Sind wir fertig mit unserem Gespräch?«

»Ich schon.«

***

Zunächst waren die gequälten Laute Teil ihres Traums, ein tiefes, verzweifeltes Klagen, als ob jemand in Not war und Schmerzen litt. Serena lief durch Wälder, die zu einem Haus wurden, und der gequälte Laut wurde lauter, kam aber nicht näher. Plötzlich stand sie vor einem Abgrund, ruderte mit den Armen und schreckte kerzengerade im Bett hoch.

Ihr Atem ging schnell und flach, als sie das Zimmer um sich herum wahrnahm. Es war Gareth' Zimmer, das Bett mit seinen Laken, und sie lag allein darin. Eine Kerze flackerte fast heruntergebrannt auf einem Tisch neben der Verbindungstür.

Und dann hörte sie den Laut, den sie im Traum gehört hatte. Sie stand auf, ohne sich die Mühe zu machen, ihren Morgenrock zu finden und lief auf die Quelle des Geräuschs zu: die Verbindungstür.

Auf der anderen Seite der Tür war es taghell, und Gareth wand sich im Bett. Sein angespannter Körper war zusammengekrümmt, fast zusammengerollt. Schweiß lief ihm in Strömen herunter, und er presste den schrecklichen keuchenden Schrei zwischen fest aufeinandergebissenen Zähnen hervor. Seine Zähne klapperten so sehr, dass sie es am anderen Ende des Raumes hören konnte.

Sie stürzte zum Bett, doch dann zögerte sie, ihre Hand nur wenige Zentimeter von seiner Schulter. Wie sollte sie ihn wecken, ohne ihn zu erschrecken? Während sie darüber nachdachte, stöhnte er in immer schnellerer Folge. Sachte wie eine Feder legte sie ihre Hand auf seine Schulter.

Seine Reaktion war explosiv. Ein gebrülltes »Nein!« entrang sich seiner Kehle, so laut, dass die Scheiben wackelten. Sein Arm holte aus und erwischte ihre Schulter, fest genug, um sie vom Bett zu schleudern.

Serena rappelte sich hoch und sah ihn in der Ecke kauern. Sein Blick war huschend wie der eines zu Tode geängstigten, gefangenen Tieres. Er sah nicht aus wie der Mann, den sie kannte. Blanke Furcht verzerrte seine attraktiven Züge.

»Gareth, Liebster. Ich bin es, Serena. Du hast einen Albtraum. Es ist nur ein Traum«, beruhigte sie ihn. »Gareth.« Sie streckte die Hand aus und berührte seinen Fuß. Er zuckte, zog ihn aber nicht weg. Stattdessen fiel sein Blick auf sie, die Iriden seiner Augen flogen hektisch hin und her, bevor sie sich beruhigten. Seine Pupillen waren winzig wie Nadelspitzen.

»Serena.« Seine Stimme war rau und heiser, als ob er lange Zeit geschrien hätte. »Du solltest nicht hier sein.« Er hustete und fiel, nachdem er das letzte Wort hervorgepresst hatte, vorne über. Sie kletterte neben ihn aufs Bett, schlang ihren Arm um seinen Oberkörper und strich in festen Kreisen über seinen Rücken. Dann beugte sie sich näher, um ihm einen Kuss auf den Kopf zu drücken, der nass war, als wäre er in Wasser getaucht worden.

»Natürlich sollte ich hier sein«, flüsterte sie und hielt seinen zitternden Körper im Arm.

Sie hielt ihn weiter so fest, bis sich sein Atem beruhigte und das Zittern abebbte, bis er sich selbst aus der Umarmung befreite und ohne einen Blick auf sie das Bett verließ.

»Gareth?«

Er blieb mit dem Rücken zu ihr vor der Verbindungstür stehen, beugte sich vor und hielt sich mit beiden Händen am Türrahmen fest, als ob er Mühe hatte, sich aufrecht zu halten. Sein Kopf sackte auf die Brust und er bewegte ihn vor und zurück.

»Ich wollte nicht, dass du das siehst. Ich wollte nicht, dass du mich *so* siehst.«

Sie schüttelte den Kopf. »Was sehen? Einen Albtraum? Das gehört doch zum Leben. Wir haben sie alle ab und zu.«

»Nein Serena, das ist *nicht* normal, und ich habe es auch nicht nur ab und zu.«

»Ich verstehe nicht.«

»Und ich möchte auch nicht, dass du es verstehst. Deswegen schlafe ich allein.«

»Aber ich will es verstehen. Ich will ...«

Er wirbelte zu ihr herum, sein Ausdruck war beinahe so schrecklich wie während des Albtraums, wild und besessen und halb verrückt. »Ich kann nicht darüber sprechen. Du musst verstehen, was ich sage. Ich möchte ihm nicht diese Macht verleihen, indem ich es in Worte fasse. Es ist schlimm genug, wenn ich darin gefangen bin, es ist ... es ist ...« Er zerfurchte sein Haar mit der Hand und tat es so grob, dass Serena zusammenzuckte. »Es hat meine Nächte zerstört, aber ich werde nicht zulassen, dass es auch in die Tage eindringt.« Er starrte sie an, seine Augen waren weit aufgerissen und sein Blick flehend. »Ich kann es nicht. Ich *kann* nicht.«

Sie nickte unsicher und wischte sich Tränen von den Wangen. Er kam zu ihr, packte sie und umarmte sie so fest, dass sie kaum atmen konnte.

KAPITEL ZWEIUNDZWANZIG

Bei Tagesanbruch reisten sie ab. Die Atmosphäre in der Kutsche war gedrückt, und Gareth wusste, dass sie die letzte Nacht nicht vergessen hatte. Er hatte sich in den Stunden danach verflucht; er hätte die Tür abschließen sollen. Aber er wusste, das wäre dumm gewesen. Serena war keine Frau, die verschlossene Türen hinnahm, oder getrennte Zimmer und getrennte Leben. Wenn er die Tochter einer echten Adelsfamilie geheiratete hätte, wie er einst vorgehabt hatte, hätte er sie einmal die Woche aufgesucht und wäre dann in sein eigenes Bett zurückgekehrt, und niemand hätte etwas bemerkt.

Er tauchte aus den Gedanken und sah zu ihr hinüber. Sie saß in Fahrtrichtung und wartete auf ihn.

Sie rutschte auf dem schmalen Sitz zur Seite. »Möchtest du dich nicht neben mich setzen?«

Ihre Worte wärmten sein Inneres. »Wird dir das nicht zu eng?«

Ihr Blick tastete seinen Körper ab wie eine Hitzewelle. »Ja.«

Gareth erhob sich und setzte sich neben sie. Ihr Körper an seiner Seite war warm und weich. Sie legte ihre Hand auf sein Knie, und er nahm sie in seine. Sie blickten beide auf ihre verschränkten Finger.

»Ich habe hässliche Hände.«

Gareth öffnete ihre kleine Hand in seiner Handfläche, drehte sie und besah beide Seiten. Sie hatte in der letzten Zeit gearbeitet, und es gab Schwielen, einen kleinen Ritz auf einer Fingerkuppe und der Handrücken war rau. Die Form ihres Daumens verriet die Kraft und Geschicklichkeit, die in ihren Händen steckte.

Er zog ihre Handfläche an die Lippen und küsste sie. »Ich mag deine Hände.«

Sie stieß ihn sanft mit der Schulter an. »Du sollst mit mir streiten, Gareth. Sag mir, wie hinreißend, zart und zierlich sie sind.«

Er verzog die Lippen zu einem Lächeln, was ihm in ihrer Gegenwart leichtfiel. »Ich bin nicht so geübt in Schmeicheleien und Geturtel, Serena. Ich kann dir sagen, dass ich deine Hände schön finde, weil sie deine sind und weil sie geschickt sind und Kunst erschaffen, und weil sie mir Vergnügen bereiten, wenn sie mich berühren.« Bei seinen letzten Worten errötete sie und senkte verlegen den Blick. Er hob ihr Kinn an und zwang sie, ihn anzusehen. »Ich fürchte, du wirst feststellen, dass ich ein Langweiler bin. Witze, Lächeln und Lachen, das fällt mir alles nicht so leicht wie anderen. Declan sagt, das kommt daher, dass ich mich nicht verausgabe, aber das ist nicht wahr. Mir liegen weder Lyrik noch blumige Prosa, derart Undurchsichtiges verwirrt meine Gedanken ... vergiftet meine Vernunft.«

Er drehte sich und schob einen Arm in ihren Rücken und einen unter sie. Dann hob er sie auf seinen Schoß, sodass ihre Hüfte gegen sein erregtes Glied drückte.

Sie lächelte ihn überglücklich an. Ihre Gefühle waren einfacher zu lesen als ein Buch.

Er küsste ihre Nasenspitze. »Ich habe sehr wenig Erfahrung mit Frauen, Serena. Und ich habe erst eine geliebt.«

Sie umfing seinen Kiefer mit den Händen und neigte seinen Kopf, um ihn zu küssen. »Ich möchte mir dich nicht mit einer anderen Frau vorstellen. Das weckt in mir den Wunsch, etwas zu zerschlagen.«

Ihre besitzergreifenden Worte wärmten ihn, und er küsste sachte ihre Lippen.

»Ich habe mich so, wie du bist, in dich verliebt, Gareth. Du kannst mit einem Blick mehr ausdrücken als die meisten Männer mit einem ganzen Gedichtband.«

»Ich möchte mir dich nicht mit anderen Männern vorstellen«, sagte er als Echo auf ihre Worte. »Es weckt in mir den Wunsch, dich wieder zu erobern, dich zu nehmen und dich daran zu erinnern, dass du jetzt mir gehörst.«

Sie bewegte sich so in seinen Armen, dass sie rittlings auf seinem Schoß saß, ihre Lider waren halb geschlossen, und ihr Lächeln war träge und hungrig. »Ich habe es noch nie in einer Kutsche gemacht.« Ihre geschickten Hände nestelten schon am Verschluss seiner Hose, und er hob seine Hüfte, sodass sie sie herunterziehen konnte. Sie umschloss ihn mit der Hand und ein tiefes lustvolles Stöhnen kam über seine Lippen.

Sie streichelte ihn, bis er glatt und hart war und ließ ihn dabei nicht aus dem Blick. »Ich möchte dich so zeichnen, weißt du das?«

Bei diesen Worten wurde er noch härter. »Du hast mich noch nicht für die letzte Sitzung bezahlt.«

Darüber musste sie lachen. »Du bist kein professionelles Modell, du solltest dankbar sein, dass du Gelegenheit bekommst, Teil eines großen Kunstwerks zu werden.«

Gareth stieß in ihre Hand. »Auch ein Neuling sollte einen Lohn bekommen.« Er schob ihren Rock und die Unterröcke hoch. Sein Glied pulsierte bei dem überwältigend erotischen Anblick ihrer praktischen Strümpfe und der schlichten Strumpfbänder, die sie knapp über dem Knie hielten, darüber nichts als glatte, nackte Schenkel und dann ...

Ihm lief beim Anblick ihrer Locken das Wasser im Mund zusammen.

Sie zog die Augenbrauen hoch. »Neuling?« Mit dem Daumen umkreiste sie die harte, feuchte Spitze seines Glieds und strich ganz sanft mit dem Nagel darüber.

Gareth zuckte bei der berauschenden Mischung von Schmerz und Lust zusammen. »Verdammt, Serena!«

»Wortwahl, Gareth!«

Er schob ihre Hand beiseite und positionierte sich an ihrem heißen, feuchten Eingang, dann zog er sie fest in seinen Schoß.

Sie schnappten beide nach Luft, hielten kurz inne und genossen das Gefühl ihrer Vereinigung.

Die Kutsche fuhr durch ein gewaltiges Schlagloch oder eine Unebenheit, und sie packte seine Schultern, um nicht herunterzufallen. Ihre Muskeln verengten sich um ihn, während ihr üppiger Hintern auf und ab wippte.

Gareth stöhnte. »Ich liebe die Straße nach Dover«, murmelte er und steuerte sie beide auf den Gipfel der Lust zu, während ihr Gelächter die Kutsche erfüllte.

***

Es dämmerte gerade eben, als sie die lange Zufahrt von Rushton Park erreichten.

Serena steckte ein paar lose Strähnen unter ihren Hut und glättete ihre zerdrückte und zerknitterte Kleidung. Natürlich war es Gareth irgendwie gelungen, vollkommen lässig und unerschüttert auszusehen, obwohl sie ihn so unerbittlich geritten hatte wie ein Jockey in Ascot.

»Weißt du, wenn wir so ankommen«, sie machte eine vage, alles umfassende Geste, »zu zweit und ohne weitere Begleitung in deiner Kutsche, wird es in der Nachbarschaft einen Skandal geben.«

Er zog mit lässiger Verwunderung eine Augenbraue hoch. »Stört dich das?« Die Frage drückte noch deutlicher aus als seine Miene, dass es ihm gleich war.

»Ich versuche, mich nicht mit Skandalen zu umgeben, aber nein, ich kann nicht sagen, dass es mir große Sorgen macht.«

»Wir werden bald heiraten, und dann vergessen die Leute all das.«

Sie lächelte über seinen gleichgültigen Gesichtsausdruck und nichtssagenden Tonfall.

Sie wusste, dass nur sie – und sonst niemand – den wahren, leidenschaftlichen Mann hinter dieser streng kontrollierten Fassade kannte, und das liebte sie. Ihre Freude wurde ein wenig gedämpft, als sie über den Teil nachdachte, den er ihr verheimlichte, aber sie hatte noch ein ganzes Leben Zeit, mehr über ihn zu erfahren und ihm zu helfen, zu überwinden, weswegen auch immer er allein schlief.

Gareth beugte sich vor und sah aus dem Fenster. Die Haut um seine Augen spannte sich kaum merklich an.

»Was ist denn?«

»Ich weiß nicht. Es sieht aus, als wären alle Bediensteten des Hauses draußen vor dem Haus.«

»Vielleicht hat Jessup sie nach draußen geschickt, um uns zu empfangen?«

»Vielleicht.« Er klang nicht überzeugt.

Serena beugte sich über ihn, um ebenfalls hinauszusehen, als sie beim Haus vorfuhren. Dutzende Augenpaare starrten in ihre Richtung, doch keines davon sah glücklich oder einladend aus.

Gareth öffnete die Tür und ließ den Tritt hinunter, bevor die Kutsche zum Stehen gekommen war.

Declan drängte sich durch die Menge auf sie zu, als Gareth Serena aus der Kutsche half. Ihr Blick huschte bereits über die Versammelten und suchte nach einer kleinen Gestalt.

Ihr Herz stolperte und hämmerte dann so fest, als ob es ein Loch in ihre Brust schlagen wollte. Alles erschien ihr verlangsamt und deutlicher, und Serena fühlte sich, als ob sie sich durch schwere Luft kämpfen musste, während ihr Blick immer schneller suchend umherwanderte.

»Oliver! Wo ist Oliver?« Sie murmelte die Worte, als ob ihre Lippen taub wären. »Oliver.«

»Der Junge«, sagte Declan und sein Gesicht wirkte wie eine Granitmauer. »Er wurde entführt. Das hier haben wir vor etwa einer Viertelstunde gefunden.« Er hielt ihnen ein schmutziges, gefaltetes Stück Papier hin.

Serenas Arm gehorchte nicht den Befehlen ihres Gehirns, also entfaltete Gareth das Stück Papier. Er sah sie an. »Es ist Bardot. Er hat Oliver entführt und will uns nicht sagen, wo er ist, bis ich ihm 5000£ bezahle.«

Erst als Gareth den Arm um sie schlang, bemerkte Serena, dass sie fiel.

***

Es überraschte ihn nicht, dass Serenas Verstand einfach in eine Schockstarre verfallen war. Er wusste selbst nur zu gut, dass eine Folge schrecklicher Erlebnisse dafür sorgen konnte, dass der Körper das Beste versuchte, was er tun konnte, um nicht dem Wahnsinn anheim zu fallen. Ihn hatte bereits die Tapferkeit erstaunt, die sie nach ihrer Rettung aus der tagelangen Gefangenschaft an den Tag gelegt hatte. Ihr Gesicht war schmaler geworden, was ein sicheres Zeichen war, dass sie gelitten hatte, auch wenn ihr Lächeln und ihre scheinbare Kraft ihn verleitet hatten anzunehmen, dass sie unbeschadet davongekommen war. Er wusste, dass sie geglaubt hatte, in jener Hütte sterben zu müssen, und die Schuldgefühle, weil sie ihn dorthin geführt hatte, mussten überwältigend gewesen sein.

Ihre französische Dienstbotin, eine grimmige Frau, die Jessup das Leben schwerzumachen schien, hatte ihn aus Serenas Zimmer verscheucht wie eine lästige Fliege. »Gehen Sie. Wenn Sie ihr helfen wollen, bringen Sie ihren Sohn zurück.«

Gareth sah das ebenso, also war er gegangen. Doch ein Teil seines Geistes war noch immer in jenem Zimmer bei ihr, obwohl er jetzt all seinen Verstand brauchte.

»Ich bin nicht allein. Wir werden Sie genau beobachten, also versuchen Sie nicht, Nachrichten an die Autoritäten oder Ihren Mann, Steele, in London zu schicken«, hieß es in dem kurzen Brief. »Sie dürfen morgen einen Reiter nach London schicken, um Geld von der Bank zu holen. Ein Bote wird am folgenden Morgen kommen und Ihnen sagen, wohin Sie das Geld bringen sollen. Wenn Sie es überbracht haben, wird ein weiterer Bote kommen und Ihnen sagen, wo Sie den Jungen finden. Halten Sie sich strengstens an diese Anweisungen!«

Er sah Declan an. »Sag mir noch einmal, was wir wissen.«

Dec nickte und holte tief Luft. »Eines der Dienstmädchen sah ihn kommen. Er muss seine Kutsche oder Pferde irgendwo versteckt haben und ging zu Fuß zum Haus.« Er kratzte sich am Kopf und runzelte die Stirn. »Das war das Erste, was wir getan haben – nach Spuren von ihm oder einem möglichen Komplizen zu suchen. Wir haben nichts gefunden.«

Gareth fand das nicht überraschend. Das Anwesen war groß, und es gab Hunderte von Orten, wo sich jemand verstecken konnte.

»Wer hat Oliver zuletzt gesehen und wann genau?«

»Die alte Kinderfrau. Sie sagte, er hätte seine Arbeit um drei Uhr beendet und sagte, er würde in die Bibliothek gehen, um ein Buch zu finden, nach dem er in den vorangegangenen Tagen gesucht hatte.«

Gareth nickte. Bardot war ins Haus gekommen. »Also ist er … wie lange fort?« Er sah auf seine Uhr, obwohl er das bereits so oft getan hatte und genau wusste, wie spät es war. »Vermutlich vier Stunden. Oliver muss freiwillig mitgekommen sein. Ich kann mir nicht vorstellen, dass Bardot einen sich wehrenden Zehnjährigen unbemerkt hätte die Einfahrt hinunterzerren können.«

»Ja, zu dem Schluss sind wir auch gekommen. Er könnte durch den Wintergarten ins Haus gelangt sein, die Orangerie, die Bibliothek selbst oder auf einem halben Dutzend anderer Wege. Er muss sich ziemlich sicher im Haus zurechtgefunden haben.«

Gareth dachte daran, was Serena ihm erzählt hatte. Es war ihr vielleicht gelungen, Bardot in jener Nacht, als er zu Besuch war, davon abzuhalten, herumzuschnüffeln, aber wer sagte, dass er nicht ein anderes Mal zurückgekommen war?

Er war sein Leben lang ein Verbrecher, dem es so meisterhaft gelungen war, sich der Gefangenschaft zu entziehen, dass er sich sogar trotz seiner Taten während des Krieges in England aufhalten konnte.

»Ich nehme an, er hat Komplizen. Außerdem gehe ich davon aus, dass sie uns beobachten. Es wird eine mondlose Nacht, also können wir nicht die Anweisungen ignorieren und jemanden losschicken, selbst wenn wir wollten. Mit den Dienstboten auf ihren Posten, glaube ich, dass wir jemanden sehen würden, bevor sie uns sehen.« Sobald es dunkel genug wurde, positionierte Gareth Bedienstete an verschiedenen Punkten im Haus, auch auf dem Dach. Wenn jemand sich von irgendwoher näherte, würden sie ihn bemerken.

»Hast du schon daran gedacht, dass das womöglich alles ein Ablenkungsmanöver ist, und er Leute hat, die den Geldboten in London abfangen?«

Das hatte er. »Das ist möglich. Aber ein Teil von mir glaubt, dass sie ungern einen einzelnen Reiter mit so viel Geld umherreiten lassen würden, das perfekte Ziel für Diebe, es sei denn, sie planen, selbst diese Diebe zu sein. Deshalb werde ich morgen selbst hinreiten.« Sie konnten keinen Boten einer solchen Gefahr aussetzen.

»Nein. Ich werde das tun.«

Gareth öffnete den Mund, aber Declan hob die Hand.

»Sie braucht dich hier, Gareth. Und wenn etwas schiefgeht, wenn *wir* uns geirrt haben und sie doch nicht planen, den Kurier auszurauben. Oder wenn der Kurier von einem anderen Räuber überfallen wird ...« Sorge verzerrte seine strengen Gesichtszüge. »Sie wird deine Hilfe brauchen, und es könnte sein, dass du schwere Entscheidungen treffen musst.«

Gareth wusste, dass er recht hatte.

»Lass mich das für dich tun, mein Bruder.«

Wer sonst sollte gehen? Wem sonst traute er mehr als Declan? Niemandem.

Er nickte.

»Gut. Ich werde gleich bei Morgengrauen losreiten. Ich dachte, ich könnte ...«

Er hörte Declans Stimme kaum mehr, als ihm plötzlich eine Idee kam. *Natürlich!* Wie *dumm* er gewesen war.

Er stand auf und lief zur Tür.

Declans Stuhl kratzte hinter ihm über den Boden. »Wohin willst du?«

»Die Hunde.«

***

Serena widerstand dem Sog zurück ins Bewusstsein, aber sie musste die Flüssigkeit schlucken oder ertrinken. Sie schluckte krampfhaft und hustete, und schluckte noch einmal.

»Bon«, sagte eine Stimme.

Serena träumte nicht, aber sie war auch nicht wach, sondern befand sich irgendwo dazwischen. Sie versteckte sich. Vor etwas Schrecklichem.

Oliver.

Plötzlich richtete sie sich auf, fieberhaft. »Oliver!«

»Schh, das schadet Ihnen nur.« Die Worte in französischer Sprache waren streng, aber beruhigend. Nounou stand an ihrem Bett und hantierte mit einem Glas auf dem Nachttisch.

Serena schob die Decke zur Seite, schwang die Beine aus dem Bett und glitt sofort zu Boden. Sie sah auf und stellte fest, dass der Raum vor und zurückschaukelte. Ihre Kehle wurde eng.

»Nounou.« Das Wort kam als hohles Krächzen über ihre Lippen, und ihr Kopf sank in den Nacken. Sie konnte ihn nicht aufrecht halten.

Starke Hände hoben sie hoch wie eine Rupfenpuppe und legten sie sachte aufs Bett. Eine Tür schloss sich, und jemand deckte sie zu.

»Schlafen Sie, *mignon*. In Ihrem Zustand können Sie nichts Sinnvolles tun.«

»Aber ...« Ihre Zunge war langsam, und ihr Mund fühlte sich an, als wäre er mit Watte ausgestopft.

»Was?«

»Ein wenig Saft vom Mohn. Schlafen Sie.«

Sie wollte sie anschreien, aber Dutzende winziger Hände griffen nach ihr und zogen sie abwärts. Und tiefer und tiefer ...

***

Gareth und Declan hatten jeder ein Kleidungsstück von Oliver, von dem die alte Französin gesagt hatte, dass der Junge es vor Kurzem getragen hätte. Die Hunde folgten Oliver überallhin, seit sie im Haus lebten. Er brachte sie nur noch in die Scheune, wenn er etwas vorhatte und sie nicht mitkommen konnten. Es hatte ein oder zwei Unfälle im Haus gegeben, und Serena hatte ihm gesagt, sie müssten in ihrem Verschlag im Stall bleiben, wenn er nicht da war, um sich um sie zu kümmern.

Die Hunde begannen zu fiepen und zu schnüffeln, noch bevor Gareth die Tür zum Stall öffnete. Sie waren erzogen worden, nicht hochzuspringen, aber sie waren wild und rastlos und warteten darauf, den Verschlag verlassen zu dürfen.

Gareth hockte sich ins saubere Stroh und hielt ihnen die Stoffmütze hin. Die Hunde spielten verrückt, sprangen und schnüffelten und machten Geräusche, die nur darauf hindeuten konnten, dass sie sich freuten.

»Sie erkennen auf jeden Fall den Geruch.«

Sie nahmen zwei Laternen, für den Fall, dass sie sich aus irgendeinem Grund aufteilen mussten, entzündeten aber nur eine, und schlossen auch daran die Blende so weit, dass nur ein kleiner Lichtschein hinausdrang, der kaum die nächsten zwei Schritte vor ihnen erleuchtete. Sie nahmen zwei Hunde an die Leine und ließen den Rest frei laufen.

Als sie den Stall verließen, hörten sie nur noch schnüffelnde Hundenasen und das Zirpen Tausender Grillen. Sie hatten sich beide dunkel angezogen und die sichtbare Haut mit Asche eingerieben.

Gareth konnte kaum die eigene Hand sehen.

Die Hunde, die vorausliefen, waren nicht zu sehen, aber sie blieben in Hörweite. Die beiden, die sie an der Leine führten, zogen sie in dieselbe Richtung, hinunter zum Fluss.

Gareth musste kurz an die Mine denken, zu der Oliver ihn an jenem Tag geführt hatte, und war dankbar, dass er den Eingang hatte verschließen lassen, besonders, weil die Hunde sie in diese Richtung zu ziehen schienen.

Sie stolperten hinter ihnen her und fluchten leise. Gareth' verlor den Mut, als die Hunde sie beinahe auf direktem Wege zur Mine führten. Plötzlich jedoch blieben die beiden angeleinten Hunde stehen, und Gareth hörte ein deutliches Knurren und Schnappen bei den Hunden vor ihnen.

»Was ist los?«, flüsterte Declan.

Gareth hatte keine Ahnung. Das war das erste Mal, dass er mit den Hunden unterwegs war – oder überhaupt mit Hunden – ohne, dass Oliver dabei war. Er wusste, dass sein Freund ebenso wenig über Hundeerfahrung verfügte. Wo sie aufgewachsen waren, gab es keine Hunde. Sie hätten nur weitere Mäuler bedeutet, die gestopft werden mussten.

Das Knurren der Hunde wurde lauter und beinahe wild.

»Verdammt!«, flüsterte Dec, »Wenn hier draußen jemand ist, wird er das gewiss hören. Kannst du nicht dafür sorgen, dass sie still sind? Was zum Teufel ist denn los?«

Gareth merkte, dass sein Hund in Richtung des Flusses und der alten Mine zog. Decs Hund zog in die andere Richtung.

Er schnaubte leise. »Sie haben wohl eine Meinungs-
verschiedenheit unter Hunden. Sieh sie dir an, Dec.«

Einen Moment war Stille, dann sagte er: »Mein Gott,
du hast recht. Was zum Teufel machen wir jetzt?«

»Wir trennen uns. Wir haben beide Pistolen und
Laternen. Es ist offensichtlich, dass hier irgendetwas
passiert ist, weswegen die Hunde denken, dass er in
zwei verschiedene Richtungen gegangen ist. Der Junge
kennt die Gegend wie seine Westentasche. Vielleicht ist
er Bardot entkommen und davongelaufen? Ich weiß es
nicht, aber wir teilen uns auf.« Er kniete sich ins Gras,
um seine Laterne zu entzünden.

»Glaubst du, wir können sie trennen?«, fragte Declan
und hockte sich neben ihn. Seine Augen waren im
gedämpften Licht nur als schwacher Glimmer zu
erkennen.

»Es scheint, dass sie das wollen. Außerdem hat Oliver
sie zum Gehorsam erzogen.« Er schloss die Blenden an
beiden Lampen, bis sie aufbrachen.

»Glaubst du, du kennst dich auf dem Gelände gut
genug aus, um zum Haus zurückzufinden, Dec?«

»Ja. Ich bin jeden Tag nach draußen gegangen,
während du fort warst, und der Junge hat mich einmal
zum See mitgenommen und noch etwas weiter, wo er
eine alte Schäferhütte gefunden hatte. Dabei fällt mir
ein, dass die in der Richtung liegt, in die die Hunde offenbar wollen. Er hat dort viel Zeit verbracht, hatte
sogar eine Spirituslampe dort und hat uns Tee gemacht. Dort waren noch eine Reihe anderer Sachen
von ihm, und er erzählte, dass er dort oft liest oder
Nickerchen macht. Vielleicht wusste Bardot davon.«

Gareth kaute auf seiner Lippe. Er kannte natürlich die Hütte.

»Vielleicht sollte ich mitkommen?«

»Ich denke, wir sollten beiden Spuren folgen.« Er zögerte. »Glaubst du, die Hunde werden anfangen zu bellen und Krach schlagen, wenn sie seine Fährte aufnehmen?«

Gareth öffnete die Blende an seiner Lampe ein Stückchen, schnippte mit den Fingern, und alle neun Hunde versammelten sich um sie. »Sitz«, zischte er, und war überrascht und zufrieden, als sie gehorchten. Achtzehn Hundeaugen sahen ihn an. Er hätte schwören können, dass sie verstanden, dass dies kein Spiel war.

»Sucht jetzt«, sagte er, dieses Mal etwas lauter. Natürlich konnten die Hunde nicht antworten, aber er hatte das Gefühl, dass sich ihre Körper erwartungsvoll anspannten.

»Oliver hat sie zur Hasenjagd mitgenommen und diesen Befehl benutzt. Ich kann nur hoffen, dass es auch funktioniert, wenn sie ihren Herrn suchen sollen.« Er kramte die Uhr aus der Tasche. »Es ist sieben nach zehn. Ich denke, wir sollten uns zu einer bestimmten Zeit am Stall treffen, ganz gleich, was geschieht oder was wir gefunden haben.«

»Einverstanden.«

Gareth ging im Geiste die Strecke zur Schäferhütte und zurück zum Haus ab und rechnete noch etwas Zeit für die Suche oder falsche Fährten dazu. »Zwei Stunden. Wir sollten uns um sieben nach Mitternacht am Stall treffen.«

Dec lachte leise.

»Was ist so witzig?«

Er spürte eine Hand auf seiner Schulter, die leicht
zudrückte.

»Nichts. Wir sehen uns um sieben nach Mitternacht
beim Stall.«

KAPITEL DREIUNDZWANZIG

Serena wachte mit Kopfschmerzen auf, und ihr Mund fühlte sich an, als wäre er voll Watte.

Nounou saß an ihrem Bett und stopfte irgendein Kleidungsstück von Oliver.

Serena setzte sich auf, ohne dass ihr Gehirn den Befehl gegeben hatte.

»Oliver!« Der Name klang wie ein raues Flüstern.

Nounou senkte ihre Handarbeit. »Ich hoffe, Sie machen keine Dummheiten und wollen herumlaufen, ohne irgendetwas erreichen zu können.«

Serena hatte das Gefühl, als wäre sie ins Gesicht geschlagen worden.

Sie öffnete den Mund in der Absicht, die Standpauke ihres Lebens zu halten, doch die ältere Frau war noch nicht fertig.

»Sie denken wohl, dass Sie auf wundersame Weise Ihren Sohn finden, wenn Sie vor Erschöpfung ohnmächtig werden.«

Sie begegnete dem Blick aus Nounous dunkelbraunen Augen, die schwarzen Balken ihrer Augenbrauen darüber bildeten ein V. Sie schloss den Mund wieder.

»*Bon.* Und jetzt essen Sie.« Sie deutete zum Nachttisch, wo ein Tablett mit Brot, Butter und Marmelade bereitstand sowie eine Kanne, aus der es noch immer ein wenig dampfte: Schokolade.

Während Serena zugriff, erzählte Nounou ihr, was in den fünf Stunden geschehen war, in denen sie geschlafen hatte.

»Wir haben überall Beobachtungsposten, falls sich jemand in die Nähe wagen sollte. Am frühen Morgen wird jemand losreiten, um das Geld zu holen.« Sie zuckte mit den Schultern. Ihren Blick hatte sie wieder ihrer Handarbeit zugewandt. Obwohl sie nach außen ruhig wirkte, erkannte Serena, wie angespannt die Muskeln in ihrem Hals und ihrer Schulter waren. »Ich weiß noch nicht, wer es holen wird.« Sie hob den Blick und sah sie direkt an. »Mr Lockheart und der andere Mann haben die Hunde mitgenommen, um zu sehen, ob sie Olivers Fährte aufnehmen können.«

Serena blickte zum Fenster, aber die Vorhänge waren zugezogen. »Können sie denn heute Nacht überhaupt etwas sehen?« Sie hatte eine Woche in einem Loch gehockt und konnte sich nicht erinnern, ob der Mond schien oder nicht.

»Nicht sehr gut. Sie haben Laternen mitgenommen, aber sie stark abgedunkelt.« Sie grinste Serena plötzlich an. »Das erinnert mich an meine Kindheit in Marseille, bei den *contrebandiers*.«

Serena hätte überrascht sein sollen, dass die eher biedere alte Dame früher mit Schmuggelei zu tun gehabt hatte, aber die Leute waren selten das, was sie zu sein schienen.

»Wie lange sind sie schon fort?«

Nounou schaute auf die Uhr auf dem Kaminsims, es war halb eins. »Es muss jetzt etwas über zwei Stunden her sein.«

Serena trank den Rest der Schokolade und stellte das Tablett weg. Sie erwartete, dass Nounou sie aufhalten würde, wenn sie aufstand. Stattdessen deutete die Frau mit dem Kinn auf das Fußende des Bettes, wo ein langärmliges, dunkelgrünes Kleid, frische Strümpfe und ihre dunkelblaue Pelisse ausgebreitet lagen. Ebenso ihre abgestoßenen ledernen Stiefeletten – ihre Arbeitskleidung.

»Sie könnten sich zur rechten Zeit auch etwas Praktisches anziehen und sich nützlich machen.«

***

Gareth seufzte erleichtert, als er sah, dass der Eingang zur Mine noch immer fest vermauert war. Doch seine Erleichterung währte nicht lange, als die Hunde die Spur weiter Richtung Norden verfolgen wollten, über den Bereich hinaus, den er mit Oliver an jenem Tag untersucht hatte.

Sie führten ihn um die Steinwand herum, in der sich der alte Minenschacht befand, der Pfad war unwegsam und führte über eine Felszunge die Richtung Osten verlief, bis sie den Fluss kreuzte. Als er versuchte einen weniger steilen Weg zu finden, stieß er auf einen engen Pfad, der in den Stein gehauen worden zu sein schien. Die Hunde schossen hindurch wie Wasser durch ein Fallrohr. Gareth folgte ihnen etwas langsamer. Er musste die Laterne dicht vor dem Körper halten, um durch die enge Aussparung zu passen.

Plötzlich und unerwartet ging es steil bergab, und er hätte beinahe die Laterne am Fels zerschlagen, als er über lose Steine rutschte und mit einem dumpfen Schlag auf dem Hintern landete. Er blieb einen Moment sitzen und lauschte. Es waren keine Hunde in der Nähe zu hören, nur Insekten.

»Hierher«, befahl er mit gesenkter Stimme. Nichts.

Als Gareth versuchte, aufzustehen, stellte er fest, dass der Untergrund noch immer uneben war. Ihm blieb nichts anderes übrig, als mehr Licht zu machen.

Er öffnete die Blende nur wenige Millimeter, aber es reichte aus, um etwa einen Meter weit zu sehen. Es ging mindestens eineinhalb Meter steil abwärts und dahinter lag etwas, das aussah wie die andere Seite der Felswand und einige Bäume, die eng am Fels wuchsen. Kein Zeichen von den Hunden.

Er tastete sich langsam bergabwärts, begleitet von rieselndem Kies und Erdboden. Als er unten angekommen war, sah er Bäume, die in der Nähe wuchsen und sich an den Felsvorsprung klammerten. Jemand hatte sich einen groben Pfad durch das Dornengestrüpp gebahnt, wo es auf die Bäume traf, und Gareth' Atem beschleunigte sich.

Er quälte sich durch dorniges Unterholz, das wie Klauen nach seinen Stiefeln und den Beinen der Wildlederhose griff.

Hinter der Ecke des Felsvorsprungs, dem er folgte, hörte er Schnüffeln und Fiepen. Eine Mischung aus Hoffnung und Angst ließ sein Herz schneller schlagen, als er auf die Hunde stieß, die vor einer Öffnung im Felsen auf und ab liefen, die einmal mit Brettern verschlossen gewesen war. Bis auf die zwei untersten Bretter waren alle weggerissen worden und morsche Holzstücke lagen umher. Die Hunde rochen an dem übrigen Holz, tänzelten herum und wanden sich vor Aufregung. Etwas Weißes neben einem der Holzstücke fiel Gareth ins Auge und er bückte sich. Es war ein kleiner Fetzen Papier, der mehrfach gefaltet war. Er faltete ihn langsam auf, und sein Herz schwankte zwischen Hoffnung und Furcht; er erkannte Olivers Handschrift. Dies war ein Teil einer längeren Nachricht, die mit dem Grafitstift geschrieben worden war, den Gareth ihm geschenkt hatte, und das Blatt stammte von dem kleinen Notizblock.

»Den solltest du immer bei dir tragen«, hatte er gesagt, als er dem Jungen einen der Notizblöcke schenkte, die er immer bei sich hatte. »Wenn du einen guten Einfall hast, möchtest du etwas haben, um ihn darin festzuhalten.«

Gareth hielt es für Olivers Notizen über den Automat, den er als Überraschungsgeschenk für seine Mutter baute.

Er faltete das Papier vorsichtig wieder zusammen und steckte es in seine Jacke. Einer der Jagdhunde kam nah genug an ihn heran, dass er sein Gesicht beschnüffeln konnte, und Gareth tätschelte das Tier und kraulte es zwischen den Ohren, so wie er es bei Oliver Hunderte Male gesehen hatte.

»Er ist da drin, nicht wahr?«, fragte er den Hund, wobei er sich bewusst war, wie lächerlich es war. Doch dem Hund schien es zu gefallen. Er wedelte beim Klang seiner Stimme noch kräftiger mit dem Schwanz.

Gareth stand auf und bewegte seine bleischweren Füße näher auf die Öffnung zu. Das Gestrüpp war niedergetrampelt und dann in einem misslungenen Versuch, das Loch zu verdecken, wieder zurückgeschoben worden. Gareth hob die Laterne an, um zu sehen, was hinter den Brettern lag.

»Großer Gott!«, presste er durch erstarrte Kiefer hervor.

***

»Jetzt ist es eine Stunde nach dem verabredeten Zeitpunkt. Wir müssen etwas unternehmen.« Serena fand, dass sie in der vergangenen halben Stunde eine bewundernswerte Zurückhaltung an den Tag gelegt hatte.

McElroy sah von dem Plan des Anwesens auf, den der Zeichner gemacht hatte. »Er muss ungefähr hier etwas gefunden haben – bei der alten Kreidemine.«

Serena lehnte neben ihm an der Tischkante und blickte auf die Karte, obwohl sie sich in ihre Erinnerung gebrannt hatte.

»Gareth hat den Eingang zur Mine verschließen lassen, als er sie zuerst entdeckte.« Sie konnte den Gedanken nicht ertragen, dass Oliver oder er in der Nähe der alten Mine waren, von der die Dorfbewohner nicht nur behaupteten, dass es darin spuke, sondern auch, dass sie stellenweise sehr instabil sei. Sie hatte Oliver mit schweren Strafen gedroht, wenn er je dabei erwischt würde, wie er in den Ruinen herumschnüffelte, die laut Flowers, dem Vorarbeiter auf der Baustelle, seit Hunderten von Jahren brachlagen.

»Als wir klein waren, ham wir Mutproben gemacht, wer sich reintraut. War dumm, aber Jungs sind dumm, nich?«, hatte er gemeint, als Serena mit ihm über ihre Sorge gesprochen hatte. »Aber Mr Lockheart hat den letzten verschließen lassen. Die anderen Zugänge sind eingekracht oder wurden schon vor Jahren zugemauert oder mit Brettern verschlossen.«

Jetzt erinnerte sie sich an diese Worte.

»Es gibt andere Eingänge. Eingänge, die schon vor langer Zeit verschlossen wurden.«

McElroy sah sie ruhig an. Wenn er nicht lächelte, wirkte er wesentlich älter. Tiefe Falten zogen sich um seinen etwas zu groß geratenen Mund, und dutzende kleinerer Fältchen kräuselten die Haut um seine grünen Augen. »Ich weiß, es ist nur ein Bauchgefühl, aber Gareth muss etwas gefunden haben. Er ist sonst auf die Minute pünktlich, wie Sie wahrscheinlich wissen.«

Bei dem Gedanken daran, wie er ihr gesagt hatte, dass sie ihn in einer Stunde und dreiundzwanzig Minuten am Fluss treffen solle, musste sie lächeln.

»Es dürfte Ihnen auch aufgefallen sein, dass er dunkle, enge Räume nicht mag.«

Sie nickte und kämpfte gegen das aufflackernde Gefühl der Eifersucht darüber an, dass dieser Mann mehr über Gareth wusste als sie. »Ich wusste, dass er die Dunkelheit nicht mag, aber von engen Räumen wusste ich nichts.«

McElroy klärte sie nicht auf. »Ich nehme die Hunde und lasse sie die Fährte an der Stelle aufnehmen, wo wir uns getrennt haben.«

»Ich werde mitkommen.«

Er legte den Kopf schräg, als er sie ansah, und schließlich zuckte er mit den Schultern. »Nun gut. Ich habe keine Zeit, um mit Ihnen zu streiten und Sie sehen aus wie eine Frau, die tut, was sie will.«

Serena entschied, dass sie den Iren immer lieber mochte, seit sie ihn näher kannte. Sie wandte sich ab und ging zur Tür.

»Ich brauche nur meinen Mantel, und dann bin ich bereit.«

***

Der Hohlraum hinter dem Eingang war breiter und höher, als Gareth erwartet hatte. Er war mit Sicherheit

416

doppelt so geräumig wie die Mine in Cornwall, von der er und Dec Diagramme gesehen hatten, weil sie darüber nachgedacht hatten, sie zu erwerben.

Die Laterne beleuchtete nur ein kurzes Stück vor ihm, obwohl er die Blende abgenommen und sie voll aufgedreht hatte.

Er hätte es sonst nicht fertiggebracht, sich in dieses schwarze Loch zu begeben. Trotz des Lichts grummelte es in seinem Innern, und seine Hände zitterten, als er seine Umgebung untersuchte, die im Grunde ein einziger großer, gewundener Gang war. Es gab keine kleineren Tunnel, die von diesem abzweigten, der einmal als eine Art Sammelpunkt gedient haben mochte. Nein, er kannte nur zwei Ausgänge aus dieser großen Höhle: denjenigen, durch den er gekommen war, und den zugemauerten Eingang.

Einer der Hunde hatte sich auf die Hinterbeine gestellt. Seine Pfoten lagen auf dem Brett, über das er geklettert war. Gareth sah das ängstliche Tier an, um nicht sehen zu müssen, was sich am anderen Ende der großen Höhle befand: ein Loch, dass auf direktem Weg hinab in die Hölle führte.

Ein ersticktes Lachen drang durch seine zusammengebissenen Zähne. Selbst sein verkümmerter Sinn für Humor erkannte die Ironie. Eine Höhle mit einer weiteren, kleineren Höhle darin. Was jetzt noch fehlte, war lähmender Hunger und ein geschwollener, blutiger Rücken von Mr Jensens Lederriemen. Oh, und die Ratten. Er durfte nicht die Ratten vergessen.

Es war keine Zeit, um in Hysterie zu verfallen, das wusste er. Der Zettel bewies zumindest, dass Oliver hier gewesen war. Es konnte einige Tage her sein, aber er konnte auch gerade jetzt dort unten sein.

Gareth näherte sich der Höhle und ließ sich in die Hocke hinunter, bevor er sich über die Kante beugte und mit der Laterne hineinleuchtete.

Haltegriffe waren aus der rauen Steinwand gehauen und in großen Abständen metallene Sprossen in den Stein eingelassen worden. Als er die Laterne in den Schacht hinabsenkte, konnte er weiter unten einen trockenen Steinboden erkennen.

Er sah sich in der Höhle um und suchte nach etwas, das er verwenden könnte, um sich die Laterne irgendwie umzubinden. Leider trug er keine Krawatte, da er nur weiße Halsbinden besaß.

Doch in der Höhle fand er nur die Skelette kleiner Tiere, Zweige, Äste und mehr Spinnweben, als er je in seinem Leben gesehen hatte.

Doch dann erinnerte er sich an die Hundeleine. Sie war ihm aus der Hand gerissen worden, als er bergab gerutscht war. Er ging zurück zur Öffnung und traf dort auf die Hunde, die dort in beinahe unheimlicher Stille warteten. Er löste schnell die Leine und band sie um den metallenen Griff der Laterne. Dann knotete er sie zusammen und zog die Schlaufe über den Kopf. Die Laterne hing nun an seinem Rücken, und das Seil drückte gegen seinen Hals, behinderte aber nicht seine Atmung.

Er hatte die Handschuhe ausgezogen. Er würde einfacher sein, mit bloßen Händen Halt zu finden, allerdings waren seine Hände schwitzig; sein ganzer Körper schwitzte. Also zog er die Handschuhe wieder an.

Als er noch einmal in den Schacht blickte, war er froh, dass er nicht auch noch Höhenangst hatte. Er ergriff die erste Metallsprosse und zog einmal fest daran, bevor er dem Loch den Rücken zuwandte. Und dann begann er seinen Abstieg in die Finsternis.

***

Serenas Herz raste, und zwar nicht, weil sie gerade auf einer Lawine aus Steinen, Kies und Erde bergab gerutscht war.

»Sind Sie verletzt?«

McElroy beugte sich über sie, und die Staubwolke verfinsterte das ohnehin schwache Licht der Laterne noch mehr.

»Es geht mir gut. Wo sind die Hunde?«

Er half ihr, aufzustehen und drehte sich um. Die Hunde waren verschwunden, aber es war klar, welchen Weg sie genommen hatten.

»Gareth oder jemand anderes ist vor Kurzem hier hergelaufen«, flüsterte er. »Wir müssen hintereinander gehen, sonst werden wir von dem Dornengestrüpp zerfetzt. Halten Sie sich am Schoß meines Fracks fest.«

Er hielt die Laterne vor sich und machte kleine Schritte. Sie folgte ihm so gut wie blind und schob die Füße vorsichtig über das unebene Terrain.

Serena wollte sich noch nicht zu große Hoffnungen machen. Es war gut möglich, dass Gareth hier gewesen und dann weitergegangen war. Obwohl es nur ein Bauchgefühl war, glaubte sie nicht, dass Etienne jemals das Anwesen verlassen hatte. Was seine Komplizen anging, konnte sie sich nicht vorstellen, dass es noch jemanden gab, den er nicht übers Ohr gehauen oder ausgenutzt hatte, so dass er jetzt auch hinter ihm her war.

Er hatte vermutlich kein Geld mehr, und es gab kein Inn oder Gasthaus, in das er ein sich wehrendes Kind hätte bringen können. Und Oliver war klug genug, sich nicht von ihm vom Anwesen locken zu lassen. Nein, er war hier, auf dem Anwesen, und dies war das bestmögliche Versteck für einen Mann, dem keine andere Möglichkeit geblieben war, als den eigenen Sohn zu entführen.

Leises Fiepen und Schnüffeln riss sie aus den Gedanken, und McElroy blieb stehen. Sie lugte hinter ihm hervor und sah neun Hunde, die um eine große Öffnung in der Felswand herumsprangen.

»O mein Gott.« Sie drückte sich an ihm vorbei, bemerkte jedoch, dass sie ohne die Laterne nichts sehen konnte. »Schnell, leuchten Sie hier hin.«

Er hob das Licht über ihre Schulter und folgte ihr.

Sie blieben am Eingang der Höhle stehen. »Er muss da hineingegangen sein.« Sie wollte den Fuß über die verbliebene hölzerne Barriere heben, aber er hielt sie fest, indem er seine große Hand auf ihre Schulter legte.

Wütend drehte sie sich um. »Mein Sohn ist da drin!«

»Das wissen wir doch noch gar nicht. Und was haben Sie vor?« Er wartete nicht auf eine Antwort. »Lassen Sie uns die Sache in Ruhe untersuchen.«

Serena sah ihn an und war bereit, mit Zähnen und Klauen gegen ihn zu kämpfen, aber die Sorge, die sie in seinen rauen Gesichtszügen erkannte, hielt sie davon ab.

»Nun gut, was schlagen Sie vor?«

»Ich werde zuerst hineingehen und dann die Blende öffnen. Dann sehe ich mich um und helfe Ihnen hinein, wenn ich sicher bin, dass es ungefährlich ist.«

Sie nickte kurz und fühlte einen Stein in ihrem Magen, als er im Innern verschwand und einige Sekunden vergingen, bis er die Blende öffnete und eine erstaunlich große Höhle erleuchtete.

»Sie ist riesig.« Er wandte sich um. »Sagten Sie, das war früher eine Kreidemine?«

»Ja, aber das ist Hunderte Jahre her.« Sie blickte über seine Schulter. »Was ist das? Dort in der Ecke?«

Der Lichtschein bewegte sich zum anderen Ende der Höhle.

»Es ist eine Art Schacht.« Seine Stimme hallte gespenstisch und sie sah, wie er sich hinabbückte. »Es sieht aus, als führte er senkrecht nach unten zu einer weiteren Ebene.« Er stand auf und kam zu ihr zurück. Sein Gesichtsausdruck war düster. »Der Schacht ist der einzige Weg hier raus. Die Hunde hätten nicht draußen vor der Höhle gewartet, wenn Gareth nicht hinuntergeklettert wäre. Und das finstere Loch ist der schlimmste Albtraum für Gareth.«

***

Gareth hatte sich getäuscht, als er dachte, der Schacht wäre sein schlimmster Albtraum.

Das hier war sein schlimmster Albtraum.

Die Decke kam bereits herunter, als er den größeren der zwei Tunnel betrat, die vom Schacht wegführten, aber das leise, klagende Stöhnen hatte ihn überzeugt, dass er sich in die richtige Richtung bewegte. Er ging vorsichtig, als ob das sicherstellen könnte, dass das

Dach über seinem Kopf bliebe. Doch er wusste, dass es alberne Einbildung war.

Feiner Staub verfinsterte den Tunnel vor ihm und gelangte in seine Nasenlöcher und seinen Hals, sodass er sein Hemd über die Nase ziehen und es festhalten musste, um atmen zu können.

Weniger als eine Minute ging er weiter, bis er zur Quelle des Staubs kam. Ein kleiner Abschnitt der Wand und Decke waren heruntergekommen und versperrten den Weg bis auf einen schmalen Spalt.

Eine menschliche Hand lag unter einem großen Felsbrocken, und die Finger bewegten sich nicht.

»Hallo? Ist da jemand?«, rief die ängstliche Stimme eines Jungen.

Die Welle der Erleichterung, die er spürte, ließ ihm schwindelig werden.

»Oliver«, sagte er leise. »Ich bin es, Mr Lockheart.«

Er hörte ein ersticktes Schluchzen, und sein Blick folgte der Richtung, aus der es zu kommen schien, von oberhalb des abgerutschten Felsens. Er musste dafür sorgen, dass der Junge ruhig blieb.

»Bist du verletzt, Oliver?«

Er schniefte mehrmals laut. »Ein Felsbrocken ist auf meinen Arm gestürzt, aber ich glaube, er ist nicht gebrochen. Aber Mr Bardot wurde darunter eingeklemmt. Ich habe ihm gesagt, dass wir umkehren müssen, als wir den gebrochenen Stützbalken sahen, aber er wollte nicht hören. Er wurde ziemlich wütend und schubste mich über das Geröll, und bevor er selbst hinübersteigen konnte, kam es herunter und begrub ihn. Ich habe versucht, ihn zu befreien, aber die Wand stürzte weiter ...«

Ein schauderhaftes Krachen und ein eigenartig gedämpftes Brüllen schnitten ihm das Wort ab. Gareth schob sich enger an die Wand der Höhle, als ob ihn das retten könnte, als die Decke mit der Wucht eines riesigen Fußes herunterkam und genau die Stelle traf, an der Gareth gerade gestanden hatte.

»Mr Lockheart!« Der erstickte Schrei des Jungen drang durch den Staub.

Gareth konnte nicht sprechen, weil sein Hals so voll pulverisiertem Gestein oder Kreide war, aber er hob die Lampe und kletterte an den Felsen hoch, um näher an das Loch zu kommen. Er versuchte, Nase und Mund vom Staub zu befreien.

»Weg von der Einsturzstelle, Oliver«, befahl er mit heiserer Stimme, als auch schon ein weiterer Abschnitt der Decke und der Wand einstürzte.

Etwas Schweres, Scharfes landete auf seinem rechten Stiefel, und er stöhnte vor Schmerz auf. Es kostete ihn eine Menge Kraft, seinen Fuß aus dem Geröll zu ziehen, das zwischen die größeren Felsbrocken gerutscht war wie Sand in einer Sanduhr.

Seine Augen brannten und tränten vom Staub, und er blinzelte und versuchte, etwas zu erkennen. Er musste keine schweren Entscheidungen treffen, es gab nur eine, nämlich die, durch den Spalt auf die andere Seite zu gelangen, ohne dass alles auf den Jungen herabstürzte.

»Oliver?«, krächzte er.

»Ich bin hier.«

Gareth schloss die Augen vor Erleichterung.

Er räusperte sich mehrmals. Das Licht der Laterne erhellte die Felsbrocken, die sich noch immer bewegten, und die Steinchen, die daran hinabrollten.

»Oliver, berühr nicht mehr die Wand und versuche nicht, die Felsbrocken zu bewegen, hörst du?« Gareth sprach so ruhig wie immer. Er wollte dem Jungen keine Angst machen, aber die Worte selbst reichten.

»Sie glauben, dass noch mehr einstürzen wird, nicht wahr, Sir?«

Gareth überging die Frage. »Ich gebe dir jetzt die Laterne durch den Spalt. Ich möchte, dass du sie annimmst.«

Bei dem Gedanken, sich von der Laterne trennen zu müssen, klapperten Gareth die Zähne, und er brauchte all seine Kraft, um die Worte hervorzupressen. »Du solltest sie an dem Metallgehäuse anfassen können, ohne dich zu verbrennen. Wenn du sie hast, möchte ich, dass du vorsichtig den Rest des Tunnels untersuchst. Ich habe einige alte Querstreben gesehen, schau, ob du erkennen kannst, ob einige davon umgestürzt sind, bevor du weitergehst. Wenn ja, bleib stehen und geh nicht weiter. Hast du verstanden?«

»Ja, Sir. Ich werde nicht weitergehen, wenn ich irgendwelche Anzeichen von Instabilität sehe.«

Gareth musste lächeln. »Sehr gut. Ich werde hier warten.«

Im Stockfinstern. Er bewegte sich so vorsichtig, wie er konnte, doch bei jeder Bewegung rieselte mehr Gestein herab.

Als er so nah an die Lücke herangekommen war, wie er sich traute, hob er die Lampe hoch und wartete, bis er ein vorsichtiges Ziehen spürte. Dann ließ er sie los und blieb in der Finsternis zurück, als das Licht langsam verschwand.

Er schluckte und bereitete sich darauf vor, was als Nächstes kommen würde. Dabei rang er die gehässige Stimme nieder, die immer mit der Dunkelheit kam, indem er sich darauf konzentrierte, regelmäßig zu atmen und sich nicht zu bewegen oder irgendetwas zu berühren, das den Rest der Decke herabstürzen lassen könnte.

Die Schwärze wurde noch schwärzer und verfestigte sich in ein kaltes, klammes, lebendiges Wesen. Er kämpfte mit dem Drang, sich kleiner zu machen, zu verschwinden und sich zu verstecken.

Oliver und Serena. Er formte die Worte in den Schichten seines Bewusstseins unter der Angst und wiederholte sie in seinem Kopf. *Oliver und Serena.*

Die Kälte wich zurück, und er stellte sich ihre Gesichter vor; er war ihretwegen hier. Weil er sie liebte.

Der Gedanke war zunächst wie ein Stückchen Glut, das heller glühte, als er das Bild festhielt. Er stellte sich Serena vor, als sie gesagt hatte, dass sie ihn liebte. Und er dachte daran, wie Oliver aussah, wenn er von einer Arbeit aufsah, die er besonders gut gemacht hatte und für die er sich von Gareth mit vertrauensvollem Blick Anerkennung erhoffte.

Hundert Jahre vergingen, bis endlich Olivers Stimme durch den Spalt zu ihm drang.

»Nach einem kurzen Stück verzweigt sich der Tunnel. Ein Gang ist eben, aber der andere sieht aus, als führte er zu einem Schacht.«

Die Stimme des Jungen weckte ihn aus seiner Tagträumerei, und Gareth bemerkte sofort eine Sache: Er hatte aufgehört, zu zittern.

»Hältst du ihn für stabil, Oliver?« Er klang ruhig und zuversichtlich wie jemand, dem ein Junge vertrauen konnte.

»Die hölzernen Stützbalken sind noch an Ort und Stelle, auch wenn einer sich biegt. Dort gibt es kein Geröll, und die Luft ist frischer, wo sich die Gänge aufteilen.«

Gareth war einmal mehr beeindruckt von der Intelligenz des Jungen. »Glaubst du, es ist Frischluft?«

»Ja, das denke ich, Sir. Ich versuche mich zu erinnern, wo dieser Teil der Höhle ist ... und ich glaube, er könnte genau unter dem Abschnitt liegen, den Sie haben verschließen lassen.«

Gareth hatte denselben Gedanken gehabt. Dieser Teil des Ganges war dem Untergang geweiht, und es war nur noch eine Frage der Zeit.

Als ob er seine Gedanken gehört hätte, löste sich ein riesiger Brocken und schlug mit einem gewaltigen Knall auf dem Höhlenboden auf.

Dichter, süßlicher Kreidestaub erfüllte sein zusammenschrumpfendes Grab.

»Geht es Ihnen gut, Sir? Mr Lockheart?« Zum ersten Mal enthielt die Stimme des Jungen so etwas wie Panik.

Gareth zog das Hemd herunter, das er sich über den Mund gezogen hatte. »Oliver?«

»Ja, Sir?«

»Ich versuche den Spalt zu vergrößern und hindurchzukommen.« Er hielt inne und hustete. Der feine Staub drohte, ihn zu ersticken. Schließlich gelang es ihm wieder zu sprechen. »Ich möchte, dass du die Laterne nimmst und zum anderen Ende bei der Gabelung gehst.« Er zögerte, weil er den Jungen nicht ängstigen wollte, aber es musste gesagt werden. »Sollte mir etwas passieren, bitte geh nicht zur Einsturzstelle. Mr McElroy weiß, dass wir hier unten sind, oder wird es zumindest bald wissen. Es wird jemand kommen.«

Es dauerte eine ganze Weile, bis der Junge antwortete. »Ja, Sir.«

»Gut. Und jetzt geh zur Gabelung.«

Nachdem es in seinem winzigen Gefängnis ganz dunkel geworden war, zählte er bis einhundert und streckte dann in der Finsternis die Hand in Richtung des Spalts aus.

KAPITEL VIERUNDZWANZIG

»Der Gang ist durch einen Einsturz versperrt, und ich konnte weitere Brocken fallen hören.« McElroys Gesicht war von Schweiß und Staub verschmiert, und weiße Streifen durchzogen sein graues Gesicht.

»Haben Sie sie ... gesehen?«

»Außer Felsbrocken habe ich nichts sehen können. Die Luft ist voll von feinem Staub. Kreide, nehme ich an.«

Serenas Verstand raste und scheute davor zurück, das Undenkbare zu denken. Stattdessen nickte sie und verschränkte die Finger, als ob sie damit verhindern müsste, dass sie auseinanderfiele.

»Wir müssen den anderen Eingang öffnen, an dem wir auf dem Hinweg vorbeigekommen sind.«

McElroy nickte. »Der Meinung bin ich auch. Obwohl wir nicht wissen, ob Bardot dort unten ist oder Oliver. Dank der Hunde wissen wir allerdings sicher, dass Gareth dort unten ist. Wir müssen vorsichtig sein oder wir riskieren, dass wir Beobachter auf uns aufmerksam machen, die Bardot womöglich postiert hat.«

»Natürlich, aber was ...«

Er kramte seine Uhr aus der schmutzigen Jacke. »Es ist fast vier Uhr. Wir sind vor drei Stunden beim Haus aufgebrochen. Ich muss rechtzeitig zurück sein und bereit, wie geplant nach London zu reiten.«

An seinem Ausdruck erkannte Serena, dass der Gedanke, ausgerechnet jetzt aufzubrechen, ihn innerlich zerriss. Sie legte ihre Hand auf seinen Arm und lächelte ihn bitter und wissend an.

»Wir gehen zurück zum Haus und kehren mit den zwei kräftigsten Dienern zurück. Der Eingang ist mit Steinen verschlossen, aber zwei starke Männer werden genug davon forträumen können, damit man hineingelangen kann – oder hinaus.«

»Das ist ein vernünftiger Plan, bis auf eine Sache: Ich werde am Höhleneingang warten. Ein zusätzliches Paar Hände kann nicht schaden.« Sie lächelte ihn an. »Und mit Steinen kenne ich mich aus.«

***

Gareth fühlte sich, als hätte er ein Pfund Dreck und Steine geschluckt. Er sah den Jungen an, der an die Höhlenwand gelehnt hockte. Sein kleiner Körper war angespannt, als er ihm beim Aufwachen zusah.

»Es tut mir leid, Sir.«

Gareth konnte nur seine Augenbrauen heben, aber das war genug.

»Dafür, dass ich nicht auf Sie gehört habe und wieder zurückgegangen bin.«

Ein raues Lachen entrang sich seiner Kehle. »Ich bin froh darüber.«

Gareth hatte es durch den Spalt geschafft, aber gerade, als er auf den Boden klettern wollte, hatte ein Felsbrocken ihn am Hinterkopf erwischt und bewusstlos geschlagen. Er war aufgewacht und hatte kleine Hände gespürt, die sich um seine gelegt hatten und so fest an ihm zerrten, dass es gereicht hätte, um seine Schulter auszukugeln. Doch der Junge hatte ihn Zentimeter um Zentimeter bewegt.

Er drückte sich hoch und verzog das Gesicht. Sein rechter Fuß schmerzte, und er versuchte, die Zehen zu bewegen. Sie taten weh, aber er glaubte nicht, dass der Fuß gebrochen war. Jeder Knochen in seinem Körper knarrte und tat weh, als er sich hochrappelte.

Oliver stand neben ihm. »Sie können sich auf mich stützen, wenn Sie möchten, Sir. Ich bin stärker, als ich aussehe.« Er grinste Gareth an, und seine Zähne strahlten weiß in dem schmutzigen Gesicht.

Ja, dachte Gareth, *das bist du ganz gewiss. Genau wie deine Mutter.*

Zusammen humpelten sie bis zu der Abzweigung. Gareth war erstaunt, wie stabil und frei der Rest des Ganges zu sein schien. Die Balken und Querstreben waren alt – uralt, schätzte er. Zahlen und Buchstaben waren hineingeschnitzt und führten ihn zu der Annahme, dass dies Teile eines längst vergessenen Systems waren. Solche Höhlen zogen sich oft über mehrere Meilen, so wie die in Chiselhurst, in denen noch immer abgebaut wurde. Sie könnten eine sehr lange Zeit herumirren, aber er glaubte, dass Oliver mit seiner Annahme richtig lag: Sie waren irgendwo unter dem Eingang, den er hatte versiegeln lassen.

»Müssen Sie sich ausruhen?«

Gareth bemerkte, dass er laut nach Luft japste und schüttelte den Kopf. »Ich habe nur viel Staub geschluckt und vielleicht sogar ein Steinchen oder zwei.« Er lächelte kurz, und der Junge ließ erleichtert die Schultern sinken. »Dann ruhen wir uns aus, wenn wir am unteren Ende des Schachts angekommen sind.«

»Ist Mama böse auf mich?«, fragte Oliver und warf Gareth einen nervösen Blick zu.

»Böse?«

»Weiß sie nicht, dass ich mit Monsieur Bardot in die Höhle gegangen bin?«

Ach, das. »Nein, wir wussten nicht, wohin du gegangen bist.«

Oliver schien sich nach der Antwort noch elender zu fühlen.

»Was ist?«, fragte Gareth.

»Sie wird sehr wütend auf mich sein, wenn sie herausfindet, dass ich hier war.«

Gareth glaubte allerdings, dass sie ihm vergeben würde. »Sie wird erleichtert sein, dass du in Sicherheit bist.«

»Ja, das wird sie. Aber *dann* wird sie wütend.«

»Aha. So sind also Mütter?«

Sie kamen zu einem kleinen, halbrunden Raum, der genauso aussah wie der am Fuß des anderen Schachts, und Gareth ließ sich auf den Boden fallen. Er war überaus dankbar, einen Augenblick sitzen zu können.

Der Junge setzte sich im Schneidersitz neben ihn, nahe genug, dass ein Knie Gareth' Oberschenkel berührte. Er verstand den Drang, in einer Notsituation jemanden zu berühren, aber es überraschte ihn, dass er nicht den üblichen Widerwillen gegen diesen menschlichen Kontakt verspürte.

»Ich erinnere mich, dass Sie in einem Waisenhaus großgeworden sind. Sind Ihre Eltern gestorben? Mein Papa ist im Krieg gefallen. Er war ein Held.« Stolz und Bedauern schwangen in seiner Stimme mit.

Gareth dachte an den wirklichen Vater des Jungen, einen diebischen Erpresser, der seinen eigenen Sohn entführt und versucht hatte, Lösegeld zu erpressen.

Und sofort verstand er, warum Serena zögerte, Oliver die Wahrheit über seine Abstammung zu erzählen.

»Warum bist du mit Mr Bardot in die Höhle gegangen?«

»Er sagte, er hätte etwas Erstaunliches entdeckt, und dass es eine großartige Überraschung für meine Mama wäre, wenn sie zurückkommt.« Er warf Gareth einen nervösen Blick zu. »Als ich sagte, dass ich nicht in die Höhle darf, meinte er, es wäre in Ordnung, wenn er mitginge.« Er biss sich auf die Lippe, was seiner Mutter ähnlichsah. »Ich glaube, da war in Wirklichkeit gar nichts. Und Sie?«

Gareth fragte sich, bei welcher Antwort der Junge sich am wenigsten schämen und ängstigen würde. Schließlich zuckte er mit den Schultern. »Ich glaube, es könnte eine Menge interessanter Sachen hier unten geben. Unglücklicherweise werden sie vergraben bleiben; ich erwarte, dass es nie wieder sicher sein wird, die Höhlen zu untersuchen.«

Oliver nickte. »Es ist trotzdem schade, nicht?«

Gareth sah sich in der kleinen Höhle um, in der sie sich befanden und musste mit Schrecken feststellen, dass er dem Jungen zustimmte. Er konnte nicht genau sagen, seit wann, aber er fürchtete sich nicht mehr vor der Dunkelheit, der Enge und dem bedrohlichen Druck über seinem Kopf; er wusste, dass er die Furcht besiegt hatte. Er hoffte, dass es für immer war, aber er wäre auch dankbar gewesen, wenn es nur für diesen Augenblick wäre.

***

Serena war in einem Zustand zwischen Traum und Realität. Die Nacht war noch immer samtschwarz, obwohl es nicht mehr lange bis zum Sonnenaufgang sein konnte. Sie lehnte am Höhleneingang, als ob die bloße Nähe zu den Steinen sie dem Mann näherbringen konnte, von dem sie wusste, dass er dort unten eingeschlossen war. Sie schwankte, ob sie hoffen sollte, dass Oliver bei ihm war, oder ob sie ihm lieber erspart hätte, in einer solchen Gefahr zu stecken. Dennoch war es besser, wenn er bei Gareth wäre als bei Etienne.

Es kostete sie Mühe, nicht vor Verzweiflung zu schreien und mit den Fäusten gegen die ordentlich aufgeschichteten Steinblöcke hinter ihr zu trommeln, während sie darauf wartete, dass die versprochenen Diener kommen würden. Sie sagte sich, dass McElroys Vorsicht klug war. Es würde Oliver in Gefahr bringen, wenn sie übereilt handelten und riskierten, Aufmerksamkeit zu erregen. Aber zu warten? Jede Sekunde in dieser Höhle würde Gareth wie eine Stunde erscheinen.

Sie schloss die Augen, um die schrecklichen Gedanken zu vertreiben, doch das ließ nur neue, heimtückischere Bilder auftauchen: Oliver, der allein und gefangen war; Gareth im Dunkeln, während unbeschreibliche Verzweiflung in seinen Augen brannte. Der Gedanke, dass er sich für ihren Sohn seinem schlimmsten Albtraum gestellt hatte, ließ ihre Liebe für ihn nur größer werden, obwohl sie das nicht für möglich gehalten hätte.

Serena senkte den Kopf und betete. *O Gott, bitte lass ihnen beiden nichts geschehen sein.*

»Au!« Ein nicht gerade kleiner Stein prallte an ihrer dunklen Haube ab und landete neben ihr.

»*Hallo?*«

Für einen Augenblick, glaubte sie, der Stein hätte in ihrem Kopf die Stimme ihres Sohnes losgerüttelt. Doch dann wirbelte sie herum und presste auf allen Vieren die Stirn gegen den kühlen, groben Stein.

»Oliver?« Sie klang nicht wie sie selbst.

»Mama!«

Erst als eine Träne auf ihre geballte Faust tropfte, wurde sie sich bewusst, dass sie weinte. Sie schluckte Luft. »Ist … «, ihre Stimme brach, und sie versuchte es erneut. »Ist Mr Lockheart bei dir?«

Eine gedämpfte, aber präzise Stimme kam durch den winzigen Spalt zwischen den Steinen. »Ich bin hier, Serena. Alles ist gut. Nur dein Cousin Mr Bardot ist bei dem Einsturz verschüttet worden.«

Jetzt flossen die Tränen vollkommen befreit. »*O Gott sei Dank! Gott sei Dank!*«

***

Seine Stimme durch einen Spalt zu quetschen war eine Sache. Einen Jungen und einen ausgewachsenen Mann hindurchzubekommen jedoch eine vollkommen andere.

Die beiden Diener kamen und begannen, die sorgsam platzierten Steine fortzuräumen. Einige, wie der, den Gareth und Oliver hatten herausbrechen können, waren recht klein. Aber viele waren auch für die zwei kräftigen Männer zu schwer.

Ohne die Bedrohung durch Bardot konnte Serena zurück zum Haus laufen und weitere Helfer holen. Es dauerte noch einige Stunden, bis beide Gefangenen befreit werden konnten, erst dann fiel ihnen Declan McElroy wieder ein.

Bis dahin war Oliver zurück in den erdrückenden – nicht tadelnden – Armen seiner Mutter und Nounou. Er wurde sorgfältig gebadet, getrocknet und mit Essen versorgt und dann in ein warmes Bett gesteckt. Ausnahmsweise einmal schlief er ein, bevor sich Nounou über das Licht beklagen konnte.

»Er ist erschöpft«, sagte Nounou und bedeutete Serena, ihre Wache an seinem Bett aufzugeben. Sie war ihrem Sohn nicht von der Seite gewichen, seit sie ihn aus dem Loch in der Höhle geborgen hatten.

»Kommen Sie, es wird Zeit, dass Sie baden und etwas essen.«

Serena schloss bedauernd die Tür.

»Ich habe in Ihrem Zimmer gerade ein Bad bereiten lassen.« Serena nickte. »War der Arzt bei Mr Lockheart?«

»Ja, er war vor ein paar Stunden da und ist wieder gegangen. Es wird ihm bald wieder gutgehen, und er wird wieder normal gehen können.«

»Danke, Nounou.«

Die Französin sah sie wissend an und schnaubte.

»Sie sehen fürchterlich aus. Gehen Sie baden und legen Sie Gurke auf Ihre Augen. Sie wollen nicht, dass er Sie so sieht.«

Serena lachte. »Nur zu Ihrer Information, er hat bereits um meine Hand angehalten, Nounou.«

»Ha! Wenn er Sie so sieht, könnte er seine Meinung ändern.«

Als Serena in ihr Zimmer kam und sich im Spiegel betrachtete, musste sie zugeben, dass die ältere Frau womöglich recht hatte.

Sie würde sich beeilen und sich frischmachen und dann Gareth besuchen, ganz egal, wie skandalös ein solches Verhalten sein mochte. Doch als sie in der dampfenden, warmen Wanne lag, kroch eine schwere Trägheit in ihre Knochen. Sie würde die Augen schließen. Nur für einen Augenblick.

***

Gareth war es gleich, dass das Dienstmädchen gequietscht hatte und durch die noch immer geöffnete Tür eilte, als er in Serenas Zimmer kam.

Sie war nicht im Bett, und ihr Wohnzimmer war dunkel.

»Serena?«, rief er und humpelte durch ihr Ankleidezimmer zu ihrem Badezimmer. Bei dem Anblick, der sich ihm bot, stockte ihm der Atem in seinem rauen Hals.

Sie war in der Wanne eingeschlafen. Sie hatte ihr Haar gewaschen, und es hing nass über den hohen Rand der Wanne bis auf den Boden hinab, wo es sich wie kastaniengoldener Schaum kringelte. Ihre Arme schwammen neben ihrem Körper, ihre prallen Brüste hoben sich aus dem Wasser, und die Brustwarzen ragten steif auf. Eine Gänsehaut bedeckte ihren Körper und verriet ihm, dass das Wasser schon lange ausgekühlt war.

Er ging neben der Wanne in die Hocke und verzog wegen seiner zahlreichen Blessuren schmerzhaft das Gesicht. »Serena, wach auf.«

Ihre Lider flatterten, und dann sah sie ihn mit großen, unscharfen Pupillen an. Sie sah verwirrt aus, während sie noch den Schlaf abschüttelte.

»Gareth?« Sie hob die Hand aus der Wanne, und Wasser tropfte auf den Boden.

»Ja, ich bin es, Gareth.« Er senkte den Blick auf ihre feuchtglänzenden, vom Wasser bewegten Brüste und das dunkle Dreieck unter der Wasseroberfläche. »Ich denke, du bist jetzt sauber.«

Ein langsames, freudiges Lächeln breitete sich auf ihrem müden, aber wunderschönen Gesicht aus, und sie hob die Hand und betrachtete sie.

»Ich sehe aus wie eine Trockenpflaume.«

Er stand auf und nahm eines der großen, türkischen Badetücher vom Stapel, entfaltete es und hielt es ihr hin. »Komm, ich trockne dich ab.«

Sie entstieg dem Wasser wie eine Göttin dem Meer, und sein Körper reagierte erfreut auf den Anblick ihrer vom Wasser glänzenden Kurven, der rosa Knospen und dunklen, kastanienbraunen Locken.

Er half ihr aus der Wanne und begann, sie trockenzureiben.

»Wie spät ist es?«

»Noch nicht einmal sechs Uhr.« Er kniete auf einem Knie und stützte sich mit einem Fuß auf, während sie sich am Rand der Wanne festhielt.

»Mr McElroy ...«

»Er ist vor einer Stunde zurückgekehrt.« Gareth trocknete sie zwischen jedem perfekten Zeh ab, und widmete ihrem eleganten Spann und Knöchel übertrieben viel Zeit, bevor er sich zu ihrer Wade hocharbeitete.

»Mmm«, schnurrte sie. »Das fühlt sich gut an. Ist Mr McElroy unverletzt?«

Er zwang sich, auf halber Höhe bei ihrem Schenkel aufzuhören, denn er fürchtete, sie würde nie trocken werden, wenn er sich der Ablenkung am oberen Ende ihrer Beine hingab. »Ja, ist er.«

Sie lachte. »Wirklich, Gareth. Muss ich dir jede Silbe einzeln aus der Nase ziehen?«

Er befand sich wieder am oberen Ende eines sehr gut abgetrockneten Beins, seine Augen waren auf der idealen Höhe. Vielleicht sollte er einmal ... Nur einmal lecken. Oder saugen ...

»Gareth!«

Er sah aus seiner knienden Position zwischen ihren Schenkeln zu ihr auf. Der Anblick ihrer Brüste aus diesem Winkel war hinreißend. Ebenso wie ihr gerötetes Gesicht, das auf ihn hinabblickte. Darin lag ein Ausdruck, in dem er gleichermaßen Amüsement, Tadel und Verlangen ablesen konnte. Er konzentrierte sich auf das Verlangen.

»Hmm?« Er streichelte die Haut um ihr Geschlecht mit den Daumen und öffnete sie sanft seinem hungrigen Blick. Ihm lief das Wasser im Mund zusammen.

»Mir ist kalt.« Sie zitterte, um es zu illustrieren, und Gareth reichte ihr das Handtuch, ohne den Kontakt mit ihrem Körper zu unterbrechen. Sie schlang es um ihre Schultern und lachte leise, was Gareth als Ermutigung auffasste.

Er teilte ihre Lippen, nahm ihre kleine Perle in den Mund und bearbeitete sie mit der Zunge. Er massierte sie rhythmisch, bis sie anschwoll und feucht wurde, und sie ihm ohne weitere Aufforderung ihre Schenkel weiter öffnete.

»O Gareth!«

Er erhörte ihre leise Bitte, indem er einen Finger in ihre feuchte, enge Hitze gleiten ließ und in sie stieß, während er weiter saugte und neckte. Sie griff in sein Haar und zog fest genug, dass es schmerzte. Er genoss den Schmerz und bearbeitete sie ohne Gnade bis zur Erlösung. Er machte nur eine kurze Pause, als er spürte, wie ihre Knie nachzugeben drohten. Er stieß noch einmal in sie, dann ließ er sie los und rappelte sich ungelenk auf.

»Komm«, sagte er. Er war zu mitgenommen, als dass er riskierte hätte, sie zu tragen, also nahm er ihre kraftlose Hand und zog sie daran zu ihrem Bett.

Sie folgte auf wackligen Beinen, und er ließ sie nur kurz los, um das Bettzeug beiseitezuziehen, seinen Morgenrock abzustreifen und sein Nachthemd über den Kopf zu ziehen. Der Schmerz in seinen geschundenen Muskeln ließ ihn beinahe aufjaulen.

Gareth schlüpfte neben ihr ins Bett, nahm sie in den Arm und wärmte ihren noch immer kalten Körper mit den Händen. Er küsste ihr feuchtes Haar und zog sie mit einem Bein näher an sich, bis sie wie Schlingpflanzen ineinander verschlungen waren. »Declan hat eine Nachricht an Mr Steele geschickt, als er bei der Bank das Geld abgehoben hat.«

»Hmm? Declan? Oh. Aber was ist mit ...« Sie brach ab, als ob sie sich schämte, auszusprechen, was sie wollte. Gareth spürte, dass er grinsen musste.

»Ach so, du möchtest wissen, was mit den Männern war, die ihn angeblich beobachten sollten?«, neckte er.

Er wusste, dass das nicht war, was sie wollte. »Nun, in seiner Nachricht erklärte er Steele die Situation und wies ihn an, erst eine Viertelstunde später zu folgen.«

Ihre kühle, schwielige Hand schob sich zwischen sie beide und umfasste seinen schmerzhaft harten Schaft.

Ein leises, zufriedenes Stöhnen entschlüpfte ihm, aber er erzählte weiter, auch wenn seine Stimme etwas angestrengt klang.

»Wie wir vermuteten, wurde er am helllichten Tag etwas südlich von Shooter's Hill von zwei maskierten Männern überfallen«, sagte er. Dort trieben sich gern Räuber und Wegelagerer herum, wenn auch gewöhnlich nicht bei Tageslicht. Ihre Hand erstarrte mitten in der Bewegung, und er bemerkte, dass er wohl besser weitererzählen sollte. »Die beiden Männer hatten ihm gerade das Geld abgenommen und wollten sich mit seinem Pferd davonmachen, als Steele mit fünf seiner furchterregendsten Bow-Street-Kollegen über den Hügel geritten ka...« Er unterbrach sich, als sie sich ihm nun ernsthaft widmete, und stieß in ihre enge Faust.

Doch das kleine Biest hörte auf.

»Erzähl doch bitte weiter.« Ihre Stimme war gelassen und unbewegt, und wäre Gareth misstrauischer gewesen, hätte er sich wohl gefragt, ob sie ihn aufziehen wollte.

Er musste mehrfach schlucken und seinen Verstand zusammenhalten. »Die Runners haben mit den Räubern kurzen Prozess gemacht. Und als sie ihnen die Masken abnahmen, entpuppten sie sich als ...«

»Sandford und Leeland.« Sie hatte ihn losgelassen. Abscheu lag in ihrer Stimme. »Sie waren es, nicht wahr?«

»Ja, du hast recht.«

Sie stöhnte, drehte sich auf den Rücken und bedeckte die Augen mit ihren Händen.

»Was ist?«

»Ich hätte es wissen müssen. Sandford ist in London zu mir gekommen. Er war wütend und hat mich bedroht. Er dachte, ich wäre es gewesen, der dir etwas gesagt hat, sodass du ihn entlassen hast. Er war dabei, seine Drohung wahr zu machen, als Miles, ein sehr guter Freund von mir, hereingeplatzt ist und ihn verscheucht hat.«

Gareth schüttelte den Kopf. »Warum hast du mir das nicht erzählt, Serena?«

»Ich konnte damals kaum etwas sagen, und ich habe nicht daran gedacht, als wir erfuhren, was Etienne getan hatte. Ich hätte wissen sollen, dass zwei derart schmierige Charaktere zueinander finden würden.«

»Laut McElroy, der nur so lange geblieben ist, bis Steele die ganze Geschichte kannte, war es Bardot, der Featherstone aufgesucht hat. Er behauptete, der Franzose brauchte dringend Geld und hätte ihm gesagt, ich würde höchstwahrscheinlich zahlen, um dich und den Jungen zu beschützen.«

Sie wandte sich ihm zu und legte eine Hand auf seine Schulter. »O Gareth, es tut mir so leid, dass du so ausgenutzt wurdest.«

»Nein, mir tut es leid, dass ich nicht dafür gesorgt habe, dass Steele Bardot festhält, als wir ihn zum ersten

Mal geschnappt hatten. Das alles wäre sonst nie geschehen.«

Sie nahm die Hand von seiner Schulter und strich aufwärts zu seinem Nacken. »Du hättest es nicht ahnen können.«

Er rutschte näher an sie heran. »Das alles spielt jetzt keine Rolle mehr. Was zählt ist, dass Oliver in Sicherheit ist. Zum Glück hat Bardot ihnen nie verraten, in welchem Verhältnis er zu Oliver steht, ich denke, dafür können wir dankbar sein.« Er ließ seine Hand auf ihrem Bauch ruhen, der bei der Berührung zusammenzuckte und bebte. »Die Featherstones sind an einem Ort, an dem sie euch nie wieder etwas antun können.«

Sie erstarrte. »Gareth, du hast sie doch nicht ... *umbringen* lassen?«

Er hatte darüber nachgedacht, aber er wusste, was es mit Dec gemacht hatte, dass er einen anderen Menschen getötet hatte, ganz gleich wie gerechtfertigt es gewesen war.

»Nein, Dec hat sie nur auf eine kleine Reise geschickt.« Er streichelte ihren Bauch in immer größer werdenden Kreisen, und seine Finger streiften dabei *ganz zufällig* ihren Venushügel.

Sie schüttelte den Kopf. »Ich werde nicht fragen, ich will es gar nicht wissen.« Schweigend streichelte er sie weiter, bis sie die Schenkel ein wenig öffnete.

Gareth nahm die Einladung an und drang in sie ein. Er genoss das Gefühl, wie sie seinen Finger umschloss.

»Ah!« Begleitet von diesem Laut entspannte sich ihr Körper, ihre Mitte schmolz unter seiner forschenden Hand. Sie hielt seine Hand fest. »Ich will dich.«

Seine Worte erregten ihn, aber er schüttelte den Kopf, drückte sich hoch in eine kniende Position und schob, zwischen ihren Schenkeln kniend ihre Beine weiter auseinander. Sein Blick wanderte zwischen seiner Hand und ihrem Gesicht hin und her.

»Bald. Noch nicht jetzt. Erst wirst du für mich kommen.«

Bei diesen Worten verengte sie sich, und ihr Atem wurde schneller.

Er lächelte sie an und genoss das Gefühl, dass er sie mit seinen Worten erregen konnte. Und als sie kam, was viel zu schnell geschah, verlängerte er ihre Ekstase und brachte sie in Wellen mehrfach zum Höhepunkt.

Dann drang er mit einem langen, glatten Stoß in sie ein, stützte sich auf die Unterarme, um ihre Brüste zu küssen und stieß aus der Hüfte tief und fest in sie, sodass er sie beide auf den Gipfel trug.

***

Mit einem Schrecken erwachte er neben ihr, sein Körper war angespannt, seine Augen weit geöffnet.

»Gareth?« Die Kerzen waren flackernd heruntergebrannt, und Finsternis umgab den Raum bis auf das Bett.

Er lag neben ihr, ihre Körper ineinander verschlungen. Sie waren nach dem Liebesspiel beide eingeschlafen, aber etwas hatte sie geweckt. Sie wusste nun, dass es die Anspannung in seinem Körper gewesen war: Er hatte einen Albtraum.

»Gareth?« Sie schob ihre Hand unter sein Kinn. »Bist du wach?«

Er nickte leicht, und seine Lider fielen zu, während er langsam ausatmete. »Ja, ich bin wach.«

Sie öffnete den Mund, um ihn nach seinem Traum zu fragen, aber dann schloss sie ihn wieder. Wenn er sie ins Vertrauen ziehen wollte, würde er es tun. Bis dahin war sie ihm Liebe ohne Einschränkung schuldig.

»Declan und ich haben bei einem Mr William Jensen gelebt, einem Mann, der vorgab, ein Waisenhaus zu betreiben, doch er vermittelte nie auch nur eines der Kinder, die er aufnahm, jedenfalls nicht an Familien oder in ein rechtmäßiges Arbeitsverhältnis.«

Er drehte sich auf den Rücken und starrte den verdunkelten Betthimmel über ihnen an. »Es gab welche, die nur kurz blieben – hübsche Mädchen und Jungen, die verschwanden, nachdem sie aufgepäppelt worden und ihre Knochen nicht mehr zu sehen waren. Sie gingen einfach eines Tages mit neuen Kleidern fort in ein neues Leben.« Er sah sie an, und ihre Augen wirkten im Dämmerlicht düster. »Dec und ich waren zunächst neidisch auf sie. Bis wir es besser wussten.«

Er schob den Arm unter sie und zog sie näher. »Ich kann mich nicht an die Zeit erinnern, bevor ich dort war. Ich habe seither gefolgert, dass ich entweder Mr Jensens Sohn bin oder vielleicht das Kind irgendeiner Verwandten. Er brachte Declan mit, als der vielleicht sechs war. Jensen hatte ihn beim Taschendiebstahl in der Menge vor dem alten Drury Theater erwischt. Er war schmutzig und halb wild, aber Jensen musste etwas in ihm gesehen haben.« Gareth schüttelte den Kopf. »Ich weiß nicht, warum Dec allein war. Vielleicht arbeitete er für einen dieser Männer, die Kinderbanden anführten, die für sie stehlen und arbeiten mussten.

Oder vielleicht hatte seine Familie ihn zurückgelassen oder war gestorben, oder sie waren verhaftet worden und er musste selbst für sich sorgen. Er hat es nie erzählt, und ich habe ihn nie gefragt. Jensen hielt uns von den anderen Kindern fern und gab uns ein gemeinsames Zimmer. Es gab nie viele Kinder in seinem *Waisenhaus*, aber aus irgendeinem Grund wollte er nicht, dass wir die anderen kennenlernen.«

Er strich langsam über ihren Arm, auf dem sich wieder Gänsehaut gebildet hatte. Dieses Mal rührte sie aber nicht von der Kälte her.

»Dec und ich wurden ein Team. Jensen veranstaltete Kartenpartys – und Partys für andere Aktivitäten, wie wir bald herausfinden sollten. Er und seine Geschäftspartnerin, eine Mrs Burgess, die nicht im Waisenhaus wohnte, die aber vermutlich die Kinder beschaffte, stellten den Gästen verschiedene Fallen.« Er machte eine Pause und sah sie an. »Was ich dir erzählen werde, könnte verstörend sein.«

Sie nickte. »Ich verstehe.«

»Dec und ich waren Neuheiten. Wir servierten Getränke und Essen und so weiter. Die ganze Zeit beobachteten wir die Karten und ließen Jensen wissen, wie er setzen musste. Manchmal machten die Männer für eine Weile Pause. Ich weiß jetzt, dass sie auf die Zimmer gingen, die Mrs Burgess vorbereitet hatte. Zimmer, wo sie anderen Vorlieben frönen könnten.« Er drückte sie fest. »Sie verkauften Kinder – Jungfrauen – an die Männer, die zum Kartenspielen kamen. Ich erfuhr, dass sie ihre Klienten später erpressten.«

Während des Krieges hatte Serena Schreckliches gesehen, und sie hatte selbst unter solchen Männern gelitten. Aber ein Kind zu vergewaltigen war ein schlimmeres Vergehen, als sie sich vorstellen mochte.

»Ich war für so etwas wegen meiner Fähigkeiten beim Kartenspiel zu wertvoll, aber ich merkte, dass Declan sich veränderte. Er wurde mürrisch und zurückgezogen, selbst mir gegenüber. Jensen bestrafte ihn immer öfter, aber es nützte immer weniger. Weißt du, Serena, Jensens Strafe war, uns im alten Keller unter dem Gebäude einzusperren. Dort gab es nichts als Müll, Ungeziefer, Moder und Dunkelheit. Es brauchte nicht viele Aufenthalte im Keller, um mich zu überzeugen, dass ich *immer* aufpassen musste, wenn Jensen am Kartentisch war.«

Seine Finger gruben sich in ihre Schulter, dass es schmerzte, aber sie schmiegte sich nur näher an seinen Körper, der trotz der kühlen Nachtluft zu schwitzen angefangen hatte.

»Aber Dec war sturer. Oder vielleicht gefiel es ihm nur im Keller besser als in den Zimmern, in die Jensen ihn schickte.«

Er atmete mehrmals tief ein und aus, und Serena wollte ihm sagen, dass er aufhören konnte, dass sie all das nicht wissen wollte. Sie wollte es tatsächlich nicht wissen. Aber er musste es ihr erzählen, das war mehr als offensichtlich.

»Eines Nachts schien einer der Gäste an mir Gefallen gefunden zu haben. Ich muss zwölf, vielleicht dreizehn gewesen sein. Ich weiß nicht genau, wann ich Geburtstag habe, und Jensen sprach nie über solche Dinge. Jedenfalls gab mir der Mann immer wieder Münzen, wenn ich ihm etwas brachte. Er schien ... besonders erpicht darauf, sie mir zu geben. Jensen musste das auch bemerkt haben. Ich weiß nicht, wer der Mann war, aber als er aufstand, um sich die Beine zu vertreten, bat er mich, ihn zu begleiten. Declan war auch da. Ich dachte, er wäre neidisch, weil ich so viel Geld verdient hatte. Nicht, dass ich es hätte behalten dürfen. Doch er sprang auf und schrie ›Nein!‹, als wir gerade den Raum verlassen wollten.

Der Gentleman brachte mich schnell fort, aber ich konnte Jensen hören, der Declan befahl, auf sein Zimmer zu gehen und ihn einen sehr ungezogenen Jungen nannte. Jensen schickte nie einen von uns zur Strafe aufs Zimmer, sondern nur in den Keller. Er wollte das vermutlich nicht vor dem Kunden tun und Declan später bestrafen, wenn sie alle gegangen waren. Statt auf sein Zimmer zu gehen, folgte Declan mir und meinem neuen Freund, der mich zu einer Tür führte, die sonst immer verschlossen war. Es war eine Art Schlafzimmer, wie ich noch nie eines gesehen hatte. Darin gab es Werkzeug für jede vorstellbare Perversion und viele unvorstellbare.

Er schloss die Tür, dachte aber nicht daran, abzuschließen, schließlich musste er eine Menge Geld für mich bezahlt haben. Wenn ich nicht da war, um ihm zu helfen und Karten zu zählen, würde Jensen vermutlich Geld verlieren. Als der Mann mich bat, mich auf seinen Schoss zu setzen, wusste ich, dass ich dort nicht sein wollte. Er war ein Mann, der wohl eine härtere Gangart bevorzugte, und er drückte mich, einen dünnen Knaben, mit einem Knie aufs Bett, als die Tür aufgerissen wurde und ein Bündel geballter Wut auf ihn zuschoss.«

»Declan«, stieß sie hervor.

»Genau der. Unglücklicherweise musste Mrs Burgess in der Nähe gewesen sein. Sie kam und zog Declan vom Ohr des Mannes, in das er sich so fest verbissen hatte, dass überall Blut war.«

Sie führte den schreienden Mann aus dem Zimmer und schloss uns ein. Wir waren stundenlang dort, lang genug, dass sie den Kunden beruhigen und die anderen Gäste loswerden konnten, und dann kamen sie zurück, um sich um uns zu kümmern.« Er schüttelte den Kopf bei der Erinnerung.

»Jensen hatte übersehen, dass wir beide gewachsen und keine kleinen Jungs mehr waren. Besonders Declan war ziemlich kräftig geworden. Jensen kam herein und schlug mir mit der Faust ins Gesicht. Ich muss einen Augenblick lang bewusstlos gewesen sein, denn das nächste, was ich weiß, ist, dass Declan auf Jensen hockte und ein blutiges Messer in der Hand hielt. Er musste Jensen erstochen haben, denn er war innerhalb weniger Minuten tot.«

»O Gareth!«

Er sah sie an, sein Ausdruck leer. Und in diesem Augenblick wurde ihr klar, wie dick seine Maske war und wie wenig sie verbarg, wenn man erst den wahren Mann dahinter kannte.

»Mrs Burgess war bereits gegangen, sie hatte wohl geglaubt, Jensen hätte uns im Griff wie all die Jahre zuvor. Wir plünderten sein Büro, konnten aber nicht an das Geld gelangen, das in einem Wandtresor lagerte. Es waren vielleicht neun andere Kinder im Waisenhaus, die alle ihres hübschen Aussehens wegen ausgewählt worden waren, und wir sagten ihnen, sie sollten zusammenraffen, was sie finden könnten und davonlaufen.«

»Wohin seid ihr gegangen? Ihr wart doch nur Kinder.«

Er zuckte mit den Schultern. »Es war sicherer als bei Jensen. Wir haben uns mit Hunderten anderen unten beim Fluss versteckt, unter Brücken, wo wir vor dem Wetter geschützt waren und vor größeren, brutaleren Ganoven als uns. Es war Declans Idee, mich älter zu machen und unser Glück in einem Spielsalon zu versuchen. Er war klug und hatte von Jensen gelernt, eine Gans nur ein wenig zu rupfen und sie nicht gleich auszunehmen.« Seine Lippen verzogen sich zu einem ironischen Lächeln. »Bald hatten wir genug Geld, um der Straße zu entfliehen. Ich wusste, dass ein Leben am Spieltisch niemals ein gutes Ende nehmen würde, und als der kleine Laden schließen musste, in dem wir unsere Lebensmittel kauften, boten wir an, unser Geld zu investieren, wenn sich bei einem Blick in die Kassenbücher zeigen würde, dass es eine Chance gab, das Geschäft zu retten. Und es war so, wie fast immer.« Er sah sie an. »So fing es an.« Er runzelte die Stirn und hob die Hand, um eine Träne von ihrer Wange zu wischen. »Hast du wieder geweint?«

Sie schüttelte den Kopf. »Nein.«

»Weine nicht meinetwegen, Serena. Ich hatte noch Glück.«

»Das ist also der Grund, warum du gut heiraten wolltest, um die Regierung dazu zu bringen, etwas gegen diese schrecklichen Männer zu unternehmen?«

»Ja, das war ein Gedanke.«

»Es tut mir leid, dass mein Ruf und meine Verbindungen dir nicht den Einfluss bescheren werden, den du dir erhofft hattest.«

»Du verstehst das nicht. Du wirst mir die Kraft geben, die ich brauche, um das durchzustehen. Ich brauche nicht die Tochter irgendeines Adligen zu heiraten; zu heiraten, um politischen Einfluss zu gewinnen, ist der Weg eines Feiglings.« Er drehte sie so in seinem Arm, dass ihre Brüste sich an seine feste, glatte Brust pressten.

»Allein in einem hell erleuchteten Zimmer zu schlafen, war auch feige.« Er küsste sie, als sie ihren Mund öffnete, um zu widersprechen. »Nein, versuch nicht, mit mir zu diskutieren, damit ich mir weniger dumm vorkomme. Ich kann dir nicht versprechen, dass ich dich nicht mehr ab und zu nachts mit meinem Zittern und Schreien wecken werde, aber ich werde mich davon nicht entmannen lassen, schon gar nicht, wenn ich dafür darauf verzichten muss, mit dir im Arm zu schlafen.« Er bedeckte sie mit Küssen, und sie wünschte sich, dass er nie aufhören würde. Doch sie musste ihm noch eine letzte Sache sagen.

»Gareth? Liebling?«

»Hmm?«, murmelte er irgendwo an ihrer rechten Brust.

»Du musst für eine Weile besonders vorsichtig mit ihnen sein, Gareth.«

Er hielt inne, und sein Kopf erschien unter der Decke. Eine Sorgenfalte hatte sich zwischen seinen grauen Augen gebildet. »War ich zu grob?«

Sie lächelte und strich über seinen Kiefer. »Nein, aber sie sind im Augenblick besonders empfindlich.«

Er legte den Kopf schief. »Stimmt etwas nicht? Soll ich den Arzt noch einmal kommen lassen?«

Sie lachte. »Nein. Wenn ich richtig liege, ist es nichts, das sich heilen ließe.« Als sie das Erschrecken in seinen Augen sah, fügte sie schnell hinzu: »Es ist nichts Schlimmes, guck nicht so. Vielleicht ist es auch gar nichts, aber ich glaube ...« Sie unterbrach sich und wünschte sich, sie hätte gar nichts gesagt.

»Was? Du glaubst was?«

»Es sind erst drei Wochen, aber das letzte Mal, als sie so spannten, erwartete ich ein Kind.«

Sein Ausdruck war urkomisch. Und er hatte den Atem angehalten.

»Gareth? *Gareth*?« Sie rüttelte an seiner Schulter.

Er blinzelte. »Ich werde Vater.«

»Nun ja, vielleicht. Wahrscheinlich, wenn ich die Zeichen richtig deute.«

»Ich werde ein Vater sein.«

Sie lachte. »Ich glaube, du bist irgendwie hängengeblieben.«

»Oliver wird eine kleine Schwester oder einen kleinen Bruder haben.«

»Ja, das sind für gewöhnlich die zwei Möglichkeiten.« Sie schwieg einen Augenblick und genoss die Schönheit und Kraft, die sein Gesicht ausstrahlte. »Ich liebe dich, Gareth.«

Seine Mundwinkel zogen sich nach oben, immer weiter, bis er grinste. »Sie haben mich sehr glücklich gemacht. Ich liebe Sie, Mrs-Lockheart-in-spe.«

»Ach, ja?«, neckte sie, als sein seltenes, wunderschönes Lächeln ihr Herz zu einer Pfütze zerfließen ließ. »Wie sehr?«

Er lächelte noch immer und rutschte ein Stück nach hinten, bis er unter der Bettdecke verschwand. Und dann zeigte er ihr, wie sehr genau.

EPILOG

Drei Wochen, zwei Tage und neun Stunden
später ...

Declan versiegelte die kurze Nachricht mit einem von Gareth' Siegeln und lehnte den Umschlag an das Tintenfass, wo er ihn sicher bemerken musste. Er hatte mit aufrechter Freude die Hochzeit mit Gareth und Serena gefeiert. Auch wenn man dumm und blind sein musste, um nicht zu sehen, dass die beiden bis über beide Ohren verliebt waren. Nun aber musste er sein Elend, seine Wut und sein brennendes Verlangen nach Alkohol weit wegbringen. An irgendeinen Ort, an dem er nicht das schwer verdiente Glück seines Freundes trüben würde. Sein Brief erklärte, dass er Zeit für sich selbst brauchte und dass Gareth sich keine Sorgen machen sollte. Er versprach, an Weihnachten zurückzukehren.

Er war auf dem Weg aus der riesigen Bibliothek, die nicht mehr von Hunderten Kerzen erleuchtet war, als er deutlich jemanden rülpsen und dann stöhnen hörte.

Wie üblich, siegte seine Neugier. Er musste dringend gehen, aber er musste noch dringender sehen, wer in der Bibliothek war. Er ging zurück zum großen Schreibtisch und dann zu dem langen braunen Ledersofa, das vor dem schwach glühenden Kaminfeuer stand.

Darauf lag ausgestreckt der Earl of Avingdon. Er balancierte ein Champagnerglas auf seiner Brust. Sein Blick wandte sich schwerfällig Declan zu.

»Von Champagner muss ich immer rülpsen.« Der Adlige stellte seine Füße auf den Boden und drückte sich in eine aufrechte Position, wenn auch recht wacklig. Er grinste Declan freundlich an. »Setzen Sie sich und trinken Sie etwas mit einem Mann, dem bald Fesseln angelegt werden?«

Declan lachte. Er konnte nicht anders. Menschen überraschten ihn selten, aber diesem Mann war es gelungen. Ein echter Earl wollte mit ihm trinken?

»Warum nicht?«, sagte er, auch wenn er wusste, warum nicht. Er musste dringend hier weg.

Der Earl versuchte, aufzustehen, hatte aber nicht viel Glück damit.

»Bleiben Sie sitzen, ich schenke uns ein.« Er ging zu den Karaffen. »Ich fürchte, es gibt keinen Champagner.«

»Gott sei Dank. Whiskey, wenn er welchen hat.«

»Den hat er.« Declan schenkte zwei Gläser aus einer Flasche ein, von der er wusste, dass sie Gareth einen dreistelligen Betrag gekostet hatte, und trug beide Gläser hinüber zu dem anderen Mann. Er gab ihm eins und hob das andere. »Auf Ihre kommende Heirat, möge die Ehe so glücklich sein wie die, der wir heute beiwohnen durften.«

Avingdon legte den Kopf in den Nacken und kippte den Inhalt des Glases in einem Schluck hinunter. Er verzog das Gesicht, als die Flüssigkeit sich ihren Weg nach unten brannte, was in keiner Weise seinen perfekten Gesichtszügen schadete.

Declan war schon immer recht sicher gewesen, dass er auf das andere Geschlecht anziehend wirkte, doch der Earl war ein Mann, neben dem sich andere Männner wie unelegante Tölpel fühlen mussten und den alle Frauen im Raum anschmachteten. Dennoch fielen Dec seine abgestoßenen Reitstiefel und seine fadenscheinige Jacke auf.

Jeder hatte seine Probleme, auch Menschen, die so aussahen und einen Titel trugen.

Er warf einen Blick auf das leere Glas, das der Earl in der Hand hielt.

»Noch einen?«

Avingdon schwankte ein wenig zurück. »Nein sanke, äh, *danke.* Lieber nicht.«

Dec zuckte mit den Schultern. »Na, dann nicht.« Er ließ sich in dem Stuhl ihm gegenüber nieder.

»Ich kenne Ihren Freund nicht gut, aber ich glaube, sie sind ein wundervolles Paar, finden Sie nicht?«

Declan stimmte zu, auch wenn er das nicht immer so gesehen hatte. Natürlich wusste er nun, dass es zum Teil die Furcht gewesen war, Gareth als Freund zu verlieren, eine dumme Furcht. »Ja, ich glaube, sie werden gut miteinander auskommen. Und was ist mit Ihrer zukünftigen Frau?«

Avingdon blinzelte. »Was für einer Frau?«

»Sie sagten doch, Ihnen würden bald Fesseln angelegt.«

Er sah amüsiert, wie sich in den riesigen blauen Augen seines Gegenübers langsam das Begreifen spiegelte. »Ah, ja. *Die* Frau. Nun«, er hob das Glas und sah, dass es leer war. »Ich habe noch nicht die magischen Worte gesprochen.«

»Machen Sie sich Sorgen, sie könnte Nein sagen?«

So etwas wie ein wütender Ausdruck huschte über sein Gesicht. »Nein. Ich fürchte, sie wird Ja sagen.« Er schüttelte sich, als ob er gerade gehört hatte, was er gesagt hatte. Er verzog das Gesicht. »Himmel, das klingt recht scheußlich. Ich fürchte, ich habe bei Ihnen den falschen Eindruck gemacht. Ich habe keine bestimmte Frau im Sinn. Sehen Sie, ich habe erst kürzlich meinen Titel geerbt.«

Declan hatte gehört, dass der Bruder des Mannes vor Kurzem unerwartet verstorben war. »Mein aufrichtiges Beileid.« So sagte man das doch, oder?

Der andere Mann wedelte seinen Beileidswunsch mit einer Handbewegung fort.

»Verflucht schade, auch wenn es nicht wenige in der Familie gibt, die finden, dass er Glück hatte, dem Ganzen auf die Weise zu entkommen.« Er rülpste. »'schuldigung. Natürlich habe ich dem letzten Hundsfott, der das gesagt hat, eins aufs Maul gegeben. Nicht gut, nicht gut. Nicht auf einer Beerdigung.«

Dec wünschte, er hätte sich einen Doppelten eingeschenkt. Er hatte ja keine Ahnung gehabt, dass Adlige so interessante Dinge taten wie Schlägereien auf Beerdigungen anzuzetteln.

»Tanten, Cousinen, Nichten, Schwestern und sogar ein Bruder. Alle brauchen es.«

»*Es*?«, fragte Declan.

Er sah auf und blinzelte, als wäre er überrascht, nicht allein zu sein. »*Kohle*. Ich brauche Kohle.«

Ah, er war *abgebrannt*. Declan nahm einen Schluck. »Nun, ich möchte meinen, die reichen Erbinnen stehen Schlange, um eine Countess zu werden.« Einmal von der Aussicht abgesehen, einen Mann heiraten zu können, der nicht aussah wie eine aufgedunsene Forelle

wie die meisten der feinen Pinkel, die er getroffen
hatte.

Seine Worte schienen sein Gegenüber zu deprimie-
ren. »Ich w-wo-wollte nie wie eine Schweinehälfte
meistbietend verhökert werden.« Declan lachte, und
der Earl sah ihn finster an. »Wasisso lustig?«

Er zuckte mit den Schultern. »Sie, schätze ich.«

Avingdon zuckte zurück, als ob er geschlagen worden
wäre, dann warf er den Kopf in den Nacken und lachte,
lauter und mit mehr Begeisterung, als die Bemerkung
verdient hätte.

»Sie haben recht«, sagte er schließlich. »Sie haben
recht. Ich bin verdammt armselig. Es heiraten laufend
Männer meines Standes des Geldes wegen. Ständig.« Er
nickte wie eine Eule. »Und was für ein Geschäft
irgendeine unerfahrene junge Miss mit mir macht,
nicht?«

Er starrte durch Declan hindurch. Sein Blick war
ausdruckslos.

Der Mann war vollkommen besoffen. Er musste dringend ins Bett und seinen Rausch ausschlafen. Nicht,
dass es am nächsten Morgen besser wäre. Nein, ganz
gleich, wie viel man trank, am nächsten Tag wachte
man wieder mit sich selbst auf. Selbst wenn man sich
die größte Mühe gegeben hatte, sich selbst zurückzulas-
sen. Niemand wusste das besser als Declan.

Er trank den letzten Schluck aus seinem Glas und
widerstand dem Verlangen, noch eines zu trinken. Und
noch eines. Er stellte das Glas mit einem Knall ab, der
den anderen Mann zusammenzucken ließ.

»Sie gehen?«

Declan nickte. »Ich gehe.«

Avingdon sah zu den Fenstern hinüber, vor die schwere Vorhänge gezogen waren, und dann auf die mächtige Standuhr, deren Ziffernblatt groß genug war, dass auch ein Betrunkener es noch erkennen konnte. »Bisschen spät, um zu reiten, nich?«

»Schon, aber der Mond ist hell, und die Nacht ist klar.«

»Wohin wolln Sie?«

Declan lächelte. »Ich habe keine Ahnung.« Als der Earl nicht antwortete, schaute Dec ihn an. Er schlief mit offenem Mund. Er erhob sich und lächelte auf den Mann hinab. »Viel Glück, Kumpel.«

Die einzige Antwort war ein leises Schnarchen.

Declan hatte das Gefühl, der attraktive Adlige würde Glück brauchen. Aber wer brauchte das nicht?